FRANZISKA STEINHAUER

Wortlos

TREIBJAGD An der alten Stadtmauer in Cottbus findet ein Skater die Leiche einer brutal ermordeten jungen Frau. Kurze Zeit später wird ihr Freund auf die gleiche schreckliche Weise getötet. Peter Nachtigall stellt fest, dass die beiden im selben Studiengang an der BTU Cottbus studierten. Sind Motiv und Täter dort zu finden? Eine Jagd auf Studenten? Hauptkommissar Peter Nachtigall beginnt zu ermitteln und gerät schon bald in ein Dickicht aus dunklen Geheimnissen und brutaler Gewalt. Jeder, der das Opfer kannte, scheint plötzlich in Lebensgefahr zu schweben …

Franziska Steinhauer lebt seit über 30 Jahren in Cottbus. Bei ihrem Pädagogikstudium legte sie den Schwerpunkt auf Psychologie sowie Philosophie. Ihr breites Wissen im Bereich der Kriminaltechnik erwarb sie im Rahmen eines Master-Studiums in Forensic Sciences and Engineering. Diese Kenntnisse ermöglichen es der Autorin den Lesern tiefe Einblicke in pathologisches Denken und Agieren zu gewähren. Mit besonderem Geschick werden mörderisches Handeln, Lokalkolorit und Kritik an aktuellen gesellschaftlichen Entwicklungen verknüpft. Franziska Steinhauers Romane zeichnen sich durch gut recherchierte Details und eine besonders lebendige Darstellung der Figuren aus. Ihre Begeisterung für das Schreiben gibt sie als Dozentin an der BTU Cottbus weiter.

FRANZISKA STEINHAUER

Wortlos

PETER NACHTIGALLS FÜNFTER FALL

GMEINER

Alle Bücher von Franziska Steinhauer finden Sie bei uns im Internet:
www.gmeiner-verlag.de

Die automatisierte Analyse des Werkes, um daraus Informationen
insbesondere über Muster, Trends und Korrelationen gemäß § 44b
UrhG (»Text und Data Mining«) zu gewinnen, ist untersagt.

Bei Fragen zur Produktsicherheit gemäß der Verordnung über die
allgemeine Produktsicherheit (GPSR) wenden Sie sich bitte an den
Verlag.

Gefällt mir!

Facebook: @Gmeiner.Verlag
Instagram: @gmeinerverlag
Twitter: @GmeinerVerlag

Besuchen Sie uns im Internet:
www.gmeiner-verlag.de

© 2009 – Gmeiner-Verlag GmbH
Im Ehnried 5, 88605 Meßkirch
Telefon 0 75 75 / 20 95 - 0
info@gmeiner-verlag.de
Alle Rechte vorbehalten

Lektorat: Claudia Senghaas, Kirchardt
Herstellung: Mirjam Hecht
Umschlaggestaltung: U.O.R.G. Lutz Eberle, Stuttgart
unter Verwendung eines Bildes von: © Kay Pat / sxc.hu
Druck: Libri Plureos GmbH, Friedensallee 273,
22763 Hamburg
Printed in Germany
ISBN 978-3-8392-1026-0

Personen und Handlung sind frei erfunden.
Ähnlichkeiten mit lebenden oder toten Personen
sind rein zufällig und nicht beabsichtigt.

1

Haiti

Es war schon dunkel und nur noch wenige Geräusche drangen in den Innenhof des Humfo. Einige Vögel, die wohl im Schlaf gestört worden waren, protestierten mit lautem Gezeter, doch schon bald kehrte wieder Ruhe auf dem Schlafbaum neben dem Tempel ein.

Der Priester überprüfte akribisch alle Vorbereitungen, die für den morgigen Tag getroffen worden waren. Krüge für die Aufnahme der Seelen, die dem Wasser entrissen werden sollten, standen bereit, das weiße Zelt war bereits aufgebaut, und das große weiße Tuch lag sauber gefaltet im Vorbereitungsraum.

Er seufzte.

Es war ein schwieriges Ritual und eines der wenigen, an dem die Mitglieder der Société nicht unmittelbar teilhaben konnten, gleichwohl war es ein emotional erschütterndes. Sie würden ihn nur als Schatten hinter dem Tuch agieren sehen und seine Stimme vernehmen können, mit der er die umherirrenden Seelen überreden würde, zu ihm zu kommen. Jedes Mal, wenn die Angehörigen einen der Gerufenen antworten hörten, ginge ein Raunen durch die Gemeinde. Die Familien wären glücklich, denn die Antwort des lieben Verstorbenen bewies die Rückkehr seiner Seele aus dem Zwischenreich. Endlich könnte sein bisher herumirrender Geist in einem heiligen Gefäß die ersehnte, sichere Zuflucht finden. Eine sehr anstrengende Zeremonie – aber sie war unbedingt notwendig, wollte man nicht, dass die arme Seele weiter in den Tiefen gefangen bliebe.

Schritte kündeten von der Ankunft eines Fremden.

Der Priester lauschte kurz, dann trat er entschlossen der dunklen Gestalt entgegen. Es handelte sich sicher um niemanden, der eine Zeremonie kaufen wollte. Der Schritt des späten Besuchers war eher militärisch hart, weniger religiös gemessen. Ganz bestimmt kein Bittsteller, kein Mitglied der Gemeinde.

Er erkannte zwei Augen, erahnte einen massigen Körper in der Finsternis neben dem Poteau-mitan, dem Mittelpunkt des heiligen Raumes.

Den zweiten Schlag spürte er schon nicht mehr.

Rasch beugte sich der Unbekannte über den Priester und überzeugte sich davon, dass er ihn bei seinen weiteren Aktivitäten nicht stören würde. Nie mehr, stellte er zufrieden fest.

Der Schlüsselbund war schnell gefunden.

Aus einem der angrenzenden Räume entwendete er mehrere Krüge und lud sie in den Kofferraum seines Geländewagens. Schon wenige Momente nach dem Überfall war er verschwunden.

Nur Stille blieb über dem Humfo zurück.

2

Burkhard Grün schlenderte über den Freiburger Münsterplatz.

Zufrieden sah er sich um, genoss die Atmosphäre, eine Mischung aus Leichtigkeit und Broterwerb, die über dem Wochenmarkt lag. Die Bauern und Kunsthandwerker der Umgebung der Schwarzwaldmetropole hatten ihre Stände gut bestückt, alles war bunt, und die Menschen wirkten entspannt. Der Duft gebratener und gegrillter Würstchen, der berühmten langen Roten, hing über dem gesamten Areal.

Er schnupperte.

Noch zu früh, beschied er seinem Magen, der unwillig knurrte. Burkhard Grün lächelte.

Er war viel zu eitel, um gedankenlos irgendwelchen Gelüsten nachzugeben. Gegessen war die Wurst schnell, ohne Zweifel wäre sie ausgesprochen schmackhaft, doch um die sinnlos konsumierten Kalorien wieder zu verbrennen, müsste er stundenlang joggen.

Das war die Sache nicht wert.

Der große, athletisch gebaute Mann arbeitete als Model für namhafte Kunden aus der Modebranche, er würde seinen beruflichen Erfolg nicht leichtfertig aufs Spiel setzen.

Schwarze Haut war in.

Wieder zuckte ein sympathisches Lächeln über sein Gesicht.

Alles lief perfekt.

Den Namen hatte er sich ausgesucht, weil er sich über das Spiel mit Farbe amüsierte. Die Legende, die man sich für ihn ausgedacht hatte, gefiel ihm ebenfalls und war leicht zu lernen gewesen: Sein Vater hatte eine Schwarze geheiratet, beide waren Einzelkinder und kamen tragischerweise bei einem Autounfall in Kenia ums Leben. Da beide dieses Land liebten, wurden sie dort beigesetzt. Der Sohn, Burkhard, kehrte nach Deutschland zurück und wurde Model. Bisher hatte diese Geschichte jeder Überprüfung standgehalten.

Mit geschmeidigen Bewegungen schob sich der junge Mann durch den Strom der Einkaufenden, ohne jemanden zu berühren.

Gerade als er die Münsterbauhütte erreicht hatte, zirpte diskret sein Mobiltelefon. Mit einem Ruck ließ er es aufschnappen.

»Ja!«

Die andere Stimme war laut und sprudelte Sätze in einer Sprache hervor, die den meisten Menschen auf dem Markt mit Sicherheit unbekannt war. Burkhard hörte aufmerksam zu, bemüht, die Geschichte zu verstehen, die der andere ihm erzählte.

Seine Stirn legte sich in tiefe Falten.

»Aber ihr werdet doch sicher längst geeignete Maßnahmen ergriffen haben?«, fragte er dann. Die Antwort befriedigte ihn offensichtlich nicht. Sein Mund verzog sich unwillig.

»Gut – aber das kann natürlich nur der erste Schritt gewesen sein. Weitere müssen folgen!«, mahnte er und machte kehrt.

Er würde seine Planung für diesen Samstag ändern müssen.

Burkhard Grün war verärgert.

»Was soll das heißen, ihr habt keinen Kontakt? Wie wäre es mit Telefonieren?«

Zornig machte er nun raumgreifendere Schritte und überquerte den Münsterplatz in der Gegenrichtung. Er hatte keinen Blick mehr für die Stände oder das imposante Münster, dessen frivole Wasserspeier ihn sonst immer faszinierten.

»Ich verstehe noch immer nicht, was ich für euch tun kann. Wenn ihr doch schon …«

Wortreich begann sein Gesprächspartner die Notwendigkeit des Eingreifens seitens der Freiburger Gruppe zu begründen.

Burkhard Grün lief derweil an einem der schmalen Wasserläufe entlang, die man hier liebevoll ›Bächle‹ nannte, und erreichte die Kaiser-Joseph-Straße. Mit zügigen Schritten überquerte er die Haupteinkaufsmeile und schimpfte vehement in sein Handy. Erst als er die amüsierten Blicke der Passanten bemerkte, nahm er sich etwas zurück.

»Und das könnt ihr wahrhaftig nicht selbst lösen? Ich fasse es nicht! Ihr wollt, dass ich die ganze Strecke bis Cottbus fahre, nur um euch diese Kleinigkeit abzunehmen? Ja, sicher ist es immer besser, wenn jemand von weiter weg so einen Auftrag durchführt, das sehe ich ein. Aber so weit weg muss es auch wieder nicht sein! Das sind doch fast 800 Kilometer! Ja, ja, schon gut. Ich kümmere mich um euer Problemchen. Mein Preis ist bekannt? Okay. Dann wäre das ja geklärt. Wann ist der nächste Termin?«

Er grunzte zum Abschied unwillig und schob das Telefon in seine Jacketttasche zurück.

Gut, dann würde er jetzt etwas essen und die Fahrt vorbereiten. Cottbus. Wo lag das eigentlich genau?

Während er mit der Rolltreppe in der ›Schwarzwald City‹ hochfuhr, begann er schon mit der Planung seines Einsatzes.

Er war ein Profi.

Und er würde auch diesen Auftrag wie immer zur Zufriedenheit seiner Kunden erledigen.

Als er später in der Salatstube am Fenster saß und auf den Platz hinter dem Herder-Buchhaus hinuntersah, wohlgefällig die renovierte Fassade der alten Sparkasse betrachtend, war sein Ärger schon wieder verraucht.

Einen Plan hatten seine Auftraggeber auch schon.

Und schließlich hatte man sich an ihn gewandt, um die Lösung des Problems in kompetente Hände zu legen. Und diesmal musste er sie sich nicht einmal selbst schmutzig machen.

Er würde die Auftraggeber nicht enttäuschen.

Grinsend betrachtete er seine sorgfältig manikürten Finger. Es waren bewährte Hände.

3

Drei Wochen später, Cottbus

Claudine Caro räumte ihre Arbeitskleidung in den Spind.

»Wow! Das ist ja ein tolles Schmuckstück! Darf ich mal sehen?« Heide, ihre blonde, etwas dickliche und zu kurz geratene Arbeitskollegin, streckte ihre Wurstfinger aus. Claudine beugte sich bereitwillig zu Heide hinunter und erlaubte ihr, den Anhänger zu betasten.

»Was ist denn das?«

»Ein Amulett. Es beschützt mich vor den Mächten des Bösen.«

»Und – hilft es?« Heide zwinkerte Claudine fröhlich zu.

»Aber ja. Siehst du doch. Bisher läuft alles rund.«

»Hm«, Heide Fischer verzog das Gesicht, als denke sie angestrengt nach. »Vielleicht solltest du es besser mal mit einem Liebeszauber versuchen und das Ding eine Weile nicht tragen. Könnte doch sein, dass es dich – quasi als Sideeffekt – erfolgreich vor Männern beschützt.«

»Ach, du meinst, daran liegt das!« Claudine lächelte.

»Na ja, es ist doch eine Schande. Eine so hübsche junge Frau wie du – und noch immer ohne festen Freund« Heide zwinkerte Claudine zu. »Dieser Meinert zählt in meinen Augen nicht! Der ist doch kein Partner für eine Frau wie dich! Dabei kommen hier jeden Tag so viele gut gebaute Männer rein und lassen sich von dir bedienen. Hast du etwa noch nie bemerkt, dass die Schlange vor deiner Kasse doppelt so lang ist wie vor meiner?« Heide kicherte albern.

Claudine steckte ihre Bluse in die Jeans und zog einen warmen Pullover über.

»An der Größe liegt es jedenfalls nicht. Männer mögen lieber kleine Frauen, und in diese Gruppe gehöre ich nun bestimmt nicht.«

»Groß und schlank«, kicherte Heide und sah an sich herunter. »Ich bin klein und rund – aber du hast so ganz nebenbei auch noch eine tolle Hautfarbe.«

»Mit dieser Meinung gehörst du einer Minderheit an. Meine Hautfarbe war schon oft genug Anlass für eine Menge Ärger. Nicht alle Leute mögen Schwarze.«

Claudine fuhr sich im Versuch ordnend zu wirken durch ihr glänzendes, krauses Haar. Es fiel locker zu beiden Seiten bis knapp unter die Ohren. Der Mittelscheitel war in der dichten Pracht kaum zu entdecken. Während der Arbeit im Fast-Food-Restaurant trug sie die Haare streng nach hinten gezurrt, ein Band musste die wilden Locken im Zaum halten. Aber nun hatte sie frei.

»Ich bin immer blass. Und Sommersprossen kriege ich auch. Später werden hässliche Altersflecken kommen. Deine Haut sieht immer ebenmäßig aus. Keine dicken, roten Pickel.

Hach, muss halt jeder nehmen, was er bekommen hat.« Heide seufzte vernehmlich. »Hast du heute noch was vor?«

»Oh, ja! Lernen! Nächste Woche ist eine Klausur geplant.«

»Wie langweilig. Was ist mit Party? Es ist Montag – da gehen junge Leute bei uns auch gerne aus.«

»Du meinst die Party im ›Glad House‹? Na ja, ich weiß nicht. Wenn die anderen hingehen, begleite ich sie vielleicht.«

Heide warf einen Blick auf ihre Armbanduhr.

»Huh! Du liebe Zeit, schon so spät. Ich muss an den Tresen und Menschen satt und glücklich machen.« Sie lachte, drückte die große Freundin fest an sich und war verschwunden.

Claudine nahm ihre grüne Jacke und angelte die bunt gewebte Tasche aus dem Spind, den sie sich mit ihrer Freundin Heide teilte, schloss die Tür und machte sich auf den Weg zum Campus der Universität. Ihr Weg leitete sie durch die Spremberger Straße vom Schinkelturm aus in Richtung Altmarkt.

Die Straßen waren um diese Zeit schon menschenleer.

Es war unheimlich und beruhigend zugleich, nur die eigenen Schritte hallen zu hören. Die frische Luft vertrieb ihre zermürbenden Besorgnisse und machte Gedanken an Geborgenheit, eine Kanne duftenden grünen Tee, Kerzen und ein schönes Abendessen Platz. Danach würde sie noch die Mitschriften aus den Vorlesungen der vergangenen Woche sortieren und sorgfältig überarbeiten. Theoretisch konnte die Klausur schon Anfang der Woche anstehen, da wollte sie gewappnet sein.

Claudines Stimmung hob sich.

Am Altmarkt tauchten die warmen Lichter hinter den Fenstern der Restaurants die Straße in eine anheimelnde Atmosphäre. Dort trafen sich jetzt Freunde und starteten gemeinsam entspannt in die neue Woche. Neid nagte an ihrer Seele. Vielleicht im nächsten Monat, tröstete sie sich, wenn bis dahin alles andere erledigt war. Dann würde auch sie am Abend mit Freunden in einer der gemütlichen Kneipen sitzen.

Es begann zu regnen, und der Wind frischte merklich auf. Sie zog die Jacke fester um ihren Körper.

Claudine bog nach links ab und folgte der Straße in Richtung Stadthallenvorplatz, überlegte es sich dann aber anders, als sie laute Stimmen von dort bis fast zum Altmarkt schallen hörte. Betrunkene, aggressive Stimmen.

Es war nicht nötig, sich leichtfertig in Gefahr zu bringen, beschloss sie, ihre Tatkraft wurde noch gebraucht.

Um den grölenden Jugendlichen auszuweichen, überquerte sie die Straße und nahm den Weg über den Klosterkirchplatz zum Park. Ihre Linke umkrampfte das Schutzamulett, als sie plötzlich rasche Schritte hinter sich hörte.

Der Tod war ihr auf den Fersen.

4

Kriminalhauptkommissar Peter Nachtigall lag im Solebecken der Therme in Burg und versuchte, sich zu entspannen. Missgestimmt betrachtete er das, was sich unterhalb des Brustkorbes als fleischfarbener Berg aus dem Wasser wölbte. Er streckte den Zeigefinger der rechten Hand und stupste dagegen. Kein Zweifel. Das gehörte zu ihm. Er grunzte unzufrieden.

Wieso war es dem Fett nicht möglich, sich gleichmäßiger zu verteilen? Bei einer Körpergröße von fast zwei Metern gab es doch wahrlich genug Platz, unauffällig mit dem Rest zu verschmelzen. Aber wie auf eine geheime Absprache hin, versammelte sich bei ihm alles Fett an der Körpermitte. Gut, räumte er ein und knurrte unwillig, als er einen athletisch gebauten jungen Mann am Becken vorbeistolzieren sah, nicht nur dort. Conny meinte zwar immer aufmunternd, sie liebe jeden Zentimeter an ihm, was hoffentlich auch stimmte, doch sein Hausarzt hatte beim letzten Besuch die Stirn gerunzelt und ihm die Gefahren des ›Metabolischen Syndroms‹ in den schillerndsten Farben ausgemalt.

Nachtigall schob sich aus dem Becken und duschte das Salz ab. Es war einfach nicht fair. Er trieb doch Sport – fast regelmäßig.

Er sah an sich herunter.

Die schwarze Badehose konnte ihre schlank machende Wirkung nicht gänzlich entfalten, stellte er fest.

»Herr Nachtigall?«

Unvermittelt stand einer der Schwimmmeister neben ihm.

»Ja?«

»Stimmt doch, nicht wahr? Der Herr am Telefon meinte: zwei Meter groß, nicht ganz schlank, mit Zopf und schwarzer Badehose. Sie waren leicht zu finden«, der junge Mann musste den Kopf weit in den Nacken legen, um zu Nachtigall aufzusehen. Seine Augen glänzten vor Stolz.

»Gut, Sie haben mich also gefunden. Und nun?«

»Oh – äh, ja. Telefon für Sie.«

In der gläsernen Kanzel neben dem Bewegungsbecken reichte er dem Hauptkommissar ein schnurloses Telefon.

»Nachtigall!«

»Hier Peddersen. Wir haben eine weibliche Leiche im Park. Hinter der Klosterkirche, über den Platz, durch den Durchgang, gleich links. An der Unnatürlichkeit ihres Todes besteht kein Zweifel, meint der Arzt.«

»Na gut. Dann sperren Sie alles ab. Rufen Sie bitte schon das Team zusammen. In etwa 40 Minuten bin ich da.«

»Wir haben schon ein Zelt errichtet – aber durch den Regen wird es schwer werden, überhaupt irgendwelche Spuren zu sichern«, meinte Peddersen illusionslos und legte auf.

Albrecht Skorubski, Michael Wiener und das Team des Erkennungsdienstes würden sicher schnell am Tatort eintreffen, überlegte der Hauptkommissar und nickte dem Schwimmmeister zum Abschied zu. Nachtigall duschte zügig und zog sich rasch an. Während er die Haare trocknete, warf er einen Blick in den Spiegel und fand, in seinen schwarzen Jeans, dem schwarzen Rollkragenpullover und der ebenfalls schwarzen Jacke sah er richtig gut aus.

Kein bisschen zu dick!

Am Fundort herrschte hektische Betriebsamkeit.

Mehrere Streifenwagen standen mit zuckendem Blaulicht auf dem Klosterkirchplatz, einige der Mannschaftswagen mit der Aufschrift ›Kriminalpolizei‹ waren unübersehbar auf der schmalen Zufahrt zur Jugendherberge geparkt, das rotweiße Absperrband der Polizei knatterte im lebhaften Wind, der den Regen über die freie Fläche peitschte, und einige Teams waren mit der Sicherung eventueller Spuren beschäftigt. Das gesamte Areal wurde von gleißendem Scheinwerferlicht ausgeleuchtet.

Eine Handvoll Beamte versuchte neugierige Passanten zu verscheuchen und andere, die ängstlich nachfragten, was denn geschehen sei, zu beruhigen. Außerhalb der Absperrung konnte man Gestalten erkennen, die eifrig mit Handys oder professioneller Ausrüstung fotografierten.

Peter Nachtigall, noch vom warmen Wasser der Therme

erhitzt, zog seinen Schal enger um den Hals und schloss den obersten Knopf seiner Jacke.

Für eine Erkältung war nie der richtige Zeitpunkt.

Albrecht Skorubski ging weit vornüber gebeugt, als versuche er, unter dem beißenden Wind und den harten Tropfen hindurchzutauchen.

Nachtigalls Augen suchten nach Michael Wiener. Er entdeckte den jungen Kollegen etwas abseits, offensichtlich im Gespräch mit einem Zeugen. Dabei hielt er sich die Haare aus dem Gesicht, die der Wind beharrlich über seine Augen blies.

»Da ist Michael. Komm!«

Er wies Albrecht Skorubski den Weg. Durch den Regen hatten sich der Pfad wie die angrenzende Rasenfläche in einen schlüpfrigen Grund verwandelt und forderte ihnen eine gewisse Geschicklichkeit ab. Nachtigall runzelte die Stirn. Viele verwertbare Spuren würde es hier wohl nicht zu sichern geben, Peddersen hatte die Situation richtig eingeschätzt.

»Da seid ihr ja!« Michael Wiener unterbrach sein Gespräch sofort und stellte vor: »Das ist Jakob Stegmann. Er hat das Opfer gefunden.«

»Wo ist sie?«, fragte Nachtigall und nickte dem Zeugen kurz zu. »Herr Stegmann, bitte erzählen Sie dem Kollegen Wiener jede Kleinigkeit. In dieser Phase ist wirklich alles von Bedeutung, was Sie uns sagen können.«

»Das Opfer liegt dort drüben«, Michael Wiener wies auf die Reste der Stadtmauer. »Unter einem Busch, ganz nah an der Mauer. Dr. Manz ist noch dort.«

»Ausgerechnet«, schimpfte Peter Nachtigall mürrisch. Er war schon einmal mit diesem Arzt aneinandergeraten, der sein Empathievermögen als Schwäche auslegte. Nun gut, das war nicht zu ändern.

»Wissen wir schon irgendetwas über die Tote? Name, Adresse?«

»Nein. Ihre Tasche ist verschwunden, falls sie eine dabei hatte«, gab Michael Wiener achselzuckend zurück. »Keine Papiere, keine Schlüssel in der Hosentasche, kein Handy in der Jacke.«

Nachtigall wandte sich um und wäre um ein Haar mit Staatsanwalt Dr. März zusammengestoßen.

»Oh – das war knapp. Sie auch schon hier?«

»Wie Sie sehen. Bei Fällen mit Verdacht auf einen fremdenfeindlichen Hintergrund ist stets Eile geboten.«

»Wieso fremdenfeindlicher Hintergrund?«, fragte Nachtigall verblüfft.

Sie hatten Dr. Manz erreicht, der noch immer neben dem Opfer kniete.

Über den Fundort war eine Plane gespannt, die weiteren Regen abhalten sollte, der Wind griff gierig hinein und spielte mit dem knisternden Plastik. Das grelle Kunstlicht fiel auf eine Szene, die so sonderbar irreal erschien wie ein Filmset.

Selbst der sonst eher forsche, junge Arzt war außergewöhnlich ernst.

»Weil das Opfer afrikanischer Abstammung ist«, beantwortete Nachtigall sich seine letzte Frage selbst und atmete tief durch.

Die große Frau lag auf dem Bauch.

Ihre schwarzen Haare waren blutdurchtränkt, und auch unter ihrem Körper hatte sich eine große Lache gebildet, die am Rand des überdachten Bereichs mit dem regennassen Untergrund verschmolz. Die hellen Handflächen wiesen nach oben, Jacke und Pullover waren verrutscht, die Jeans bis unter das Gesäß heruntergezogen, Schuh und Strumpf des linken Fußes fehlten.

»Sie wurde vergewaltigt?«, wollte Skorubski wissen.

Der Arzt sah ihn einen Moment verständnislos an, sein Blick wanderte zum Körper des Opfers zurück, und er schüttelte den Kopf. »Oh – ich verstehe. Sie meinen wegen der Jeans. Nein, das war ich. Ich musste doch ihre Körpertemperatur messen. Ob eine Vergewaltigung vorliegt, wird der Gerichtsmediziner feststellen.«

»Wie lange liegt sie schon hier?«, fragte Nachtigall mit belegter Stimme.

»Sie ist noch nicht kalt, wenn Sie das meinen. Die Feuchtigkeit und den Wind berücksichtigt – vor zwei, drei Stunden hat sie noch gelebt, denke ich. Mehr kann ich nicht zum Todeszeitpunkt sagen.«

Seine behandschuhten Hände betasteten den Hinterkopf der Toten, suchend, forschend, dann stockend. Er warf Nachtigall einen seltsamen Blick zu, als wolle er abschätzen, wie viel er ihm zumuten konnte, dann meinte er: »Todesursache ist allerdings ziemlich eindeutig. Ein heftiger Schlag. Scharfe Gewalt würde ich mal vermuten.« Er atmete schnaubend aus, als könne er so den Schrecken über das, was er nun sagen musste, verscheuchen. »Der Täter hat ihr den Schädel gespalten.«

Mit beiden Händen drückte er die Schädelhälften leicht auseinander. Grau-beige Hirnmasse mit Blut vermengt quoll ihm entgegen.

Dr. März stöhnte und kehrte mit ataktischen Schritten zu Michael Wiener und dem Zeugen zurück.

Peter Nachtigall hob seinen Blick, fixierte einen Punkt an der Mauer und zählte langsam bis zehn. Dann atmete er tief durch.

»Schlimm, nicht wahr?« Der Notarzt warf dem Hauptkommissar einen prüfenden Blick zu.

»Womit kann man einen Kopf derart spalten? Mit einer Axt?«, erkundigte sich Nachtigall, ohne auf die Frage einzugehen und ohne seine Augen von den Reflexionen der Scheinwerfer auf dem Backstein zu lösen.

»Ehrlich gesagt, bin ich da nicht kompetent. Der Rechtsmediziner wird eher eine Antwort auf diese Frage wissen. Ich persönlich glaube, es war eine lange Klinge, viel länger als bei einer Axt«, er räusperte sich. »Vor ein paar Jahren habe ich als Notarzt bei einem dieser Kampfspektakel gearbeitet, bei dem eine Kriegsszene nachgestellt wurde. Dabei habe ich Verletzungen behandelt, die dieser hier ähnlich waren.« Er bemerkte den ratlos-überraschten Ausdruck in Nachtigalls Gesicht und setzte eilig hinzu: »Natürlich wurde niemand erschlagen, die Waffen waren selbstverständlich stumpf, aber es gab unbeabsichtigte Hiebe auf Unterarme oder gegen Beine. Sie wurden durch Schwerthiebe verursacht. Vielleicht wurde hier eine vergleichbare Waffe verwendet.«

»Ein Schwert ist in unseren Breitengraden eine ziemlich ungewöhnliche Waffe. Vielleicht war es doch eine Axt«, insistierte Albrecht Skorubski, der dem Opfer hartnäckig den Rücken zuwandte.

»Erst ein Schlag gegen die Beine – sehen Sie hier, es hat mächtig geblutet. Dann nur ein Schlag gegen den Kopf. Gezielt und entschlossen, Fundort ist auch Tatort. Ich denke, sie wurde dort auf dem Pfad getötet und dann hier an die Mauer geschleift. Aber wirklich schockierend ist der Anblick ihres Gesichts.«

Damit drehte er das Opfer auf den Rücken.

Mit einem heiseren Aufschrei fuhr Peter Nachtigall zurück, wünschte sich, er könne auf dem Absatz kehrtmachen und im Dunkel außerhalb der Scheinwerfer verschwinden. Selbst Dr. Manz' Hände zitterten, und seine dunklen Locken bebten.

Diesmal hielt er sich mit bissigen Kommentaren über Nachtigalls emotionale Reaktion zurück.

In der Mitte der Stirn klaffte ein tiefes Loch, die Tote starrte die Betrachter aus leeren Augenhöhlen an, die Nase und Ohren waren abgetrennt, der Mund leicht geöffnet. Und die Zunge fehlte!

»Teufel auch!«, zischte Nachtigall.

5

Im Büro herrschte Schweigen.

An der Pinnwand hingen die Fotos vom Fundort des Opfers, schlaglichtartig beleuchtetes Grauen.

»Meinst du, sie war tot, bevor er …«, Skorubskis Satz blieb unvollendet.

Nachtigall räusperte sich, ehe er antwortete: »Dr. Manz wollte sich nicht endgültig festlegen. Nach der Obduktion wissen wir mehr. Der Schlag wurde von hinten geführt – war wahrscheinlich unmittelbar tödlich. Ich glaube, die Verstümmelungen wurden erst danach vorgenommen.«

Er drehte sich zu seinen Kollegen um.

»Michael, haben wir eine vermisste Person, deren Beschreibung auf das Opfer passt?«

»Nein, aber im Grunde ist es noch zu früh. Wenn sie heute Abend nicht nach Hause gekommen ist, möglicherweise allein wohnt, dann ist ihr Verschwinden noch gar nicht aufgefallen.«

»Und falls sie illegal hier war, wird sie wohl auch niemand vermisst melden«, stellte Skorubski lakonisch fest.

»Wir schalten die Presse ein. Du hast doch einen Freund,

der aus entstellten Gesichtern passable Vermisstenfotos erstellen kann, nicht wahr?«

»Ja, habe ich.« Michael Wiener machte sich eifrig eine Notiz. »Ich rufe ihn nachher gleich an. Aber diesmal ist es nicht halb so schwierig wie beim letzten Auftrag.«

»Er hat ihr die Augen ausgestochen, die Nase, die Ohren und die Zunge amputiert«, murmelte Nachtigall nachdenklich. »Für mich sieht das so aus, als sollte sie bestraft werden. Wegen zu großer Neugier zum Beispiel.«

»Das ist aber ziemlich weit hergeholt. Bestimmt wollte der Täter uns nur die Identifizierung so schwer wie möglich machen«, widersprach Albrecht Skorubski.

»Aber die Zunge? Wie passt …«

Die Tür wurde einen Spaltbreit geöffnet und Emile Couvier, Fachmann für operative Fallanalysen beim LKA Brandenburg, schob seinen Kopf hinein. »Darf ich?«

»Emile!«

Nach der allgemeinen freudigen Begrüßung blieb der Profiler vor der Pinnwand stehen und betrachtete die Fotos lange schweigend, bevor er sich zu den anderen an den Tisch setzte.

Albrecht Skorubskis Augen wanderten von Nachtigall zu Couvier und wieder zurück. Seltsam, dachte er, jetzt haben sie schon so oft miteinander gearbeitet, sind über Jule auch privat verbunden und begegnen sich immer noch wie Fremde. Er schüttelte unmerklich den Kopf.

»Diesmal wurde ich euch direkt geschickt. Offensichtlich möchte man den Fall so schnell wie möglich aufgeklärt wissen. Und damit man sich nachher nicht nachsagen lassen muss, es seien nicht alle Ressourcen genutzt worden, steht euch jetzt ein Mann mehr zur Verfügung. Na ja, eigentlich ein halber. Ich arbeite gerade an einem Entführungsfall mit, werde aber hier sein, wann immer es sich einrichten lässt.« Couvier sah in die Runde.

»Prima, dass du uns verstärkst – wir arbeiten immer gerne mit dir zusammen.« Michael Wiener war ehrlich erfreut.

»Habt ihr denn schon irgendwelche Erkenntnisse? Ich war schon hinter der Klosterkirche und habe mir das Gelände dort angesehen. Viele Tatspuren wird es wohl nicht zu finden geben. Der Regen hat ganze Arbeit geleistet«, erzählte Couvier.

»Ja – ich fürchte auch, dass es keine Fußabdrücke oder Faserspuren zu entdecken gibt«, bestätigte Nachtigall. »Aber wir wissen nach der Obduktion sicher mehr über den möglichen Tathergang. Der Arzt meinte, die Verletzung könne von einem Schwert stammen. Damit wäre die Waffe immerhin ungewöhnlich. Der Zeuge, Jakob Stegmann, hat weder auf dem Weg über den Klosterkirchplatz noch beim Finden der Leiche jemanden bemerkt. Niemand ist geflohen – im Gegenteil. Er betonte immer wieder, wie schrecklich die Situation war, allein mit einer Toten.«

»Er hat also nichts gesehen. Schade!«, murrte Skorubski unwillig.

»Hm. Der Täter hat sein Opfer nur oberflächlich versteckt. Die Leiche wurde nicht entkleidet. Die Tasche fehlt. Sie wurde verstümmelt. Hm.« Emile Couvier knetete sein Kinn. »Habt ihr denn die amputierten Körperteile gefunden?«

»Nein, bisher noch nicht.«

Schweigen breitete sich am Tisch aus.

Sollten sie es tatsächlich mit einem Trophäensammler zu tun haben?

»Nun, vielleicht werden sie ja noch irgendwo im Gebüsch entdeckt. Es muss sich nicht um einen Täter handeln, der sich den Nervenkitzel der Tat damit immer neu vergegenwärtigen will«, meinte Nachtigall.

»Es könnt ja auch sein, dass es ein Auftragsmord war. Dann

braucht er die Auge' vielleicht als Beweis dafür, dass die Order ausg'führt wurde«, steuerte Michael Wiener eifrig bei und erntete einen gereizten Blick Nachtigalls.

»Michael, vielleicht solltest du doch mal was anderes lesen! Baldacci bekommt dir nicht, hier sind keine Fantasien zu Geheimdienstverschwörungen gefragt. Du ermittelst in Cottbus, nicht in den USA!«

»Es könnte sich auch um eine Mutprobe im ausländerfeindlichen Milieu handeln«, gab Couvier zu bedenken.

»Wie kommst du auf so etwas? Gab's das schon mal irgendwo?«, fragte Nachtigall entsetzt.

»Nein, nicht dass ich wüsste. Aber wäre es nicht denkbar?«

»Gut, ich behalte es im Gedächtnis – auch wenn ich mir nicht vorstellen möchte, dass bei uns Menschen sterben müssen, weil andere einen Mord als Mutprobe fordern.«

»Es wird manchmal aus banaleren Gründen getötet«, erinnerte ihn Couvier, und Nachtigall nickte. Er wusste nur zu gut, wie recht der Profiler hatte.

»Ich dacht' immer, solch fremdenfeindliche Übergriffe finde' spontan statt. Es ergibt sich zufällig eine Gelegenheit, und die wird brutal ausg'nutzt«, meldete sich Wiener zu Wort.

»Wir haben doch bestimmt Informanten aus diesem Milieu? Wir werden die Kollegen ansprechen, und die sollen versuchen herauszufinden, ob jemand mit dem Mord prahlt, ob er ›in Auftrag‹ gegeben wurde, ob überhaupt darüber gesprochen wird – und natürlich, was diskutiert wird. Michael, kümmerst du dich darum?«

Wiener nickte und legte eine to-do-list an.

»Was bleibt noch?«, führte Skorubski sie wieder zum Fall zurück.

»Raubmord? Eine Tasche haben wir schließlich nicht bei ihr gefunden. Da sie aber weder Schlüssel noch Brieftasche in der Jacke hatte, muss sie wohl eine bei sich gehabt haben.

Meiner Erfahrung nach stecken Frauen solche Dinge nicht gerne in die Anoraktaschen, weil es so aufträgt. Vielleicht war es auch ein Rucksack. Allerdings sind bei Raubmord als Motiv Amputationen nicht nachvollziehbar. Sexualstraftat? Können wir auch nicht ausschließen – es gibt Täter, die ihre Opfer nach der Tat wieder ankleiden. Rache? Wut? Hass? Dazu würde gut passen, dass der Mörder sein Opfer selbst über den Tod hinaus misshandelte«, zählte Nachtigall auf.

»Aber warum hat er dann die Tasche mitgenommen? Um uns die Arbeit zu erschweren?«, fragte Wiener.

»Also – sortieren wir, was wir schon haben.« Nachtigall stand auf und steckte ein großes Blatt Papier mit Nadeln neben den Fotos fest.

»Motive?«

»Hautfarbe. Dr. März glaubt an einen politisch-rassistischen Hintergrund«, warf Couvier in die Runde.

»Dazu gehört dann auch die Theorie über die Mutprobe!«, rief Wiener.

»Geldgier, vielleicht Beschaffungskriminalität?«

»Vergeltung, Bestrafung.«

»Neid. Sie war vielleicht hübsch?« Albrecht Skorubski runzelte die Stirn. »Jemand hat seine Frau mit ihr betrogen. Und ein anderer wollte dieses Verhältnis beenden, weil er sie selbst nicht besitzen konnte – oder sie musste aus Rache sterben, weil zum Beispiel eine eifersüchtige Ehefrau dahinterkam.«

»Der Täter ließ das Opfer so zurück, dass es auf jeden Fall schnell gefunden werden musste«, murmelte Couvier nachdenklich. »Vielleicht wollte er ein Zeichen setzen?«

»Angenommen, Albrecht kommt der Wahrheit sehr nahe, dann könnte der Mörder mit den Verstümmelungen wirklich ein Zeichen gesetzt haben, das bedeutet: So ergeht es Frauen, die sich in Beziehungen drängen.« Nachtigall schrieb hastig mit und hoffte, er würde später noch entziffern können, was dort stand.

»Aber wenn der Auslöser für den Mord die Hautfarbe war, passen die Indizien ebenfalls recht gut zusammen. Fremde schnüffeln hier rum, spionieren uns aus, sprechen nicht einmal unsere Sprache …«, gab Couvier zu bedenken.

»Nase, Augen, Ohren, Mund.«

»Und was ist mit dem Loch in der Stirn? Und ein Schwert als Tatwaffe in der Hand eines gewaltbereiten Rechten?« Nachtigall schüttelte den Kopf. »Nein, das erscheint mir konstruiert.«

»Ein Schwert könnt' jemandem aufg'falle sein. Es ist immerhin eine ziemlich lange Waffe. Wir müsse' abwarte', ob die Befragunge' durch die Kollege' Hinweise erbringe'. Denkbar wäre doch, dass Gäste der Jugendherberge jemanden bemerkt haben, der solch eine Waffe bei sich trug«, meinte Michael Wiener hoffnungsvoll.

»Auf jeden Fall müssen wir wohl davon ausgehen, dass die Tat vorbereitet und geplant war. Ein Schwert trägt man schließlich nicht einfach mit sich herum. Der Täter hat der jungen Frau aufgelauert«, meinte Couvier nachdenklich.

»Aber das muss nicht in letzter Konsequenz auch bedeuten, dass er genau auf diese Frau gewartet hat. Möglicherweise lauerte er in einem Versteck auf irgendein passendes Opfer. Damit nähern wir uns wieder der Mutprobe«, führte Michael Wiener den Gedanken weiter aus.

»Er lässt das Opfer so liegen, dass es schnell gefunden wird. Damit hat er sicher etwas bezweckt. Zum Beispiel, dass der Mord schnell in die Zeitung kommt«, kehrte Emile wieder zu diesem wichtigen Umstand zurück.

Bevor sich die Diskussion vom ursprünglichen Thema zu weit entfernen konnte, brachte Nachtigall sein Team wieder auf die Frage nach dem Motiv zurück.

»Eine Bestrafung für Neugier müssen wir auch mit in unsere Überlegungen einbeziehen. Daran haben wir vorhin schon einmal gedacht. Sie steckt ihre Nase in Angelegenheiten, die sie nichts angehen, sieht Dinge, die sie nicht zu interessieren haben, und spricht schlecht über andere.«

»Ohne Informationen zu ihrem privaten Hintergrund können wir all das nicht klären«, stellte Skorubski unzufrieden fest.

Nachtigall seufzte.

»Wir werden morgen die ersten Berichte bekommen. Die Obduktion kann uns weiterhelfen, und eventuell finden wir Zeugen, die den Täter beobachtet haben. Schluss für heute. Wir treten auf der Stelle!«

Es klopfte, und Dr. März schob seine massige Gestalt in Nachtigalls Büro. Er nickte allen knapp zu, griff wortlos nach einem Stuhl und setzte sich so, dass er die Pinnwand mit den Tatortfotos im Rücken hatte.

»Wir wissen nicht, wer sie ist?«, fragte er.

»Nein. Bisher existiert keine passende Vermisstenmeldung, niemand, der nach ihr gefragt hätte. Der Mord ist vor wenigen Stunden passiert – wahrscheinlich fällt es erst morgen im Laufe des Tages jemandem auf, dass sie verschwunden ist.«

»Hm«, grunzte der Staatsanwalt nach einem schnellen Blick auf seine Uhr zustimmend. »Ich habe übrigens Dr. Pankratz gebeten, die Obduktion durchzuführen. Ich weiß, dass Sie gerne und gut mit ihm zusammenarbeiten, und gerade in einem so gelagerten Fall erscheint mir eine reibungslose Kommunikation besonders wichtig.«

»Ja, wir haben ja auch schon eine Reihe von Fällen gemeinsam gelöst. Auf ihn ist Verlass. Aber – was heißt, in einem so gelagerten Fall? Wie ist er denn gelagert?«, hinterfragte Peter Nachtigall die Formulierung des Staatsanwalts.

Dr. März wand sich unbehaglich auf seinem Stuhl.

»Nun gut – gibt es Hinweise auf einen fremdenfeindlichen Hintergrund?«

»Ist es denn nicht fremdenfeindlich genug, dass jemand sie getötet hat?«, empörte sich Michael Wiener.

»Mord ist menschenfeindlich – fremdenfeindlich wird er durch das Motiv!«, stellte Nachtigall klar. »Und das kennen wir noch nicht.«

»Demnach halten Sie es aber durchaus für möglich, dass diese junge Frau ihrer Abstammung wegen sterben musste?«, versuchte Dr. März seinen ermittelnden Hauptkommissar zu einer Festlegung zu nötigen.

»Nein, ich kann zu diesem Zeitpunkt nur nichts ausschließen. Wir haben noch keine Tatzeugen, die Lebensumstände des Opfers sind uns nicht bekannt – ja, wir wissen noch nicht einmal, um wen es sich handelt«, konterte Nachtigall.

»Gut. Dann finden Sie es raus.« Damit erhob sich Dr. März, fügte »Und Sie sollten sich damit beeilen!« hinzu und zog geräuschvoll die Tür hinter sich ins Schloss.

6

Haiti

Der Bokor lebte abseits der Siedlung im Wald. Sein kleines Haus war schwer zu entdecken, nur Eingeweihte fanden überhaupt den Weg zu ihm. Damit war auch sichergestellt, dass ihr Anliegen ihnen wichtig genug war, den richtigen Pfad zu suchen.

Der große, hagere Mann, dessen Zauberkünste weit über sein Dorf hinaus bekannt waren, warf einen Blick aus dem Fenster. Warme Luft streifte sein markantes Gesicht, dem die stoppelkurzen, weißen Haare zusätzliche Schärfe verliehen. Im Hof liefen einige Hühner gackernd umher, ein Nashornleguan sonnte sich auf der Mauer, und aus dem nahen Wald drangen die lauten Rufe der Affen bis zu ihm herüber. Sein Blick schweifte über das Stück Grasland bis zum Waldrand.

Niemand war zu sehen.

Einsamkeit gehörte zum Leben eines Bokors, war geradezu Bedingung für das, was er zu tun pflegte. Im Stall meckerte eine Ziege. Der Lohn für seine Arbeit. Es war durchaus üblich, seine Dienste in Naturalien zu bezahlen. Der Preis richtete sich nach dem Verbündeten, den der Bokor für die Erfüllung des Auftrags benötigte.

In diesem speziellen Fall hatte natürlich eine läppische Ziege allein als Entlohnung nicht gereicht.

Mit einem zufriedenen Lächeln in seinem faltigen Gesicht, fuhr die linke Hand in die Tasche seiner schwarzen Hose. Beruhigt ertasteten seine Finger die dicke, fest gewickelte Rolle Dollarscheine.

Oh ja! Diesen Auftrag musste man schon angemessen bezahlen!

Er drehte sich um und trat langsam an den rohen Holztisch. Aus einer Pappkiste fischte er ein Stück roten Karton und zeichnete mit dem Bleistift einen groben Umriss darauf. Dann schnitt er die plumpe menschliche Silhouette vorsichtig aus. Aus dem ersten der beiden kleinen Stoffbeutel, die sein Auftraggeber mitgebracht hatte, nahm er mit spitzen Fingern einige Haare, aus dem zweiten ein paar abgeschnittene Fingernägel. Mit geübten Handgriffen klebte er die Haare am Kopf der Pappfigur fest, die Nagelreste an den Enden der Arme. An die Stelle, an der man das Herz vermuten würde, heftete er ein winziges Foto. Es zeigte ein hübsches Mädchen mit fröhlichem Gesichtsausdruck und schalkhaft funkelnden Augen. Doch das Aussehen der Person interessierte den alten Mann nicht.

Während seiner Tätigkeiten murmelte der Zauberer unablässig Beschwörungen vor sich hin, blies die aromatischen Schwaden der brennenden Räucherstäbchen über die Figur.

Am Ende stach er dem Pappmädchen zwei lange, in einem speziellen Ritual gefertigte Nadeln durch Kopf und Herz. Dann verbrannte er es in einer Metallschale.

Emotionslos sah er zu, bis nur noch ein Häufchen Asche übrig war.

Der Bokor rieb zufrieden die Handflächen gegeneinander, was ein eigenartig raues Geräusch verursachte, und beschloss, die schwarze Ziege sofort zu opfern.

Mit einer lässigen Bewegung griff er nach seinem langen scharfen Messer und ging nach nebenan.

7

Peter Nachtigall wartete auf Conny, eigentlich Dr. Cornelia Stamm, vor ihrer Praxis. Die quirlige Hautärztin verlieh seinem Leben einen neuen Schwung, den er nach der Trennung von seiner ersten Frau nicht mehr erwartet hatte. Damals hatte er sich vorgenommen, das Thema Frauen ein für alle Mal ruhen zu lassen.

Und dann war er Conny über den Weg gelaufen.

Sie war viel mehr als der Katalysator, der einen langsam älter werdenden Hauptkommissar auf Trab brachte, war auch in schweren Zeiten stets eine gute Ratgeberin und Trösterin gewesen.

Zum Beispiel nach Tante Ernas Tod.

Erna Salzkorn war das letzte Band zu seinen Eltern gewesen, die bei einem Autounfall ums Leben gekommen waren. Sie hatte ihre Nichte und ihren Neffen bei sich aufgenommen und großgezogen, als wären es ihre eigenen Kinder. Ihr Verlust hatte ihn schwer getroffen.

Inzwischen hatten seine Schwester und er gelernt, mit der veränderten Situation umzugehen.

Sabine hatte schließlich ihren Johannes und die beiden Kinder.

Peter Nachtigall seufzte.

Seine Tochter Jule war schon vor längerer Zeit in eine eigene Wohnung gezogen, die sie mit ihrem Lebenspartner, dem brandenburgischen Profiler, teilte. Noch immer fiel es ihm schwer zu akzeptieren, dass sie ausgerechnet mit Emile Couvier verlobt war. Der junge Mann war Nachtigall zu geschniegelt, wenngleich er einräumen musste, dass sich seine Mitarbeit bei einigen Fällen positiv ausgewirkt hatte.

»Conny, mach Schluss für heute«, flüsterte er sehnsüchtig und starrte dabei intensiv auf die beleuchteten Praxisfenster, als könne er allein dadurch das Ende des Wartens herbeizaubern.

Peter Nachtigall, du bist ungerecht!, schalt er sich. Als du die komische schwarze Beule an deinem Arm behandelt haben wolltest, war es dir auch sehr recht, dass Frau Dr. Stamm nach Dienstschluss Zeit für dich hatte.

Es war fast 22 Uhr, und er erinnerte sich daran, dass Conny heute in ihrer Praxis eine Fortbildungsrunde veranstaltete – eine Art Dermatologenstammtisch. Er musste sich in Geduld fassen.

Seine Gedanken kreisten wieder um den aktuellen Fall, während sein Blick auf die Fassade des Hauses gerichtet blieb.

Hoffentlich konnten sie den Namen des Opfers schnell ermitteln. Dann bekam es einen privaten Hintergrund, Familie, Freunde, berufliche Verpflichtungen, ein soziales Umfeld. Vielleicht konnten sie dort auch einen Ansatz für ihre Ermittlungen finden.

Er verstand Dr. März' Beunruhigung gut.

Brandenburg, besonders Cottbus, kam immer wieder wegen ausländerfeindlicher Übergriffe in die Presse oder gar in die Fernsehnachrichten. Und bei einem Mordopfer afrikanischer Abstammung mussten natürlich die Alarmglocken schrillen.

Vor ein paar Jahren verweigerten die Türsteher einer Disco des öfteren selbst prominenten schwarzen Spielern des ›FC-Energie‹ den Zutritt, obwohl es nach jedem solchen Vorkommnis wütende Kommentare in den Zeitungen gab. Und trotz aller polizeilichen Maßnahmen war es erst kürzlich gelungen, die gewaltbereiten Jugendlichen vom Stadthallenvorplatz fernzuhalten. Vage erinnerte er sich an eine Gruppe ›PRO‹, die den Mitgliedern der ›Mind Watchers‹, einer Sekte, die eine Rückbesinnung auf ein menschliches Wertesystem forderte, Schwierigkeiten gemacht hatte.

Hier sollten sie ansetzen, bis sie brauchbare Informationen über das Opfer hatten, überlegte er weiter. Während er wie gebannt die Praxisfenster anstarrte, lief seine Vorstellungskraft zur Hochform auf.

Er malte sich aus, wie jemand im Gebüsch lauerte. Angespannt. Den Griff eines Schwertes fest umklammert. Der Wartende lauschte auf jeden Schritt, der sich näherte, hielt das Schwert erhoben, damit er ohne Verzögerung zuschlagen konnte und sich die Waffe beim plötzlichen Hochreißen nicht in den Zweigen verfing. Schwitzte er? Oder war es eine ganz unemotionale Angelegenheit? Der Entschluss eines Einzeltäters, der etwas Großes vollbringen wollte, oder geschah der Mord auf Druck einer Gruppe, die von einem ihrer Mitglieder einen Tauglichkeitsbeweis forderte? Hatte der Mann, der dort im Dunkel kauerte, Angst? Oder war er kaltblütig, berechnend? Hätte er auch gemordet, wenn eine weiße Frau vorbeigekommen wäre? Nachtigalls Überlegungen beschäftigten sich nun mit dem Opfer. Vielleicht hatte die junge Frau eine Verabredung, ihre Stimmung war gut, ihr Schritt leicht und beschwingt. Denkbar, dass der Täter besonders gerne ein fröhliches Opfer tötete, weil seine eigene Welt gerade zerschellte und versank. Es konnte sich schlicht um jemanden handeln, den eine Lebenskrise aus der Bahn geworfen hatte, der sich auf diese Weise an glücklichen Menschen rächte.

Das Unbehagen, das sich in Nachtigall ausbreitete, ließ ihn einen aufmerksamen Blick in die Runde werfen. Ein Rascheln hinter einem Müllcontainer verstärkte das Gefühl einer unbestimmten Gefahr, und er bekam eine Gänsehaut.

Schluss, befahl er seiner Fantasie, nun ist es gut! All seine Überlegungen, war ihm bewusst, kamen zu früh. Noch wussten sie zu wenig, viel zu wenig.

Endlich! Die Lichter wurden gelöscht.

Er schob alle Gedanken an die ermordete junge Frau so gut es ging beiseite, um Platz für einen entspannten Abend zu schaffen.

Nachtigall chauffierte seine Conny zu ihrem Lieblings-Inder in Sandow.

Es wurde Zeit, ihre Beziehung endlich auf eine neue, tragfähige Basis zu stellen.

Heute, nahm er sich fest vor, heute würde er sie fragen.

8

»Guten Morgen!« Nachtigall und Skorubski betraten das Büro, in dem Michael Wiener bereits ungeduldig auf sie wartete.

»Gute' Morge'! Ich glaub, wir könne' das Opfer identifiziere'. Es ist gerade eine Vermisstenmeldung reingekomme', die zu der jungen Frau passt«, berichtete er so aufgeregt, dass seine Fönfrisur bei jedem Wort mitschwang.

Wie Nachtigall selbst, trug auch das jüngste Teammitglied stets Schwarz. Wiener jedoch war schlank und hatte sich gegen einen Zopf und für eine modische Frisur entschieden. Albrecht Skorubski, der als Einziger des Ermittlertrios von nur mittlerer Größe war, hatte sich auf Schlamm und Khaki festgelegt. Immer noch viel besser als die grellbunten Hawaiihemden, die er früher so gerne getragen hatte, fand Nachtigall. Selbst das Basecap, mit dem Albrecht seine Glatze verbarg, passte farblich perfekt.

»Aha. Wer ist es?« Nachtigall bemerkte seinen unfreundlichen Ton und räusperte sich. Die Kollegen sollten nicht darunter zu leiden haben, dass der letzte Abend sich nicht nach seinen Vorstellungen entwickelt hatte. Der richtige Moment für seine Frage wollte sich einfach nicht einstellen!

»Claudine Caro. Studentin an der BTU, wohnt im Studentenwohnheim auf dem Campus. Ihre Tante erwartete gestern am späten Abend ihren Anruf. Als sie sich nicht meldete, machte sie sich Sorgen, versuchte mehrfach vergeblich, ihre Nichte zu erreichen. Sonst sei die Tochter ihrer Schwester immer ausgesprochen zuverlässig, gab sie auf der Wache an. Als sie auch heute Morgen nichts von ihr hörte, fuhr sie bei ihr vorbei, fand das Zimmer leer und das Bett unberührt vor.«

»Du liebe Zeit – vielleicht hat die Nichte bei einem Freund übernachtet und den Termin mit der Tante schlicht vergessen«, gab Nachtigall zu bedenken. »Hat sie das Opfer denn schon identifiziert?«

»So gut wie.«

»Bedeutet?«

»Sie hat ein Foto ihrer Nichte bei den Kollegen abgegeben. Hier!« Michael Wiener reichte Nachtigall einen Schnappschuss. »Das ist doch eindeutig unser Opfer, oder?«

Albrecht Skorubski betrachtete das strahlende Gesicht der jungen Frau skeptisch. »Glaubst du?«

»Ja. Kein Zweifel!«, bekräftigte Wiener.

»Sie war hübsch.«

»Ja – und zumindest, als dieses Bild gemacht wurde, auch fröhlich«, meinte Nachtigall mit belegter Stimme. »Die Tante weiß noch nicht, dass wir glauben, ihre Nichte gefunden zu haben?«

»Nein. Der Kollege, der die Meldung aufgenomme' hat, wusste wohl gar nichts von dem Mord.«

»Haben wir schon einen Bericht über die Befragung der Gäste der Jugendherberge?«

»Ja – die Kollegen haben sich mit jedem einzeln unterhalten. War auch kei' Problem, zurzeit wohne' dort überhaupt nur zwei junge Männer. Und die haben nichts bemerkt. Vielleicht sollte' wir einen Aufruf in die Presse gebe'. Dann fällt möglicherweise jemandem ein, dass er doch etwas beobachtet hat.«

Nachtigalls Telefon klingelte.

»Ich komme«, antwortete er mager nach einer langen Phase des Zuhörens.

»Dr. Pankratz ist da«, informierte er die Kollegen, sah unschlüssig von einem zum anderen und entschied: »Michael, wir fahren!«

Während Albrecht Skorubski erleichtert hinter seinem Schreibtisch Platz nahm, um den Bericht über ihre bisherigen Ermittlungsergebnisse in den Computer einzugeben, erläuterte Nachtigall Michael Wiener, dass sie diesmal nicht allein der Obduktion beiwohnen würden.

»Es ist ein Fall, der viel Aufmerksamkeit auf sich zieht. Dr. März wird vielleicht kommen, und sicherheitshalber ist auch ein Kollege vom BKA dabei. Bei einem möglichen ausländerfeindlichen Hintergrund sind natürlich alle sensibilisiert und hochgradig nervös. Dieser Kollege vom BKA übernimmt die Ermittlungen, falls sich Hinweise in diese Richtung ergeben. Der Generalbundesanwalt wurde schon vorab darüber informiert, dass es in Cottbus einen Mordfall gegeben hat, der möglicherweise dem rechtsradikalen Milieu zuzuordnen ist.«

Unbehaglich rutschte er in seinem Sitz hin und her.

Michael Wiener grinste verschmitzt.

»Es wird schon keiner was merken«, versuchte er Nachtigall zu beruhigen.

»Was wird keiner merken?«, fragte der Hauptkommissar gereizt zurück.

»Na, dass du den Tod nicht ertragen kannst.«

9

Haiti

Der Hungan, der Priester der Gemeinde, überprüfte sorgfältig die Vorbereitungen für das große Ritual, das er am Abend zelebrieren würde.

Die bevorzugten Speisen des Loa, den zu beschwören er geplant hatte, lagerten in einem separaten Raum. Schwarze Kerzen, violette Blüten, Kupfermünzen standen bereit. Das Hühnerblut würde er erst kurz vor der Zeremonie hereinholen, damit es tatsächlich frisch und lebendwarm war. Kohle wartete in den unterschiedlichsten Behältnissen darauf, zum Glühen gebracht zu werden.

Das Opfertier, das die Bitte unterstützen und den Loa in gute Laune versetzen sollte, meckerte im Stall.

Er überzeugte sich davon, dass es dem Bock an nichts fehlte.

Die Petro Loas waren heikel.

Sie konnten einem Priester Fehler während der Zeremonie sehr übel nehmen und ihn sogar dafür bestrafen.

Er musste vorsichtig sein.

Der Priester seufzte leise.

Seine Gemeinde war arm.

Bei vielen Mitgliedern reichte das Einkommen nur für das Nötigste.

Das heutige Ritual war bestellt und sehr gut bezahlt worden; er und sein La Place, der Zeremonienmeister, würden dafür Sorge tragen, dass es perfekt ablief – gerne oder gar aus Überzeugung tat er es nicht. Es barg immer ein gewisses Risiko, die Petro Loas um Beistand zu bitten. Sie waren in ihren Reaktionen unberechenbar, was nichts mit den Fähigkeiten des Priesters zu tun hatte – seine waren über jeden Zweifel erhaben –, sondern mit dem Wesen dieser Götter. Als böse im landläufigen Sinne konnte man sie nicht bezeichnen, wenngleich ihre Unterstützung eher bei moralisch zweifelhaften Anliegen erbeten wurde.

Sie verhielten sich unvorhersehbar, ihre aggressive Grundtendenz konnte sich im ungünstigsten Fall auch gegen den Bittsteller oder seinen Priester wenden.

Die Auftraggeber brachten heute Abend ein paar Frauen mit. Es galt, den Herrn der Finsternis, Baron Samedie, anzurufen. Der Priester warf einen prüfenden Blick auf die großen Trommeln und die rituellen Gefäße.

Alles war bereit.

Er würde es wagen.

10

Peter Nachtigall entdeckte den Kleintransporter mit der weißen Aufschrift ›Gerichtsmedizin‹ schon von Weitem. Dr. Pankratz war also schon mit den Vorbereitungen beschäftigt.

Neben dem grünen Wagen parkte eine schwarze Limousine.

»Die Kollege' vom BKA sin scho' da«, stellte Wiener überflüssigerweise fest.

»Ja«, antwortete Nachtigall knapp.

Das Opfer lag auf einem der Edelstahltische und erweckte nicht im Geringsten den Eindruck, nur zu schlafen. Das gnadenlos grelle Licht der OP-Leuchte verlieh den Verstümmelungen im Gesicht der jungen Frau mehr Tiefe und Kontur.

»Guten Morgen!«, begrüßte der Rechtsmediziner die Neuankömmlinge gut gelaunt und reichte ihnen zunächst die Hand, danach Kittel, Schürze und Handschuhe. Nachtigall bemerkte, dass der Kollege vom BKA die Utensilien abgelehnt hatte. Er stand in schwarzem Anzug neben dem Sektionstisch und signalisierte Ungeduld.

Der Cottbuser Hauptkommissar, der wusste, dass Dr. Pankratz mitunter auch die anwesenden Beamten in sein Handeln mit einbezog, band sich Kittel und Schürze um, bedeutete Wiener, dies ebenfalls zu tun und begrüßte danach den fremden Ermittler.

»Peter Nachtigall – und dies ist mein Kollege Michael Wiener.«

»Jens Schubert, BKA.«

Nachtigall streifte die Handschuhe über und warf dem Gerichtsmediziner einen erwartungsvollen Blick zu.

»Fertig? Die Kleidung des Opfers haben wir weitergeleitet. Ihre Jeans sind in Höhe der Kniekehlen zerfetzt und blutdurchtränkt, Schmutzanhaftungen an Oberschenkeln und Becken, einige Schleifspuren an der Rückseite knapp oberhalb der Knöchel bis etwa zur halben Wade. Die Wunde am Knie hat massiv geblutet, die Hose war in diesem Bereich geradezu blutdurchtränkt. Ihre Jacke wurde beim Überfall beschädigt, der linke Ärmel teilweise aus der Schulternaht herausgerissen, drei Knöpfe fehlten. In der linken Gesäßtasche der Hose steckte eine Packung Taschentücher, in der Jackentasche rechts ein Einkaufszettel.«

Dr. Pankratz inspizierte den leblosen Körper sorgfältig, suchte nach Einstichen und Mikroverletzungen, gab dem

Sektionsassistenten ein Zeichen und drehte das Opfer auf den Bauch.

»Um den Tathergang besser rekonstruieren zu können, werfen wir zunächst einen Blick auf die Rückseite des Opfers. Es finden sich Hämatome am linken Handgelenk sowie am linken Oberarm. Sie muss gestürzt sein, beide Knie zeigen Unterblutungen. Ein kraftvoller Hieb in beide Kniekehlen, tiefe Wunden an den Beinen ohne Ausfransungen an den Wundrändern. Der Schädel ist tief gespalten. Die klaffende Wunde reicht vom Hinterkopf bis zum Os frontale.« Er räusperte sich. »Stirnbein«, setzte er rasch hinzu. »Auch ohne Obduktion sieht man schon, dass der Schädelknochen komplett zerschmettert wurde. Hirnmasse ist ausgetreten, hat die Haare großflächig verklebt. Das Opfer wurde mit Sicherheit durch Einwirkung scharfer Gewalt getötet. Die Verletzung ist auffallend schmal – eine Axt kommt dafür nicht infrage.«

»Dr. Manz, der Notarzt, meinte, bei der Tatwaffe könnte es sich um ein Schwert gehandelt haben.«

»Ja«, Dr. Pankratz nickte. »Das könnte sogar sehr gut möglich sein. Sehr schmale Klinge. Schauen Sie hier – an der breitesten Stelle klafft die Wunde gerade mal zwei Zentimeter.«

Dabei deutete der Rechtsmediziner mit seinem langen Zeigefinger auf Bereiche, die durch eine gräuliche Schicht miteinander verklebt waren. Peter Nachtigall nickte nur stumm, während der zweite forensische Pathologe sich interessiert näher über den Kopf des Opfers beugte.

»Wenn wir den Schädel präparieren, werden wir genau sehen, ob der Täter diese Verletzung mit einem einzigen Schlag gesetzt hat oder mehrere gebraucht hat. Besonders interessant ist auch diese tiefe Hiebverletzung an der Dorsalseite beider Kniegelenke.« Der Gerichtsmediziner griff nach dem Bein und demonstrierte mit einigen raschen Bewegungen, was er damit meinte. Der Unterschenkel ließ sich frei in alle Richtungen bewegen. »Es sind nicht nur die Sehnen der Oberschenkelmuskulatur durchtrennt, sondern auch die Kreuz- und Seitenbänder. Der Hieb muss mit einer solchen Kraft geführt worden sein, dass die Waffe von dorsal bis weit ins Gelenk eindrang. Das rechte Kniegelenk sieht genauso aus. Das Opfer konnte mit Sicherheit keinen Schritt mehr gehen, es muss sofort zu Boden gestürzt sein. An Flucht war nicht zu denken«, erklärte Dr. Pankratz und drehte mithilfe des Kollegen den Körper wieder auf den Rücken.

Nachtigall spürte ein unangenehmes Prickeln, das sich über seinen Rücken in Richtung Nacken ausbreitete.

»Er hat dafür gesorgt, dass sie wehrlos war. Völlig ausgeliefert. Warum hat sie nicht geschrien?«

»Schock vielleicht. Oder sie kam nicht mehr dazu.« Dr. Pankratz warf dem Hauptkommissar einen raschen Blick zu.

»Vielleicht glaubte sie auch, es käme ihr ohnehin niemand zu Hilfe. Oder im Zweifelsfall kommen die Freunde des Täters«, steuerte Jens Schubert bei.

»Leichenflecken finden sich verblasst im Brust- und Beckenbereich und an den Knien, deutlich dagegen im Schulterbereich, am Gesäß und … Ich gehe deshalb davon aus, dass sie längere Zeit nach dem Eintritt des Todes gedreht wurde, vermutlich, damit der Täter die Verstümmelungen am Gesicht vornehmen konnte. Dabei hat er sich viel Zeit gelassen, er muss sich vollkommen sicher gefühlt haben. Wenn wir davon ausgehen, dass es ungefähr eine halbe Stunde dauert, bis sich die ersten Leichenflecke ausbilden, bedeutet das, dass er sie erst nach Ablauf dieser Zeit umgedreht hat«, fuhr der Rechtsmediziner unbeirrt mit seinen Ausführungen fort.

»Vielleicht hatte er etwas vergessen und kehrte deshalb später an den Tatort zurück.« Michael Wiener trat näher an den Sektionstisch heran.

»Möglich. Damit wäre er aber ein ziemlich hohes Risiko eingegangen.«

»Vielleicht stand er unter Schock«, grübelte Nachtigall. »Er wollte es tun, doch als es so weit war, sah er sich außerstande. Er wartete, bis er sich etwas beruhigt hatte, und führte die Amputationen aus, als die Hände nicht mehr zitterten.«

»Viele Mörder geraten nach einem solchen Überfall erst einmal aus dem Gleichgewicht, Vorstellung und Realität driften überraschend weit auseinander, alles ist plötzlich voller Blut, es riecht nach Tod, und manche Täter scheuen auch davor zurück, eine Leiche zu berühren. Alles denkbar.« Dr. Pankratz untersuchte die Augenhöhlen aufmerksam. »Die Augen wurden mit einer kurzen, glatten Klinge entfernt. Es sind nur exakte Schnittflächen zu sehen, keine Ausfransungen. Also kein kleinzahniger Wellenschliff. Wahrscheinlich ein Gemüsemesser oder ein Schnitzmesser«. Er sah auf und lächelte Michael Wiener zu. »Oder ein Taschenmesser.«

Jens Schubert sah ratlos von einem zum anderen.

»Vor einiger Zeit hatten wir einen Täter in der Stadt, der ein Taschenmesser verwendete«, erläuterte Nachtigall knapp, und der Beamte des BKA verzog gereizt das Gesicht.

Er war nicht an zurückliegenden Fällen des Teams interessiert.

Dr. Pankratz war inzwischen mit dem Inspizieren der Wunde an der Nase fertig und widmete sich jetzt intensiv der Mundhöhle, leuchtete hinein und betrachtete die Schnittstelle voller Interesse.

»Hm, hm, hm. Ich bin mir ziemlich sicher, dass er den Unterkiefer heruntergedrückt, die Zunge gepackt und dann in der Mundhöhle an der Zungenwurzel abgetrennt hat. Dabei schoben sich die Zungenränder leicht nach unten. Man sieht deutlich, dass er mehrmals ansetzen musste. Möglicherweise lag das am Winkel, der für eine Schnittführung ungünstig war, oder er hatte nicht mit dem Widerstand des Gewebes gerechnet. Ich denke, es war so.« Der Gerichtsmediziner demonstrierte an einem Schwamm, den er vom Waschbecken holte, was er meinte. Dabei drückte er den Schwamm an einer Stelle mit Daumen und Zeigefinger zusammen und deutete danach die Schnittbewegungen an. »Sehen Sie? So!«

»Ja – ich verstehe«, antwortete Nachtigall unglücklich.

»Pranken kann er nicht gehabt haben, sonst wäre es sicher ausgesprochen schwierig für ihn gewesen, so tief in die Mundhöhle zu greifen. Dann ließen sich auch Mikroverletzungen in der Wangenschleimhaut finden – aber ich kann nichts entdecken.«

Dr. Pankratz bemerkte die Ungeduld des BKA-Beamten und drehte sich zu ihm um.

»Treten Sie nicht von einem Fuß auf den anderen, das stört mich! Eine Obduktion muss gründlich durchgeführt werden und dauert eben ihre Zeit. Wenn Sie den Eindruck haben, Ihre hier zu vergeuden, können Sie gerne auf meine Berichte warten.«

Peter Nachtigall staunte.

So verärgert hatte er den Gerichtsmediziner noch nie erlebt.

Jens Schubert zuckte mit den Achseln und setzte eine betont gelangweilte Miene auf.

Den Körper hielt er aber ab sofort in vollständiger Ruhe.

Dr. Pankratz hatte sich längst wieder dem Opfer zugewandt. Er schob die Lampe in eine neue Position und griff nach einem Vergrößerungsglas. Eine Stelle am Hals der jungen Frau hatte seine Aufmerksamkeit erregt. Dabei grunzte er zufrieden, bewegte die Lupe von links nach rechts, leuchtete das Areal neu aus und begann erneut mit der Untersuchung.

Plötzlich schnalzte er leise.

Peter Nachtigall warf ihm einen irritierten Blick zu. Dr.

Pankratz mit Detektivmiene erweckte den Eindruck eines Menschen, dem seine Arbeit von Grund auf Freude bereitete.

Endlich richtete er sich auf und sah in die angespannten Gesichter der Umstehenden.

»Hier, das ist ja wirklich interessant«, die Begeisterung in seiner Stimme war nicht zu überhören. »Sie muss eine Art Kette getragen haben. Jemand hat sie ihr mit Gewalt vom Hals gerissen.«

Er griff nach einer langschenkligen Pinzette und entfernte ein für die anderen unsichtbares Faserstück vom Hals des Opfers. Eilig trug er es hinüber zum Mikroskop und legte die Probe auf einen Objektträger.

Niemand sprach.

Aller Augen waren auf Dr. Pankratz' gebeugten Rücken gerichtet.

»Es ist ein textiles Band. Braun.«

»Kein Lederband?«, fragte Jens Schubert unvorsichtigerweise und fing sich einen vernichteten Blick ein.

»Nein! Man kann Leder- und Textilfasern sehr gut unterscheiden. Ich tippe auf eine Art Schuhband. Das wird uns sicher die weitere Analyse zeigen.«

Aus dem Augenwinkel beobachtete Nachtigall, wie Jens Schubert ein schwarzes, ledergebundenes Notizbuch aus der Tasche zog und mit zornig-eckigen Bewegungen etwas eintrug. Dann steckte er es einsteckte und schob mit süffisantem Lächeln den edlen schwarzen Stift mit dem Glastropfen am oberen Ende in die Sakkotasche zurück.

»Ich möchte von Ihnen wissen, ob Sie der Meinung sind, es könne sich bei diesem Mord um eine Tat mit ausländerfeindlichem Hintergrund handeln«, stellte der Mitarbeiter des BKA schlecht gelaunt klar.

»Das Motiv herauszufinden, fällt nicht in den Aufgabenbereich des Rechtsmediziners«, wurde er prompt belehrt.

»Der findet bestenfalls Hinweise darauf, was der Täter sich bei seinen Handlungen gedacht haben könnte – zum Beispiel bei einer Sexualstraftat oder einem Ritualmord. Ich bin doch kein Orakel!«

Beleidigt trat Jens Schubert etwas zurück und zückte erneut sein Notizbuch.

»Halten wir fest: Tatwaffe mit langer, schmaler Klinge. Die Verstümmelungen wurden mit einem Messer ausgeführt, das eine glatte, leicht sichelförmige Klinge hat. Das erleichterte das trichterförmige Ausschälen der Augäpfel. Die Zunge packte er mit der linken Hand, drückte sie fest zusammen und schnitt den vorstehenden Teil ab. Die weichen Nasenteile trennte er glatt ab.«

»Rechtshänder? Sicher? Woran erkennt man das?«, hakte Wiener interessiert nach.

»Das sehe ich an der Schnittführung. Sehen Sie – hier, hier und hier. Dort hat er angesetzt und dann von links nach rechts geschnitten. Eindeutig.«

»Der Täter schleicht sich von hinten an sein Opfer heran.«

»Ja. Vielleicht packt er ihre linke Hand. Sie dreht sich nicht um, sondern rennt los. In dem Moment trifft sie der Hieb. Sie geht zu Boden. Es folgt unmittelbar der zweite Schlag auf den Hinterkopf. An den Händen sind keine Abwehrspuren zu sehen – sie muss sofort bewusstlos gewesen sein. Oder tot. Das klären wir jetzt«, verkündete Dr. Pankratz und griff zu einer kleinen Motorsäge, um den Brustkorb zu eröffnen.

Nachtigall stöhnte lautlos und grub seine Fingernägel fest in die Handflächen.

Als er sein Gesicht im Spiegel an der gegenüberliegenden Wand entdeckte, stellte er fest, dass es grünlich schimmerte.

Dr. Pankratz setzte seine Arbeit fort und erläuterte seinen Zuhörern, wie seiner Meinung nach der Mord verübt wurde: »Tatort und Fundort liegen nur wenige Meter auseinander. Ich habe mir die Stelle angeschaut. Der tödliche Hieb auf den Kopf erfolgte direkt auf dem schmalen Weg hinunter in den Puschkinpark. Danach wurde der leblose Körper ins Gebüsch an der Stadtmauer gezerrt. Es gibt keinen Hinweis darauf, dass sie etwa selbst dorthin kroch um sich in Sicherheit zu bringen – abgesehen davon, dass ich davon überzeugt bin, dass der Hieb tödlich war. Dort, in diesem Versteck, nahm der Täter dann die Verstümmelungen vor und ließ sein Opfer nur oberflächlich verborgen zurück.«

Anderthalb Stunden später wussten sie kaum mehr über das Opfer.

»Wenigstens kann ich mit Sicherheit sagen, dass alle Schnitte, die der Täter nach dem Überfall setzte, nach Eintritt des Todes erfolgten. Keine sadistische Quälerei und danach ein erlösender Schlag – je nachdem, welche Waffe er benutzte, brauchte er ziemlich viel Kraft. Die Schädeldecke ist tatsächlich mit einem einzigen Schlag komplett durchtrennt worden. Splitter des linken Os temporale wurden durch die Klinge der Waffe tief ins Gehirn getrieben, bis in den linken Seitenventrikel.«

»Os temporale?«, fragte Michael Wiener, und Dr. Pankratz lächelte, zufrieden darüber, einen interessierten Zuhörer zu haben. »Schläfenbein.«

Dann setzte er fort: »Das Loch in der Stirn rührt von einem Schlag her – suchen Sie am Tatort nach einem Rohr oder einem handlichen Stein. Wir führen eine Analyse der Anhaftungen durch, dann kann ich Ihnen genau sagen, ob die Waffe aus Metall war oder nicht.«

»Ein männlicher Täter, durchtrainiert und stark. Passt doch perfekt zu unseren Erwartungen, oder? Ein rechter Schläger«, konstatierte Jens Schubert, und tiefe Zufriedenheit schwang in seinen Worten mit.

»Sie sollten dringend an Ihrem Menschenbild arbeiten!«, wies Dr. Pankratz ihn schroff zurecht, »Frauen sind doch keine schwächlichen Küken!«

»Können Sie irgendetwas über die Größe des Täters sagen?«, versuchte Nachtigall die Streithähne wieder auf den Fall zu konzentrieren.

»Nein. Nicht genau. Nach dem Winkel zu urteilen, tippe ich auf eine Person, die gleich groß oder um Weniges kleiner als das Opfer war.«

Der Sektionsassistent griff nach einer chirurgischen Nadel, fädelte das dicke schwarze Nahtmaterial ein und begann damit den Brustraum sorgfältig zu verschließen.

Ein anderer Assistent trat an den Edelstahltisch und reichte Dr. Pankratz einen Notizzettel.

Der Rechtsmediziner runzelte die Stirn und nickte dann.

»Soll noch einen Moment warten. Ich komme raus und begleite sie selbst.«

Claudine Caros Tante war eingetroffen.

11

Haiti

Im Nebengelass lagerten die vorbereiteten Opfergaben, die für den Loa benötigt wurden. Jeder der Götter bevorzugte andere Gerichte, die für die Rituale von den Hunsi mit viel Sorgfalt gekocht oder gebacken wurden. Ein würziger Duft hing in diesem Raum. Der Priester warf einen prüfenden Blick auf die Rumvorräte. Baron Samedie, die finstere Seite von Gédé, dem Gott der Toten, bestand auf reichlich Rum der besten Marke. Stets kleidete er sich nach seiner Ankunft um und trug edle Gewänder, manchmal liebte er es, Hüte aufzusetzen sowie eine Sonnenbrille. Stets verlangte er nach dem kunstvollsten magischen Zeiger, über den der Priester verfügte.

Es galt, darauf vorbereitet zu sein.

Natürlich war besonders wichtig, dass von allen Speisen und sonstigen Gaben ausreichende Mengen zur Verfügung standen, sonst konnte der Loa leicht verärgert reagieren. Möglicherweise wurde er auch so wütend, dass er die angebotenen Opfergaben ablehnte und den Auftraggebern der Zeremonie später bei der Durchführung ihrer Pläne nicht als Unterstützer zur Verfügung stünde.

Zufrieden stellte der Hungan fest, dass alles von den Hunsi perfekt vorbereitet worden war.

Konzentriert richtete der Priester nach Einbruch der Dunkelheit an einem kleinen Altar in seinem Schlafzimmer die notwendigen Zutaten. Kräuter mit betörendem Duft, Mehl aus menschlichen Knochen, ein winziges Schlüsselbein von einer Ratte und vieles mehr. Die für den Zauber unabdingbaren magischen Formeln notierte er in kunstvoll verschnörkelter Schrift auf einem Pergament, rollte es zu einer Röhre zusammen und umwickelte diese mit einem schmalen Band. Er nahm ein Stück Kohle und malte das Vévé, das persönliche Symbol seines Schutzgottes, auf den Boden eines Ledersäckchens.

Danach entzündete er eine Kerze und ein Räucherstäbchen. Die Kerze symbolisierte das Leben, der Duft des Stäbchens sollte ungünstige Einflüsse vertreiben. Vorsichtig brachte er in einem Löffel Wachs zum Schmelzen. Zuerst füllte er das Knochenmehl und die zerriebenen Kräuter sowie weitere Ingredienzien mit Zauberkraft in den Beutel, dann legte er den Rattenknochen und die Pergamentrolle dazu und zog ihn fest zu. Auf den Knoten tropfte er etwas Wachs, um das Quagga zu versiegeln.

Er würde es zur Zeremonie anlegen.

Bei solch einem Ritual galt es für einen Hungan schließlich, in erster Linie sich selbst zu schützen.

12

Hauptkommissar Peter Nachtigall wurde vom Eintreffen der Tante des Opfers ebenso überrascht wie alle anderen. Er überprüfte sein Mobiltelefon. Albrecht Skorubski hatte versucht, ihn zu erreichen, stellte er fest, aber da das Gerät ausgeschaltet war, hatte er den Anruf nicht entgegennehmen können.

»Warum hat man die arme Frau denn so überstürzt hierhergeschickt?«, fragte Michael Wiener flüsternd.

»Wahrscheinlich«, antwortete Nachtigall ebenso leise, »liegt das an dem vermuteten fremdenfeindlichen Hintergrund. Dr. März steht wohl schon ziemlich unter Druck.«

Die kräftige Frau trug einen dunklen Rock und eine grellgrüne Bluse darüber.

»Madeleine Treschker«, stellte der Beamte vor, der sie hierher begleitet hatte. »Das ist Hauptkommissar Peter Nachtigall.«

Die Frau nickte Nachtigall kurz zu.

»Man hat mir gesagt, es habe in der Stadt einen Überfall auf eine junge Frau gegeben. Auf eine schwarze Frau. Ich soll hier überprüfen, ob es sich dabei um meine Nichte handeln könnte«, erklärte sie mit schleppender Stimme.

Dr. Pankratz erschien wenig später in der Tür.

Er hatte die blutverschmierten Kleidungsstücke gegen einen sauberen Kittel ausgetauscht.

»Sie sind gekommen, um das Opfer zu identifizieren? Mein Name ist Pankratz, ich bin der zuständige Gerichtsmediziner. Wenn Sie bitte mitkommen möchten.«

Zögernd setzte sich Madeleine Treschker in Bewegung.

»Selbst wenn es nicht Ihre Nichte ist – es wird sich Ihnen ein schrecklicher Anblick bieten«, warnte der Hauptkommissar.

»Es hilft nichts, oder? Ich muss mir die Tote auf jeden Fall ansehen – schon um sicher zu sein«, erwiderte die Frau tapfer.

Wenige Sekunden später entdeckte sie ihre Nichte, an der – neben all den Verstümmelungen – die Spuren von Dr. Pankratz' Untersuchung deutlich zu sehen waren, auf einem der Edelstahltische. Mit einem lauten Schmerzensschrei warf sie sich über das Opfer. Alle, selbst Jens Schubert, mussten mit zufassen, um die, sich entschlossen zur Wehr setzende Tante, von der Leiche ihrer Nichte wegzuzerren. Sie schrie unverständliche Worte, trat und schlug nach den Menschen, die nach ihr griffen, ein Tablett mit Obduktionsbesteck krachte scheppernd zu Boden. Madeleine Treschker konnte sich nicht auf den Beinen halten, wurde von vier Männern gestützt

schließlich in einen Nebenraum geführt, wo sie minuten-
lang wimmernd auf einem Stuhl saß, das Gesicht in den Händen verborgen, unfähig mit jemandem ein Wort zu sprechen.

Eine schreckliche Szene.

Selbst Dr. Pankratz war noch blasser als gewöhnlich.

Ein Kollege brachte später die schluchzende Tante des
Opfers im Streifenwagen nach Hause zurück und benach-
richtigte eine Freundin, die ihr beistehen sollte.

Zusammen mit den beiden Kollegen fuhr Peter Nachtigall
in der Zwischenzeit in die Wohnung des nun nicht mehr
namenlosen Opfers.

»Claudine Caro, 22 Jahre alt, Studentin im Fachbereich 4,
Landnutzung und Wasserwirtschaft. Das ist dieser Studiengang, der deutschlandweit nur hier angeboten wird – kurz
und knapp könnt man au' einfach Ökologie sage'«, rekapitu-
lierte Wiener die Informationen, die sie von der Tante erhalten hatten. Frau Treschker selbst lebte schon seit mehr als 20
Jahren in Deutschland, war als Altenpflegerin und Gesell-
schafterin einer hochbetagten Dame ins Land gekommen
und inzwischen seit mehr als 17 Jahren mit Rainer Treschker, einem Ingenieur der Firma ›Vattenfall‹ glücklich verheiratet. Sie lebte in einer kleinen Spreewaldgemeinde und war
von den Bewohnern Maibergs sehr freundlich aufgenommen worden. Das erzählte sie auch ihrer Nichte Claudine,
die einige Studiensemester im Ausland verbringen wollte.
Schon bald waren die Formalitäten geregelt, das Visum bewil-
ligt, die Bürgschaft unterzeichnet, und Claudine konnte sich
immatrikulieren. Sie fand sogar einen Job, um etwas Geld
für ihren Unterhalt hinzuzuverdienen. Probleme ernsterer
Natur habe es nie gegeben, hatte die Tante entschieden ver-
sichert. Ihre Nichte sei allseits beliebt gewesen, stets hilfsbereit und freundlich.

Peter Nachtigall war sich darüber im Klaren, dass eine Tante – und sei sie noch so nett und liebenswert – nicht notwendigerweise auch alle Geheimnisse ihrer Nichte kennen musste.

»Sie hat bei ›Burger King‹ gearbeitet. Dort werden wir die Kollegen befragen. Bestimmt wissen die etwas über Freunde, Bekannte, auffällige Gäste. Vielleicht finden wir in diesem Umfeld jemanden, der das Opfer gehasst hat«, zählte Nachtigall auf. »Aber zuerst fahren wir zur Uni. Dort suchen wir ebenfalls nach Freunden, Kommilitonen oder Neidern. War sie eine gute Studentin oder eher nicht? Sind Beziehungen ihretwegen gescheitert? Das volle Programm.«

»Die Eltern lebe' auf Haiti. In einem kleine' Dorf – eigentlich klang es für mich wie ›am Rande der Zivilisation‹. Frau Treschker meinte, sie würde' vielleicht herkomme' und ihre Tochter nach Hause begleite', um sie in der Heimat nach den Regeln ihrer eigenen Religion zu beerdigen. Ich dachte, Haitianer sind christlich?«, fragte Michael Wiener.

»Hmhm. Katholisch, nehme ich an. Die katholischen Riten können sie gut mit ihrer alten Religion verbinden.«

»Aha. Und welche Rituale kann sie dann g'meint habe'?«

»Voodoo«, antwortete Nachtigall sonderbar dumpf, und seine Miene verdüsterte sich.

Das kleine Zimmer auf dem Campus war farbenfroh gestaltet. Bunte Kissen und Decken lagen auf gemusterten Teppichen. Der gesamte Raum wirkte fröhlich und gemütlich.

Auf dem Fensterbrett entdeckte Nachtigall ein Gebilde aus Holz, das um die zentrale Kerze herum wie ein gleichschenkliges Kreuz anmutete. Nachdenklich drehte er es in den Händen hin und her, dann stellte er es zurück und sah sich forschend um. An der Innenseite der Tür fiel ihm ein kleiner lederner Beutel auf, der an einem Klebehaken baumelte. Neugierig zog er ihn auseinander, spähte hinein und fand, was er erwartet hatte: Ein weißes Pulver sowie einen weißen, zusammengerollten Zettel mit einem fremdsprachlichen Text darauf. Nachdem er nun wusste, wonach er suchen musste, waren auch die anderen Verstecke der Lederbeutel rasch gefunden. Einen hatte Claudine Caro unter das Bett gelegt, einen anderen an der Gardinenstange festgeknotet und in den Falten des Vorhangs verborgen. Beunruhigt zog Nachtigall die Nachttischschublade auf.

Michael Wiener startete den Computer.

»Oh – das habe ich schon lang' nicht mehr g'sehe'. Ich glaub, die Firma gibt es gar nicht mehr. Der ist wirklich sehr alt«, stellte er lobend fest und jammerte dann. »Und schrecklich langsam. Ach – un passwortg'schützt ist er au' no'!«

»Lass gut sein. Angelika Wiesendorf wird den Zugangscode für uns knacken. Du weißt doch, ihr bleiben keine Dateien verborgen«, lachte Albrecht Skorubski und verzog die Lippen zu einem schiefen Grinsen.

Peter Nachtigall forschte derweil in einer Schreibtischschublade nach persönlichen Papieren.

»Keine private Korrespondenz. Kein Ausweis, kein Foto, kein Sparbuch, keine Kontoauszüge, kein Adressbuch. Nichts. Nur Skripte fürs Studium«, stellte er unzufrieden fest.

»Vielleicht hat sie ja private Dinge anderswo aufbewahrt. In irgendeinem Spind oder bei einer Freundin.«

Michael Wiener nickte.

»Es war ihr hier unter Umständ' nicht sicher g'nug.«

»Warum so kompliziert – Spind, Freundin? Wichtige Unterlagen, die sie hier nicht aufbewahren möchte, würde sie doch bestimmt am ehesten bei ihrer Tante deponieren?«, fragte Nachtigall erstaunt, und die beiden Kollegen zuckten mit den Schultern.

»Gut, heben wir uns dieses Problem für das Gespräch mit der Tante auf. Wir gehen jetzt erst mal rüber in die Uni und erkundigen uns nach ihren Freunden und Kommilitonen. Vielleicht erzählt uns der ein oder andere Student bei der Gelegenheit ein bisschen mehr über die junge Frau.«

»Seltsam, nicht wahr? Obwohl wir nun ihren privatesten Bereich durchsucht haben, ist sie uns kein bisschen näher-gerückt. Wir haben nichts weiter über sie erfahren«, murrte Skorubski.

»Doch – wir wissen nun, dass in diesem Zimmer keine handgreifliche Auseinandersetzung stattgefunden hat. Und wir wissen, dass sie panische Angst hatte.«

Auf dem Weg in die Fakultät fragte sich Michael Wiener, wor-aus Nachtigall das geschlossen haben wollte. In seinen Augen deutete nichts auf größere Angst oder Besorgnis des Opfers hin. Es gab nur eine handelsübliche Kette an der Tür. Je näher sie den Lehrgebäuden kamen, desto dichter wurde der Strom von Studenten, der sich auf die Mensa zu bewegte.

»Aha. Für viele wohl Mittagspause. Versuchen wir unser Glück also dort zuerst«, beschloss Nachtigall und änderte abrupt die Richtung.

Eine junge Frau mit erbsgrünen Haaren verwies sie auf die Frage nach Freunden von Claudine Caro an einen Tisch, an dem drei Studenten heftig debattierten.

»Klar kommt die Klimakatastrophe. Ich verstehe gar nicht, wie du überhaupt noch Zweifel haben kannst«, erregte sich ein dunkelhaariger Mann und schleuderte zornig seine dich-ten Locken über die Schultern.

»Eben nicht«, gab ein anderer gelassen zurück. »Es exis-tieren auch Modelle, die auf eine völlig andere Entwicklung hindeuten. Eine neue Eiszeit zum Beispiel. Statt Badehose Anoraks aus Seehundfell«, verteidigte er seinen Standpunkt. »Die Klimaforscher und Meteorologen sind sich nicht einig, was die Bewertung von Wetterphänomenen angeht. Einige halten die Schwankungen, die wir im Augenblick erleben, für ganz normal.«

»Normal! Normal! Was für ein Quatsch! Schon vergessen, dass wir seit Jahren weder einen richtigen Winter noch einen echten Sommer hatten?«, schimpfte der erste zurück. »Der Mensch ist schuld an den Veränderungen. Wir bringen uns grade global um die Ecke!«

»Ach ja? Und was ist mit der Theorie der Erwärmung durch tektonische Bewegungen? An denen kann der Mensch nur schwer schuld sein.«

»Nun hört schon auf!«, griff der dritte schlichtend ein und schob seine Brille zurecht. »Euer Essen wird kalt. Globale Eiszeit auf dem Teller – igitt!«

Die Kontrahenten starrten sich noch einen Moment giftig an, dann setzte sich doch der Hunger durch, und sie vertagten die Diskussion auf einen späteren Zeitpunkt.

Nachtigall trat an den Tisch heran und fragte: »Sie studieren Ökologie?«

Drei Augenpaare schielten misstrauisch zu dem Riesen auf. »Wer will das wissen?«

»Kriminalhauptkommissar Peter Nachtigall.«

»Kripo? Okay – wir waren's nicht! Wir haben die Klimakatastrophe nicht verursacht«, beteuerte der Lockige und griff sich mit der Schwurhand zum Herzen. Die anderen beiden feixten.

»Das sollten Sie besser nicht so absolut behaupten. Immerhin essen Sie gerade Rindergulasch. Denken Sie an all das Methan, das dieses Rind bis zu seinem Tod produziert hat. Und bestimmt enthielt Ihr Deo früher Treibgas, und Ihre Eltern kühlten die Milch noch nicht mit einem FCKW-freien Kühlschrank. So gesehen ist keiner frei von Verantwortung.«

»Oho – Sie sind im Bilde?«, fragte der Lockige nun wesentlich zurückhaltender.

»Ja, vielleicht. Aber deswegen sind wir nicht hier.«

Nachtigall stellte die Kollegen vor. Sie zogen Stühle heran und setzten sich zu den Studenten, die bereitwillig zur Seite rutschten.

»Kennen Sie Claudine Caro?«

Nervöse Blicke wurden ausgetauscht.

»Warum will die Kripo das wissen? Hat sie irgendetwas ausgefressen?«

»So würde ich das nicht nennen. Neigte sie denn dazu, etwas auszufressen?«

»Nein, entschieden nicht!«, legte sich der Streitschlichter fest. »Claudine tut nie etwas Verbotenes! Sie hat viel zu große Angst, wieder nach Hause geschickt zu werden.« Nachtigall bemerkte, wie sich das Gesicht des jungen Mannes vor Zorn rötete.

»Wieso ›neigte‹?« Dem Lockigen war das Präteritum aufgefallen.

»Claudine Caro wurde ermordet.«

Die drei angehenden Ökologen lehnten sich auf ihren Stühlen zurück und starrten schweigend vor sich hin.

»Sind Sie sicher?«, fragte der Streitschlichter dann im Flüsterton.

»Ja. Wir sind sicher. Kannten sie Claudine näher?«

»Näher? Wenn Sie damit mehr als eine platonische Beziehung meinen, dann ich nicht. Ansonsten besuchen – besuchten – wir eben einige Vorlesungen gemeinsam und arbeiteten auch zusammen an ein paar Projekten.« Der Lockige war nun sehr ernst geworden und schielte unbehaglich zu seinem Gegenüber.

»Und Sie?«, wandte sich Nachtigall nun an den Brillenträger.

»Wir waren, nun ja, also Claudine und ich«, er stockte, schluckte hart und sprach erneut. Seine Stimme klang rau.

»Wir wollten heiraten.« Er schob seinen Stuhl zurück und sprang auf.

Michael Wiener folgte ihm in einigem Abstand, als er aus der Mensa stürmte.

»Und Sie?«

»Ich kannte – es fühlt sich seltsam an, von Claudine in der Vergangenheit zu sprechen, sie war so unglaublich präsent – ich kannte sie auch nur vom Studium her. Manchmal sind wir alle zusammen zu einer Party gegangen, ins Kino, auf den Weihnachtsmarkt. Sie war ein nettes Mädchen, etwas verschlossen, aber immer freundlich.«

»Sprach sie gut Deutsch?«

»Oh ja. Sie war sehr sprachbegabt. Es fiel ihr unglaublich leicht. Und wenn wirklich mal eine Vokabel fehlte, kannte sie das Wort auf Englisch. Kommunikation war für sie überhaupt kein Problem«, versicherte der Lockige.

»Sie kannten Claudine Caro auch?«, wandte sich Nachtigall nun an den Einzigen der Runde, der bisher spärlich geantwortet hatte.

»Ja«, lautete die gepresste Antwort.

»Wir versuchen uns ein Bild von Claudine zu machen. Wie war sie denn? Zickig, schwierig, lustig, aufgeschlossen?«

»Claudine war immer freundlich zu jedermann«, antwortete der bisher schweigsame Student und sah Nachtigall direkt ins Gesicht. »Nie habe ich erlebt, dass sie mit jemandem gestritten hat. Wir Schwarzen sind manchmal ein wenig vorsichtig, wenn wir ausgehen wollen, und vielleicht hat Claudine es mit ihrer Sorge etwas übertrieben. Am besten Sie halten mal Rücksprache mit Ihren Kollegen – die Stadt ist für uns nicht wirklich sicher. Aber in der Gruppe hatte sie weniger Angst, und wir waren oft unterwegs. Die meiste Zeit verbrachte sie natürlich mit Meinert.«

»Meinert ist der Name des jungen Mannes, den sie heiraten wollte?«

Die beiden anderen nickten.

»Aber es gab doch sicher noch mehr Freunde oder Freundinnen?«

»Klar«, mischte sich nun der Lockige wieder ein. »Beate Michaelis war sicher ihre beste Freundin. Die beiden haben viel Zeit miteinander verbracht.«

»Danke. Wir brauchen noch Ihre Namen und Adressen, Handynummern auch, falls wir noch Fragen haben sollten.«

Die beiden nickten, zogen ihre Ausweise hervor und reichten sie an Albrecht Skorubski weiter. Auch Meinert kehrte in Begleitung Michael Wieners zurück. Nachtigall sah, dass der Student geweint hatte.

»Können Sie mir noch irgendetwas über Claudine sagen, was mir bei den Ermittlungen helfen würde?«

»Sicher nur wenig. Das einzig Besondere war, dass sie mehr Angst hatte, als nötig war, und manchmal melancholisch wirkte. Und sie fühlte sich verfolgt.«

13

Auf dem Weg zum Wagen fasste Michael Wiener zusammen: »Der lockige Streiter heißt Norbert Grundmann. Er wohnt in der Makarenkostraße, also am anderen End' der Stadt. Ziemlich untypisch für einen Studente'. Die versuche' doch, meist so nah wie möglich an der Uni unterz'komme'. So fällt man am Besten vom Bett in die Vorlesung. Na ja, vielleicht wohnt er ja bei seine' Eltern. Der Schwarze ist Kirk Damboe. Er ist Deutscher. Wohnt bei einem Cousin seines Vaters, eine Zwangswohngemeinschaft, der Miene nach zu urteilen, die er hatte, als er mir diese Angaben machte. Virchowstraße. Meinert Hagen hat eine Wohnung in der Hubertusstraße, gleich gegenüber der Uni.«

»Haben wir auch eine Adresse der Freundin? Wie war noch gleich der Name? Michaelis?«

»Ja, es sind zwei. Beate Michaelis und Kristina Morgental. Meinert Hagen hat mir die eine Adresse aufg'schriebe'. Beate Michaelis hat eine Wohnung in der Comeniusstraße. Lebt mit ihrer Tante z'samme', erzählte er. Wegen der Anschrift von Kristina Morgental müssen wir Frau Michaelis fragen, er glaubt aber, sie wohne in einer WG in der Bahnhofstraße.«

»Wir fahren zunächst zu Claudines Tante. Wahrscheinlich treffen wir sie jetzt zu Hause an. Von ihr werden wir sicher deutlich mehr über ihre Nichte erfahren«, entschied Nachtigall. »Michael, du hältst im Büro die Stellung. Notier' am besten schon mal die Aussagen der Kommilitonen und melde dich sofort, wenn du neue Informationen bekommst.«

Der junge Mann verzog das Gesicht, fügte sich aber.

»Wir setzen dich ab.«

»Was für ein Schock für die Eltern. Da ermöglichen sie ihrer Tochter ein teures Studium im Ausland. Dann kommt ein Anruf und sie erfahren, dass sie ermordet wurde. Meine Güte! Vielleicht war sie das einzige Kind der Familie, und ihre Ausbildung sollte eine Art Altersversicherung sein«, meinte Albrecht Skorubski bedrückt und fädelte den Wagen in den fließenden Verkehr ein.

Nachtigall seufzte.

Wie viele Väter, hatte auch er immer Sorge, seiner Jule könnte etwas Schreckliches zustoßen. Zu oft schon hatte er selbst Eltern die Todesnachricht überbringen müssen. Es konnte jeden treffen, wusste er, jederzeit.

»Wie teilen wir den Eltern überhaupt mit, dass ihre Tochter ermordet wurde? Herrscht dort nicht gerade Bürgerkrieg?«

»Da herrscht schon seit Jahren eine Art Bürgerkrieg – ist nur wieder schlimmer geworden, und die Nachrichten senden wieder Beiträge darüber. Ich weiß ehrlich gesagt auch nicht, wie wir da Kontakt aufnehmen sollen. Das werden wir die Tante fragen müssen.«

»Dieser Meinert Hagen hatte recht. Claudine fühlte sich verfolgt, sie hatte Angst. Aber nicht vor einem rechten Überfall«, begann Nachtigall und fuhr nach einer Pause fort. »In ihrem Zimmer standen seltsame Dinge. Schutzzauber. Sie wollte verhindern, dass jemand sie mithilfe schwarzer Magie vernichtete. Gegen echte Eindringlinge hing eine Kette an der Tür.«

»Magie? Schutzzauber? Wovon redest du eigentlich?«

»Voodoo«, antwortete Nachtigall finster.

»Voodoo? Das hast du vorhin auch schon erwähnt. Hier in Cottbus?«

»Voodoo ist überall dort, wo Menschen wohnen, die daran glauben.«

»Aha«, Skorubski runzelte die Stirn. »Und wie kommt es, dass du dich damit auskennst?«

»Ich hatte einen Freund aus Kuba. Dort praktizieren die Menschen etwas Ähnliches. Santeria. Die Rituale sind mit denen des Voodoo zwar nicht identisch, aber doch eng verwandt«, erzählte Peter Nachtigall und verzog unwillig das Gesicht, als würde er nicht gerne daran erinnert.

Doch Skorubski ließ nicht locker. »Dein Freund hat also an diese Zauberei geglaubt? Wie heißt der Freund denn – wahrscheinlich kenne ich ihn doch auch?«

»Ja, natürlich hast du ihn gekannt – aber du bist ihm immer aus dem Weg gegangen.«

»Oh – Pablo!« Skorubski nickte nachdenklich. Ja, es stimmte, er hatte sich von Pablo ferngehalten, diesem unheimlichen jungen Mann, dessen brennender Blick sich so tief in die Augen seines Gegenübers senkte, dass er das Gefühl hatte, Pablo könne alle Geheimnisse in seiner Seele lesen. Er fröstelte unwillkürlich und zog die Schultern hoch.

»Was ist eigentlich aus ihm geworden?«

»Er kam kurz nach Beendigung seiner Ausbildung zum Mechaniker ums Leben.«

»Wie tragisch. Bei einer Messerstecherei vermutlich.«

Nachtigall schwieg einige Herzschläge lang, dann sagte er so leise, dass Skorubski es kaum verstehen konnte: »Durch Voodoo. Einen bezahlten Puppenzauber. Auftragsmord könnte man sagen.«

Madeleine Treschker wohnte am Rande von Maiberg.

Sie öffnete schniefend die Tür und ließ die beiden Ermittler zögernd eintreten.

»Frau Treschker, es tut mir wirklich leid, Sie ausgerechnet jetzt mit Fragen zu quälen, aber wenn wir den Mörder ihrer Nichte fassen wollen, müssen wir mehr über Claudines Leben erfahren.«

Die große Frau nickte, führte ihre Besucher ins Wohnzimmer und bot ihnen an, auf der schwarzen Ledercouch Platz zu nehmen, während sie selbst sich in einen der Sessel schob.

Bunte Kissen und ein leuchtend orangefarbener Teppich sorgten für Fröhlichkeit und Leichtigkeit, zumal auch das Wandregal schwarz glänzte.

»Wollten Sie nicht eine Freundin bitten, zu Ihnen zu kommen? Es ist bestimmt nicht gut für Sie, jetzt allein zu sein«, meinte Nachtigall besorgt und warf einen prüfenden Blick in das Gesicht der Tante.

»Ja. Sie kommt auch. Ihr Chef lässt sie nicht eher gehen – sie kommt nach Dienstschluss.«

»Dann wird auch Ihr Mann hier sein?«

Frau Treschker nickte.

»Was soll ich Ihnen sagen?«, sie putzte sich die Nase und wischte rasch ein paar Tränen von den Wangen. »Claudine war ein freundliches, fleißiges Mädchen. Sie hat ernsthaft studiert und keine Ablenkung zugelassen, um den Abschluss möglichst zügig und besonders gut zu machen. Sie hat ihre Zeit nicht auf sinnlosen Partys vergeudet. Jeden Abend haben wir miteinander telefoniert.« Sie sah den Hauptkommissar aus verschleierten Augen an. »Deshalb habe ich ja auch sofort gewusst, dass ihr etwas zugestoßen sein musste. Sie ist immer so zuverlässig«, sie stockte und jammerte dann laut: »War.«

»Hatte Claudine Freunde oder Freundinnen? Zum Beispiel an der Uni?«

»Mit mir hat sie meist über ihr Studium gesprochen. Da gab es natürlich Meinert. Der war in sie verliebt. Und noch einen Kirk und einen Norbert – das müssen Freunde aus dem Studiengang gewesen sein. Eine Beate, eine Heide, eine Kristina. Wahrscheinlich auch Kommilitoninnen.«

Frau Treschker nestelte an ihrer Jacke und zog ein frisches Taschentuch hervor.

»Was soll ich nur ihrer Mutter sagen? Wie kann ich meiner Schwester erklären, dass ihre Tochter direkt unter meinen Augen ermordet wurde?« Sie schluchzte haltlos.

Nach einer Unterbrechung, die Frau Treschker nutzte, um sich zu beruhigen und Tee zu kochen, fragte Skorubski, der nicht glauben konnte, dass eine so junge Frau nicht regelmäßig auf Partys ging:

»Was unternahm Ihre Nichte denn in Ihrer Freizeit?«

»Arbeiten. Lernen. Studieren«, beharrte die Tante, schenkte den aromatischen Tee ein und reichte mit zitternden Händen die Tassen weiter.

»Wir brauchen natürlich die Adresse, unter der wir die Eltern Claudines erreichen können. Gibt es eine Telefonnummer?«

»Ich schreibe Ihnen alles auf. Aber die Post dauert ewig, und zuverlässig ist sie nicht. Die Telefonverbindung ist fast immer schlecht, und Claudines Eltern sprechen kein Deutsch. Am geschicktesten ist es, wenn man versucht, einen Polizeibeamten zu erreichen, der hinfährt. Das Dorf liegt ziemlich weit außerhalb von Port-au-Prince.«

»Wir haben am Tatort keine Tasche gefunden. Trug Ihre Nichte in der Regel eine Handtasche oder einen Rucksack bei sich?«, wollte Nachtigall als Nächstes wissen.

Frau Treschker überlegte und antwortete dann mit tränenschwerer Stimme: »Sie nahm den Rucksack nur, wenn sie zur Uni ging. Sonst war es eine bunt gestreifte, gewebte Umhängetasche. Ungefähr so groß«, sie deutete die Länge mit den Händen an. »Viel war ja nicht drin. Handy, Geld, Schlüssel, ein Kalender. Claudine lebte bescheiden.«

»Wie sieht der Rucksack aus?«

»Schwarz mit grauen und roten Karos. Wir haben ihn im Kaffeegeschäft in der Spremberger Straße gekauft. Er gefiel ihr so gut.« Wieder liefen die Tränen. Sie wischte sie mit dem Handrücken weg.

»Frau Treschker, wir brauchen die Heimatadresse Ihrer Nichte und vielleicht eine Telefonnummer, unter der wir ihre Eltern erreichen können«, erinnerte Nachtigall.

Claudine Caros Tante seufzte schwer, erhob sich schwerfällig und nahm von einem Regalbrett Papier und Bleistift.

»Hier«, sie reichte den beiden Beamten das Blatt, »aber wie gesagt, ich fürchte, so einfach wird es nicht sein, dort jemanden zu erreichen. Es gibt einen alten Mann im Dorf, der spricht Deutsch. Es ist nicht leicht durchzukommen. Die unterste Nummer ist die eines Polizeipostens. Vielleicht gibt es bei Ihnen einen Kollegen, der gut Französisch spricht? Es ist so entsetzlich. Bestimmt können sie nicht kommen, um Claudine abzuholen – das ist zu kompliziert –, aber irgendwie muss sie nach Hause zurück.«

Nachtigall zuckte mit den Schultern. »Ich weiß auch nicht, wie das funktioniert. Das Beste wäre sicher, sich bei einem Bestattungsunternehmer zu erkundigen. Es wird auch noch eine Weile dauern, bis die Gerichtsmedizin die Leiche freigibt«, erklärte er dann.

Frau Treschker schwieg.

»Unsere Ermittlungen haben zu Hinweisen geführt, die darauf hindeuten, dass Claudine sich vor etwas oder jemandem gefürchtet hat. Können Sie uns dazu etwas erzählen?«

Erregt fuhr sie herum und funkelte Nachtigall zornig an.

»Das glaube ich nicht. Claudine hatte das Herz einer Löwin. Feigheit war ihr fremd. Sie kannte keine Furcht.«

»In ihrem Zimmer haben wir Abwehrzauber gefunden. Überall«, widersprach Nachtigall.

»Ach das!« Die Tante machte eine wegwerfende Handbewegung, mit der sie um ein Haar die Teekanne vom Tisch gewischt hätte. »Nicht weiter ernst zu nehmen. Meine Schwester hat das Mädchen ganz verrückt gemacht. Sie schickte ihr ständig neue Beutel, und als brave Tochter hängte Claudine sie auch tatsächlich auf. Sie trug auch ein Amulett mit dem Zeichen Ezilies, der Göttin der Liebe und Schönheit. Ihrer Mutter zuliebe zog sie es auf einen Schnürsenkel und legte es um. Aber daran geglaubt hat sie nicht. Natürlich nicht.«

Wieder entstand ein unangenehmes Schweigen.

»Wie sieht das Zeichen von Ezilie aus? Können Sie uns das Amulett aufzeichnen – wir haben es bisher noch nicht gefunden.«

Frau Treschker zeichnete ein Bild unter die Heimadresse Claudine Caros.

Ein kariertes Herz, das von einem Schwert durchbohrt wurde.

»Es handelt sich eindeutig um Voodoo-Schutzzauber. Quaggas und Schutzkerzen mit Carneol, die nach Voodoo-Schutzöl riechen. Hatte Claudine wirklich keine Angst vor Dämonen?«

Der Stimmungswechsel kam so abrupt, dass weder Nachtigall noch Skorubski darauf vorbereitet waren. Mit einem Satz war die stattliche Frau aufgesprungen und schrie die beiden Männer an: »Raus! Los! Raus hier! Sie sind auch nicht besser, als diese Typen von der Ausländerbehörde. Ihr glaubt, Schwarze sind dumm – so dumm, dass sie an Geister glauben, die aus dem Jenseits kommen und unsere Kinder töten.«

Rasch rappelten sich die Ermittler vom Sofa auf und wurden von der zornbebenden und gefährlich fauchenden Madeleine Treschker in den Flur gedrängt.

»Bevor ihr mir so einen Quatsch einreden könnt, kümmert euch lieber um eure deutschen bösen Geister! Die erschlagen schwarze Frauen. Eure Geister lauern rechts.«

14

»Was haben wir?«, eröffnete Peter Nachtigall wie üblich die abendliche Besprechungsrunde.

»Das Opfer ist nun eindeutig identifiziert. Claudine Caro. Der Name und das Foto stimmen mit den Angaben auf dem Antragsformular bei der Ausländerbehörde überein.«

»So etwas hab' ich noch nie erlebt – ihre Tante hat sie identifiziert – sehr dramatisch. Die Situation ist natürlich furchtbar. Bestimmt hat sie sich dafür eing'setzt, dass ihre Nichte in Deutschland studiere' konnte, und nun muss sie ihrer Schwester so eine Nachricht übermitteln. Hu!« Michael Wiener schauderte.

Nachtigall griff zu einem Pappstreifen und notierte ›Tatwerkzeug‹ darauf. Dann pinnte er den Streifen zu den Tatortfotos.

»Tatwaffe war ein Schwert, eine Machete oder etwas Ähnliches mit langer schmaler Klinge. Der mächtige Hieb erfolgte von hinten, der Täter ist Rechtshänder und etwa 1,75 bis 1,80 groß. Und wir haben erfahren, dass Claudine ein Amulett an einem Schnürsenkel um den Hals trug. Auch das wurde noch nicht gefunden. Wenn der Täter es in seinem Besitz hat, kann sich dieses Wissen für uns noch als hilfreich erweisen. Die Tante erzählte, es sei das Zeichen für Ezilie. Das ist eine Voodoo-Göttin.«

Er legte die Zeichnung auf den Tisch. »So sieht es aus.«

»Immerhin. Ansonsten verfügen wir nicht gerade über viele Informationen. Hoffentlich findet sich noch ein Haar oder eine andere Spur an der Kleidung des Opfers. Zeugenaussagen, die weiterhelfen könnten, haben wir auch noch nicht. Ich denke, diesem Hinweis auf die ausländerfeindliche Szene sollten wir nachgehen«, meinte Skorubski.

»Hat denn die Nachfrage bei den Informanten aus der rechten Szene irgendetwas zutage gefördert?«, fragte Nachtigall, und Wiener antwortete prompt: »Niemand, der damit prahlen würde – im Gegenteil. Die Szene ist allgemein verwundert und forscht in den eigenen Reihen nach. Im Augenblick scheint niemand etwas Konkretes über den Mord zu wissen. Die Kollegen bleiben dran.«

»›PRO‹«, erinnerte sich Nachtigall. »Hieß nicht diese Gruppierung so? Die ›Mind Watchers‹ hatten mit denen Ärger, wenn ich mich richtig erinnere. Ist ja schon ein paar Jahre her. Hm, haben wir da Leute eingeschleust, die wir befragen könnten?«

»Das kann ich kläre'. Ich glaub, es gab auch ein Lokal oder einen spezielle' Raum, in dem sie sich regelmäßig versammelten. Ich such es aus der Akte Mehring raus. Wenn du morge' kommst, liegt alles auf deinem Schreibtisch«, versprach Michael Wiener.

»Gut. Wir dürfen nichts übersehen. Die Presse läuft ohnehin schon wieder Amok. ›Wieder ein fremdenfeindlicher Mord in den neuen Ländern‹, ›Ausländer leben in Brandenburg gefährlich‹, ›Cottbus wieder Zentrum der Gewalt gegen Ausländer‹ und so fort«, zitierte Nachtigall die Überschriften der aktuellen Ausgaben der lokalen und überregionalen Presse. »Praktisch in jeder Zeitung.« Der Hauptkommissar schüttelte genervt den Kopf. »Dabei wissen wir noch gar nichts. Niemand aus ihrem Umfeld hat erwähnt, sie habe Probleme mit fremdenfeindlichen Gruppierungen gehabt, sei schon einmal beschimpft worden, habe sich vor Jugendlichen in entsprechendem Outfit mit Glatze gefürchtet. Ja, ja«, er wedelte mit dem Arm, als wolle er unangenehme Gedanken verscheuchen. »Ich weiß, dass solche Überfälle spontan geschehen können.«

Nachtigall schrieb schwungvoll ›Claudine Caro‹ auf einen

weiteren Pappstreifen und hängte ihn über die Bilder des Opfers.

»Wir kennen bisher drei ihrer Freunde und wissen von weiteren. Die besuchen wir morgen. Mit Meinert Hagen verband sie mehr als eine Freundschaft – sie waren ein Paar. Am ehesten werden wir von ihm Auskünfte über das private Leben des Opfers bekommen. Wir haben aber von allen drei Freunden gehört, das Opfer habe sich gefürchtet – dazu passt, dass in ihrem Zimmer Schutzzauber verteilt waren. Michael, wir brauchen mehr Informationen über Voodoo. Darum kümmerst du dich.«

»Ja, gut. Da find' ich sicher eine ganze Menge im Internet«, antwortete der junge Mann und machte sich einen Vermerk.

»Das wird nicht reichen, glaube ich. Wir sollten mit jemandem sprechen, der sich in dieser Religion auskennt. Es gibt doch einen Sektenbeauftragten irgendwo, oder?«

»»Sektenberater der evangelischen Kirchen Berlin/Brandenburg««, wusste Albrecht Skorubski.

»Ja, genau. Michael, mit diesem Berater nimmst du morgen gleich Kontakt auf. Dann befragen wir die Freunde noch einmal gründlich, und zwar einzeln. Michael fängt mit Norbert Grundmann an«, forderte Nachtigall. »Albrecht und ich statten den beiden Freundinnen einen Besuch ab. Mal sehen, ob wir Neues erfahren. Bisher haben wir nur die genaue Adresse dieser Beate, nicht wahr?«

»Comeniusstraße.«

»Nun gut. Wenn wir Glück haben, kennen sich die Freundinnen untereinander, und wir bekommen von ihr die anderen Anschriften.«

Plötzlich hob Nachtigall den Kopf und fragte: »Wo ist denn eigentlich unser Kollege vom BKA geblieben – Jens Schubert? Sollte er nicht an unseren Besprechungen teilnehmen?«

Michael Wiener lachte leise. »Der ist bei einem Termin mit Dr. März«, informierte er die Kollegen. »Aber vorher war er bei mir und hat nach den neueste' Informatione', ›aus dem Milieu‹ gefragt. Ich habe ihm dasselbe gesagt wie dir. Es gibt keine Hinweise darauf, dass der Täter aus diesem Dunstkreis stamme' könnte. Aber ich fürcht', das war nicht das, was er höre' wollt'. Und Emile ist bei einer Pressekonferenz im Fall Sylvia. Du weißt scho', dieses kleine Mädchen, das entführt wurde. Sie plane' eine proaktive Intervention. Er kann erst morge' wieder bei uns mitarbeite'.«

»Dr. März und Jens Schubert. Wir wissen kaum etwas über das Opfer, Motiv haben wir noch gar keines, und die beiden haben eine interne Beratung. Mann – hoffentlich wenden die beiden sich nicht zu früh an die Presse.«

Peter Nachtigall stierte von bösen Vorahnungen geplagt in die Dunkelheit hinaus.

15

Heide Fischer konnte ihren Blick nicht von dem Foto auf der Titelseite der ›Lausitzer Rundschau‹ losreißen. Ihre Augen brannten. Das konnte doch nicht wahr sein! Ihre Claudine! Ermordet!

»Deine schlimmsten Befürchtungen sind wohl doch wahr geworden«, flüsterte sie mit tränenerstickter Stimme und wischte sich mit dem Handrücken unter der Nase entlang. »Und was soll ich jetzt tun? Der Polizei alles erzählen? Mein Gott – die Geschichte glaubt mir doch keiner. Einsperren werden die mich! In die Psychiatrie zwangseinweisen!«

Unruhig tigerte sie in ihrem kleinen Wohnzimmer herum. Von der Couch zum Regal, wieder zurück, um den Sessel nach links und wieder Richtung Regal. Blieb nach ungezähltem Hin und Her am Fenster stehen und sah auf den Spielplatz vor ihrem Wohnblock hinunter. Trotz all der Maßnahmen hatte sich an der Anonymität nicht viel geändert. Niemand nutzte die dort neben Sandkasten und Schaukel aufgestellten Sitzbänke für ein Treffen oder einen Plausch unter Müttern.

Die Zeitung in ihrer Hand begann zu zittern.

Angenommen, die Geschichte, die Claudine ihr erzählt hatte, stimmte – wusste der Mörder dann auch von ihr?

Vielleicht hatte Claudine ihrem Mörder gedroht, er sei auch nach ihrem Tod nicht sicher, weil sie eine dritte Person eingeweiht hatte. Womöglich hatte sie sogar ihren Namen genannt, ihre Adresse, erpresst durch Folter?

Quatsch!, rief sie sich zur Ordnung. Claudine hätte nie etwas verraten. Sie war stark und mutig – den Tod empfand sie nicht als etwas Schreckliches.

Einen Moment noch sah sie in den Hof hinunter.

Sie hatte heute Spätschicht.

Das Auto war zur Reparatur.

Sie würde das Fahrrad nehmen müssen.

Es wurde schon sehr früh dunkel.

Und vielleicht hatte Claudine ja doch was erzählt?

Panik breitete sich vom Bauchnabel ausgehend über den gesamten Körper aus.

Sie spürte, wie ihre Knie bebend gegeneinanderschlugen.

Ungeschickt zerknüllte sie die Zeitung, stopfte sie in den

Mülleimer, griff zum Telefon, um sich krank zu melden, zögerte dann aber.

Sicher war sicher.

Oder wäre das feige? Ach Claudine, dachte sie traurig, wie soll es nun weitergehen?

16

Madeleine Treschker winkte ihrem Mann zum Abschied aus dem Zugfenster.

Einen Moment überlegte sie, ob es wirklich eine gute Idee war, noch heute Abend nach Erfurt zu fahren, doch dann dachte sie daran, welche Beruhigung sie erfahren würde, und beschloss, sich keine Sorgen mehr zu machen. Schließlich hatte dieser große Hauptkommissar kein Wort davon gesagt, dass sie die Stadt nicht verlassen dürfe.

Und Christen suchten auch seelischen Beistand in ihrer Kirche, oder etwa nicht?, dachte sie trotzig und fühlte sich etwas besser.

Ihre kleine Reisetasche auf dem Nachbarsitz enthielt, was sie für eine Nacht brauchen würde.

Viel Schlaf war ohnehin nicht zu erwarten.

Traurig dachte sie an die letzte Fahrt nach Erfurt, auf der ihr Mann sie begleitet hatte. Eine ganze Nacht waren sie durch die Kneipen der mittelalterlichen Altstadt getourt.

Zunächst natürlich war das Touristenprogramm abzuarbeiten, und sie besuchten die Krämerbrücke, die mit 79 Häusern überbaut war. So etwas bot diesseits der Alpen nur Erfurt. Den Dom hatten sie besichtigt und St. Severi. Beeindruckt von der Majestät dieser sakralen Bauwerke hatten sie zunächst im ›Paganini‹ im Gildehaus Rast gemacht. Sehr schön. Die Atmosphäre am Fischmarkt hatte sie bezaubert, die Nacht verwöhnte sie mit sommerlichen Temperaturen, und so zogen sie gut gelaunt weiter, um sich in der Showküche des ›Bürgerhofes‹, von der ihnen Freunde erzählt hatten, vom Koch in Küchengeheimnisse einweihen zu lassen.

Irgendwann konnte sie sich die Namen der vielen Kneipen nicht mehr merken.

Eines, glaubte sie sich vage zu erinnern, hieß mit Knolle – ›Tolle Knolle‹?

Es war ein unvergesslicher Abend gewesen.

Schade, dass der Anlass für diese Fahrt nun so ein trauriger war.

Papa Desmond hatte sehr betroffen auf die Nachricht von Claudines Tod reagiert. Natürlich könne sie vorbeikommen, hatte er sie eingeladen, er stünde ihr für ein Gespräch jederzeit zur Verfügung.

Madeleine Treschker war ihm dankbar dafür.

Als sie einen Blick zum Fenster warf, spiegelte die dunkle Scheibe ihr eigenes Gesicht wider, mit weit aufgerissenen Augen, bebenden Lippen, einer geschwollenen Nase. Sie sah schon fast wie ein Zombie aus, dachte sie und schlug sich sofort die Hand vor den Mund. Nein, so etwas durfte man gar nicht denken!, wies sie sich zurecht. Immer wieder rollte eine schwere Träne über ihre Wangen.

Sie wischte sie fort.

Papa Desmond wird Rat wissen, versuchte sie sich zu beruhigen. Er war ein guter Hunsi, der ihr schon oft geholfen hatte. Vielleicht bildete sie sich ja alles auch nur ein. Aber auch das könnte der Hunsi heilen.

Sie setzte sich bequemer in den Sitz und bemühte sich um eine zuversichtlichere Einstellung.

Vor ihr lagen mehr als drei Stunden Fahrt, Zeit genug, ihre Gedanken zu sortieren.

Schon von Weitem erkannte sie die Silhouette der Domstadt. Es fühlt sich an, wie nach Hause kommen, dachte sie, und hob ihre Tasche vom Nebensitz.

Am Bahnhof in Erfurt nahm sie ein Taxi.

Der Tempel der Société war schwer zu finden, die Gemeinde hatte kein Interesse daran, die Aufmerksamkeit von Nachbarn auf ihr Tun zu lenken. Deshalb hatten sie ein altes Fabrikgebäude in einem Gewerbegebiet angemietet, angeblich um langfristig ein Jugendzentrum einzurichten, bis das so weit war, stünden die Räume als Proberäume für Bands zur Verfügung. So wunderte sich niemand über das Trommeln.

Nicht einmal der Wachdienst kam hier vorbei.

Papa Desmond erwartete sie bereits.

Und endlich, in dem sicheren Gefühl, unter Gleichgesinnten Verständnis für ihre Ängste zu finden, konnte sie sich ihrer Trauer überlassen.

Papa Desmond fragte immer wieder nach.

Ließ sich auch kleinste Details berichten.

Dann verkündete er, es sei notwendig, noch in dieser Nacht mit Gédé in Kontakt zu treten, dem Gott des Übergangs und des Scheidewegs. Nur Gédé wüsste, was mit Claudine geschehen sei, wo ihre Seele sich aufhalte.

Eine Stunde später hatte sich die Société versammelt.

Viele Gläubige brachten Speisen für Gédé mit, andere Rum. Vier kräftige Musiker hatten hinter ihren Trommeln Platz genommen, und die Zeremonie konnte beginnen. Papa Desmond führte die Gemeinde in den Altarraum, den Bagui, tanzte hüpfend im Takt der Instrumente vor ihnen her. In der Hand hielt er dabei einen ›Zeiger‹, einen selbst gefertigten Stock, der bunt bemalt und mit Federn geschmückt war. Er selbst trug einen hohen Zylinder und schwarze Kleidung. Leise murmelte er Beschwörungsformeln vor sich hin, versammelte die kleine Gruppe in der Mitte des Raumes, in der ein provisorischer Poteau-mitan errichtet worden war. Papa Desmond umkreiste die Säule, die das Reich der Lebenden mit dem der Toten verband, verneigte sich dann vor dem Altar, der mit einer Unmenge heiliger Gegenstände und Requisiten geschmückt war. Ein echter Totenkopf, Knochen von Opfertieren, ein mumifizierter Hühnerkopf, Flaschen und Tiegel mit geheimnisvollen Zutaten oder Opfergaben, Kräuter und Blumen, eine brennende Kerze, eine Sichel, ein Holzkreuz und vieles mehr. Der Trommelwirbel nahm Geschwindigkeit auf. Mit klarer Stimme nannte der Priester die rituellen Namen der Instrumente, legte ein Bild mit dem Zeichen Gédés vor der Säule ab, hielt die mitgebrachten Opfergaben in alle vier Himmelsrichtungen, verfuhr mit dem Rum ebenso. Gédé sollte sehen, was für ihn vorbereitet worden war. Ein Tieropfer, versprach er dem mächtigen Loa, sei auch unterwegs, habe sich aber verspätet.

Dann begann er mit der Anrufung.

Der dumpfe Takt sorgte für Gleichklang aller Bewegungen der Gläubigen. Auf ein Zeichen des Priesters hin steigerte sich der Rhythmus wieder. Er selbst begann, Steine aneinander zu schlagen. Schwindelerregend schnell bewegten sich die Körper. Eine Frau begann wild zu zucken, wälzte sich auf dem kalten Boden umher. Im diffusen, unruhigen Licht der Kerzen wirkten die entrückt Tanzenden unwirklich, der Geist begann sich bei aktiven wie eher passiven Teilnehmern des Rituals vom Körper zu lösen, driftete in ein fernes Reich voller Hoffnung und Geheimnis. Farben und Klänge mischten sich zu einem Strom von Eindrücken, die Menschen ließen sich fortreißen.

Rum floss in Strömen.

Später konnte Madeleine Treschker nicht sagen, wann genau Gédé zu ihnen gestoßen war. Plötzlich fuhr er in einen der Anhänger und bewegte sich für die nächsten Stunden mitten unter ihnen. Sicher war sie sich aber, dass er erschien und ihr seltsame Blicke zugeworfen hatte. An diesem Abend war der ›Totengott‹ nicht so zugewandt und kommunikationsfreudig wie sonst. Er verweigerte sich dem Gespräch mit anderen Gläubigen, war nicht bereit, die vielen Fragen nach ihrem persönlichen Schicksal oder der Zukunft ihrer Kinder zu beantworten, und saß stattdessen meist neben Papa Desmond, tief in ein Gespräch versunken.

Sie hatte ihn nur immer wieder besorgt den Kopf schütteln sehen. Dem Rum wurde eifrig zugesprochen. Gédé lud, wie erwartet, alle Mitglieder der Société ein, mit ihm zu trinken, ein Angebot, das niemand leichtfertig abzulehnen wagte. Auch Madeleine Treschker versuchte ihren Schmerz damit zu vertreiben, und so dauerte es nicht lange, bis sich ihr Wahrnehmungsvermögen trübte und sie den Ereignissen und Diskussionen des Abends kaum mehr folgen konnte.

Am nächsten Morgen erwachte sie auf dem Betonboden des Gebäudes und brauchte einige Sekunden, um sich zu vergegenwärtigen, wo sie war. Jemand hatte fürsorglich eine Isomatte unter ihr ausgebreitet und ihren Körper mit warmen Decken vor dem Auskühlen bewahrt.

Träge sah sie sich um.

Von der Zeremonie waren nur einige Blutspuren und Rumflecken übrig geblieben. Also musste wohl das Huhn doch noch geschlachtet worden sein. Vorsichtig forschte sie in ihrem Gedächtnis, konnte sich aber nicht daran erinnern.

»Na, geht es dir nun besser?«

Sie fuhr herum.

Papa Desmond stand neben dem Altar, auf dem noch immer die Kerze flackerte, und lächelte sanft zu ihr herüber. Er musste wohl die ganze Nacht hier gewesen sein, hatte ihren Schlaf bewacht.

»Nein«, antwortete sie ehrlich.

»Das war auch nicht zu erwarten. Du musst den Verlust erst verkraften. Ich kann dir allerdings versichern, dass Gédé auch der Meinung ist, es träfe dich keine Schuld an Claudines Tod. Sie selbst glaubt das auch nicht. Die Information, die wir bekommen haben, ist: Sie war sich der Gefahr bewusst und handelte nach ihrem Herzen. Der Mord an ihr war schändlich, kam aber nicht unerwartet. Du musst dir keine Sorgen darüber machen, dass sie dir vielleicht zürnen könnte.«

Seine Stimme klang nun völlig anders als während der Kulthandlungen, stellte Madeleine überrascht fest. Statt tief, autoritär und voll war sie eher hoch und emotional gefärbt. Aber heute Morgen war auch keiner der Götter mehr hier, die durch die Macht des Priesters gebändigt werden mussten, damit sie sich nicht zum Schaden der Gläubigen hemmungslos auslebten.

»Das ist immerhin ein kleiner Trost«, schniefte die große Frau.

Der Priester war mit seinen Erläuterungen noch nicht fertig, das spürte sie.

»Es gibt ein Problem. Aber wir können es lösen.«

»Ein Problem?«, fragte sie nun ängstlich.

»Der Zauberer, der Claudine den Tod schickte, hat zur gleichen Zeit einige Dämonen entsandt. Ich habe nun erfahren, dass sie bereits dein Haus erreicht haben.«

Madeleine Treschker schrie spitz auf.

»Die Polizei hat die Schutzzauber aus Claudines Zimmer entfernt. Sie sind nun wirkungslos. Auch dort lauern womöglich einige dieser Kreaturen.«

Die Frau begann zu zittern.

»Was kann ich tun?«, hauchte sie, als der Priester hartnäckig schwieg.

»Ich habe hier einige Quaggas. Die hängen wir später an den vier Seiten deines Hauses auf. Aber das wird nicht reichen.«

»So mächtig sind sie?«

»Vergiss nicht, dass auch ich Macht habe. Meine ist stärker und wird sie vertreiben«, verkündete der Priester selbstbewusst.

Papa Desmond trat hinter den Altar und kam mit einem Gebilde aus Holzlatten wieder zum Vorschein, das wie ein Käfig anmutete.

Madeleine hielt den Atem an. So etwas kannte sie nur vom Hörensagen, und nun sollte sie es selbst einsetzen?? In ihren Ohren hallten die Worte nach, die sie diesem Hauptkommissar entgegengeschleudert hatte, über Vorurteile, Zauberei und Dummheit. Aber was, wenn der Priester recht hatte? Sie schüttelte sich. Er wusste wovon er sprach, hatte jahrzehntelange Erfahrung mit diesen Dingen, saß oft in vertrautem Gespräch mit Gédé – sie war nicht in der Position zu zweifeln, schließlich kam sie als verzweifelte Bittstellerin. Fast hätte sie die Erläuterung verpasst!

»Eine Falle«, erklärte der Priester. »Du wirst sie in deinem Haus aufstellen. Am besten dort, wo sich die Wege kreuzen, denn dort werden sie oft vorbeikommen. Leg Stroh und etwas

Obst hinein, eine Flasche Rum. Manche mögen das, und so wird die Sache einfacher.«

»Du meinst, sie gehen einfach dort hinein?«

»Nein.« Er lächelte nachsichtig. Das Leben in Deutschland hatte bei vielen Anhängern seiner Gemeinde das uralte Wissen in Vergessenheit geraten lassen. Er war es gewohnt, Selbstverständliches erläutern zu müssen.

»Wie funktioniert die Falle dann?«

»Madeleine«, er seufzte möglichst diskret, »ich muss natürlich bei dir vorbeikommen und die Dämonen hineintreiben.«

»Selbstverständlich!«

»Du solltest so schnell wie möglich diese Falle aufstellen und die Quaggas bereithalten. Sie enthalten ein spezielles Pulver, das ich in der letzten Nacht für dich gemischt habe. Dann warten wir 24 Stunden. Ich komme und fange sie. Danach hängen wir die Quaggas auf. Und schon ist das Problem gelöst – du wirst deine Ruhe haben.«

Mit leichterem Herzen bezahlte Claudines Tante für Papa Desmonds Unterstützung und nahm ein Taxi zum Bahnhof. Wie sie ihrem Mann diese Ausgaben erklären sollte, wusste sie allerdings noch nicht. Darüber würde sie auf der Heimfahrt nachdenken.

17

Burkhard Grün war schlecht gelaunt.

Er wartete im Dunkeln auf seine Kontaktperson, die sich offensichtlich verspätet hatte.

»Auch das noch!«, fluchte er. »Nun bin ich schon zum zweiten Mal hier. Wenn das so weitergeht, kann ich mich gleich einmieten.«

Sein schwarzer Audi parkte nahezu unsichtbar am Waldrand.

Die Fahrt nach Freiburg würde ihn mindestens sechs bis sieben Stunden kosten, da käme er erst zum Frühstück zu Hause an. Er grunzte ungnädig. Das würden seine Auftraggeber teuer bezahlen, nahm er sich vor.

Er zog die Skimütze über das Gesicht.

Ungeduldig vor sich hin brütend, schreckte er zusammen, als plötzlich die Fondstür aufgerissen wurde und sich eine Gestalt auf den Rücksitz schob. Die Innenbeleuchtung des schwarzen ›Q7‹ war ausgeschaltet. In seinem Geschaft ging es, neben vielen anderen Details, auch um absolute Anonymität. Schließlich war er Profi. Dumme Anfängerfehler unterliefen ihm nicht.

»Na endlich!« Seine Stimme hatte den knirschenden Klang eines Eisbergs, der sich an einem anderen rieb.

»Hier.« Durch den dicken Stoff der Maske über den Ohren bekam die Stimme seiner Kontaktperson einen dumpfen Unterton.

Eine Tüte plumpste über die Lehne des Beifahrersitzes.

Leicht öffnete sie sich und gab den Blick auf ihren blutigen Inhalt frei.

»Gefunden?«

»Nein.«

»Dann such es gefälligst! Vorgehen wie hier! Du weißt, was dir blüht!«, drohte Burkhard Grün übellaunig. »Ich höre es in den Nachrichten und stehe dann wieder hier.«

»Wenn der andere es auch nicht hat?«

»Dann machst du weiter, bis du es hast! Blöde Frage!«, fauchte er. »Los – raus!«

Unbeholfen kletterte die ebenfalls ganz in Schwarz gekleidete Gestalt wieder aus dem Wagen.

Ohne einen Blick zurückzuwerfen, raste Grün los.

Der aufgewirbelte Kies spritzte auf.

»Tja – das Leben ist grausam«, lachte er emotionslos. »Manch ein Toter zieht andere magisch nach.«

18

»Guten Morgen«, begrüßte Michael Wiener fröhlich den lockigen Ökologiestudenten und schickte sich an, ihn auf seinem Weg zur Vorlesung zu begleiten. Das war dem jungen Mann offensichtlich nicht recht.

»Was wollen Sie noch?«, fuhr er den Kripobeamten patzig an.

»Wir haben Ihren Namen mit Norbert Grundmann notiert. Falls Sie sich an meinen nicht mehr erinnern können: Michael Wiener. Vielleicht haben Sie ein bisschen Zeit für einen Kaffee?«

Norbert Grundmann blieb stehen und musterte Wiener geringschätzig von oben bis unten.

»Seh ich vielleicht aus wie jemand, der mit der Polizei Kaffee trinken geht?«, fragte er dann und setzte eine arrogante Miene auf.

»Wenn Sie mich so fragen – ja. Sie sehen ein, dass ich noch mehr Informationen brauche, um den Mord an ihrer Freundin Claudine aufzuklären. Und Sie haben längst erkannt, dass Mithilfe in diesem Fall nur positiv sein kann, schließlich sind Sie ein intelligenter Mensch. Aber vielleicht möchten Sie nicht in der Mensa mit mir sitzen? Ich schlage vor, wir gehen in ein Café.«

Norbert Grundmann blies die Backen auf und warf seinem Gegenüber einen Blick zu, der offen damit drohte, dem anderen die Faust zwischen die Zähne zu schlagen, falls er auf diesem Gespräch bestünde. Doch dann, wie aus heiterem Himmel, breitete sich ein schiefes Lächeln in seinem Gesicht aus, und seine Haltung wurde entspannter.

»Schätze, der Polizei kann man ein solches Angebot nicht abschlagen.«

Wiener grinste zurück.

Norbert Grundmann schob seinen Rucksack zurecht. »›Im Dreyer‹!«

Sie wählten einen Tisch in der Ecke und bestellten an der Theke zwei große Milchkaffee.

»Gestern erzählten Sie uns, Claudine habe Angst gehabt.«

»Nun, das stimmt ja auch.«

»Hat sie mit Ihnen darüber gesprochen?«

»Nein. Das war auch gar nicht nötig. In meinen Augen war sie schlicht hysterisch. Paranoid.«

»Aber nun ist sie tot. Ermordet«, gab Wiener zu bedenken und holte die beiden Kaffeetassen am Tresen ab.

Als er sie auf dem Tisch abstellte, sagte Grundmann: »Ja – das ist ein Grund, meine Theorie zu überdenken. Möglicherweise hatte sie doch Anlass zur Besorgnis.«

»Sie haben an ihrem Verhalten bemerkt, dass sie sich bedroht fühlte?«

»Ja, klar. Wenn sich jemand ständig umdreht und alle Fremden feindselig mustert, fällt einem das schon auf. Nach einiger Zeit kannte sie die Studenten im Studiengang und wurde ruhiger – aber es musste nur mal ein Unbekannter den Kopf durch die Tür stecken, schon tauchte sie unter und nahm den Fremdling erst mal in Augenschein. Ja – das war Angst.«

»War die Reaktion an bestimmte Auffälligkeiten gebunden. Haarfarbe des Fremden, Hautfarbe, Frisur …«

»Hä?«, fragte Norbert Grundmann begriffsstutzig.

»Reagierte sie eher bei Schwarzen oder bei Weißen nervös?«, präzisierte Michael Wiener geduldig seine Frage.

»Sie reagierte bei jedem Fremden so. Und so viele schwarze Studenten haben wir jetzt auch nicht. Bei Skins wäre die Reaktion für mich noch nachvollziehbar, aber doch nicht bei jedem Durchschnittsstudenten.«

Sie schwiegen und tranken ihren Kaffee.

Michael Wiener wischte sich den Schaum von der Oberlippe.

»Waren Sie je mit in ihrem Zimmer?«, fragte er dann.

»Ja. Ein paar Mal.« Er warf Wiener einen fragenden Blick zu, »Oh – jetzt verstehe ich. Sie meinen wegen der Abwehrzauber. Die habe ich natürlich bemerkt.«

Wiener reagierte überrascht.. »Woher …?«

»Ich habe mich zu Schulzeiten mal mit dem Thema beschäftigt. Für ein Referat. War hipp damals. Schon wegen der vielen Zombiefilme.«

Grundmann sah Wiener traurig an. »Claudine trug auch

ein Amulett – aber am Ende scheint der ganze Zinnober nicht viel genützt zu haben.«

»Ein Amulett?« Wiener beugte sich interessiert vor, »Können Sie das näher beschreiben?«

»Nicht wirklich. So ein Anhänger aus Holz, eine Schnitzerei. An einem braunen Band.« Grundmann zuckte entschuldigend mit den Schultern. »Erstens konnte ich ja nicht wissen, dass es mal irgendeine Bedeutung erlangen würde, und zum Zweiten umklammerte sie es immer, wenn sie es unter dem Pullover hervorzog. Die meiste Zeit war es ohnehin nicht zu sehen.«

Dieses Amulett hatte die Tante des Opfers schon erwähnt. Im Zimmer der getöteten Studentin und zwischen ihrer Bekleidung war kein solches Schmuckstück gefunden oder sichergestellt worden, wusste Wiener – es wurde immer wahrscheinlicher, dass der Täter es ihr vom Hals gerissen hatte. Aber, warum? Weil es ihm gefiel? Als Trophäe? Und nun bewahrte er es an einem geheimen Ort auf – zusammen mit den Augen und den anderen Körperteilen, schlussfolgerte Wiener und schüttelte sich.

Peter Nachtigall stöberte den jungen Mann auf, der sich am vergangenen Tag als intimer Freund des Opfers zu erkennen gegeben hatte. Meinert Hagen war in die Bibliothek der BTU geflüchtet, einen hypermodernen Glasbau in Form eines Kleeblattes, der zum Wahrzeichen der Stadt geworden war. Nachtigall fragte sich hartnäckig durch und entdeckte die schlanke Gestalt schließlich in einer vom allgemeinen Publikumsverkehr ausgesparten Ecke. Als er ihn ansprach, zuckte der gedankenverloren vor sich hinstarrende Student zusammen, tastete nach seiner Brille, setzte sie umständlich auf und meinte dann: »Ach, Sie sind das. Irgendwie dachte ich mir schon, dass wir uns noch einmal begegnen würden.«

»Noch ist der Mörder Ihrer Freundin nicht gefasst.«

»Hier werden Sie ihn nicht finden. Sie suchen an der falschen Stelle.«

»Was macht Sie da so sicher?«

»Claudine hatte Angst, das haben wir Ihnen ja schon erzählt – aber nicht vor mir oder den anderen Studenten, mit denen sie hier umging. Sehen Sie, es ist schwer zu begreifen, aber sie glaubte an seltsame Dinge. Wie zum Beispiel Wesenheiten, die sich, in den Körpern anderer versteckt, auf die Suche nach ihren Opfern machen. Wenn man nicht ihrem Kulturkreis entstammt, kann man diese Ängste kaum nachvollziehen. Ich bin nicht einmal sicher, ob ich alles richtig verstanden habe.«

Nachtigall setzte sich.

»Wenn sie sich bedroht fühlte, muss es dafür einen Grund gegeben haben. Hat sie Ihnen nicht erzählt, was sie getan hat, um diese Art Schwierigkeiten heraufzubeschwören?«

»Nein. Sie blieb nebulös. Einmal, nach einer Party, machte sie eine Andeutung. Sie schwebe in Lebensgefahr, behauptete sie, sprach aber nicht weiter, als habe sie damit schon zu viel verraten.«

Der Hauptkommissar runzelte die Stirn. »Und nun soll ich glauben, dass Sie nicht nachgefragt haben?«

»Wie gesagt, es war nach einer Party. Wir waren beide nicht mehr ganz nüchtern, und ich begleitete Claudine bis zu ihrem Zimmer, weil sie sich im Dunkeln fürchtete. Damals glaubte ich, sie habe Angst vor rechten Schlägertrupps.« Meinert Hagen sah Nachtigall zornig an. »Ein Problem, das die Polizei offensichtlich nicht in den Griff bekommt – oder bekommen will«, zischte er böse.

Der Ermittler seufzte.

»Das ist nicht so einfach, wie Sie vielleicht denken. Wir können nicht alle jungen Leute wegsperren, die glatzköpfig, angetrunken und mit entsprechendem Outfit durch die

Straßen gehen. Gerade hier an der Uni gäbe es gewaltigen Widerspruch, würden wir nach so simplen Kriterien vorgehen. Nein, nein – den Rechten müssen Sie Straftaten nachweisen – wie jedem anderen auch. Und der implizite Vorwurf, die Polizei sei ebenfalls rechtslastig – trifft jedenfalls weder für mich noch meine beiden Kollegen zu. Ich bin nicht der richtige Ansprechpartner für diese Vorwürfe«, stellte er dann deutlich klar.

Meinert Hagen zog den Kopf ein. Zwei Meter aufbrausender Hauptkommissar waren ihm unheimlich.

»So habe ich das vielleicht gar nicht gemeint«, lavierte der junge Mann. »Sie haben ja recht. Aber der Unmut in der Bevölkerung über die Untätigkeit der Polizei – auch wenn dieser Eindruck falsch sein mag – ist nun einmal Realität. Bei mir wurde vor ein paar Tagen eingebrochen. Nichts passiert. Ich habe es nur daran gemerkt, dass jemand bei mir im Bad Dinge nicht an ihren angestammten Platz zurückgelegt hat. Ihre Kollegen waren nicht besonders interessiert.« Er verstummte plötzlich, und seine Augen füllten sich mit Tränen. Er schluckte mehrfach hart, bevor er weitersprechen konnte. »Jedenfalls habe ich Claudine gefragt, ob sie befürchte, von irgendwelchen Rechten überfallen zu werden – doch sie antwortete nicht. Verstehen Sie – die Tatsache, dass sie meinen Schutz brauchte, ihr Leben bedroht war, machte sie in meinen Augen geheimnisvoller und begehrenswerter, als sie mir ohnehin schon erschien.«

Ja, das konnte Nachtigall gut verstehen. Der viel beschworene Beschützerinstinkt.

Meinert Hagen schwieg, und seine Augen blieben gedankenverloren an dem Stapel Bücher hängen, den er neben sich aufgetürmt hatte.

Nach einer langen Pause fragte Nachtigall: »Sie haben auch später nicht herausgefunden, warum sie sich fürchtete?«

»Nein«, der Student atmete tief aus. »Claudine und ich trafen uns regelmäßig – wir liebten uns. Doch als ich versuchte, die Beziehung zu vertiefen, sie zu überreden bei mir einzuziehen, mit ihr Pläne für die Zukunft zu machen, da blockte sie ab. Sie meinte, sie könne sich erst danach an mich binden, ich solle mich gedulden.«

»Danach?«

»Ja«, Meinert Hagen lachte unfroh. »So habe ich sie auch gefragt. Und Claudine antwortete mir, danach bedeute, wenn sie alles erledigt habe und nichts mehr zu befürchten sei.«

»Aber worum es ging, haben Sie auch bei dieser Gelegenheit nicht erfahren.«

»Nein. Nichtwisser seien sicher, erklärte sie.«

»Klingt, als habe sie etwas über eine bestimmte Person gewusst, was derjenigen sehr schaden konnte.«

Nachtigall standen die Bilder der Obduktion vor Augen. Die leeren Augenhöhlen, die amputierte Zunge, die abgetrennte Nase – plötzlich durchzuckte ihn siedend heiß ein neuer Gedanke. Gab es doch einen Mitwisser? Jemanden, der durch diesen Mord in aller Deutlichkeit gewarnt werden sollte?

»Hören Sie, Herr Hagen, wenn Nichtwissen schützt, gefährdet Mitwissen. Das bedeutet, jeder, der von Claudine möglicherweise ins Vertrauen gezogen wurde, schwebt in Gefahr. Wenn sie sich nicht an Sie gewandt hat, an wen denn dann?«

Meinert Hagen überlegte lange.

Dann schüttelte er bedauernd den Kopf.

»Hier auf dem Campus hatte sie nur wenige echte Freunde. Die Namen haben wir Ihnen schon gegeben. Und da sie schon mir nichts verraten hat ...«

»Hoffentlich weiß das der Mörder auch«, murmelte Nachtigall, und der Student warf misstrauische Blicke in die Runde.

Albrecht Skorubski hatte Kirk Damboe am Frühstückstisch angetroffen. Er wohnte bei einem Cousin seines Vaters, der bei ›Vattenfall Mining‹ beschäftigt war. Wenig begeistert von der morgendlichen Störung, bot er Skorubski in mauligem Ton einen Kaffee an.

»Danke, gerne.«

Mit geübten Handgriffen entnahm der müde Student dem Hängeschrank einen geblümten Porzellanbecher und fischte einen Löffel aus der Schublade. Dann stellte er Kanne und Milchgießer vor Albrecht Skorubski ab und meinte: »Self-Service.«

Ohne mit der Wimper zu zucken, griff der Ermittler zu und schenkte sich ein.

»Sie sind schon wieder hier. Also haben Sie den Mörder noch nicht gefasst.«

»Stimmt. Erzählen Sie mir von Claudine.«

»Was soll ich Ihnen da erzählen? Sie war ein bisschen seltsam. Aber mal ehrlich – sind wir das nicht alle?«

Skorubski verkniff sich ein Grinsen. Diese Antwort hätte Nachtigall sicher gut gefallen, amüsierte er sich, probierte vom Kaffee und goss einen großzügigen Schluck Milch nach.

»Sie war unglaublich ehrgeizig. Eine von denen, die ihren Abschluss so schnell wie möglich in der Tasche haben wollen. Manchmal verhielt sie sich Unbekannten gegenüber abweisend, als sei sie überzeugt, der andere habe böse Absichten. Vielleicht hat sie mal schlechte Erfahrungen gemacht. Vergewaltigung oder so. Auf Haiti sind die Sitten rauer.«

»Aha – Sie waren schon dort?«

Kirk Damboe sah Skorubski verblüfft an, und der Ermittler glaubte ein zartes Erröten zu bemerken.

»Nein. Aber ich habe ein paar Reportagen gesehen. Sie wissen schon: Bildungsfernsehen.«

»Hm. Haben Sie vielleicht bei irgendeiner Gelegenheit Freunde von Claudine kennengelernt?«

»Sie meinen jetzt außer Meinert, Norbert, Beate und Kristina? Eigentlich nicht. Einmal auf dem Weg zur BTU hat sie eine blonde Frau getroffen. Mit der muss sie näher befreundet gewesen sein. Sie begrüßte sie herzlich – mit Umarmen und Küsschen und all so was. Aber vorgestellt hat sie uns die Blonde nicht.«

»Schade. Können Sie sich noch an Einzelheiten erinnern?«

Der Student sah Skorubski lange prüfend an, konnte aber in den Zügen seines Gegenübers keinen Spott feststellen.

Wieder seufzte er tief und meinte: »Einzelheiten, ja? Hm. Sie war etwas älter als Claudine. Klein. Neben der großen schwarzen Frau wirkte sie geradezu winzig. Allerdings war sie ziemlich kräftig, fast dick. Man konnte sie kaum übersehen.«

»Ist Ihnen auch aufgefallen, dass Claudine Angst hatte?«

»Schon – aber ich konnte das gut verstehen. Nach all den Berichten in den Medien über ausländerfeindliche Übergriffe. Wir Schwarzen fallen im Straßenbild eben sofort auf, wir können nicht in der Menge untertauchen. Und je mehr man von Überfällen hört, desto eher wittert man überall potenzielle Schläger.«

»Aber dass sie konkret jemanden fürchtete, haben Sie nicht bemerkt?«

»Nein. Sie reagierte etwas hysterisch auf alle Gesichter, die ihr fremd waren.«

»Egal welche Hautfarbe, Nationalität oder Ge-schlecht?«

Wieder dachte Kirk Damboe gründlich nach, bevor er antwortete, und dann klang er, als überraschten ihn seine Worte selbst. »Ja – völlig egal.«

19

Haiti

Der Bokor verzog missmutig das Gesicht, als der alte Mann am Waldrand erschien. Er hatte getan, worum er gebeten und wofür er bezahlt worden war. Was der seltsame Alte nun noch von ihm wollte, konnte er sich beim besten Willen nicht vorstellen.

Mürrisch trat er vor seine Holzhütte und wartete, bis der andere seinen Hof erreicht hatte.

»Ich bin gekommen, um dir zu sagen, dass der Zauber funktioniert hat.«

Der Bokor zuckte gleichgültig mit den Schultern und setzte eine möglichst unbeteiligte Miene auf.

»Du hast bestellt und bezahlt«, antwortete er dann und versuchte den Eindruck zu erwecken, wenn ein Zauber nicht funktionierte, läge das auf keinen Fall an ihm.

»Ich brauche das Gleiche noch einmal.«

»Gut.«

»Aber diesmal ist es keine von uns.«

»Dann ist es komplizierter. Es war schon beim letzten Mal nicht einfach – ihre Schutzzauber waren ein ziemliches Hindernis. Aber ein guter Bokor kann es schaffen.«

»Ja – einer wie du. Deshalb wurdest auch du für diese Aufgabe ausgewählt.«

»Ein Foto und das Übliche. Wie du das beschaffst, ist dein Problem. Ich werde auch spezielle Nadeln herstellen müssen, das ist schwierig und das gesamte Zeremoniell für mich nicht ungefährlich. Und natürlich ist in diesem Fall der Preis viel höher.«

Sie verhandelten noch eine Weile, doch der Bokor wusste, dass der andere nach dem erstaunlich rasch erzielten Erfolg nun bereit wäre zu bezahlen, was immer er verlangte.

20

»Papa? Kann ich heute Abend mal bei dir vorbeikommen?«

Nachtigall, der auf dem Weg ins Büro war, um dort Albrecht Skorubski abzuholen, bekam ein flaues Gefühl im Magen. Wenn Jule so klang, war die Angelegenheit ernst.

»Sicher. Wollen wir zusammen essen?«

»Nicht nötig. Mir reicht ein Saft oder ein Tee.«

So ernst also, dachte Nachtigall bekümmert, es hatte ihr auf den Magen geschlagen.

Bestimmt Streit mit Emile. Den jungen LKA-Fachmann hatte er nie in sein Herz geschlossen. Er war ihm zu gestylt, zu glatt. Nachtigall konnte nicht verstehen, was seine Tochter an einem Typen fand, der zu jeder Zeit aussah wie ein Model frisch vom Laufsteg. Und nun war eben doch der befürchtete Ernstfall eingetreten. Dabei, musste der Hauptkommissar zugeben, war es ihm so vorgekommen, als liebe Emile seine Jule wirklich. Na ja, fiel ihm dann ein, vielleicht war die Liebe bei ihr nicht so stark, wie er angenommen hatte.

Conny! Er musste mit Conny sprechen. Seit Monaten schon versuchte er, die neue Frau in seinem Leben dazu zu überreden, zu ihm zu ziehen. Die Katzen waren einverstanden, doch Conny zögerte noch. Sie wollte ihre Unabhängigkeit nicht verlieren, wusste er, doch würde sie einen Umzug zu ihm überhaupt noch in Erwägung ziehen, wenn Jule wieder bei ihm wohnte? Möglicherweise empfände sie das Reihenhaus in Sielow als zu eng.

Natürlich war denkbar, den Nachtigall'schen Haushalt in Connys Haus zu verlegen. Das war geräumiger. Aber, verwarf er den Gedanken, Jule käme sich dort wie ein ungebetener Gast, ja, wie ein Fremdkörper vor. Das wollte er vermeiden. Nach der gescheiterten Beziehung zu Emile sollte sie sich zu Hause erholen.

Seine Überlegungen begannen, um die Zusammenarbeit mit dem Profiler an seinem aktuellen Fall zu kreisen. Die Ermittlungen durften nicht darunter leiden, dass sein Verhältnis zu Couvier getrübt war. Das würde er nicht zulassen. In den letzten Jahren hatten sie viele Fälle gemeinsam gelöst, und Nachtigall musste, wenn auch widerwillig, einräumen, dass der junge Mann dabei gute Arbeit geleistet hatte.

Aber seine kleine Tochter würde nun seinen Trost brauchen.

Und den sollte sie auch bekommen!

Außerdem war ja nicht gesagt, dass Conny sich überhaupt an der Anwesenheit von Jule stören würde – vielleicht fand sie es sogar ganz angenehm.

21

Beate Michaelis wohnte in einer Etagenwohnung.

Die alte Villa, erklärte sie Nachtigall und Skorubski, gehöre ihrer Tante und sie dürfe hier mietfrei wohnen.

Die beiden Ermittler sahen sich beeindruckt um. Die Räume waren mehr als drei Meter hoch, Stuck an den Decken, Parkettboden.

»Sicher sehr angenehm, hier wohnen zu können. In der Nähe von Uni und Bibliothek und doch ruhig.«

»Ja. Was kann ich für die Polizei tun?«, fragte sie in unfreundlichem Ton.

»Wie Sie wahrscheinlich schon wissen, wurde Claudine Caro ermordet.«

»Ja, das habe ich gehört.«

Die schlanke Frau bat Nachtigall und Skorubski ins Wohnzimmer und bot ihnen Platz auf der Couch an.

Leise Musik erfüllte den Raum, leicht und körperlos schwebten die Klänge einer virtuos gespielten Panflöte durch das Zimmer. Nachtigall registrierte in der Ecke eine Art Altar. Beate hatte vor einem Foto Claudines eine Kerze entzündet und eine weiße Rose danebengestellt.

In der Mitte stand ein kleiner runder Tisch mit einem samtigen Überwurf, darauf träumte eine Kristallkugel. Ah, deshalb auch die Gipsykleidung, die großen Goldkreolen und Armreifen, erkannte Nachtigall. Beate war eine Wahrsagerin.

»Ja, ich kann in die Zukunft blicken«, bestätigte Beate seinen unausgesprochenen Gedanken. »Aber Claudine hielt das für Jahrmarktszauber.«

»Konnten Sie ihren Tod auch vorhersehen?«

»Ja. Ich habe sie gewarnt. Die Kugel zeigte mir, wie das Dunkel immer näher rückte. Doch Claudine lachte mich aus. Ihr Dunkel sei für meine Augen unsichtbar, behauptete sie.« Beate wischte eine Träne von ihrer Wange, und Nachtigall fragte sich, was hier echt und was Schauspiel war.

»Sie war Ihre Freundin?«

»Ja – sie war vielleicht sogar meine beste Freundin. Mit ihr schien das Leben bunt zu werden, als habe die Sonne eine Möglichkeit gefunden, direkt auf sie zu scheinen. Sie war fröhlich, konnte unglaublich ansteckend lachen und ausgelassen sein.«

»Sie schien Ihnen nicht bedrückt?«

»Manchmal. Aber wer steht schon immer in der Sonne? Meist jedoch war sie unbeschwert.«

Beate stand auf und zog eine Schublade auf. Sie kehrte mit einem Fotoalbum zu den beiden Kripobeamten zurück.

»Sehen Sie selbst. Wir haben in den Semesterferien viele Ausflüge gemacht – und ich habe sie gerne fotografiert.«

Erstaunt entdeckten Nachtigall und Skorubski eine neue, eine andere Claudine Caro.

»Gab es jemanden, der Ihre Freundin gehasst hat?«, fragte der Hauptkommissar leise und bemerkte, wie das Foto in Beates Hand zu zittern begann.

»Nein. Sie war zurückhaltend und freundlich. Ich habe nie erlebt, dass sie sich mit jemandem gestritten hätte. Nie!«

Nach einer Pause fügte sie hinzu: »Sie und ich, wir wissen doch genau, dass Sie den Täter nicht auf dem Campus suchen müssen. Ich finde den Gedanken entsetzlich, dass jemand Claudine nur ihrer Hautfarbe wegen getötet hat. Irgendein verblendeter Hasser, der sie überhaupt nicht kannte.«

»Dann glauben Sie an ein ausländerfeindliches Motiv?«

»Ja, selbstverständlich! Sie doch auch.«

Nachdenklich fuhren sie zu Kristina Morgental, die, wie Meinert richtig vermutet hatte, in einer WG an der Bahnhofstraße wohnte.

Warum war Claudine bei den Ausflügen mit Beate so entspannt, während alle anderen ihre Angst bemerkt hatten? Und wie kam es, dass man diese junge Frau stets als mutig und zielstrebig beschrieb – obwohl allen ihr eigenartig verschrecktes Verhalten aufgefallen war?

Kristina Morgental reagierte zunächst unterkühlt, dann deutlich gereizt auf die Fragen der beiden Kripobeamten. Offensichtlich war sie gerade erst aufgestanden, ihre Haare standen wirr in alle Richtungen ab, und Reste des gestrigen Make-ups verschmierten das Gesicht.

»Hab ich mir schon gedacht, dass Sie kommen. Die Jungs haben Ihnen unsere Namen gegeben.«

In Kristinas großem Wohn-Schlaf-Arbeitszimmer gab es eine Sitzecke, in der überdimensionierte Kissen auf dem Boden lagen. Etwas ungelenk nahmen die beiden Ermittler Platz.

»Außer mir noch jemand, der einen Tee brauchen kann?«, fragte das junge Mädchen unfreundlich und wartete. »Gut, dann eben nur für mich!«

Wenige Augenblicke später erschien sie mit einem großen Teepott und plumpste wenig elegant auf eines der Kissen. Nachtigall registrierte, wie etwas von der roten Flüssigkeit auf ihre Jogginghose tropfte. Sie bemerkte es nicht, oder es war ihr gleichgültig.

»Claudine wurde ermordet. Das weiß ich natürlich schon. Meinert hat irgendetwas von Amputationen gefaselt, aber das ist typisch für ihn, er bringt da schon mal einige Dinge durcheinander.«

»Nein, in diesem Fall stimmt es. Sie wurde ziemlich schlimm zugerichtet.«

Ihr rundes Gesicht verlor alle natürliche Farbe, sodass die schwarzen und blauen Schminkspuren noch deutlicher hervortraten.

»Echt?«, hauchte sie dann und steckte ihre Nase in den Tee.

»Ja.«

»Scheiße!«

Sie ließen der Studentin Zeit, sich zu fangen.

»Hat Claudine je mit Ihnen über ein gefährliches Geheimnis gesprochen? Oder Ihnen etwas zur Aufbewahrung gegeben?«

»Mann – das missverstehen Sie nun aber wirklich. Claudine war nicht so eine! Wenn das Geheimnis wirklich gefährlich gewesen wäre, hätte sie es für sich behalten. Nie hätte sie jemanden gebeten, etwas für sie zu verstecken, wenn ihn das in Gefahr bringen konnte. Sie war stark und verantwortungsbewusst. Für Freunde setzte sie sich mit aller Kraft ein, sie war absolut verlässlich. Ein Fels in der Brandung – wenn Sie dieses Bild bemühen wollen.«

»Wer könnte ein Interesse an ihrem Tod haben?«

»Sie war nicht reich. Darum kann es unmöglich gegangen sein. Vielleicht hatte sie mit einem Mann ein Verhältnis und eine Nebenbuhlerin hat sie ausgeschaltet?«

Kristina nippte wieder an ihrem Tee. Schließlich schüttelte sie den Kopf.

»Nein. Das ist Quatsch. Sie war ja in Meinert verknallt. Hätte sie nebenbei ein Verhältnis gehabt, wäre uns das aufgefallen. Abgesehen davon, dass Claudine für so was gar keine Zeit hatte.«

Kristina brütete wieder vor sich hin.

»Die Eltern von Meinert. Vielleicht war es ihnen nicht recht, dass seine Freundin schwarz war? Nein«, verwarf sie auch diesen Gedanken sofort. »Nein. Dann hätte Meinert das mal erwähnt. Hat er aber nicht.«

»Also kommt Ihrer Meinung nach niemand von der Uni in Betracht«, stellte Nachtigall fest.

»Ja, so ist es wohl. Claudine konnte sehr gut auf sich selbst aufpassen, auch wenn sie sich manchmal gerne auf ihren Wegen begleiten ließ. Sie wich allen brenzligen Situationen aus. Wenn betrunkene oder aggressive Jugendliche in der Straßenbahn mitfuhren, stieg sie immer aus und ging den Rest des Weges lieber zu Fuß. Sie war ja nicht dumm oder leichtsinnig. Sie brachte sich nicht durch Unachtsamkeit in Gefahr, nie!«

»Manche Menschen glauben an einen ausländerfeindlichen Überfall.«

»Ja, das ist klar. Ist ja auch nicht so ganz von der Hand zu weisen, nicht? Aber dann muss es wirklich unvorhersehbar gewesen sein – sonst wäre sie dem potenziellen Angreifer aus dem Weg gegangen. Jemand kann sie verfolgt haben. Oder hat ihr aufgelauert. Ein Restrisiko bleibt ja immer.«

»Nun gut. Bedenken Sie bitte, dass wir das Mordmotiv noch nicht kennen.«

»Oh – mein persönliches Restrisiko habe ich gut im Griff«, beteuerte die Studentin unbeschwert und lachte schallend über Nachtigalls skeptischen Gesichtsausdruck.

Albrecht Skorubski parkte vor dem ›Café Lauterbach‹ am Bahnhof.

»Pause.«

»Einverstanden.«

Sie wählten einen Tisch etwas abseits der anderen Gäste und bestellten zwei Milchkaffee.

»Probleme?«, fragte Skorubski vorsichtig. Er wusste, dass Nachtigall selten über sich sprach, spürte aber deutlich, wie sehr ihn irgendetwas bedrückte.

»Wie man's nimmt.«

Sie sahen auf die Bahnhofstraße hinaus, die zu jeder Tageszeit stark befahren war.

»Bekannte von mir sind kurz nach der Wende hergezogen. Das Erste, was ihnen auffiel, war die breite Bahnhofstraße, auf der nur wenige Autos fuhren. So eine breite Straße und kaum Verkehr, staunten sie damals. Und nun sieh dir das Gewimmel da an. Staus. Obwohl sie vierspurig ist.«

Skorubski nickte und nippte mit spitzen Lippen an dem heißen Getränk.

»Sag mal – als du damals deine Frau«, Nachtigall stockte. »Bevor ihr geheiratet habt, musst du sie doch gefragt haben, ob sie dich überhaupt zum Mann will. Wie hast du das gemacht?«

»Hast du Birgit damals nicht gefragt?«

»Nein. Eben nicht. War nicht nötig. Zwischen uns hatte sich das einfach so ergeben, war irgendwann eben der nächste Schritt. Und irgendwie finde ich nie den richtigen Moment, um Conny zu fragen. Wenn ich später im Bett liege, erkenne ich, dass ich ihn nur nicht genutzt habe. Er war da. Mehrfach.«

»Bei uns war es eigentlich keine Frage des Wollens. Es war eine Frage der Zeit.«

Nachtigall zog fragend eine Augenbraue hoch.

»Nun, meine Angebetete flüsterte mir ins Ohr, sie sei schwanger. Da war etwas Zeitdruck im Spiel, weil wir nicht wollten, dass ihre Eltern etwas davon bemerken. Sehr konservatives Elternhaus, es hätte was von Weltuntergang gehabt.«

»Der Weg scheidet aus. Ehrlich – ich möchte kein Kind mehr, das ich erziehen durch die Pubertät begleiten muss. Im Grunde bin ich ja froh, dass Jule dem entwachsen ist.« Flüchtig drängte sich ihm die Erinnerung an das seltsame Telefonat mit seiner Tochter auf, und eine kleine Pause entstand. »Und Conny sieht gerade bei einer Freundin, wie sehr sich das Leben reduziert, wenn ein Neugeborenes im Haus ist. Sie spricht schon seit Monaten nicht mehr von einer Schwangerschaft«, fuhr er dann fort.

»Ich wollte dir das auch nicht als Rezept vorschlagen«, grinste Skorubski. »Warum fragst du sie nicht einfach völlig unkompliziert. Es kann sie ja eigentlich nicht überraschen – irgendwie verlobt seid ihr doch schon.« Er wies auf den Ring an Nachtigalls Finger.

»Ja, das stimmt schon«, räumte der Freund ein und drehte versonnen lächelnd daran.

»Na, dann würde ich es eben heute Abend beim Essen einfach mal wagen.«

»Aber wenn sie ›nein‹ sagt? Bisher konnte ich sie noch nicht einmal dazu bewegen, zu mir zu ziehen«, gab Nachtigall unglücklich zurück.

»Nun, Peter, du wirst das Risiko eingehen müssen – sonst erfährst du am Ende nie, ob sie dich heiraten will. Warte nicht immer auf den richtigen Moment, der kommt womöglich nie. Und weißt du – so unendlich viel Zeit zum Vertrödeln bleibt euch nun auch wieder nicht.«

Nachtigall betrachtete in Gedanken versunken den sich langsam auflösenden Milchschaum und schwieg.

»Es fehlt noch ›PRO‹. Michael hat mir die Adresse ihres Treffpunkts rausgesucht. Es ist eine Privatwohnung in der Rudnickistraße. Dorthin werden wir als Nächstes fahren«, wechselte er schließlich abrupt das Thema.

»Na, die warten sicher schon auf uns. Nach den Schlagzeilen.«

»Der Leiter der Sektion Cottbus war ein ziemlich unfreundlicher Typ, kann ich mich erinnern. Arrogant. Ich glaube, er hatte nach seiner schmählichen Flucht vor den gewaltfreien ›Mind Watchers‹ immer einen Bodyguard bei sich«, überlegte Nachtigall halblaut. »An dem werden wir erst vorbeimüssen!«

»Oh, den Leibwächter kenne ich. Das ist William Schmidt. Heute nennt er sich nur noch Willi – der englische Vorname ist ihm peinlich, seit er bei ›PRO‹ eine neue Heimat gefunden hat. Früher war er Türsteher und fiel immer wieder wegen seiner handgreiflichen Argumentationen auf. Seine Familie hat vor Jahren in meiner Nachbarschaft gewohnt, doch als dann immer öfter die Polizei vorsprach, sind sie in einen anderen Stadtteil umgezogen«, erzählte Skorubski und nippte an seinem Kaffee.

»Vielleicht erinnert er sich ja noch an dich«, schmunzelte Nachtigall. »Sei schön vorsichtig und halte dich hinter mir!«

»Haha! William kam immer gut mit unseren Kindern aus. Mach dir mal keine Sorgen!«, patzte der Freund zurück und sah einen Moment lang wirklich beleidigt aus.

»Ein Scherz, Albrecht! Guck nicht so böse! Holger Mahler heißt der Boss. Wir werden sehen, ob er Zeit für uns erübrigen kann.«

Peter Nachtigalls Handy vibrierte, und er warf einen verärgerten Blick auf das Display.

»Michael! Ich hoffe, es ist wirklich wichtig!«

»Das glaub ich scho'! Habt ihr vielleicht scho' einen Blick auf die Schlagzeile der Boulevardpresse g'worfe'? Ob ihr's glaubt oder nicht, wir habe' einen Zeuge des Mordes. Un' er kann den Täter b'schreibe'. Stegmann! «

»Bist du sicher, dass es sich dabei um unseren Zeugen handelt?« Nachtigall konnte es nicht glauben. Ihnen hatte der Mann etwas vollkommen anderes erzählt.

»Ja, klar. So viele Jakob Stegmann gibt's ja nun auch wieder nicht in Cottbus, und außerdem isch der Artikel mit Bild.«

»Was? Mit Foto? Ich fasse es nicht! Vielleicht haben sie auch gleich die Adresse notiert. Und wie sieht unser Täter demnach aus?«

»Herr Jakob Stegmann behauptet den Reportern gegenüber, er habe eine dunkle, massige Gestalt davonlaufen sehen. Groß, mit Bomberjacke, Glatze, Tätowierung im Nacken, schwere Stiefel.«

»Aha.« Nachtigall runzelte die Stirn. »Also doch eindeutig ein Angriff aus der politisch motivierten Ecke.«

»Dem Artikel zufolge gibt es daran nicht den geringsten Zweifel. Stegmann hat sogar behauptet, er könne den Täter bei einer Gegenüberstellung jederzeit identifizieren.«

»Shit!«, schimpfte Nachtigall so laut, dass sich einige der Cafébesucher verärgert umdrehten. »Wie kann er denn so etwas behaupten? Weiß er denn nicht, welches Risiko er mit solch einer Äußerung eingeht?«

»Ich hab scho' versucht ihn zu erreiche', aber er ist entweder nicht zu Hause, oder er geht nicht ans Telefon.«

»Versuch weiter, Kontakt zu ihm herzustellen. Gibt es nicht auch eine Handynummer?«, fragte Nachtigall besorgt und ärgerlich zugleich.

»Doch. Da meldet sich die Mailbox.«

»Schick eine Streife bei ihm vorbei. Möglicherweise meldet er sich nicht, weil ihm inzwischen dämmert, der Mörder könnte versuchen, mit ihm Kontakt aufzunehmen, um ihn aus dem Weg zu räumen«, entschied der Hauptkommissar.

»Solle' die Kollege' ihn mitnehme', wenn sie ihn antreffe'?«, wollte Wiener wissen.

»Ja. Bei uns ist er allemal sicherer aufgehoben als in seiner Wohnung. Außerdem kann er ja schon mal an einem Phantombild arbeiten, bis wir wieder zurück sind. Wenn er den Täter so genau gesehen hat, kann das für ihn ja kein Problem sein, oder?«, antwortete Nachtigall gallig. »Wie sieht Willi aus?«, fragte er in Skorubskis Richtung.

»Groß, kahl, bullig, Tattoo im Nacken … warum?«

»Dann ist er jetzt tatverdächtig.«

Skorubski zog ungläubig die Augenbrauen hoch. »Niemals! Willi ist ja nicht dumm! Wenn er gewalttätig wird, dann doch in Grenzen. Eine Schlägerei, ja, jederzeit gern, aber einen Mord begehen? Nein!«

»Es ist so, dass die Kollege' glaube', Stegmann ist bedroht worde'. Übers Telefon zum Beispiel. D'rum macht er jetz' niemandem auf. Sei' Nummer steht ja im Telefonbuch.«

»Wie dumm kann einer allein eigentlich sein!«, polterte Nachtigall.

Holger Mahler öffnete den beiden Ermittlern persönlich die Tür.

»Ach herrje! Sie? Wieso hat Willi ausgerechnet Sie durchgelassen?«

»Ich sehe schon, Sie erinnern sich«, stellte Nachtigall lapidar fest und schob sich in die Wohnung.

»Lebhaft sogar. Sie haben damals für richtig Stress gesorgt. Dabei hatten wir den Typen von dieser Sekte gar nicht wirklich gedroht. Aber das ist eben typisch für die Polizei. Wenn solch ein armseliges Würstchen jammert, kommt ihr sofort. Bei meiner ersten Begegnung mit denen haben die mich bedrängt, aber dafür hat sich von euch ja niemand auch nur mit einer Faser interessiert.«

Während er sprach, führte er die ungebetenen Besucher in eine Art Zwitterraum.

Rechts von der Tür standen ein Schreibtisch mit Computer und Drucker sowie ein Regal, links eine Bettcouch und ein Nachttisch.

Holger Mahler registrierte den Blick Nachtigalls und bemerkte sarkastisch: »Ja, leider muss ich mir mein Schlafzimmer mit der Zentrale von ›PRO‹ teilen. Die Stadt zickt jedes Mal, wenn wir einen Antrag auf Förderung des Vereins stellen.«

»Und das überrascht Sie natürlich«, meinte Albrecht Skorubski und zuckte zusammen, als der andere in lautes Gelächter ausbrach.

»Nehmen Sie Platz!« Noch immer lachend zog Mahler zwei Dreibeinhocker vor seinen Schreibtisch.

»Danke – wir stehen gerne. Wo waren Sie am Montagabend zwischen 18 und 23 Uhr?«, fragte Nachtigall direkt, und Mahlers Gesichtszüge erstarrten zu einer wütenden Fratze.

»Ich soll ein Alibi vorweisen?«, fauchte der untersetzte Mann.

»Ja, wenn Sie es so nennen wollen. Und am besten haben Sie auch gleich eines für Ihren Bodyguard draußen vor der Tür.«

»Mit welchem Recht? Wessen werde ich verdächtigt?« Mahler funkelte wild zu Nachtigalls Gesicht hinauf.

Doch der blieb völlig unbeeindruckt.

»Wenn Sie versuchen wollen, mir was anzuhängen, dann passen Sie bloß auf! Mein Anwalt wird sich der Sache sofort annehmen«, drohte der Leiter von ›PRO‹ entschlossen.

»Ach – ich dachte, der sitzt ein.«

»Nein! Tut er nicht! Und bevor ich mich dazu hinreißen lasse, Ihnen meine Abendbeschäftigungen offenzulegen, ist es an Ihnen, mir zu erklären, warum ich so etwas tun sollte!«

»Sie haben von dem Mord hinter der Stadtmauer gehört?«, fragte Nachtigall schlicht.

»Oh, daher weht der Wind! Das hätte ich mir ja denken können! Eine Schwarze wird ermordet – und natürlich muss der Täter bei ›PRO‹ zu finden sein! Klar – einfache Polizistenlogik! Wer käme wohl auch sonst infrage?«, höhnte Mahler.

»Nun, ›PRO‹ ist nicht wegen seiner integrativen Projekte in den Schlagzeilen. Ich kann mich auch an einige Anzeigen wegen fremdenfeindlicher Übergriffe erinnern. Eines der letzten Opfer von ›PRO‹ lag mehrere Wochen im Klinikum.«

»Schnee von gestern«, behauptete Mahler selbstbewusst.

»Kommen wir zum Ausgangspunkt unseres Gesprächs zurück. Wo waren Sie?«

Demonstrativ begann der Angesprochene, in seinem Kalender zu blättern.

»Ah – da haben wir es ja auch schon! Wir hatten eine Versammlung, eine Zusammenkunft, ein Treffen – wie auch immer Sie es nennen möchten. Und Willi, den Sie so treffend als meinen Bodyguard bezeichnet haben, war auch dort. Er fuhr mich hin und wieder zurück.«

Nachtigall machte Skorubski ein Zeichen. Daraufhin verschwand der Kollege nach draußen, um mit Willi zu sprechen.

Nachtigall setzte eine betont nachdenkliche Miene auf.

»Das ist ja nun wirklich seltsam, Herr Mahler. Es gibt nämlich einen Tatzeugen, der Ihren Willi dabei beobachtete, wie er hastig den Tatort verließ. Er hat ihn tatsächlich ziemlich detailgenau beschrieben.«

»Das weiß ich schon«, antwortete Mahler und scheuchte das Argument mit einer lässigen Handbewegung beiseite. »Bei mir klingelt schon seit dem frühen Morgen das Telefon. Die Mitglieder von ›PRO‹ können lesen. Allerdings muss ich Ihnen sagen: Ihr Zeuge irrt sich! Wenn dem nicht so wäre, hätte ich meinen Willi höchstpersönlich bei Ihnen vorbeigebracht. Ich dulde keinen Mörder in meinem Umfeld!«, behauptete er dann großspurig. »Aber wir waren bei dieser Versammlung. Und saßen den ganzen Abend nebeneinander.«

»Nun, diese Versammlung wird ja keine Veranstaltung für zwei gewesen sein. Am einfachsten ist, Sie geben mir eine Teilnehmerliste, damit ich das Alibi überprüfen kann.«

»›PRO‹ ist nicht verboten. Es ist nicht strafbar, unsere durchaus richtigen Ansichten zu vertreten«, geiferte Mahler erneut.

»Mag sein, dass Ihre Organisation noch nicht verboten

ist«, Nachtigall betonte das Wort ›noch‹ deutlich, »aber was hat das mit der Teilnehmerliste zu tun?«

Albrecht Skorubski kehrte in diesem Moment mit ausdrucksloser Miene in das Büro der Gruppierung zurück.

Holger Mahler wand sich noch immer.

»Willi wird unser Alibi wohl bestätigt haben. Weitere Zeugen sind meiner Meinung nach nicht vonnöten«, stellte er in abschließendem Ton fest.

»Nun, es ist Ihre Entscheidung. Wenn Sie unsere Gastfreundschaft für ein paar Stunden in Anspruch nehmen möchten, können wir das natürlich arrangieren«, erklärte Nachtigall mit freundlichem Lächeln.

»Ihren Willi finden Sie zurzeit übrigens nicht mehr vor der Tür. Sie sollten, für den Fall, dass Sie sich unsicher fühlen, einen Ersatz ordern. Unsere Kollegen haben ihn bereits mitgenommen«, berichtete Albrecht Skorubski so beiläufig, als handle es sich um eine unbedeutende Kleinigkeit.

Holger Mahler knirschte mit den Zähnen.

»Das dürfen Sie gar nicht! Er hat ein Alibi.«

Rasch trat er hinter seinen Schreibtisch und reichte Nachtigall eine lange Namensliste.

»Zunächst einmal steht Ihr Willi unter Mordverdacht.«

»Und nun besuchen wir mal unseren geschwätzigen Zeugen!«

»Ja. Wo wohnt dieser Jakob Stegmann überhaupt?«, fragte Skorubski und startete den Wagen.

»Friedrich-Ebert-Straße. Ich bin sicher, der hat sich zu Hause verschanzt. Mal sehen, ob wir ihn überreden können, mit uns zu sprechen.«

Peter Nachtigall vergewisserte sich bei Michael Wiener, dass Stegmann noch immer nicht erreichbar war, die Streife ihn nicht angetroffen und seitdem vor dem Haus Posten bezogen hatte. Dann würde der Zeuge wenigstens sehen, dass sie präsent waren. Vielleicht würde ihm das etwas von seiner Angst nehmen.

»Ich bin sicher, dass er längst weiß, was für einen schrecklichen Fehler er gemacht hat. Ich jedenfalls würde ganz schön zittern«, meinte Skorubski und steuerte Richtung Innenstadt.

Vor dem ›Café Yellow‹ stellten sie den Wagen ab, nickten den Kollegen im Streifenwagen kurz zu und klingelten bei Stegmann.

Erst nach ihrem vierten Versuch meldete sich zaghaft eine Stimme.

»Ja?«

»Kriminalpolizei. Peter Nachtigall. Sie kennen mich, Herr Stegmann. Ich stelle mich auf die Straßenbahngleise, dann können Sie mich sehen.«

»Gut«, hauchte die Stimme.

Es knackte in der Leitung.

Nachtigall trat auf die Straße zurück und beobachtete, wie an einem der Fenster ein Vorhang bewegt wurde. Das Ergebnis der Überprüfung schien den Bewohner der Wohnung beruhigt zu haben, denn wenige Augenblicke später ertönte der Summer.

»Welch ein Glück«, seufzte Jakob Stegmann erleichtert und öffnete den beiden Kriminalbeamten die Tür.

Rasch drängte er sie in den engen Flur und schloss zweimal hinter ihnen ab. Peter Nachtigall musterte seinen Zeugen und kam zu dem Ergebnis, der junge Mann sähe schlecht aus. Die Augen lagen tief in den Höhlen, die Wangen waren eingefallen, und ein permanentes, nervöses Zucken am Auge sorgte für einen gestressten Eindruck.

»Ihnen geht es nicht gut?«

»Nein! Wie denn auch?«

Stegmann schob seine Besucher in ein kleines Wohnzimmer.

»Seit dieser vermaledeite Artikel erschienen ist, klingelt bei mir das Telefon ohne Unterlass. An der Tür läutet es, mein Anrufbeantworter ist voll übler Schmähungen. Es ist entsetzlich. Sie nennen mich ein Lügnerschwein und drohen mir mit Schlachtung!«, sprudelte es aus dem unglücklichen Mann heraus. Nachtigall tat er fast leid.

»Nun sind wir ja da. Es kann Ihnen nichts passieren. Vielleicht wäre es besser gewesen, Sie hätten uns und nicht der Presse von Ihrer Beobachtung erzählt«, tadelte er den kopflosen Zeugen.

»Aber genau das ist es doch! Ich habe ja gar niemanden gesehen«, stieß Jakob Stegmann hervor und wischte sich mit einem Taschentuch den Schweiß von der Oberlippe.

»Sie haben doch aber in dem Artikel behauptet, den Täter so genau gesehen zu haben, dass Sie ihn sogar bei einer Gegenüberstellung wiedererkennen könnten«, mischte sich nun auch Albrecht Skorubski ein.

»Ja – aber das war alles ganz anders. Ich habe da mit diesem Reporter bei einem Bier gesessen, und er hat gefragt. Ich habe immer mehr geantwortet, er hat sich gefreut. Zunächst habe ich mir gar nichts dabei gedacht, ich bin da so reingeschlittert. Ich habe aber in Wahrheit nichts gesehen«, gab der Zeuge kleinlaut zu.

»Warum haben Sie dann diesem Reporter gegenüber so viele Details preisgegeben? Sie haben sich das ausgedacht?« Nachtigall war fassungslos. »Warum?«

»Weil ich ihm interessant erscheinen wollte«, gab Stegmann beschämt zu. »Ich wollte auch mal in der Zeitung stehen, jemand sein, der toll und mutig ist. Ich habe irgendwie die Kontrolle verloren.« Der Zeuge seufzte tief. »Mein Gott. Mein Leben ist so langweilig.«

»Das war aber nicht nur gelogen, sondern auch noch verdammt leichtsinnig. Stellen Sie sich vor, man hätte Ihnen einen

Brandsatz in die Wohnung geworfen. »So dumm wirken Sie eigentlich gar nicht auf mich – Sie hätten sich über die Folgen im Klaren sein müssen!«

»Das Bier, die Stimmung – ich weiß, es war blöd.«

»Und wieso konnten Sie dann einen der rechten Schläger so genau beschreiben?«

»Willi ist der Freund meiner Cousine.«

22

Haiti

Der Priester hielt mit den Gasten seines heutigen Rituals Einzug in den Humfo.

Ängstlich zusammengedrängt, saß eine Gruppe Frauen schweigend an der südlichen Wand und beobachtete genau, was geschah. Die Auftraggeber der Zeremonie hielten sich diskret im Hintergrund, doch der Priester war sich in jedem Augenblick ihrer Anwesenheit bewusst.

Zunächst umrundete er mit zuckenden Tanzschritten den Poteau-mitan und präsentierte die heiligen Speisen allen vier Himmelsrichtungen. Mit einer Flasche des feinsten Rums verfuhr er ebenso. Der Loa, um dessen Beistand er heute bitten wollte, war bekanntermaßen heikel. Umso wichtiger war es, die richtigen Geschenke bei der Hand zu haben.

Rum war stets ein gutes Argument und würde ihr Anliegen sicher unterstützen.

Nachdem er die beiden heiligen Instrumente mit ihrem Namen benannt hatte, begannen die Trommler, einen wilden Rhythmus zu schlagen. Dumpfe Klänge erfüllten den Tempel und waren weit über die unmittelbare Nachbarschaft hinaus zu hören. Bereitwillig übernahmen die Gläubigen den Takt, wirbelten umher, ihre bunten Gewänder umflatterten die Körper, verbanden sich bald zu einem surrealen Hintergrund. Hühner gackerten aufgeregt, zwängten sich zwischen stampfenden Beinen hindurch, versuchten zu entkommen. Alte Frauen mit eingefallenen Gesichtern reckten ihre Arme in die Luft und sandten ihre Beschwörungen in die Nacht, alte Formeln, gesprochen in einem befremdlichen Singsang.

Schweißglänzende Leiber bewegten sich im Taumel.

All das, wusste der Priester, war für den Petro Loa ein fast unwiderstehlicher Reiz.

Baron Samedie spürte längst, wie sehr man sein Kommen ersehnte.

Immer wieder tastete der Priester nach dem Lederbeutel um seinen Hals. Er war gut vorbereitet. Dennoch spürte er, wie eine unbezähmbare Unruhe von ihm Besitz ergriff.

Diesmal dauerte es lange.

Hatte er doch einen Fehler gemacht?

Vielleicht war er der Einzige in diesem Kreis, der wusste, was es konkret bedeutete, einen dieser unberechenbaren Götter zu verärgern, was passieren konnte, wenn er beschloss, seinen Übermut an den Versammelten auszuleben.

Ihm wurde schwindelig.

Zunächst entschloss sich die Göttin Ezilie dem Ruf zu folgen und sich neugierig unter die Gemeinde zu mischen, um zu erfahren, was das Anliegen dieser Menschen war. Sie fuhr in eine der Frauen, zwang diese zu wilden Tänzen, verführte sie,

Unmengen des Rums zu trinken, verschwand dann schließlich mit ihr in einem Nebenraum und wählte dort für die Feierlichkeiten passende Kleider aus. Schnell trugen die Hunsi die, der Ezilie angemessenen, Opfergaben herbei: Ein Glas Honig, rosafarbene Rosenblätter, golden glänzende Münzen und grüne Kerzen. Kaum zurückgekehrt, lud die Göttin alle zum Trank und probierte ihre sprichwörtlichen Verführungskünste an den Attraktivsten der Männer aus. Erotisches Knistern machte sich im Humfo breit. Manche Männer hatten sich im Kontakt mit Ezilie die Kleider vom Leib gerissen und wanden sich laut stöhnend und ekstatisch unter ihren Berührungen. Einige Pärchen fanden sich, zogen sich, animiert von Ezilie und ihrem Treiben, in Ecken zurück oder lebten ihre Lust offen zwischen den anderen aus. Andere Mitglieder der Société tanzten sich in einen tranceähnlichen Zustand.

Alle wussten, dass nicht Ezilie die Gottheit war, die an diesem Abend Ehrengast sein sollte. Doch ihr Erscheinen war nicht immer plan- oder gar berechenbar. Wenn der Liebesgöttin der Sinn nach einem Fest stand, tauchte sie auch uneingeladen auf. Bedauerlicherweise schlug ihre zunächst ausgelassene Stimmung gern in Melancholie um. Dann wurde Ezilie oft übellaunig und trieb ihren Schabernack mit den Mitgliedern der Société.

Der Priester registrierte die Anspannung der Auftraggeber wie eine giftige Wolke über dem Humfo.

Es wurde Zeit.

Er begann, große Steine in einem festgelegten Rhythmus gegeneinanderzuschlagen, lange und kurze Pausen wechselten sich dabei nach festgelegtem Muster ab. Schneller und hektischer wurde das Klacken, setzte aus, begann von Neuem in einem anderen Takt. Wenn er alle Variationen durchgeschlagen hatte, begann er die Abfolge erneut. Würde Baron Samedie nun zu ihnen kommen? Er musste längst wissen, dass die versammelten Menschen ein wichtiges Anliegen hatten, und der Priester war sich sicher, die Neugier des Gottes geweckt zu haben.

Mit einer schnellen Bewegung schleuderte er eine spezielle Mischung ätherischer Pflanzen ins offene Feuer.

Rauch stieg auf.

Ein stechender Geruch breitete sich aus.

Gebannt starrten ihn die Versammelten an – würden seine Kraft und Macht ausreichen, diese mächtige Gottheit herbeizurufen und ihre unbändige Kraft in geordnete Bahnen zu lenken?

Für eine kleine Ewigkeit breitete sich vollständiges Schweigen aus.

Der Priester rief noch einmal den Namen des heutigen Gastes. Laut und kraftvoll forderte er ihn auf, mitzufeiern und sich von ihnen verwöhnen zu lassen.

Und diesmal hatte er Erfolg.

Plötzlich nahm sich Baron Samedie, der Gott des Übergangs und des Totenreichs, sein »Pferd« und ritt es brutal zu. Der Mann, von dessen Geist er Besitz ergriff, wurde erbarmungslos zu Boden geschleudert. Er fing an, mit fremder, dunkler Donnerstimme geheimnisvolle Worte zu rufen, die bis ans Ende des Dorfes zu hören waren, und stieß üble Verwünschungen aus. Kein Zweifel: Baron Samedie, die finstere Seite des Totengotts, war gekommen.

Demütig lud der Priester den Petro Loa ein, am ihm zu Ehren veranstalteten Fest teilzunehmen. Er wies den Gast auf die diversen Speisen hin, die eigens für seinen Besuch vorbereitet worden waren. Jetzt würde sich zeigen, ob der Loa in Stimmung war, auch mit ihnen zu feiern.

Baron Samedie bediente sich.

Er forderte lautstark nach mehr Rum, entdeckte eine junge Frau nach seinem Geschmack unter den Versammelten, packte sie rau und schleuderte ihren Körper wild umher. Als er ihrer überdrüssig wurde, warf er sie achtlos in die aufschreiende Menge.

Zufrieden mit der erzielten Aufmerksamkeit, zog er sich anschließend in einen Nebenraum zurück und kleidete sich seinem Stand und seiner Persönlichkeit entsprechend an. Gut gelaunt kehrte er in den Innenhof zurück und feierte ausgelassen weiter. Ezilies Anwesenheit schien ihn nicht zu stören, im Gegenteil, er tanzte sogar mit ihr.

Als der Priester den Eindruck hatte, der Zeitpunkt sei nun günstig, um eine Bitte an den Loa vorzubringen, gab er der Gruppe ein Zeichen.

Die Frauen setzten sich in einem Halbkreis auf den Boden. Der Priester signalisierte seinen Helfern, es sei nun an der Zeit, mit der Anrufung zu beginnen. Er selbst trug Baron Samedie das Anliegen der Menschen vor, die seine Unterstützung erbaten. Um ihn freundlich zu stimmen, wies er auf die zur Verfügung gestellten Opfer hin – auch auf das Tier, das sie ihm zu Ehren schlachten würden. Währenddessen begann einer der Hunsi mit den rituellen Handlungen bei der ersten Frau. Er nahm ein kleines Tongefäß und eine Schere vom Altar. Einige Haarspitzen, etwas Schamhaar und Fingernagelschnipsel der linken Hand fielen in das Behältnis, das danach sorgfältig verschlossen und gekennzeichnet wurde.

Baron Samedie verfolgte das Geschehen aufmerksam.

Die Hunsi gingen von Frau zu Frau und wiederholten bei jeder die Prozedur.

Dann stellten sie die Gefäße vor dem Loa ab.

Nun kam der entscheidende Moment.

Der Priester holte tief Luft.

Er bat den Gott, ein Zeichen zu geben, wenn er bereit sei, den Wunsch der Betenden zu erfüllen.

Atemlose Stille lag über dem Tempel.

Alle starrten den Gott aus dem Reich der Toten an und lauerten auf eine Reaktion.

Baron Samedie ließ sich Zeit.

Als das Warten unerträglich wurde, entschloss sich der Priester, etwas Rum über die Gefäße zu spritzen. Und Baron Samedie breitete seine Arme aus, als wolle er die kleinen Tonkrüge segnen.

Erleichtert stöhnten die Gäste auf.

»Bringt den Bock!«, rief der Priester laut, und unter dem Johlen der Gläubigen führte man das Opfertier herein.

Als der Priester das rituelle Messer hob und den schwarzen Bock schächtete, war es gespenstisch still. Blut spritzte aus der Halsarterie des Tieres und regnete in dicken, klebrigen Tropfen vom Himmel auf die Versammelten herab.

Wieder setzten die Trommeln ein und trugen die jubelnden Anwesenden in einen tranceähnlichen Zustand. Alle Spannung fiel von den Gläubigen ab, sie feierten, sangen und tanzten zügellos. Hin und wieder beobachtete der Priester ein Mitglied seiner Société im persönlichen Gespräch mit Baron Samedie und fragte sich, ob der Betreffende wusste, wie lebensgefährlich es für ihn war, den Gott der Toten darum zu bitten, den unliebsamen Nachbarn oder den unsympathischen Freund der Tochter in seinem Reich ›verschwinden‹ zu lassen.

Unterdessen wurde das Tier in einer mehrere Stunden dauernden Zeremonie zubereitet und zunächst dem Petro Loa angeboten.

Wenn er jetzt mit ihnen sein Opfertier verspeiste, wäre das ein wichtiges Indiz für seine Bereitschaft, die Bitte, die an ihn gerichtet wurde, zu erfüllen.

Baron Samedie nahm zur Erleichterung der Auftraggeber

und der Gemeinde den dargereichten Teller, in den sein Vévé eingebrannt war, und aß mit großem Appetit.

Das Fest dauerte bis zum Morgengrauen. Erst als die Fackel und das Feuer niedergebrannt waren und die Loas ihren Rückzug angetreten hatten, kehrten die Gläubigen in ihre Häuser zurück.

Dass die stillen Frauen schon lange verschwunden waren, fiel dabei niemandem auf.

23

»Ich hab den Sektenbeauftragte' nicht erreichen könne'. Er ist in Urlaub. Aber sie schicke' uns noch heute Nachmittag jemanden vorbei, der sich speziell mit Voodoo richtig gut auskennt.«

Michael Wiener sah Nachtigall an und meinte dann: »Spannend find ich das ja scho'. Ich kenn mich da nicht so aus, aber Zombies gehöre' doch zum Voodoo, oder?«

Albrecht Skorubski nickte.

»Ja, das ist schon richtig. Zombies. Huh! Wer glaubt schon an Untote.«

»Wann kommt denn dieser Experte?«, schaltete sich Nachtigall ein.

»In zwei Stund' ist er da. Wenn wir rufe', dann geht's halt schnell.«

»Also werdet ihr euch mit euren Fragen zu Zombies und allen anderen Dingen noch gedulden müssen. Aber ich bin sicher, wenn er ein Experte ist, kann er sie auch alle beantworten. Habt ihr Willi wieder nach Hause geschickt? Es liegt nichts gegen ihn vor. Die Liste der Zeugen für sein Alibi gehen wir morgen durch, aber nachdem Stegmann seine Aussage gemacht hat ...«

»Ja, klar. Der schiebt wieder Dienst vor Mahlers Tür«, versicherte Skorubski.

Das Telefon auf Nachtigalls Schreibtisch klingelte unangenehm. Misstrauisch sah er es an. »Klingt nach Dr. März«, murmelte er und hob ab.

»Nachtigall.«

»Ja, März. Ich denke, wir sollten jetzt eine Entscheidung treffen und eine Strategie für den Umgang mit der Presse entwickeln. Am besten Sie kommen zu mir rüber.«

Der Hauptkommissar war wenig begeistert.

»An der Beweislage hat sich nichts geändert. Wir ermitteln in alle Richtungen. Der Hinweis auf den Schläger von ›PRO‹ war ein Hirngespinst des Zeugen und des Reporters.«

»Ja, aber ich bin dennoch der Auffassung, dass Ihre Ermittlungen in die falsche Richtung zielen – sogar einen Voodoo-Fachmann haben Sie eingeladen. Also wirklich! Das führt doch zu nichts. Gerade die Tatsache, dass Sie nicht vorankommen, bestätigt meiner Meinung nach die Annahme von Herrn Schubert, dass es sich hier um ein politisch motiviertes Verbrechen handelt. Dann können Sie natürlich auch keine Indizien im privaten Umfeld des Opfers finden.«

»Ich komme. Inzwischen deutet vieles darauf hin, dass das Opfer sich vor einer konkreten Person fürchtete, nicht vor einer politischen Überzeugung.«

Nach ein paar Höflichkeitsfloskeln legte er auf und griff nach seiner Jacke. Über die Schulter, schon halb auf dem

Gang, rief er seinen Kollegen zu: »Dr. März! Er möchte eine Pressestrategie besprechen. Haben wir eigentlich schon die Bestätigung für die Alibis der Freunde?«

»Wir sind dran«, versicherten die beiden Kollegen unisono, und Nachtigall zog die Tür hinter sich zu.

Dr. März' Büro wurde von einem Kirschbaumschreibtisch dominiert. An beiden Seiten zogen sich Regale in demselben rötlich braunen Holz entlang. Aktenordner quetschte sich an Aktenordner. Ein Fach teilten sich die Strafprozessordnung, mehrere Kommentare zu Gesetzestexten sowie die Gesetzesbücher. Doch der Schreibtisch war leer.

Eine Seite der Tischplatte war so verbreitert wie der geschwollene Daumen eines glücklosen Heimwerkers. Davor standen zwei Besucherstühle. Als Peter Nachtigall eintrat, saß auf einem davon bereits Jens Schubert. Der Cottbuser Hauptkommissar schüttelte beiden die Hand und bemerkte dabei, dass die des Staatsanwalts feucht war. Stress, diagnostizierte er, wahrscheinlich setzte das BKA ihn unter Druck.

Nun, nahm sich Nachtigall fest vor, sollte der Staatsanwalt gehofft haben, den Fall schnell an die Kollegen abgeben zu können, so würde er ihm das so schwer wie möglich machen.

»Na, Herr Kollege«, begrüßte ihn Schubert mit süffisantem Lächeln. »Sie möchten uns mit Neuigkeiten über den Täter überraschen? Dann lassen Sie uns doch an Ihren neuesten Erkenntnissen teilhaben!«

24

Heide Fischer zog sich um.

Vor ein paar Stunden hatte sie hier noch neben Claudine gestanden.

Deprimiert strich sie über Claudines Pulli, der noch in ihrem Spind lag, und drängte die aufsteigenden Tränen zurück.

Sie würde ihr fehlen, diese entschlossene Frau, die so unerschrocken gekämpft hatte.

Und nicht gewinnen konnte.

Vielleicht, überlegte Heide, vielleicht hatte ihr Tod ja gar nichts mit dieser anderen Angelegenheit zu tun. Eine schöne farbige Frau konnte durchaus aus anderen, ganz banalen Gründen ermordet werden.

Ausländerfeindlichkeit, Neid, Geldgier.

Du willst nur deine eigene Angst zum Schweigen bringen, räumte sie ehrlich ein, es wäre dir am liebsten, man könnte nachweisen, der Mörder habe es nur auf Claudines Geld abgesehen gehabt. Dann müsstest du dir keine Sorgen mehr um dein eigenes Leben machen! Du bist feige!

Müde schloss sie ihren Spind und nahm ihren Platz hinter der Theke ein, wo schon hungrige Kunden warteten. Trotz der unleugbaren Tatsache, dass sie sich nicht wohl dabei fühlte, hatte sie beschlossen zu arbeiten, um sich abzulenken.

Er fiel ihr sofort auf.

Woran es lag, konnte sie nicht sagen.

Er war nicht besonders groß und bewegte sich auch nicht so, als gebe er sich Mühe, nicht aufzufallen. Dennoch spürte sie sofort die unmittelbare Gefahr, die von ihm ausging. Selbst ihr Körper spürte die Bedrohung – es begann in ihrem Magen aufgeregt zu kribbeln, der Schweiß brach ihr aus.

Du solltest doch zur Polizei gehen, entschied sie, wenn du so weitermachst, wirst du noch völlig durchdrehen.

Der auffällige Kunde stellte sich in die Reihe vor ihrer Kasse und bestellte ruhig ein ›Maxi-Menü‹, eine große Cola und einen ›Coffee to go‹. Mit zitternden Fingern tippte Heide seine Order in die Kasse ein und packte mit abgehackten, ungelenken Bewegungen einen Burger, Pommes und die Cola in eine braune Papiertüte. Beim Einschenken des Kaffees verbrühte sie sich, der Becher rutschte ihr aus der Hand, und sie schüttete sich den heißen Inhalt über ihre Hose. Als sie sich entschuldigend umwandte, verschwand gerade ein Lächeln aus seinem Gesicht, das sie ohne jede Einschränkung als befriedigt bezeichnen konnte. Rasch goss sie dem Fremden einen frischen Kaffee ein und reichte ihm die Tüte.

Er hatte den zu zahlenden Betrag passend in der Hand.

Mit zitternden Knien stützte sie sich gegen den Tresen und bemühte sich um ein professionelles Lächeln für den nächsten Kunden.

»Was kann ich für Sie tun?«

»Hi, meine Süße. Ich habe gehört, deine schwarze Freundin hat einer um die Ecke gebracht. Prima. Nun muss ich mir nicht mehr gefallen lassen, dass sie mit ihren Händen mein Essen angrabbelt! Eine große Pommes und eine große Cola!«

25

Haiti

Ein grobschlächtiger Kerl, muskelbepackt, mit Händen groß wie Schüsseln stieß die ängstlichen und von der Anrufungszeremonie noch benommenen Frauen auf die Ladefläche des Pick-ups.

»Hinlegen!«, kommandierte er dann und zog eine dicke Plane über ihre Leiber. Ein leises Wimmern war zu hören.

»Haltet den Mund!«, herrschte er die Frauen an. »Wenn wir auffliegen. Ihr wisst schon!«

Das Wimmern verstummte augenblicklich.

»Gut!«, lobte er fies.

Die Fahrt würde viele Stunden dauern. Sie konnten selbstverständlich nicht die Hauptstraßen nehmen, sondern mussten auf staubige, unbefestigte Nebenstraßen ausweichen, staubige, holprige Wege, die fernab der Dörfer in Richtung Küste führten.

Tagsüber wurde es unerträglich heiß unter der Plane, und Wasser gab es nur wenig. Je mehr Flüssigkeit sie bekamen, desto häufiger stellt sich der Druck auf die Blase ein, und Zeiten für Pausen waren nicht vorgesehen. An Schlaf war nicht zu denken. Die Körper wurden heftig durchgeschüttelt, stießen sich schmerzhaft an den Metallkanten des Transporters. Wenn es gar nicht mehr auszuhalten war, begannen sie, mit den Fäusten gegen die Glasscheibe der Fahrerkabine zu klopfen, erst zaghaft, dann stärker, immer entschlossener. Manchmal hielt der Pick-up daraufhin in einem Waldstück, und man gönnte ihnen einige Momente der Erholung.

Keine der Frauen wusste genau, was sie erwartete.

Andere hatten diesen Weg vor ihnen gewählt, um Not, Elend und politischer Instabilität zu entkommen. Zurückgekehrt war keine von ihnen. Nachrichten der Entflohenen waren die Ausnahme, die darin enthaltenen Informationen eher spärlich.

Dennoch – diese Mitteilungen bewiesen, dass man es schaffen konnte und die Horrorgeschichten über skrupellose Schlepper, die all jene Frauen, die sich ihnen anvertraut hatten, umbrachten und nie von der Insel gebracht hatten, obwohl sie dafür mehr als fürstlich entlohnt worden waren, nicht stimmten.

In diesen seltenen Pausen träumten sie von der Zukunft.

Erzählten sich von all den Plänen, die sie hatten, stellten ihre Zuversicht zur Schau.

Natürlich stimmte es, überall wo sie hinkämen, wären sie Illegale. Aber sie fürchteten sich nicht. Waren eher im Gegenteil ein wenig stolz darauf, den Mut aufgebracht zu haben, sich auf eine solch waghalsige Unternehmung einzulassen. Das Ritual diente der Absicherung der Schlepper, hatte man ihnen erzählt, und sie verstanden selbstverständlich, dass bei einer solchen Aktion die Verschwiegenheit der Beteiligten gewährleistet werden musste.

Zu dieser Zeit schien ihnen jedes Leben besser als das, welches sie auf Haiti führten.

Und wenn der Pick-up weiterfuhr, träumten sie noch lange weiter.

26

Den Experten für Fragen des Voodoo traf Nachtigall auf dem Flur vor seinem Büro, als er von der Besprechung mit Dr. März zurückkehrte.

»Robin Lang«, stellte der Besucher sich vor. »Sie brauchen jemanden, der sich mit Voodoo auskennt?«

»Peter Nachtigall, Albrecht Skorubski, Michael Wiener«, machte der Hauptkommissar alle miteinander bekannt. »Schön, dass Sie so schnell kommen konnten«, begrüßte er den korpulenten Herrn dann herzlich.

Der Fachmann für Voodoo war ihm spontan sympathisch. Die grünbraunen Augen schimmerten amüsiert, die Lippen waren wulstig und die Hände weich. Mit seinen knapp 1,80 Metern war er gerade so groß wie Michael Wiener, zu Nachtigall musste er aufsehen.

Rasch einigten sich die vier, in einen der Besprechungsräume zu wechseln – das Büro war zu eng. Wiener schnappte sich noch ein paar Fotos von seinem Schreibtisch, ehe er den anderen folgte.

»Sie haben mich eingeladen, weil Ihr aktueller Fall Bezüge zum Voodoo-Glauben aufweist?«

»Ja«, bestätigte Nachtigall. »Tatsächlich ermitteln wir in einem noch ungeklärten Mordfall. Opfer ist eine haitianische Studentin. In ihrem Zimmer fanden wir einige Dinge, die auf Voodoo hindeuten.«

Michael Wiener breitete die Fotos auf dem Tisch aus.

Robin Lang nahm die Bilder nacheinander in die Hand und betrachtete sie konzentriert. Dann legte er sie zurück und fuhr sich durch seine dichten, schwarzen Locken.

»Sie haben eindeutig recht mit Ihrer Vermutung.«

Der Experte lehnte sich auf seinem Stuhl zurück und verschränkte die Finger vor der Weste seines hellgrauen Nadelstreifenanzugs. Mit einem Ruck stieß er sich plötzlich ab und rückte nah an den Tisch heran. Mit seinen fleischigen Fingern zeigte er auf einige der Aufnahmen.

»Hier, hier und hier. Das sind alles Schutzzauber. Sie muss einen mächtigen Feind gehabt haben. Das ist keine gewöhnliche Vorsichtsmaßnahme gegen die Unbilden des Alltags – sie hatte Angst vor dem Tod. Wer diese Schutzzauber verwendet, glaubt, jemand versuche ihn mit einem Puppenzauber zu bedrohen oder habe gar einen Baka, einen Dämon, mit seiner Tötung beauftragt.«

Peter Nachtigall war bei dem Wort Puppenzauber merklich zusammengezuckt. Robin Lang warf ihm einen nachdenklichen Blick zu.

»Freunde von ihr berichteten uns, sie sei ängstlich und besorgt gewesen«, erklärte Skorubski.

»Sie wusste offensichtlich ganz genau, worauf sie sich vorzubereiten hatte. Irgendjemand wünschte ihr den Tod.«

»Es hat funktioniert. Sie ist tot«, stellte Nachtigall unnötig schroff klar, und wieder streifte ihn der seltsame Blick aus Robin Langs Augen.

»Sie suchen aber nicht nach einem Baka.«

»Nein. Tun wir nicht. Wir fahnden nach einem Täter aus Fleisch und Blut.«

»Was ist denn ein Baka überhaupt? Ich kenne nur Zombies«, warf Michael Wiener ein, und der schwere Voodoo-Experte lachte melodisch.

»Das geht den meisten Menschen so. Sie lesen in der Pubertät diese Groschenheftchen, in denen Untote gejagt und Werwölfe zur Strecke gebracht werden. Dachten Sie an so etwas?«

Wiener nickte verlegen. Er fühlte sich ertappt.

»Nun, diese Art Zombies gibt es nicht. Sie sind eine reine

Erfindung der Horrorgeschichtenerzähler. Aber im Voodoo kennt man sehr wohl echte Zombies.« Robin Lang sah in die Runde und war zufrieden mit der Wirkung seiner Worte.

»Das sind bedauernswerte Menschen, deren Geist so verwirrt wurde, dass sie wie willenlose Maschinen agieren. In Ihrer Kultur würden Sie vielleicht sagen, sie haben ihre Seele verloren. Erreicht wird dieser Zustand mittels einer Droge. Sie wird dem Ärmsten verabreicht, und er stirbt. Er zeigt alle Anzeichen des Todes. Man beerdigt ihn, und ein paar Tage nach seinem offiziellen Tod wird er in einem nächtlichen Ritual exhumiert und wiedererweckt. Man schlägt ihn, schreit ihn an und verkauft ihn später zum Beispiel an einen Bauern, der Hilfe auf dem Feld braucht. Zu diesem Zeitpunkt ist er nicht mehr als eine willenlose Hülle, die Aufträge ausführt, die sie bekommt. Als Tötungsmaschinen sind diese erbarmungswürdigen Menschen nicht einsetzbar – das ist ein Märchen der Gruselfilmproduzenten. Es ist die schrecklichste Strafe im Voodoo, und es gibt wohl nichts, was der Gläubige mehr fürchtet.«

Schweigend hörten sie dem Voodoo-Fachmann zu.

»Und ein Baka?«, fragte Wiener nach einer langen Pause.

»Ein Baka ist das spirituelle Gegenstück zum menschlichen Zombie. Ein Baka ist eine körperlose Seele, die von einem Zauberer, einem sogenannten Bokor, eingefangen wird. Sie muss sich fortan seinem Willen unterwerfen und wird in seinem Auftrag als Dämon arbeiten. Dämonen bringen Krankheiten und Unglück, sie sind gefürchtet. Aber der Gläubige kann sich ihrer erwehren und sie von einem Priester fangen oder bannen lassen.«

»Es kann einem Menschen nach dem Tod also sowohl das eine wie das andere passieren?«, wollte Albrecht Skorubski wissen.

»Ja. Es gibt im Voodoo Zombies und Astralzombies. Beide Formen sind nicht angenehm. Um einen echten Zombie zu schaffen, muss der Betroffene tatsächlich für tot erklärt werden. Er hat weder Puls noch Atmung. Ärzte finden keine Lebenszeichen mehr.«

»Unheimlich!«

»Ja, Voodoo ist eine Religion, die für Christen nur schwer zu begreifen ist. Der Gläubige sieht sich nicht als Individuum, sondern versteht seinen Körper als Heim eines übergeordneten Geistes. Am nächsten kommt dem die christliche Vorstellung der Seele. In den religiösen Ritualen beschwören Priester Loas, so etwas Ähnliches wie Gottheiten. Jeder verkörpert etwas anderes. Bei diesen Zeremonien schlüpft die Seele des Gottes in den Körper eines Gläubigen. Man nennt das ›Reiten‹ – der Loa reitet sein Pferd. Es werden Opfer gebracht, getrunken, getanzt, und man kann den beschworenen Gott dabei um Gefälligkeiten bitten.«

»Aha. Und die Leute, die „geritten" werden, die nehmen keinen Schaden dabei?« Wiener staunte.

»Nein, nein«, versicherte Robin Lang. »Es ist eine große Ehre, von einem Gott auserwählt worden zu sein. Vielleicht kann man es als positive Form der Besessenheit bezeichnen. Es gibt sogar Gläubige, die einen langen Weg der Initiation durchlaufen, um am Ende mit einem Gott eine dauerhafte Verbindung einzugehen – sie heiraten.«

»Wie, der Gott schlüpft dann für immer in den Körper des Menschen?«, fragte Albrecht Skorubski ungläubig. »Aber, dann kann der ja sein Leben lang nicht mehr er selber sein.«

»Das ist das Ziel. Die Gottheit nimmt den Platz ein, den zuvor die Seele innehatte. Diese Seele geht aber nicht verloren. Der Priester bewahrt sie bis zum Tod des Initiierten im Tempel auf und gibt sie ihm zurück, wenn der Gott seinen Körper verlässt.«

»Und so lange schwirrt sie frei herum?«, fragte Michael Wiener, der gebannt an Robin Langs Lippen hing. Das waren faszinierende Dinge, von denen er hier erfuhr, fremd und auch ein wenig beängstigend.

»Nun – nein. Der Priester bewahrt sie in einem speziellen Gefäß auf, das sie nicht verlassen kann.«

»Und was passiert mit der Gottheit, wenn der Mensch stirbt?«

»Oh – die sucht sich einen neuen Körper. Eine neue Heimat eben.«

»Ich habe gehört, dass es Rituale gibt, die zum Tod eines bestimmten Menschen führen. Stimmt das etwa auch?«, fragte Wiener weiter.

Albrecht Skorubski bemerkte, wie sich Nachtigalls Miene versteinerte und er seine Zähne so fest aufeinander presste, dass die Kiefergelenke deutlich hervortraten. Überhaupt, fiel ihm jetzt auf, hatte der Freund nur schweigend am Tisch gesessen und vor sich hin gebrütet. Auch Robin Lang schien Nachtigalls Reaktion zu bemerken, äußerte sich aber nicht dazu. Stattdessen lächelte er den Fragesteller milde an.

»Als Ermittler bei Kapitalverbrechen muss Sie das naturgemäß besonders interessieren. Und tatsächlich: Die Gläubigen sind fest davon überzeugt, dass Menschen selbst über große Distanz durch einen speziellen Zauber getötet werden können.«

»Das funktioniert aber nicht wirklich, nicht wahr?«

»Doch«, mischte sich nun überraschend Nachtigall ein. »Es funktioniert.«

»Aber doch nur, wenn der Betroffene weiß, dass ihm jemand den Tod wünscht, und dann nervös und hysterisch wird«, behauptete Skorubski. »Es ist eine Art Psychose.«

»Nein. Der Zauber wirkt auch, wenn der andere nichts davon ahnt.« Robin Lang strich sich über beide Schläfen, schloss kurz die Augen, als habe er eine heftige Kopfschmerzattacke. Dann öffnete er die Augen wieder und sah die drei

Ermittler intensiv an. Alle Leichtigkeit war von ihm abgefallen.

»Ursprünglich fertigten untergeordnete Priester, sogenannte Mambo, Puppen an, um Kranke zu heilen. Aber es gibt Strömungen im Voodoo, die sie benutzten, um jene Götter anzurufen, die einen Menschen töten können. Der Puppenzauber gehört in den Bereich der schwarzen Magie. Ein Hungan, ein ernst zu nehmender Priester, der sich mit diesen Mächten einließe, müsste die Strafe der Loas fürchten. Mit einem solchen Anliegen wird der Kunde eher einen Bokor, einen Zauberer, aufsuchen. Wenn die Bezahlung stimmt, sind sie nicht zimperlich. Dieser Zauberer wird eine Puppe anfertigen, entweder aus Stoff oder einfach aus Pappe, beklebt sie mit Haaren und abgeschnittenen Fingernagelstückchen sowie einem Foto der zu tötenden Person. Danach führt er ein spezielles Ritual durch und verbrennt die Puppe. Der Mensch stirbt.«

Robin Langs Augen wanderten von einem zum anderen, während die Stille im Raum immer dichter wurde. Dem Experten war durchaus bewusst, wie unglaublich es seinen Zuhörern vorkommen musste, was sie von ihm über diese fremde Religion und ihre Möglichkeiten erfuhren. Er beugte sich weit über den Tisch.

»Das ist es, wovor Ihr Mordopfer sich fürchtete. Dagegen sollte der Schutzzauber wirken«, bekräftigte er noch einmal eindringlich.

»Aber der andere Zauber war stärker. Sie ist gestorben.« Albrecht Skorubski fuhr sich gedankenverloren über die frische Narbe an der Hand, die er von einer Schießerei bei der Lösung einer ihrer letzten Fälle zurückbehalten hatte.

Robin Lang nickte.

»Es ist durchaus nicht ungewöhnlich, dass Anhänger sich von einem solchen Zauber bedroht fühlen. Schließlich kommt es vor, dass man jemanden verärgert oder dessen Neid auf sich zieht. Dann weiß man nie, zu welchen Maßnahmen der Verärgerte greift. Allerdings ist solch ein Puppenzauber sehr teuer und damit nicht für jedermann erschwinglich. Viel wahrscheinlicher sind andere, allgemeinere Schadenszauber.«

Nachtigalls Miene blieb ausdruckslos. Er starrte auf einen imaginären Punkt auf der Tischplatte.

»Ach, das kann doch nicht funktionieren!« Michael Wieners naturwissenschaftliche Grundausrichtung sträubte sich. »Niemand stirbt, nur weil ein anderer Nadeln in eine Puppe bohrt!«

»Doch«, gab Nachtigall zurück. »Aber unser Fall liegt anders.«

Robin Lang fragte: »Wie kommen Sie darauf?«

»Wir suchen einen Täter aus Fleisch und Blut. Puppenzauber bewirkt einen langsamen Tod – eine Art Auszehrung.«

»Da muss ich entschieden widersprechen. Alle Todesursachen sind möglich. Nur der Erfolg – der Tod – ist ausschlaggebend. Natürlich speist sich der Kult um einige Zauberer aus der Quelle der unerwarteten Todesfälle – nicht alle haben mit Zauberei zu tun. Doch die Société, die Gemeinschaft, vermutet bei einem Unfall oder einem plötzlichen Tod gerne, dass ein Puppenzauber die Ursache sein muss. So wird die Angst vor den Bokor und ihrer Macht immer größer.«

»Und bei den Ungläubigen?«

»Nun – in diesem Fall wird der Magier einen horrenden Preis für das Ritual verlangen. Aber er wird es durchführen und auf seine Macht vertrauen.«

»Sie ist nicht nur getötet worden. Die Augen wurden ausgestochen, Nase und Zunge amputiert. In der Stirn klaffte ein Loch«, zählte Nachtigall auf.

Robin Lang schluckte.

Michael Wiener reichte ihm einen kleinen Stapel Tatort-aufnahmen. Zögernd griff der Experte danach und begann, sie langsam durchzusehen. Nachtigall registrierte, wie sich die Pupillen des Mannes vor Entsetzen weiteten.

»Das zu deuten, ist nicht so schwer, und ich bin sicher, Sie sind längst zu denselben Schlüssen gekommen. Die gewählte Symbolik ist eher international, sie hat etwas gesehen, was nicht für ihre Augen bestimmt war …«

»Ihre Nase in Angelegenheiten gesteckt, die sie nichts angingen, und wurde am Weitererzählen gehindert.« Nach-tigall seufzte. So weit waren sie auch schon ohne die Hilfe des Experten gekommen. »Aber das Loch in der Stirn?«

»Tja – das kann ich so einfach auch nicht erklären. Ich werde mal in meinen Unterlagen nachsehen, ob ich eine Deu-tung finden kann. Sollte das der Fall sein, melde ich mich bei Ihnen.«

Als Nachtigall Robin Lang zum Ausgang begleitete, meinte der Fachmann für Voodoo: »Sie sind den Mächten des Voo-doo bereits begegnet. Daher ist Ihnen auch bewusst, welche Kraft gegen Ihre Ermittlungen arbeiten wird.«

»So schnell geben wir uns nicht geschlagen.«

»Diese Frau kannte ein Geheimnis und sollte daran gehin-dert werden, es weiterzugeben. Was aber, wenn sie das bereits getan hat? Dann wird das Morden weitergehen. Und je näher Sie und Ihr Team der Lösung kommen, desto größer wird auch für Sie persönlich die Gefahr. Unterschätzen Sie nie die Macht dieser Leute!«

27

Gedämpftes Licht fiel auf die schreiend bunt geschminkten Gesichter der Damen. Rauch und Alkoholdunst lag in der Luft, die Musik dudelte leise und unaufdringlich im Hintergrund. Um runde, dunkle Holztische zogen sich ebenfalls runde Sitzbänke in rotem Plüsch, deren Rückenlehnen so hoch waren, dass dort Sitzende vor Blicken von Neuankömmlingen verborgen blieben und so Peinlichkeiten vermieden werden konnten. Das ›L'Amour‹ war nicht irgendein Etablissement. Hier legte man Wert auf Stil.

Ab und zu trat ein früher Besucher ein, ließ seinen hungrigen Blick über das Angebot schweifen, wählte entschlossen aus und setzte sich entweder an einen der Tische oder verschwand mit seiner Beute im Obergeschoss.

Der Barkeeper, der um diese Zeit noch nicht viel zu tun hatte, lehnte schwer an der Wand, hatte die Arme vor der Brust verschränkt und hoffte, auf diese Weise tarnen zu können, was er tatsächlich tat.

Er lauschte.

Vor wenigen Minuten war Serafine, eine der neuen Damen, im Büro verschwunden. Zunächst hatte es einen heftigen Wortwechsel gegeben – seither herrschte Ruhe hinter der Tür links neben der Bar.

Ungemütliche Ruhe.

Besorgniserregend.

Bengabo wäre schon erleichtert gewesen, wenigstens ein Flüstern zu hören.

Serafine, die neue Frau aus Haiti, hatte es ihm angetan. Sie war anders gebaut als alle anderen, die hier arbeiteten. Groß und auffallend schlank. Ihr Auftreten hatte etwas Aristokratisches. Stolz und unbeugsam. Sie schminkte sich natürlich – das gehörte schließlich zum Job –, aber sie tat es auf eine besondere Weise. Weniger grell, weniger aufdringlich.

Unauffällig sah Bengabo sich um.

Niemand nahm Notiz von ihm.

Britta, Linda, Sylvia und Violett saßen in einer Ecke zusammen, tuschelten und lachten manchmal leise. Außer Serafine hatte er heute noch gar keines der schwarzen Mädchen gesehen, fiel ihm jetzt auf, aber vielleicht waren sie zur Spätschicht eingeteilt. Immer nur eine oder zwei. Die anderen wohnten nicht hier, waren außerhalb der Stadt untergebracht. Der Club wollte seinen Kunden durch den regelmäßigen Austausch der Damen eine gewisse Abwechslung bieten.

Seit die Haitianerinnen bei ihnen arbeiteten, hatten sie deutlich weniger Schwierigkeiten als zuvor, als Frau Alvarez noch Mädchen aus dem Osten eingesetzt hatte. Im Gegensatz zu denen aus der Ukraine oder Weißrussland, konnte man sich auf die schwarzen Mädchen verlassen. Bengabo verzog die Lippen zu einem anerkennenden Lächeln. Während andere, die genauso wenig wirklich freiwillig bei ihnen Kundenwünsche erfüllten, bei der kleinsten Gelegenheit wegliefen und sogar die deutschen Behörden einschalteten – oder, was vielleicht noch schlimmer war, Kunden mit ihren Geschichten über ihr privates, schreckliches Schicksal belästigten –, war das bei den Schwarzen nicht zu befürchten. Man hätte sie sogar zum Einkaufen schicken können, und sie wären mit dem gezählten Wechselgeld wieder zurückgekehrt.

Es interessierte ihn schon, wie das funktionierte.

Serafine zum Beispiel war nun schon seit vier Wochen hier, und alle Kunden äußerten sich nur lobend. Aber ob zufriedene Freier als Argument ausreichten, damit Madame ihr diese, in seinen Augen bizarre, Bitte erfüllte?

Bengabos Meinung nach war Skepsis angebracht.

Der Barkeeper seufzte leise und lauschte weiter auf ein Geräusch.

Er hatte in seinen Jahren hier schon Leute hinter dieser Tür verschwinden sehen, die nie mehr auftauchten. Gerade bei der sympathischen Serafine hätte er ein solch spurloses Verschwinden als außerordentlich schmerzlich empfunden.

Ihre Freundin, die fast wie eine Schwester war, wurde ermordet. Bengabo tröstete Serafine, als sie die Meldung in der Zeitung entdeckte. Glücklich erinnerte er sich daran, wie sie sich in seine starken Arme gekuschelt und an seiner Schulter geweint hatte. Sie erzählte ihm, dass nun das gesamte Dorf um diese Claudine trauern würde, die doch der Stolz der kleinen Gemeinde war. Sie hatte es geschafft, studierte in Cottbus und hätte es nach Ansicht des Dorfes weit bringen können. Ein ganzes Jahr lang war von der gesamten Großfamilie eisern für Reise, Unterkunft und Kaution gespart worden – und nun hatte jemand sie getötet.

Bengabo war in Cottbus geboren.

Er hatte keine solchen Erinnerungen an eine schwarze Dorfgemeinschaft und bedauerte das nun beinahe. Seit er mit Serafine gesprochen hatte, war er fest davon überzeugt, es müsse ein wirklich schönes Gefühl sein, so behütet aufwachsen zu dürfen, selbst wenn die äußeren Bedingungen hart waren.

Bengabo versuchte, Serafine ihren Plan auszureden, aber sie erwies sich als ziemlich halsstarrig. Sie ahnte ja nicht, wie schwierig und unberechenbar Madame manchmal sein konnte. Und nun war seine, er dachte dieses Wort mit besonderer Zärtlichkeit, Serafine im Büro, um von Madame die Erlaubnis zu erbitten, an der Trauerfeier für diese Claudine teilnehmen zu dürfen. Hoffentlich kam Madame nicht auf den Gedanken, Serafine versuche eine Chance zu bekommen zu fliehen.

Wenn sie zu diesem Ergebnis kam, konnte es sein, dass er Serafine nie mehr wiedersehen würde.

Der Barkeeper schluckte hart.

Als sich geräuschlos die Tür öffnete und die schöne Frau mit den sanften Augen an die Bar trat, gelang es ihm nur mit Mühe, seine Erleichterung zu verbergen. Und das Beste war, dass Serafine lächelte. Sie schob sich etwas umständlich auf einen der Barhocker und sah ihm mit hypnotischer Kraft direkt in die Augen.

»Ich darf. Aber ich muss mich im Hintergrund halten und soll versuchen, nicht aufzufallen«, verkündete sie, und Bengabo hätte beinahe schallend gelacht. Gerade noch rechtzeitig hielt er seinen Heiterkeitsausbruch zurück. Serafine hätte das möglicherweise missverstanden. Doch als er sie ansah, konnte er immer nur das eine denken: Wie sollte eine so schöne Frau sich nur unauffällig in der Öffentlichkeit bewegen?

Zu Serafine sagte er: »Da hast du aber unverschämtes Glück gehabt!«

Sie lächelte wieder, und ihre Augen senkten sich tief in seine.

»Es gibt eine Bedingung, Bengabo«, erklärte sie ernst.

Er erschrak. Musste sie das ›L'Amour‹ danach verlassen? Zurück nach Haiti?

»Aha – und die wäre?«, erkundigte er sich mit gespielter Gleichgültigkeit.

»Du musst mich begleiten!«

»Ich?«

»Ja. Madame meint, wenn ich dich dazu überreden kann mitzukommen, dann darf ich die Trauerfeier besuchen. Du sollst mich direkt danach wieder hierher zurückbringen. Bitte Bengabo, bitte, bitte!«

Der Barkeeper überlegte nicht lange.

Wenn das die einzige Bedingung von Madame war, würde er Serafine diesen Wunsch gerne erfüllen. Man konnte ja nie wissen, wie sich der Tag nach der Veranstaltung noch entwickelte.

Bengabo sah sich der Erfüllung seiner eigenen Wünsche erheblich näher kommen.

28

»Was haben wir?«, eröffnete Nachtigall wie immer die abendliche Abschlussrunde.

»Nicht viel an wirklich neuen Erkenntnissen«, murrte Albrecht Skorubski.

»Haben wir ein Rohr oder einen Stein mit Blutanhaftungen am Tatort gefunden? Oder die abgetrennten Körperteile?«

»Nein. Bisher nicht. Aber die Kollege' suche' weiter«. Michael Wiener legte den Bericht der Spurensicherung zur Seite.

Leise öffnete sich die Bürotür, und Emile Couvier schob sich zu ihnen in den Raum. »Komme ich zu spät?«

»In gewisser Weise schon. Du hast heute einen Vortrag über Zombies und andere Erscheinungen des Voodoo verpasst. Wir haben einen Mordverdächtigen verhaftet und sofort wieder auf freien Fuß gesetzt, weil der Zeuge falsche Angaben gemacht hat, wir haben erneut gehört, dass Claudine sich fürchtete, und Dr. März gibt noch heute Abend eine Pressekonferenz, in der er offiziell verkünden wird, dass er von einem ausländerfeindlichen Hintergrund des Mordes überzeugt ist und alle Kräfte in diese Richtung ermitteln«, fasste Nachtigall die Arbeit eines ganzen Tages knapp zusammen und verbarg mit Mühe seinen Groll diesem Mann gegenüber, der offensichtlich seine Tochter unglücklich gemacht hatte.

»Der Zeuge war Jakob Stegmann? Ich habe den Artikel in der Zeitung gelesen.«

»Ja. Aber nichts davon hat gestimmt. Im Grunde wollte er sich nur wichtig machen. Wir haben ihm eine Streife vor die Tür gestellt. Schließlich können wir Racheanschläge nicht ausschließen.«

»Ich hab von Norbert Grundmann erfahren, dass Claudine ein Amulett um den Hals getrage' hat. Wir habe' noch immer keines g'funde'. Vielleicht hat der Täter es an sich g'nomme'. Leider wusste Grundmann nicht genau, wie es ausgesehen hat«, erzählte Michael Wiener.

»Das ist auch nicht nötig. Wir haben ja von Claudines Tante eine Zeichnung bekommen. Es wäre immerhin ein Indiz, wenn wir es bei jemandem finden könnten.«

»Ich habe heute im Zug über den Täter nachgedacht«, begann Emile Couvier, »und ich glaube, es bedeutet ihm nichts, ertappt zu werden. Das Risiko war unglaublich hoch – schließlich wohnen viele Menschen in den Wohnungen um den Park hinter der Stadtmauer. Der Mord wurde zu einer Zeit begangen, zu der durchaus jemand zufällig hätte aus einem der Fenster schauen und die Tat beobachten können. Das ist ein seltsames Verhalten.«

»Ja. Leider haben unsere Nachfragen bei den Anwohnern keinen Hinweis ergeben. Auch in der Jugendherberge wurde von niemandem etwas beobachtet. Die Kollegen haben fleißig herumgefragt«, erklärte Skorubski.

»Eigentlich würde man doch erwarten, dass er sich mit dem Opfer versteckt, wenn er noch nach dem Tod Verstümmelungen vornehmen will. Doch dieser Täter ist anders. Es wirkt gerade so, als lege er es darauf an, gefasst zu werden. Vorstellbar wäre eine Triebhandlung. Er erkennt das Schreckliche und kann es doch nicht stoppen. Sucht Hilfe und Erlösung. Das hört sich seltsam an, trifft aber für manche Täter tatsächlich zu. Und«, er seufzte tief, als widerstrebe es ihm, diese Überlegung mitzuteilen, »ich glaube, dieser Mord war nicht der erste, den er begangen hat.«

»Wir habe' nichts über ähnliche Morde g'funde'«, versicherte Michael Wiener. »Das checke' wir immer zuerst.«

»Ach komm! Du weißt genau, dass unser System nicht perfekt ist. Möglich ist es schon, dass jemand nur vergessen hat, seine Daten einzuspeisen«, widersprach Skorubski.

»Wie kommst du darauf? Gibt es einen Hinweis auf eine Serie, den wir übersehen haben?«, fragte Nachtigall besorgt.

»Nein, das nicht. Aber normalerweise ist solch ein Mörder nach seiner Tat geschockt. Er wollte es vielleicht schon lange tun, hasste den anderen – doch nun liegt er leblos da. Panikreaktionen sind normal in dieser Situation. Der Täter flieht kopflos, lässt dadurch womöglich gar Beweismittel am Tatort zurück. Aber nichts von all dem trifft auf unseren Mann zu. Deshalb glaube ich, er kennt diese Situation schon, war darauf vorbereitet.«

»Ich verstehe, was du meinst«, antwortete Nachtigall nachdenklich. »Und ich halte es für möglich, dass du damit recht hast.« Persönlicher Groll hat bei der Arbeit nichts zu suchen, rief er sich ins Gedächtnis.

»Vielleicht ist es ja einer, der in einem Trainingscamp g'wese' ist. In so einem Ausbildungslager für Extremiste'«, begeisterte sich Michael Wiener für eine neue Theorie.

»Gut – für heute ist Schluss. Morgen werden wir versuchen,

diese Freundin Heide zu finden, über die niemand etwas weiß. ›Burger King‹. Dort müssen wir die Kollegen befragen, und vielleicht erfahren wir etwas über auffällige Kunden, dem gehen wir dann nach. Und wir müssen die Stoßrichtung unserer Ermittlungen der Theorie von Dr. März annähern. Wenigstens in etwa – wobei wir dennoch unseren eigenen Ansatz weiterverfolgen.«

»Ach, bevor ich es vergess. Ein Kolleg' hat vorhin ang'rufe. Bei einer Routinekontrolle eines Fahrzeugs einer der Rockergruppen – ware' des jetzt die ›Bandidos‹ oder die ›Hells Angels‹? Na, isch ja au' egal. Jedenfalls wurd' eine Machete g'funde'. So was käme doch als Tatwaffe au infrage, oder?«

»Hm – schon. So weit vom Schwert entfernt ist das ja nicht. Aber ich kann mir so auf die Schnelle keine Verbindung zwischen Claudine und Rockern vorstellen. Michael, klär das bitte gleich morgen früh. Vielleicht ist sie irgendwie zwischen die Fronten geraten.«

»Ich habe mir auch Gedanken über das Loch in der Stirn gemacht.« Emile Couvier war schon aufgestanden. »Vielleicht wollte der Mörder ihren Geist befreien.«

29

Jule kam allein.

Nun, das hatte Nachtigall auch nicht anders erwartet.

Er beobachtete, wie sie leichtfüßig auf die Eingangstür zuschritt, und war für einen kurzen Moment irritiert.

Aber, überlegte er dann, sie nahm wahrscheinlich an, dass er hinter dem Fenster stand und auf sie wartete. Natürlich wollte sie sich ihre Niedergeschlagenheit nicht anmerken lassen.

Sekunden später wurde die Haustür aufgeschlossen – er hatte den Schlüssel nie zurückgefordert –, und er hörte sie betont fröhlich »Hallo! Guten Abend!« rufen. Doch so leicht konnte man ihn nicht täuschen.

»Hey Jule!«, Connys Stimme kam aus der Küche.

Es wurde Zeit, nach unten zu gehen und das arme Kind zu trösten.

Peter Nachtigall gab sich einen Ruck.

Er wusste, dass hier Fähigkeiten gefragt waren, für die er kein wirkliches Talent besaß. Trösten, wieder aufbauen, stärken … Aber er würde sein Bestes geben.

Mit schweren Schritten stieg er die Treppe hinunter.

Jule und Conny lachten, Geschirr klapperte. Erleichtert registrierte Nachtigall, dass sie über die größte Enttäuschung und den schrecklichsten Schmerz schon hinweggekommen sein musste. Vielleicht war es ja kein frisches Zerwürfnis, sondern ein seit Langem andauernder Prozess. Ein paar giftige Gedanken beschäftigten sich mit Emile, der sich ihm gegenüber nicht das Geringste hatte anmerken lassen und so tat, als sei die Welt in Ordnung. So ein Schauspieler!

Den ganzen Nachmittag hatte er geübt, um solche Formulierungen wie »Das habe ich schon immer geahnt« oder »Für mich ist das ehrlich gesagt keine Überraschung« zu vermeiden.

Mit ungutem Gefühl stieß er die Küchentür auf.

Jule flog ihrem Vater zur Begrüßung an den Hals und drückte ihm ein stürmisches Begrüßungsküsschen auf die Wange.

»Hallo Papa! Was machst du denn für ein ernstes Gesicht?«

»Mach ich das?«

»Aber ja – richtig miesepetrig«, bestätigte auch Conny und lachte.

»Vielleicht liegt das an deinem aktuellen Fall.«

»Ja, vielleicht«, gab Nachtigall ratlos zurück.

»Claudine Caro? Du bearbeitest den Fall?«, fragte Jule interessiert.

»Ja, aber irgendwie stecken wir fest. Sie hatte Angst, niemand weiß, vor wem und in ihrem privaten Umfeld konnten wir bisher noch kein Motiv entdecken. Ziemlich verfahrene Angelegenheit.«

Casanova und Domino waren Nachtigall in die Küche gefolgt und forderten jetzt lautstark und entschlossen die Aufmerksamkeit ihrer Menschen ein. Jule ging in die Hocke und streichelte die beiden Katzen.

»Essen ist fertig! Gemüsegratin und Salat. Ein Glas Wein dazu?«

Nachtigall nickte.

»Für mich nur einen Saft«, erklärte Jule und setzte sich.

Er hatte es ja gewusst.

Seine Tochter war so aufgewühlt, dass sie nicht einmal mehr ein Glas Wein mit trinken konnte, aus Angst die Kontrolle über ihre Verzweiflung zu verlieren. Das würde Emile ihm büßen, nahm der Vater sich vor.

Casanova und seine Freundin bezogen derweil vor dem Kühlschrank Posten und stimmten einen zweistimmigen Katzenjammer an.

»Na. Knapp vor dem Hungertod? Wie immer?«, lachte Conny und nahm sich des Problems an.

Nachtigall sah seine Tochter auffordernd an. Jetzt wäre doch eine gute Gelegenheit, ihm von ihren Sorgen zu erzählen.

Jules Gedanken wanderten jedoch zum Mordfall Claudine Caro zurück.

»Claudine war eine wirklich eindrucksvolle Frau. So stark und entschlossen. Und irgendwie geheimnisvoll.«

»Du kanntest sie näher?«

»Nicht wirklich. Aber man begegnete sich. Die BTU ist nicht unüberschaubar, und Claudine stach aus der Masse der Studierenden heraus wie«, sie zögerte, »wie eine Stachelbeere aus einem Teller Erdbeeren. Die meisten Studentinnen beneideten sie wegen ihres Aussehens, ihres selbstbewussten Auftretens, ihres Wissens, ihrer Konsequenz beim Lernen, und die meisten Studenten konnten sich nur mit Mühe ein Pfeifen verkneifen. Aber das Beste ist: Ich glaube, sie hat davon nie etwas bemerkt. Weder die Bewunderung noch den Neid. Es perlte an ihr ab. Auf mich wirkte sie immer, als sei sie mit etwas immens Wichtigem beschäftigt.« Julia sah amüsiert zu, wie Casanova Domino den Vortritt beim Fressen ließ.

»Er hat Manieren wie eine echter Gentleman«, gluckste sie leise.

»Das mag Außenstehenden so scheinen – aber in Wahrheit verhält sich die Sache anders: Er weiß, wir schätzen dieses Verhalten an ihm und werden dafür Sorge tragen, dass er es nicht bereuen muss. Er wird fürstlich dafür belohnt!«, korrigierte der Vater ihre positive Einschätzung und verteilte das Gratin auf die Teller.

»Ach, ich dachte, es sei wahre Katzenliebe. Und nun behauptest du, es sei kalte Berechnung. Nein, das glaube ich nicht!«, protestierte Conny entschieden.

Sie füllte die Gläser.

»Gut, ich weiß, es war unfair, mich so einfach anzumelden, ohne das näher zu erklären. Bestimmt habt ihr euch Gedanken gemacht. Lasst uns anstoßen! Emile und Jule werden die Familie vergrößern.«

»Wie?«, fragte Nachtigall etwas begriffsstutzig.

»Du wirst Opa«, freute sich Conny.

»Großvater? Wann?«

»In weniger als einem halben Jahr. Emile freut sich natürlich auch – und er möchte gerne noch vorher heiraten.«

»Aha!«, mehr fiel dem überrumpelten Hauptkommissar so schnell nicht ein.

»Ja. Und – wir dachten – es wäre doch lustig, wenn wir zu fünft heiraten könnten.«

»Eine Schwangerschaft ist heute kein Heiratsgrund mehr«, meldete sich Conny zu Wort. »Früher vielleicht. Und es ist auch kein überzeugender Grund.«

»Oh, keine Sorge. Das sehen wir genauso. Wir wollten ohnehin im Sommer heiraten, den Termin hatten wir uns auch schon überlegt. Wenn das Kind vor der Eheschließung geboren wird, entstehen unnötige bürokratische Komplikationen. Emile müsste dann vorab seine Vaterschaft anerkennen, es gibt eine Menge Lauferei und Papierkram. Das vermeiden wir.«

»Tja – äh, wenn ihr meint?« Nachtigall konnte so schnell nicht von Trennung auf Familiengründung umschalten.

Sie stießen noch einmal an.

»Wenn wir eine solche Hochzeit planen, würde es bedeuten, dass ich meine Tochter und mein Enkelkind gleichzeitig zum Altar führe – mit meiner neuen Frau. Ich weiß nicht.«

»Bisher haben wir uns ja noch nicht einmal auf eine gemeinsame Adresse einigen können«, mischte sich Conny wieder ein.

»Also – ihr solltet den Katzen endlich stabile Familienverhältnisse bieten, und eurem Enkel auch!«, lachte Jule, und der Schalk blitzte in ihren Augen.

Das offenbar schwierige Thema wurde zunächst nicht mehr gestreift.

»Conny?«

Dr. Cornelia Stamm drehte sich zu ihm um und kuschelte sich tiefer in die Decke ein.

»Hm?«, antwortete sie schläfrig.

»Willst du meine Frau werden?«, fragte Nachtigall und küsste sie sanft auf die Stirn.

»Hmhm«, grunzte Conny und rollte sich zu einer Kugel zusammen.

Peter Nachtigall starrte glücklich zur Decke hinauf und lauschte auf ihre gleichmäßigen Atemzüge.

Endlich!

30

Viel Schlaf sollte er allerdings in dieser Nacht nicht bekommen. Gegen 3 Uhr morgens klingelte ihn das Mobiltelefon aus einem wirren Traum, bei dem eine Hochzeit im Rahmen eines Voodoo-Rituals gefeiert wurde. Nach den üblichen Vorbereitungen wurde das Opfertier in den Humfó gebracht: ein eindrucksvoller, schwarzer Stier. Während der Tötungszeremonie spritzte das dampfende Blut des Tieres aus der Halsarterie in die Menge. Das leuchtend weiße Kleid der Braut war bald blutdurchtränkt. Niemanden schien das zu stören, die Gäste tanzten wild, geradezu ekstatisch.

Er war direkt dankbar, geweckt worden zu sein.

Als er sich meldete, überlegte er noch immer, warum jemand seine Ehe ausgerechnet mit Unterstützung der Petro Loa schließen sollte.

»Guten Morgen, Herr Nachtigall. Wir haben einen Toten. Es handelt sich um einen jungen Mann. Er wurde wohl erschlagen und auch sonst … So etwas habe ich noch nie gesehen, und ich bin schon wirklich lange bei der Polizei. Da denkt man, nun kann einen nichts mehr schockieren, aber das hier ist wirklich schlimm! Dr. Manz meinte, ich soll Ihnen gleich Bescheid geben, das würde Sie sicher interessieren.«

»Ja, dann stimmt das wahrscheinlich. Dr. Manz ist vor Ort, ja? Nun, dann wird er sich wohl etwas dabei gedacht haben, mich verständigen zu lassen. Irgendetwas Besonderes?«, fragte Nachtigall mit banger Vorahnung.

»Es ist ein furchtbarer Anblick, Herr Nachtigall. Der Täter hat …« Der Beamte schluckte.

»Schon gut. Wo?«

»Auf dem Parkplatz vor der Lagune. Ein Wachmann hat ihn gefunden.«

»Bin gleich da.«

Schnell verständigte Peter Nachtigall sein Team und zog sich möglichst lautlos an. Dann legte er noch einen Zettel mit einem Gruß für Conny auf den Frühstückstisch und fuhr los.

Albrecht Skorubski sah zerknautscht und müde aus, als er ihn am Tatort traf, Michael Wiener dagegen wirkte so frisch, als entspreche es der Normalität seines Tagesablaufs, morgens um 3 Uhr geweckt zu werden. Neidisch beobachtete Nachtigall, wie der junge Kollege energiegeladen aus seinem Auto sprang.

Das Opfer lag neben seinem Wagen.

Es war offensichtlich nicht einmal der Versuch unternommen worden, seine Leiche vor den Blicken Vorüberkommender zu verbergen.

»Er war sofort tot. Es gibt keinerlei Spuren, die etwa darauf hindeuten, er könne noch versucht haben, sich der Gefahrenzone zu entziehen«, erklärte Dr. Manz.

Peter Nachtigall betrachtete deprimiert den Toten.

Meinert Hagen.

In seinem Kopf hallten die Worte Robin Langs nach, der prophezeit hatte, dass es noch mehr Tote geben würde. Doch Meinert Hagen war gewarnt. Er selbst hatte ihm zu bedenken gegeben, wie gefährlich seine Situation sein könnte, doch offensichtlich hatte das nichts genützt. Ein flüchtiger Blick genügte dem Hauptkommissar, um zu sehen, dass der junge Mann höchstwahrscheinlich demselben Täter zum Opfer gefallen war, der auch Claudine Caros Leben auf brutale Weise ein Ende gesetzt hatte. Das Gesicht starrte ihn aus leeren Augenhöhlen an, Nase und Ohren fehlten. Der Mund war weit geöffnet, und so konnte der Hauptkommissar erkennen, dass auch dem jüngsten Opfer die Zunge herausgetrennt worden war.

»Dr. Manz?«

»Oh, ja – hier.« Der Kopf des Arztes tauchte auf der gegenüberliegenden Wagenseite auf. In der Hand hielt er noch immer das Leichenthermometer. »Geht es Ihnen noch gut?

Selbst bei diesen Lichtverhältnissen machen Sie einen sehr blass-grünlichen Eindruck auf mich.«

»Das Thema brauchen wir nicht mehr zu vertiefen«, seufzte Nachtigall genervt. »Was ich von Ihnen wissen möchte ist der Todeszeitpunkt.«

»Genauso zugerichtet wie das letzte Opfer. Ein kräftiger Schlag spaltete ihm den Schädel, der Hieb wurde von hinten geführt. Todeszeitpunkt – nun ja«, der Arzt legte die Stirn in Falten und grummelte. »Leichenflecke sind schon vorhanden, Totenstarre beginnt gerade in Armen und Beinen, Temperatur – na ja. Schon gesunken. So vier Stunden etwa ist er sicher tot«, schloss er dann und nickte zufrieden.

»Tatzeitpunkt demnach kurz vor Mitternacht?« Peter Nachtigall sah Dr. Manz fragend an.

»Also, so genau kann ich das natürlich nicht festlegen«, wehrte sich der Arzt. »Es ist kalt, der Boden leitet Wärme gut ab, vielleicht hatte er Alkohol getrunken. Schwankungen sind immer möglich.«

»Wie groß?«

Dr. Manz sah Nachtigall verständnislos an.

»Die Schwankung«, setzte der Hauptkommissar ungeduldig hinzu.

»Oh«, der Arzt lächelte. »Eine Stunde rauf, eine runter, würde ich sagen. Der Rechtsmediziner kann den Zeitraum vielleicht noch eingrenzen.«

»Danke.«

Peter Nachtigall drehte sich zu den Kollegen der Spurensicherung um.

»Habt ihr einen Rucksack oder so etwas wie eine Tasche gefunden? Ich meine, wenn jemand zum Schwimmen geht, muss er doch Badehose und Handtuch irgendwie verstauen.«

»Nein, bisher nicht, aber wir suchen weiter. Vielleicht hat der Täter die Tasche ja auch auf dem Weg entsorgt.«

»Wer hat den Toten gefunden?«

»Ich. Friedrich Schulze vom Wachdienst«, stellte sich ein Herr zackig vor, der sich bisher im Hintergrund gehalten hatte. »Auf meiner Runde. Mir ist der Wagen schon beim letzten Rundgang aufgefallen. Parkte so abseits. Eigentlich dachte ich eher an Drogendealer als an einen Mord. Nun, da ging ich eben mal nachsehen, als der Wagen da noch immer stand. Und habe ihn gefunden. Und daran, dass der Typ tot war, konnte es nun wirklich keinen Zweifel geben.«

»Aber wie lange genau der Wagen hier schon parkte, wissen Sie nicht?«

»Nein – wenn er zum Schwimmen war, wissen die an der Kasse im Bad vielleicht Bescheid.«

»Dr. März wird ziemlich sauer sein«, stellte Wiener fest. »Ist wohl doch kein fremdenfeindlicher Hintergrund.«

»Ach!«, unterbrach ihn schneidend die Stimme des Staatsanwalts. »Wollen Sie damit etwa andeuten, dass mir im Falle eines Mordes einer mit ausländerfeindlicher Motivation angenehmer wäre als ein anderer?«

Peter Nachtigall trat unwillkürlich schützend vor seine Kollegen. Dr. März war genötigt, sich ganz seinem Hauptkommissar zuzuwenden.

»Nein, das wollte er nicht. Er dachte sicher nur daran, dass Sie nun die Aufgabe haben werden, der Presse zu erklären, dass die von Ihnen bisher verfolgte Theorie wohl nicht stimmt«, versuchte der Ermittler den Staatsanwalt zu beruhigen. »Bei diesem ermordeten jungen Mann handelt es sich um den Freund des ersten Opfers. Das spricht dafür, dass den Morden ein privates Motiv zugrunde liegt. Wir können also die Ermittlungen in Richtung Ausländerfeindlichkeit ad acta legen.«

»Ach ja! Und wie wollen Sie sich da so sicher sein?« Jens Schubert war inzwischen auch zu ihnen hinübergeschlendert. »Ein zweiter Mord – diesmal an einem deutschen Freund des Opfers – ›Ausländerfreunde töten wir auch‹. Das war vielleicht nur ein Vertuschungsversuch.«

Meinert Hagens Wohnungstür war nur angelehnt.

»Da hatte es aber jemand ziemlich eilig zu verschwinden«, stellte Michael Wiener fest.

»Vielleicht ist er noch drin.«

Sie zogen ihre Waffen.

»Dann hat er uns gehört«, flüsterte Wiener nun nervös zurück. »Sollten wir lieber Verstärkung anfordern?«

»Ja. Vielleicht. Also sei vorsichtig!«, mahnte Skorubski ungerührt.

»Wer macht auf?« Wieners Gesicht verriet seine Anspannung.

»Du. Ich gehe zuerst rein!«, entschied der ältere Kollege.

Die Waffe im Anschlag, stieß Wiener die Tür weit auf. Skorubski stürmte an ihm vorbei und zielte in den Flur, drehte sich um, sah hinter der Tür nach. Nichts.

Links führte eine Tür ins Bad.

Nichts.

Im Schlafzimmer.

Ebenfalls nichts.

»Die Wohnung ist sauber«, stellte Skorubski fest, nachdem sie alle Räume inspiziert und überall das Licht eingeschaltet hatten.

»Er hat die Tür wohl nicht ins Schloss gezogen, um kein Geräusch zu machen. Neugierige Nachbarn als Zeugen waren nicht erwünscht.«

»Was für ein Chaos!«

Stühle und Tische waren umgestürzt, Bücher aus dem

Regal gerissen und über den Boden verstreut. Zusammen mit den Wäschestücken und den Nahrungsmittelresten bildeten sie eine knöcheltiefe, bunte Schicht auf dem Teppich des Wohnraumes.

Skorubski seufzte.

»Wir sind zu spät gekommen. Ich rufe die Spurensicherung.«

Unterlagen aus den Seminaren, Kontoauszüge, Notizzettel und Fotografien formten das Durcheinander im Schlafzimmer.

»Hier wurde offensichtlich intensiv gesucht.«

»Sieht ganz so aus. Peter hat ja schon Derartiges vermutet. Wenn die beiden Fälle wirklich miteinander zu tun haben, könnte der Täter bei Claudines Freund nach etwas gesucht haben, das sie ihm zur Aufbewahrung überlassen hatte.«

»Aber genau das hat er doch bestritten«, erinnerte Wiener den Kollegen. »Er hat gesagt, Claudine würde ihn nie in Gefahr gebracht haben.«

»Was, wenn sie gar nicht wusste, wie gefährlich das Ding ist – was auch immer es sein könnte.«

»Aber warum hat der Mörder es dann nicht zuerst bei Claudine gesucht? Wäre doch logisch, es zunächst beim Besitzer zu probieren, oder?«, wandte Wiener ein.

»Ja.« Skorubski fuhr sich über sein bartstoppeliges Kinn. Wiener erschauderte. Das Geräusch verursachte bei ihm eine Gänsehaut. »Aber mal angenommen, es war ein Gegenstand, von dem der Mörder wusste, dass sie ihn immer bei sich trug. Als er ihn in ihrer Tasche nicht finden konnte, ging er davon aus, sie habe ihn aus ihrer unmittelbaren Nähe entfernt. Eben einem Freund zur Aufbewahrung gegeben. Wenn er so denkt, muss er ihr Zimmer nicht durchsuchen.«

»Was könnte das nur gewesen sein? Vielleicht etwas von

großem Wert«, überlegte Michael Wiener weiter. »Wir werden die Freunde noch einmal befragen müssen.«

Nachtigalls Handy klingelte.

Er knurrte unwillig, als er von dem Einbruch in Meinert Hagens Wohnung hörte.

»Das bedeutet doch, dass jeder, der mit Claudine auch nur bekannt war, in Lebensgefahr schwebt«, stellte der Hauptkommissar entsetzt fest. »Jeder!«

31

Im Büro angekommen, machte Albrecht Skorubski erst einmal seinem Ärger Luft.

»Vertuschungsmord! Ich kann gar nicht glauben, dass dieser Schubert wirklich von solch einer Motivlage ausgeht. Der kann sich nur von seiner Lieblingsidee schwer verabschieden«, schimpfte er mit zornrotem Gesicht. »Ich kann mich tatsächlich nicht an einen einzigen Fall erinnern, in dem ein ausländerfeindlicher Hintergrund durch einen Mord an einem Deutschen hätte vertuscht werden sollen. Im Gegenteil! Diese Typen versuchen eher, einen Mord an einem Ausländer, der aus anderen Motiven begangen wurde, für sich zu reklamieren.«

»Fühlst du dich jetzt besser?« Nachtigall grinste. »Lasst

uns mal sehen, was wir tatsächlich haben, dann geht es weiter. Diese Idee mit der Vertuschungstat können wir nicht einfach verwerfen, nur weil sie uns nicht gefällt. Wir wissen nicht, was der Täter gesucht hat – Tatsache ist: Es ist nicht auszuschließen, dass die Wohnung nur nach Bargeld durchsucht wurde, nachdem der Mörder den Schlüssel in der Tasche des Opfers gefunden hatte. Wir müssen also klären, ob Meinert Hagen größere Geldbeträge bei sich aufbewahrte.«

»Wer ist denn heute noch so leichtsinnig? Alle bringen ihr Geld auf die Bank«, widersprach Michael Wiener. »Ich kenne niemanden, der zu Hause seine Ersparnisse aufbewahrt. Echt niemanden!«

»Ich schon«, widersprach Skorubski. »Aber das sind ältere Menschen, die den Banken grundsätzlich misstrauen.«

»Um das zu klären, müssen wir fragen«, stellte Nachtigall trocken fest. »Die Familie, die Freunde, Claudines Tante ... alle, die mit den Opfern irgendwie Kontakt hatten. Meinert Hagens Abend muss rekonstruiert werden. Gab es Anrufe, war er tatsächlich schwimmen, wer hat ihn gesehen, wer hat verdächtige Beobachtungen auf dem Parkplatz gemacht, hatte er eine Tasche dabei? Wenn er sein Handy in einem Rucksack hatte, dann ist es dort vielleicht noch immer. Michael, kümmere dich bitte um das Anpeilen.«

Michael Wiener notierte eifrig alles mit.

»Mach ich. Wenn's nicht kaputt ist, finde' wir's. Gesprächsnachweis?«

»Ja, nicht nur vom Handy, auch von seinem Festnetzanschluss – wenn er einen hatte.«

Wiener nickte.

»Wer besucht die Freunde? Michael?«

»Ja – ich fange mit Norbert Grundmann und Kirk Damboe an. Wenn er etwas Außerordentliches erlebt und sich jemandem anvertraut hat, dann doch eher einem von den beiden als einer Kommilitonin, oder?«

»Mag sein. Die Freunde sollen mal nachprüfen, ob in der Wohnung etwas fehlt. Albrecht, wir informieren die Eltern. Stellen Fragen, besuchen danach noch einmal Claudine Caros Tante. Michael, die Obduktion?«

Michael Wiener runzelte die Stirn.

»Allein?«

»Nein, Dr. Pankratz wird sicher auch da sein, ein Kollege von ihm, ein Sektionsassistent – oh ja, und natürlich Jens Schubert. Vielleicht findest du ja heraus, warum Dr. Pankratz ihn nicht leiden kann.« Nachtigall zwinkerte dem jungen Kollegen aufmunternd zu.

»Aha. Nun gut, ich ruf an und frag nach, wann ich komme' soll.«

Er strahlte.

Im Grunde hatte er gar nichts dagegen, Dr. Pankratz bei der Obduktion über die Schulter zu blicken. Wer wusste schon, was der eher wortkarge Gerichtsmediziner, der nur bei seinen Sektionen auftaute, diesmal finden würde.

Die Tür zum Büro öffnete sich schwungvoll, und Jens Schubert stand mit zwei Schritten mitten im Raum.

»Geheime Lagebesprechung, was?«

»Nein. Schließen Sie aber bitte dennoch die Tür.«

Michael Wiener staunte immer wieder, wie abweisend Nachtigall klingen konnte. Er war froh, dass sein Vorgesetzter ihm gegenüber noch nie diesen Ton angeschlagen hatte.

»Also, was soll das dann sein? Sie haben mich nicht darüber informiert, dass hier eine Besprechung stattfindet«, fauchte Schubert.

»Das muss ich auch nicht. Es ergibt sich logisch aus der Tatsache, dass wir nun noch ein Opfer gefunden haben. Wir verteilen die Ermittlungsaufgaben. Sie sollten mit der Polizeiarbeit eigentlich besser vertraut sein. Nehmen Sie ruhig Platz.«

In knappen Worten setzten sie den Kollegen vom BKA über ihre weitere Planung ins Bild.

»Ich erkenne nicht, dass Sie Ihre Ermittlungen in die Richtung vorantreiben, die ich Ihnen vorgegeben hatte.«

»Nein. Wir ermitteln in alle Richtungen und sehen dann, welche sich als vielversprechend erweist.«

»Sie machen einen großen Fehler«, orakelte Schubert. »Ich bearbeite seit Jahren solche Fälle. Meine Erfahrung sollten Sie nutzen.«

»Und ich ermittle seit Jahren in dieser Stadt. Sie sollten auf meine Erfahrung vertrauen!«

Damit erhob sich das Team wie auf Knopfdruck und verließ den Raum.

Jens Schubert blieb fluchend allein zurück.

Michael Wiener, der es für eine gute Idee gehalten hatte, die Studenten an der BTU abzupassen, stellte schnell fest, dass es besser gewesen wäre, die Freunde in ihren Wohnungen zu besuchen. Das Gelände der Universität war weitläufig, und er musste lange suchen, bis er jemanden fand, der zu wissen glaubte, wo er um diese Zeit Norbert Grundmann und Kirk Damboe antreffen könnte.

»Ach, Sie schon wieder!«, begrüßte ihn Grundmann unfreundlich.

»Und wir dachten schon, mit Ihnen wären wir durch«, beschwerte sich auch sein Freund Kirk.

»Tut mir leid – ich weiß, dass man solche Nachrichten zum Frühstück nur schwer verkraften kann, aber ich kann es nicht ändern. Ich bin hier, weil jemand Ihren Freund Meinert Hagen getötet hat.«

Wortlos sahen die Freunde sich an, ihre Gesichter zu Masken erstarrt.

»Wir haben ihn heute Morgen auf dem Parkplatz der ›Lagune‹ gefunden.«

»Das ist wohl der unwahrscheinlichste Ort, um Meinert zu finden«, flüsterte Grundmann mit gesenktem Kopf.

»Warum? Was ist an diesem Ort ungewöhnlicher als an anderen?«

»Weil Meinert nicht schwimmt. Niemals!« Verzweifelt hieb Kirk Damboe mit der rechten Faust in die linke Hand. »Niemals!«

»Er hat sich vor vielen Jahren einen Hautpilz zugezogen. Danach war die Sache mit den öffentlichen Bädern für ihn erledigt«, erklärte Grundmann mit leiser Stimme.

»Dann war er wohl aus anderem Grund dort. Wann haben Sie Ihren Freund denn zum letzten Mal gesehen?«

»Was soll das denn jetzt?«, brauste Damboe auf. »Das klingt ja so, als stünden wir unter Mordverdacht. Meinert war unser FREUND. Sie glauben doch nicht im Ernst, einer von uns hätte mit seinem Tod zu tun.«

»Wir befragen so viele Leute wie möglich. Nur so können wir ein Bewegungsprofil erstellen«, erklärte Wiener und ärgerte sich im selben Augenblick darüber. Er musste sich schließlich nicht für seine Arbeit rechtfertigen. Fragen gehörten eben zu seinem Beruf.

»Ach ja? Den Spruch kenne ich.«

»Also?« Wiener beschloss, sich nicht von diesen unwilligen Zeugen beeindrucken zu lassen.

Damboe schob trotzig die Unterlippe vor, verschränkte die Arme vor der Brust und schwieg.

»Also, gut. Ich habe ihn gestern gegen 16 Uhr zum letzten Mal gesehen. Er war deprimiert, hatte keinen Nerv für ein Gespräch. – Ich meine, das war doch verständlich. Seine

Freundin ist ermordet worden. Er hat mich dann einfach hinter meinem Kaffee in der Cafeteria sitzen lassen und ist verschwunden. Er wollte nach Hause.«

»Demnach war er also bis 16 Uhr in der Uni.«

»Ja«, bestätigte Grundmann.

Wiener sah nun Damboe auffordernd an. Wartete schweigend, aber beharrlich.

»Schon gut! Schon gut! Ich habe ihn am Abend angerufen, wollte hören, wie es ihm so geht. Ich habe ihn über sein Handy erreicht, er war unterwegs.«

»Mit dem Auto?«

Der Student überlegte.

»Ja. Ich denke das Gebrumme im Hintergrund war der Motor. Ich glaube, ich habe sogar den Blinker gehört. Ein Gespräch ergab sich aber nicht. Meinert war sehr einsilbig und beendete das Telefonat zügig.«

»Und um welche Uhrzeit war das?«

»Na ja. Genau«, er zog sein Mobiltelefon aus der Tasche und tippte etwas ein, »ganz genau um 21:53 Uhr.« Damboe grinste süffisant.

Immerhin, dachte Wiener, jetzt wissen wir wenigstens, dass er um die Zeit noch am Leben war.

Er versuchte einen weiteren Anlauf.

»Irgendwelche Informationen über seinen Aufenthaltsort zu der Zeit können Sie mir nicht geben?«

»Mann, ich habe doch kein Spionagehandy, das sich einhackt und guckt, was der andere macht, während er mit mir telefoniert«, antwortete der Student ungnädig.

»Vielleicht hat er ja erwähnt, wohin er unterwegs ist?« Wiener konnte nicht verhindern, dass er sich genervt anhörte. Wie konnten diese beiden nur so wenig kooperativ sein. Es ging um einen weiteren Mord an einem ihrer Freunde.

»Eigentlich bin ich davon ausgegangen, Sie hätten ein Interesse daran, dass die Polizei den Täter so schnell wie möglich zu fassen bekommt. Aber offensichtlich ist Ihnen gleichgültig, wer Ihren Freund erschlagen hat«, provozierte er die beiden Zeugen.

»Sie ziehen falsche Schlüsse!«, fauchte Grundmann ihn an.

»Es liegt nur daran, dass wir polizeischeu sind. Das sind die Lehren aus den Erfahrungen, die wir mit Leuten wie Ihnen gesammelt gesammelt haben.«

»Er hat nicht gesagt, wo er ist oder wohin er will. Und da er insgesamt so unfreundlich reagierte, hielt ich es auch nicht für opportun, ihn danach zu fragen.«

Grundmann, wieder etwas ruhiger geworden, setzte hinzu: »Meinert war ein bisschen eigen mit seinem Privatleben. Er hielt sich gerne bedeckt. Es war nicht klug, zu weit in ihn dringen zu wollen.«

Albrecht Skorubski und Peter Nachtigall stellten den Wagen auf dem Parkplatz hinter der Oberkirche ab.

Die Familie Hagen wohnte in einer der Altbauwohnungen am Altmarkt. Auf ihr Klingeln öffnete ein weißhaariger, gebeugter Mann, der sich auf zwei Krücken stützte.

»Sie wünschen?«, herrschte er die beiden fremden Männer an.

»Kriminalpolizei Cottbus. Mein Name ist Nachtigall und dies ist mein Kollege Skorubski. Herr Hagen?« Dabei wies er kurz seinen Dienstausweis vor.

»Ja.«

»Wir hätten Sie gerne einen Moment gesprochen. Können wir reinkommen?«

Der alte Mann maß Nachtigall misstrauisch von Kopf bis Fuß – dann stellte er sich so in den Eingang, dass niemand sich an ihm vorbeischieben konnte.

»Ausweise!«, forderte er militärisch zackig.

Die beiden Ermittler zogen erneut ihre Ausweise hervor. Diesmal ließ Herr Hagen sich viel Zeit, sie zu studieren und die Lichtbilder mit den Originalen zu vergleichen. Dann reichte er unwirsch die Ausweise zurück.

»Und?«, fragte er dann patzig.

»Sie haben einen Sohn namens Meinert«, begann Nachtigall und hoffte, der alte Herr würde sie nun in die Wohnung bitten.

»Nein. Habe ich nicht. Mein Sohn heißt Maximilian.«

Nachtigalls Gedanken kamen für einen Moment aus dem Tritt.

»Aber Meinert Hagen wohnte bis vor Kurzem unter dieser Adresse, nicht wahr?«

»Ja. Aber er ist ausgezogen. In eine eigene Wohnung. Ist Mode heutzutage. Früh ausziehen und den Eltern das Geld aus der Tasche ziehen. Noch nichts geleistet im Leben. Wenn Sie zu Meinert wollen, müssen Sie in die Hubertusstraße fahren. Aber so früh am Morgen schläft der Herr Student noch.«

»Wir würden gerne mit Meinerts Eltern sprechen.«

»Aha. Und warum sagen Sie das dann nicht gleich? Ich bin 92 Jahre alt und stehe hier mit Ihnen auf dem eisigen Flur herum, nur um herauszufinden, dass Sie gar nicht zu mir wollen«, schimpfte der Greis und stampfte mit der rechten Gehhilfe überraschend kraftvoll auf den Boden.

»Vater?«

»Ja. Hier. Die Polizei will dich sprechen. Es hat mich fast eine Stunde meines Lebensrestes gekostet, das herauszufinden.«

Eine mittelgroße, schwere Frau mit freundlichem Gesicht tauchte hinter dem hochbetagten Herrn auf.

»Vater! Warum hast du denn nicht nach mir gerufen, als es geklingelt hat? Es ist doch für dein Bein gar nicht gut, wenn du es belastest.«

Besorgt entwand sie ihm eine der Gehhilfen, hakte ihn energisch bei sich ein und meinte entschuldigend: »Einen Augenblick bitte. Ich möchte nur meinem Schwiegervater wieder in seinen Sessel zurück helfen.«

»Die beiden sind von der Polizei. Sie kommen wegen Meinert. Ich habe Ihnen aber schon gesagt, dass der Taugenichts hier nicht mehr wohnt.«

Ein Ausdruck von Besorgnis trübte Frau Hagens strahlendes Lächeln, verschwand aber ebenso schnell, wie er gekommen war.

»Wegen Meinert?«

»Ja. Können wir vielleicht reinkommen?«, fragte Nachtigall leise.

»Du kannst sie ruhig reinlassen!«, verkündete die Kasernenhofstimme des Schwiegervaters. »Die Ausweise habe ich schon gründlich überprüft.«

Frau Hagen nickte den beiden Besuchern kurz zu, und die kleine Karawane setzte sich langsam in Bewegung.

Albrecht Skorubski schloss die Wohnungstür.

Ächzend ließ der alte Herr sich in seinen Sessel fallen. Während seine Schwiegertochter fürsorglich die Kissen in seinem Rücken aufschüttelte und einen Schemel für sein linkes Bein zurechtrückte, warf sie ängstliche Blicke auf die Polizisten, die auf dem Sofa Platz genommen hatten.

»Polizei?«, fragte sie schließlich etwas schrill, als das mürrische Knurren des Mannes aufgehört hatte. »Und Sie kommen wegen Meinert?«

»Vielleicht sollten Sie sich besser zu uns setzen«, meinte Nachtigall und sah die helle Panik in ihren Augen aufleuchten. Diese Eröffnung war ihr offensichtlich bekannt.

Artig plumpste sie in den Sessel gegenüber.

Herr Hagen hatte inzwischen die Fernbedienung vom Tisch geangelt und schaltete den Fernseher ein.

Ohrenbetäubender Lärm erfüllte das Wohnzimmer. Der alte Mann beugte sich zum Fernsehgerät, um besser sehen zu können, was auf dem Bildschirm geschah.

»Vater!«, schrie Frau Hagen über den Krach. »Das geht jetzt nicht.«

Sie wuchtete sich aus dem Sessel und nahm ihrem Schwiegervater die Fernbedienung aus der Hand. Der Lärm verstummte beinahe sofort.

»Ich will das anschauen. Das ist eine interessante Sendung. Über den Bau einer Tiefgarage!«, zeterte der alte Mann bockbeinig. Doch seine Schwiegertochter blieb unerbittlich.

»Nein. Das Gerät bleibt aus. Du kannst es einschalten, wenn die Herren wieder gegangen sind.«

Seufzend nahm sie wieder Platz. Die Fernbedienung hatte sie vorsichtshalber in der Hand behalten. Zornig verfolgte Herr Hagen jede ihrer Bewegungen, lauernd wie eine Katze.

»Denk nicht einmal daran«, drohte sie scherzend in seine Richtung, und er lehnte sich mit verschlossener Miene im Sessel zurück.

»So. Nun können wir uns unterhalten«, stellte die Dame des Hauses fest, und Nachtigall entging das Beben in ihrer Stimme nicht. Alles hätte sie lieber getan, als sich mit ihm zu unterhalten.

»Wie gesagt, wir sind von der Kriminalpolizei. Frau Hagen«, der Hauptkommissar sah, wie sie tief Luft holte und sich ihr gesamter Körper in Erwartung eines Schlags anspannte. »Ich muss Ihnen leider mitteilen, dass wir Ihren Sohn heute in den frühen Morgenstunden leblos aufgefunden haben. Er wurde ermordet.«

Sie schrie einmal spitz auf, die Augen weit aufgerissen, und schlug sich dann die Hände vors Gesicht.

»Meinert ist tot? So eine spannende Entwicklung hätte ich im Leben dieses Langweilers nun wirklich nicht erwartet«, verkündete der Greis keckernd und verschränkte die Arme vor der Brust. »Ermordet, hä? Von wem?«

Die Mutter des Opfers begann zu schluchzen.

»Wir wissen nicht, wer ihn getötet hat. Im Moment versuchen wir, seinen Tag so genau wie möglich zu rekonstruieren«, erklärte Nachtigall und unterdrückte den Ärger über den kaltherzigen Großvater.

»Na ja. Der Täter wird wohl keine Visitenkarte mit Namen und Anschrift zurückgelassen haben«, kicherte der Schwiegervater und zwinkerte den Kripobeamten verschwörerisch zu.

»Gerade erst wurde Claudine getötet und nun mein Meinert«, schniefte Frau Hagen und wischte sich die Tränen von den Wangen. »Haben Sie vielleicht ein Taschentuch für mich?«

Peter Nachtigall nickte und suchte in seiner Jackentasche nach einem Päckchen Papiertaschentücher.

»Könnten Sie sich vorstellen, dass zwischen den beiden Morden ein Zusammenhang besteht?«, fragte er dann.

Die Mutter hörte ihm gar nicht mehr zu.

Schweigend starrte sie blicklos auf die zuckenden Hände in ihrem Schoß. Ihre Lippen bebten, als spreche sie zu jemandem, den sie mit Worten nicht mehr erreichen konnte.

Nachtigall wusste genau, was jetzt in ihr vorging.

Damals war es ihm ähnlich ergangen. Als die Polizei kam und vom tödlichen Unfall seiner Eltern berichtete. Er hörte, was sie sagten, konnte aber nur spüren, wie der Boden unter seinen Füßen weg glitt, ohne zu begreifen warum.

»Nun, der Verdacht liegt doch nahe. Selbst ein Kindergartenkind kann das feststellen«, bellte der Großvater eine Antwort.

»Sie scheinen den Tod Ihres Enkels nicht zu bedauern«, fuhr Nachtigall den Greis an.

»Nein. Warum auch. Meinert ist ja gar nicht wirklich mein Enkel. Sie«, dabei wies Herr Hagen mit seinem seltsam verformten Zeigefinger auf seine noch immer erstarrte Schwiegertochter, »sie hat diesen Wechselbalg mit in die Ehe gebracht – wenn man das so sagen will. War schon schwanger, als sie vor den Standesbeamten trat. Geschwängert von einem anderen, als sie meinen Maximilian geheiratet hat. Sie hat ihm das Kind eines anderen untergeschoben.«

»Das ist nicht wahr!«, kreischte die Mutter, schluchzte laut auf, sprang auf und rannte aus dem Raum.

Der Großvater lehnte sich wieder zurück, und ein hochzufriedenes Lächeln zog sich über sein gesamtes Gesicht.

Nachtigall bedeutete Skorubski, das Gespräch mit dem alten Herrn fortzusetzen, und lief Frau Hagen nach.

Er fand sie in der Küche.

»Die Kartoffeln! Mein Schwiegervater braucht regelmäßige Mahlzeiten. Und mein Mann kommt zum Mittagessen nach Hause. Er hat heute Vorlesung bis gegen 13 Uhr. Ich habe noch gar nichts vorbereitet.« Ihr abgehacktes Lachen klang hysterisch. Die Hände schienen nicht zu wissen, was nun von ihnen erwartet wurde. Ziellos und hektisch irrten sie über Schranktüren, zogen Schubladen auf, stießen sie wieder zu, schalteten die Herdplatten ein und wieder aus.

Kartoffeln waren nirgends zu sehen.

Peter Nachtigall fing die Hände ein und hielt sie fest in seinen Pranken. Er spürte, wie sie unkontrolliert zitterten. Sanft zog er Frau Hagen zum Küchentisch und setzte sie auf einen der Holzstühle.

»Es ist nicht wahr!«, flüsterte sie eindringlich, während die Tränen über ihre Wangen liefen. »Es ist nicht wahr! Meinert war kein Wechselbalg! Maximilians Vater ist leicht dement, und mich konnte er noch nie leiden. Er will mich verletzen, und oft gelingt ihm das nur zu gut. Er weiß, wo es mir weh-tut, und trifft zielgenau. Wie ist mein Sohn gestorben?«

»Er wurde erschlagen. Wie Claudine. Wir nehmen tat-sächlich an, dass zwischen den Morden ein Zusammenhang besteht.«

»Wie Claudine?« Nachtigall sah, wie sich Augen weiteten. »Aber Meinert hat erzählt, Claudine sei der Schädel gespal-ten worden und man habe sie verstümmelt.«

Der Hauptkommissar schwieg.

Wartete geduldig, bis sie den Inhalt ihrer eigenen Worte erfasst hatte.

»Oh nein!«

»Es tut mir sehr leid.«

»Aber warum?«

»Das wissen wir nicht. Können Sie sich vorstellen, was Meinert nachts auf dem Parkplatz vor der ›Lagune‹ wollte?«

»Dort haben Sie ihn gefunden? Die ›Lagune‹ ist doch ein Schwimmbad. Meinert ging nie in öffentliche Schwimmbäder. Bestimmt haben Sie ihn mit jemandem verwechselt.« Auf-keimender Zweifel glomm in ihrem Blick.

»Ich will Ihnen nichts vormachen, Frau Hagen. Nach dem Tod Claudines habe ich ein Gespräch mit Ihrem Sohn geführt und bin mir sicher, dass es sich bei diesem Opfer um Meinert handelt. Dennoch wird ihn jemand von der Familie identi-fizieren müssen.«

Sie antwortete nicht, fing aber an, kraftvoll an der Unter-lippe zu kauen.

Nachtigall wusste, was sich jetzt hinter ihrer Stirn abspielte.

Sie hoffte.

Inständig.

Solange sie ihn nicht gesehen und zweifelsfrei erkannt hatte, würde das auch so bleiben.

»Warum sollte jemand Meinert umbringen? Das ergibt gar keinen Sinn. Mein Schwiegervater hat recht. Meinert war strebsam, ordentlich und tat nie etwas Verbotenes. Nicht einmal Musik aus dem Internet hat er illegal kopiert. Und das tun doch nun wirklich fast alle jungen Leute, nicht? Nie fuhr er bei Rot über die Ampel, stellte seinen Wagen nie im Parkverbot ab. Ich bin sicher, Sie haben sich getäuscht.«

Sie bleibt beim Präteritum, dachte der Hauptkommissar, ein Teil von ihr weiß, dass er tot ist.

»Wir halten es für möglich, dass Claudines Mörder vermutete, Meinert könnte etwas von seiner Freundin bei sich aufbewahrt haben. Hat er je so etwas erwähnt?«

»Sie meinen, er hat für sie etwas versteckt?« Sie dachte einen Moment darüber nach, schüttelte aber schließlich den Kopf. »Claudine liebte Meinert. Wenn sie annehmen musste, das Ding, was auch immer es war, könnte meinen Sohn in Gefahr bringen, hätte sie es ihm nicht gegeben.«

»Und wenn sie gar nicht wusste, wie gefährlich es war?«

32

Madeleine Treschker bat die Ermittler ins Wohnzimmer.

»Und, haben Sie den Mörder?«, fragte sie scharf und atmete hörbar empört ein, als die beiden die Köpfe schüttelten.

»Nein, noch nicht. Aber der Freund Ihrer Nichte, Meinert Hagen, wurde heute Morgen ebenfalls ermordet. Auch bei diesem Mord benutzte der Täter eine scharfe Schlagwaffe und verstümmelte sein Opfer.«

Skorubski beobachtete, wie das Gesicht der Tante langsam grau wurde.

»Sie vermuten, es handelt sich um denselben Täter«, stellte sie dann flüsternd fest.

Skorubski nickte.

»Ihre Nichte fürchtete sich, das wissen wir ja schon. Aber Meinert Hagen wirkte nicht im Geringsten ängstlich auf uns oder gar verschreckt.«

»Aha«, Frau Treschker brütete dumpf vor sich hin.

»Hat Claudine Ihnen gegenüber erwähnt, dass sie ihrem Freund etwas zur Aufbewahrung überlassen hatte?«, fragte Nachtigall und starrte auf das einem Käfig ähnelnde Holzgestell, das nur notdürftig von einem der schweren Vorhänge verdeckt wurde.

»Nein. Was sollte das auch gewesen sein? Claudine besaß nichts von großem Wert.«

»Nun, es muss nicht von materiellem Wert gewesen sein – aber wir glauben, dass es für den Täter in irgendeiner Weise von Bedeutung war. Immerhin hat er dafür zwei Menschen getötet.«

»Ein Fetisch vielleicht?«, fragte Skorubski.

Frau Treschker warf ihm einen verächtlichen Blick zu.

»Für einen Fetisch wird wohl kaum jemand getötet. Informieren Sie sich, bevor Sie so etwas vermuten. Wir leben in Cottbus, nicht in Afrika oder auf Haiti!«

Zu seiner Verärgerung spürte der Ermittler, wie ihm eine heiße Röte über den Körper kroch und unter seinem Basecap verschwand.

Rasch mussten sie einsehen, dass von Claudine Caros Tante keine neuen Informationen zu erwarten waren.

Auf dem Weg zum Wagen fragte Nachtigall: »Hast du auch diese Art Käfig hinter dem Vorhang bemerkt?«

»Nein. Wo? Im Wohnzimmer?«

»Ja. Ein Käfig aus Latten. Für mich sah es so aus, als habe sie schnell ein Versteck dafür gesucht. Wir sollten ihn wohl nicht zu Gesicht bekommen.«

»Ratten vielleicht. Sie versucht, sie lebendig zu fangen. Meine Frau wäre auch gegen so eine grausame Falle, mit der man die Ratte erschlägt. Sie würde darauf bestehen, dem Tier dürfe nichts geschehen und ich müsste es dann irgendwo wieder freilassen«, lachte der Freund.

»Ratten fangen? Im Wohnzimmer? Mit einer Flasche Rum als Köder?«

»Hör mal, du siehst Gespenster. Ich glaube, du solltest aufhören, dich mit diesem Voodoo-Zeug zu beschäftigen«, riet Skorubski und musterte Nachtigall mit einem besorgten Blick. »Wir suchen einen Mörder aus Fleisch und Blut. Mit Zauberei hat das alles nicht das Geringste zu tun.«

Nachtigall schob sich hinters Steuer.

»Ich setze dich beim Büro ab. Bestimmt hat Frau Hagen jetzt alles so weit geregelt, dass sie mich zur Identifikation ihres Sohnes begleiten kann. Es war wohl ein größeres Problem, jemanden zu finden, der in der Zwischenzeit bei ihrem Schwiegervater bleiben möchte.«

»Da können wir nur hoffen, dass wir nicht später auch so

grantig und ungerecht werden. Leicht ist es bestimmt nicht, diesen boshaften Mann zu pflegen.«

»Nein, bestimmt nicht. Hoffentlich hat sie wenigstens in ihrem Mann eine Stütze. Die Vorlesung ist in einer Stunde beendet. Ich fahre hin und spreche mit ihm.«

»Jens Schubert ermittelt weiter gegen politisch motivierte Gruppierungen. Michael hat mir eine Nachricht geschickt – im Augenblick befragt er wohl Jugendliche, die sich vor der Stadthalle getroffen haben.«

»Wir sollten ihm eine Zivilstreife zur Unterstützung schicken«, entschied Nachtigall und griff zum Funkgerät.

Skorubski traf im Büro nicht nur auf Michael Wiener.

Emile Couvier stand vor der Pinnwand und studierte die Tatortaufnahmen.

»Hallo! Habt ihr den Entführer schon geschnappt?«

»Nein, wir suchen noch. Aber Peter hat mich darüber informiert, dass es einen zweiten Mord gegeben hat. Sieht ähnlich aus wie der erste.«

»Ja, wir gehen auch davon aus, dass es sich um denselben Täter handelt. Das Opfer war mit Claudine Caro befreundet.«

»Hm.« Er drehte sich wieder zu den Bildern um. »Ich war schon am Tatort. Der Wagen stand nicht im gut einsehbaren Parkplatzbereich, sondern ein bisschen abseits, bei den Containern. Es brennen Lampen. Sind die eigentlich die ganze Nacht an?«

Skorubski zuckte mit den Schultern. Stimmt, fiel ihm ein, das wollte er den Wachmann noch fragen.

»Der Täter geht mit einer bemerkenswerten Rücksichtslosigkeit vor. Er scheint sich überhaupt keine Gedanken darüber zu machen, dass er beobachtet werden könnte. Anschleichen, zuschlagen, verstümmeln und weg.«

»Peter glaubt, der erste Mord hatte mit Voodoo zu tun.«

»Aber das zweite Opfer war kein Voodoo-Anhänger, nicht wahr?«

»Nein, wohl nicht. Der junge Mann hat Peter gegenüber behauptet, damit nichts anfangen zu können.«

»Hey, Emile!« Michael Wiener nickte beim Betreten des Raumes dem Profiler erfreut zu.

»Habt ihr in seiner Wohnung etwas gefunden, was auf Voodoo hindeutet?«

»Nein. Nichts. Alles durchwühlt, aber nur Papiere und anderer privater Kram«, antwortete Wiener.

»Ich fürchte, Peter hat sich da in irgendetwas verrannt.«

Peter Nachtigall fuhr mit Frau Hagen zum Pathologischen Institut.

»Sollen wir nicht doch warten, bis Ihr Mann Sie begleiten kann? Wir können ihn auch aus der Vorlesung holen lassen.«

»Aber nein. Das würde er Ihnen und mir sehr übel nehmen. Es ist wirklich kein Problem für mich«, antwortete sie mit demonstrativer Selbstsicherheit.

Nachtigall wusste, dass sie log.

Sie hatte Angst.

Trotz dieser zur Schau gestellten Zuversicht, es könne sich bei diesem Mordopfer gar nicht um ihren Sohn handeln, ahnte sie, dass es doch so sein würde. Dennoch hatte sie der Nachbarin, die gekommen war, um dem Schwiegervater für etwa eine Stunde Gesellschaft zu leisten, erzählt, sie sei gebeten worden, weitere Angaben zu Claudine Caro zu machen.

Nun, als sie dem Rechtsmediziner gegenüberstand, wurde sie in ihrer Überzeugung zunehmend schwankend. Nachtigall wusste, in ihrem Kopf kreisten seine Worte, er habe sich schon einmal mit ihrem Sohn unterhalten. Kannte ihn demnach.

»Können wir?«, fragte Dr. Pankratz freundlich ungeduldig.

Frau Hagen nickte wortlos.

Das Brummen der Lüftungsanlage war unangenehm laut, bohrte sich ins Denken.

Nachtigall begleitete die Mutter in den angrenzenden Raum. Sie hielt den Blick eisern auf den Boden gesenkt. Als sie vor einem der Edelstahltische haltmachten, stierte sie noch immer auf die Fliesen.

Nur zögernd hob sie den Kopf.

»Ist das Ihr Sohn?«, flüsterte Nachtigall und umfasste ihren Arm enger.

Ihre Augen irrlichterten durch den Raum, als bereite es ihnen Schwierigkeiten, sich zu zwingen, in das Gesicht des Toten zu blicken.

Doch im Sektionsraum gab es nichts, an dem sie Halt finden konnten. Das Entsetzen lauerte in Schalen, und auf OP-Tabletts lagen glänzende, erschreckende Instrumente. Am Ende fanden sie doch zu dem, was vom Gesicht des Toten noch übrig war.

Frau Hagen nickte keuchend und schüttelte gleich darauf vehement den Kopf.

»Nein!«, stieß sie atemlos hervor. »Nein!«

Dr. Pankratz sah Nachtigall fragend an.

»Nein?«

»Das kann nicht sein! Meinert hasste Schwimmbäder. Er hasste Schwimmen. Meinert!« Ihre Stimme steigerte sich bis zu einem schmerzvollen Schrei.

Langsam schob der Hauptkommissar die weinende Frau in den Gang hinaus.

»Wieso?«, schluchzte sie. »Meinert geht nicht schwimmen! Nie! Warum sollte man jemanden töten, der niemandem etwas getan hat?«

»Frau Hagen, ein Streifenwagen wird Sie nach Hause bringen. Kann ich jemanden für Sie anrufen, der Ihnen beisteht? Eine Freundin vielleicht?«

»Ich habe keine Freundinnen mehr. Mein Schwiegervater hat sie alle vergrault. Schicken Sie meinen Mann nach Hause. Bitte! Ich kann jetzt nicht mit seinem Vater allein in der Wohnung bleiben. Bitte!«

Ein flehender, tränenverschleierter Blick streifte ihn kurz, und er nickte.

33

Professor Hagen hatte gerade seine Vorlesung beendet.

Mit bedächtigen Bewegungen ordnete er seine Unterlagen zunächst in Stapeln, die er dann energisch in eine geräumige Aktentasche stopfte. An seinem Katheder stand eine Studentin, die offensichtlich nicht nur mit der Klärung fachlicher Fragen beschäftigt war. Ihr Oberkörper war weit über den Schreibtisch gelehnt, was sicher tiefe Einblicke in ihr freizügiges Dekolleté ermöglichte. Ihr Becken schwang verheißungsvoll von einer Seite zur anderen, und die Hand des Professors ruhte zufrieden an ihrer Taille. Sein Kopf neigte sich ihrem Ohr zu, und seine Lippen drückten einen zärtlichen Kuss auf ihre Wange.

Die beiden hatten sein Eintreten nicht bemerkt, und Nachtigall kam sich vor wie ein Voyeur.

Als er nur noch wenige Schritte von ihnen entfernt war, räusperte er sich. Die Studentin sah auf und entdeckte den Fremden. Mit hochrotem Gesicht tuschelte sie ein paar Worte in Hagens Richtung und griff nach ihrem Rucksack. Noch immer überzog verlegene Röte ihr Gesicht. Sie nickte dem Professor kurz zu, grüßte den Neuankömmling höflich und war verschwunden.

»Ja? Sie wünschen?« Die Stimme des Professors war zu laut, er wirkte unnahbar, seine Miene war verschlossen.

»Kriminalpolizei Cottbus. Herr Professor Hagen?«

»Ja – und Sie sind?« Arrogant glitten die grauen Augen des Professors über Nachtigalls Körper, schienen dabei jedes Detail zu registrieren. Dem Hauptkommissar fiel unter diesem Blick ein, dass er heute noch gar keine Gelegenheit gehabt hatte, sich zu rasieren.

»Hauptkommissar Peter Nachtigall. Ich habe leider keine gute Nachricht für Sie.«

»Gut, nur raus damit. Wie Sie sehen, bin ich stabil gebaut«, dabei strich er über die Weste, deren Knopfleiste sich deutlich dehnte.

»Es tut mir leid, aber wir haben heute Morgen die Leiche Ihres Sohnes gefunden. Er wurde ermordet.«

Es schien, als halte der Arm einen kurzen Augenblick in seinem Tun inne, dann fand der nächste Stapel Skripte den Weg in die Tasche.

»Ich weiß«, antwortete er dann ohne erkennbare Regung.

Nun war es an Nachtigall, verblüfft zu sein.

»Sehen Sie mich nicht so an! Es ist kein Verbrechen, eine Vorlesung zu halten, selbst wenn der eigene Sohn getötet wurde«, herrschte Professor Hagen ihn an.

Jule.

Wenn es Jule wäre, da war Nachtigall sich sicher, sähe seine Reaktion vollkommen anders aus. Bestimmt könnte er nicht ohne mit der Wimper zu zucken zur Arbeit gehen.

»Meinert wurde ermordet.«

»Ja. Auch das hat man mir bereits zugetragen. Sie haben ihn am unwahrscheinlichsten Ort in der ganzen Stadt gefunden. Meinert schwimmt nicht.«

»Das hat man uns schon erzählt. Es muss also einen anderen Grund dafür gegeben haben, dass er ausgerechnet dorthin gefahren ist. Denkbar ist, dass er sich mit jemandem treffen wollte.«

»Es war nicht Meinerts Art, sich nachts draußen herumzutreiben. Er neigte dazu zu verschlafen, wenn er zu spät ins Bett kam.«

Professor Hagen schloss seine prall gefüllte Tasche und hob sie schwungvoll vom Katheder.

»Haben Sie sonst noch Fragen?« Der Blick, mit dem er Nachtigall streifte, war provozierend.

»Nein. Ihre Frau hat Meinert identifiziert. Sie wünscht sich, dass Sie zu ihr nach Hause kommen.«

Hagen lachte kurz und verächtlich.

»Ja, das kann ich mir vorstellen, dass sie sich das wünscht. Typisch! Nun, nicht alle Wünsche gehen in Erfüllung. Was wird sonst aus meinem Seminar? Daran denkt sie natürlich überhaupt nicht.«

»Wahrscheinlich nicht, das stimmt. Sie denkt daran, dass ihr einziger Sohn entstellt auf einem Edelstahltisch gelegen hat, kalt, blass, leblos, ohne Nase, ohne Augen, ohne Zunge und ohne Ohren«, erwiderte Nachtigall heftig und verließ zornig den Vorlesungssaal.

34

»Was haben wir?«, fragte Nachtigall in einem so aggressiven Ton, dass sich allen mitteilte, seine Laune habe einen neuen Tiefpunkt erreicht.

»Beide Freunde, also Grundmann und Damboe, könne' sich nicht erkläre', was ihr Freund bei der ›Lagune‹ g'wollt haben könnt'. Sie wisse' nichts über einen Gegenstand, den Claudine Meinert zur Aufbewahrung gegeben hätte. Nichts. Zur Tatzeit habe' sie in ihre' Wohnunge' g'sesse' und g'lernt. Kein echtes Alibi, keine Anrufe, kein Nachbar, der um Zucker gebeten hat. Zwei Morde, und wir kommen keinen Schritt weiter.« Michael Wiener war frustriert.

»Wurde Claudines Rucksack gefunden oder ihre Tasche? Das Rohr?«

Michael Wiener nickte eifrig.

»Ja, den Rucksack habe' die Kollegen g'funden. Er war im Schrank, hinter einer Jacke. Die Tasche nicht. Und wir habe' ein blutbeschmiertes Rohrstück gefunde'. Es lag im Park unter einem Gebüsch. Blutanhaftungen sind nachweisbar, keine Fingerspuren. Wahrscheinlich hat der Täter es abgewischt oder hat Handschuhe getragen. Den Rest dürfte der Regen erledigt haben. Noch immer keine Spur von den Augen und so weiter.«

»Das Blut stammt vom Opfer?«

»Das klärt das Labor gerade.«

»Die Obduktion?«, hakte Nachtigall nach.

»Hat ebenfalls keine neuen Erkenntnisse ergebe'. Der Mord ist praktisch genau so durchg'führt worde' wie der erste. Dr. Pankratz hat wieder einen g'spaltene' Schädel und durchtrennte Bänder und Sehnen in den Knien gefunden. Tatwaffe wahrscheinlich die gleiche. Auch das Abtrennen der Zunge … also er meint, es wurd' dasselbe Messer verwendet.«

»Tja – auch die Mutter glaubt nicht, dass ihr Sohn etwas für seine Freundin versteckte. Sie war sicher, Claudine liebte ihren Sohn und würde ihn nicht in Gefahr gebracht haben. Der Vater meinte, sein Sohn sei am unwahrscheinlichsten Ort der Stadt gefunden worden – er mied Schwimmbäder.«

»Ja, das habe' mir die Freunde erzählt«, Wiener konnte sich ein Grinsen nicht verkneifen. »Mykosenphobie.«

»Was?« Albrecht Skorubski sah den Kollegen verständnislos an.

»Angst vor Pilzen. Fußpilz und Nagelpilz.«

»Die Hagens kamen mir überhaupt ein bisschen eigenartig vor.«

»Ja«, bestätigte Nachtigall. »Sind sie wohl auch. Professor Hagen war schon über die Ermordung seines Sohnes informiert. Dennoch hielt er seine Vorlesung, als sei nichts geschehen, und seiner Frau wollte er nicht beistehen. Ein harter Mann.« Seine weitere Beobachtung behielt er nach kurzem Zögern für sich.

»Oh – dann ist er seinem Vater sehr ähnlich.« Albrecht Skorubski verzog ärgerlich das Gesicht, als er an die bitteren Kommentare des alten Mannes dachte.

Peter Nachtigall stand auf und betrachtete die Tatortfotos aus der Nähe.

»In beiden Fällen derselbe Täter«, murmelte er.

»Ja, aber es gibt Unterschiede«, mischte sich Emile Couvier ein und trat neben den Hauptkommissar.

»Ja«, gab Skorubski zynisch zu. »Einmal ist das Opfer weiblich, einmal männlich.«

»Nein. Das meine ich nicht«, antwortete Couvier ungeduldig, »Ich meine die Verstümmelungen. In Claudine Caros Stirn klafft ein Loch, in Meinert Hagens nicht.«

»Ja, stimmt. Deshalb hat er womöglich auch das Rohrstück weggeworfen. Er braucht es nicht mehr, hatte gar nicht vor, es noch einmal zu verwenden.« Er runzelte die Stirn und betrachtete konzentriert die Fotos beider Tatorte. »Da wir davon ausgehen müssen, dass er mit den Amputationen ein Zeichen setzen will, muss es etwas bedeuten – auch die Tatsache, dass er nur in die Stirn des ersten Opfers ein Loch geschlagen hat. Und wenn all das eine Bedeutung hat, wird es weitere Opfer geben«, stellte Nachtigall fest.

»Wie kommst du denn darauf? Claudine wurde getötet – und bei ihrem engsten Freund hat der Täter gefunden, was er gesucht hat. Schluss«, meinte Skorubski entschieden.

»Wir wisse' gar nicht, ob er das Gesuchte gefunde' hat, oder?«, fragte Michael Wiener gedehnt.

»Eben«, bestätigte Nachtigall. »Und wenn die Verstümmelungen einen Sinn haben, dann muss es auch jemanden geben, an den sich die Botschaft wendet. Sonst hätte der Täter darauf verzichten können.«

»Es sei denn, er hätte die Amputationen nur aus rein persönlichen Gründen vorgenommen. Wenn aber nicht, dann bedeuten sie, der Täter glaubt, es gäbe noch andere, die etwas für Claudine versteckt haben könnten«, fügte Couvier hinzu. »Und die will er einschüchtern. Es geht darum zu verhindern, dass sich jemand bei der Polizei meldet und Licht in die Angelegenheit bringt.«

»Andere? Ihr glaubt tatsächlich, es wird noch weitere Opfer geben?« Albrecht Skorubski hob abwehrend beide Hände hoch. »Nein! Bloß nicht!«

»Doch, das befürchte ich. Soll dieses Abtrennen eine Warnung sein, muss es auch jemanden geben, der sie versteht.«

»Hmhm. So ganz leuchtet mir das noch nicht ein. Wenn wir annehmen, er habe in Meinert Hagens Wohnung nicht g'funde', wonach er g'sucht hat«, ergänzte Michael Wiener nachdenklich, »wird er es bei einer anderen Person versuchen. Nur – wenn er ohnehin alle tötet, gibt es doch für den Zeugen keinen Grund, die Informationen für sich zu behalten. Er könnte sich bei uns melde'.«

»Wenn derjenige, der gewarnt werden soll, allerdings glaubt, die anderen mussten sterben, weil sie etwas verraten haben, dann nicht. Noch wissen wir nicht, warum er die Opfer tatsächlich verstümmelte. Wir können nur Mutmaßungen anstellen.«

»Alle aus dem engeren Umfeld Claudines könnten in den Fokus des Täters geraten«, bekräftigte Couvier. »Er hat nur mit dem Menschen begonnen, der am wahrscheinlichsten alles über und von Claudine wusste.«

»Aber da kommen doch unter Umständen zig Leute in Betracht.«

»Nein Albrecht, das glaube ich nicht. So viele werden es nicht sein. Die Freunde, die Tante.«

»Es wäre hilfreich, wenn wir wenigstens wüssten, wonach er sucht.«

Nachtigall drehte sich wieder zur Pinnwand um.

Nach langem Schweigen hörten sie ihn murmeln: »Es ist wie bei diesen drei Affen. Nichts sehen, nichts hören, nichts sagen. Der Täter glaubt, Claudine habe ein Geheimnis entdeckt und weitererzählt.«

»Aber was sucht er dann in den Wohnungen?«

»Aufzeichnungen. Wir gehen doch davon aus, dass sie etwas entdeckte, was nicht für Außenstehende gedacht war. Der Täter ist möglicherweise fest davon überzeugt, sie habe diese Informationen irgendwo aufgeschrieben, zum Beispiel für den Fall, dass ihr etwas passiert«, erklärte Nachtigall. »Oder ein Foto. Vielleicht hat sie irgendetwas Illegales aufgenommen. Einen Drogendeal.«

Doch die Kollegen waren nicht überzeugt.

»Dann geht er aber sehr ung'schickt vor«, warf Michael Wiener ein. »Er schlägt zu und tötet. Danach durchsucht er die Wohnung. Sein Opfer ist zu diesem Zeitpunkt schon tot – er kann von ihm nichts mehr erfahren. Warum sollt' er so dumm sein? Ich würd' zuerst frage'.«

»Ja, eben. Mit ein bisschen Folter hätte er womöglich mehr erreicht.«

»Ganz so stimmt es ja auch nicht. Im Obduktionsbericht steht, die Amputationen im Fall Caro seien etwa eine halbe Stunde nach Eintritt des Todes vorgenommen worden. Der Täter hat vielleicht die Zeit genutzt und ihre Bekleidung und die Handtasche nach dem Gegenstand durchsucht. Als er das Gesuchte dann nicht fand …« Nachtigall deutete eine Explosion an.

»Aber so macht die Theorie, die Verstümmelungen seien als Warnung gedacht, keinen Sinn. Er verstümmelte Meinert Hagen erst und fuhr dann in seine Wohnung«, meinte Skorubski ratlos.

»Vielleicht ist es doch kein Profi. Er mordet, weil er irgendwie in dieses Geheimnis verstrickt ist, kann aber Leid nicht ertragen. Dafür spricht auch, dass er die Opfer mit einem Hieb tötet«, meinte Couvier und knetete sein Kinn. »Oder er hat Angst, dem Opfer physisch nicht gewachsen zu sein – panische Menschen können ungeahnte Kräfte entwickeln. Um quälen zu können, müsste er seine Opfer außerdem verschleppen, irgendwo verbergen, sie ernähren. Die Angelegenheit würde sich immens verkomplizieren. Vielleicht wohnt er zur Untermiete oder bei seinen Eltern.«

»Er will mit den Amputationen eine Nachricht übermitteln, sie sind demnach sorgfältig geplant, auch das Loch in der Stirn des ersten Opfers – warum fehlt es beim zweiten? Könnten wir diesen Punkt klären, würde sicher auch anderes deutlicher«, murmelte Nachtigall und wandte sich unvermittelt an den jungen Kollegen. »Warst du eigentlich schon bei diesem Fast-Food-Restaurant?«

Michael Wiener nickte. »Ja. Doch die Kollegin, mit der sich das Opfer gut verstand, war in der Pause. Und danach war keine Zeit mehr.«

»Gleich morgen früh, Michael. Frag auch nach eigenartigen Kunden. Vielleicht ist jemand aufgefallen.«

»Schluss für heute? Ich habe meiner Freundin Marnie versprochen, mit ihr noch in die Stadt zu fahren.«

»Nein, noch nicht. Wir rufen alle Freunde an, von denen wir wissen. Wenn sich jemand sehr bedroht fühlt, schicken wir eine Streife regelmäßig vorbei.«

»Der Täter kann doch eigentlich nur über Claudines Umfeld Bescheid wissen, wenn er dazugehört, oder?«, fragte Skorubski. »Also ich meine, man läuft ja nicht durch die Stadt und erzählt jedem, den man trifft, mit wem man befreundet ist, wie eng oder oberflächlich und wo derjenige wohnt.«

In die entstandene Stille fielen die Worte Wieners wie ein Knall.

»Das würde bedeuten, einer der Studenten der BTU ist der Täter. Am ehesten einer aus ihrem Studiengang.«

Nachtigall nickte.

»Und die Frage ist nicht, ob es ein weiteres Opfer geben wird, sondern wer es sein wird.«

35

Unterwegs

Die Frauen schwitzten.

In dem winzigen Raum des Frachters war es unerträglich heiß und eng. Das Stampfen der Maschinen verursachte vielen von ihnen Kopfschmerzen, der Mangel an frischer Luft verstärkte Schwindel und Panik. Einigen wurde übel. Beängstigend nah waren die rauen Männerstimmen, schwere Schritte über ihren Köpfen gaukelten ihnen vor, sie könnten die Anzahl der Seeleute abschätzen. Einer, das war deutlich herauszuhören, trug eine Prothese.

Angespannt kauerten sie nebeneinander, mit flackerndem Blick und der Gewissheit völliger Wehrlosigkeit.

In diesem Verlies gab es keine Toiletten, keine Möglichkeit, sich zu waschen und sei es nur flüchtig. Auch hatte niemand daran gedacht, ihnen etwas zu trinken oder eine Kleinigkeit zu essen bereitzustellen. Als die Tür kurz nach dem Ablegen aufgerissen wurde und ein wenig trübes Licht zu ihnen hineinfiel, wussten sie daher erst nicht, ob sie sich freuen oder fürchten sollten. Erst als sehnige, schwielige Hände nach der Frau griffen, die der Tür am nächsten hockte, sie brutal aus dem Verschlag zerrten und ihr ins Gesicht schlugen, war klar, dass es jedes Mal eine Katastrophe sein würde, wenn sich diese Tür öffnete.

Die zitternden Frauen hörten wimmernd mit an, wie eine von ihnen gnadenlos vergewaltigt wurde. Einige weinten, andere hielten sich die Ohren zu, schlugen verzweifelt mit den Fäusten gegen Planken, trampelten ihren Protest auf die Bodenbretter.

Doch zu diesem Zeitpunkt war jeder von ihnen bewusst, dass keine diesem Schicksal entgehen würde. Auch diejenigen, die sich bis zu diesem Zeitpunkt fest an ihren Traum vom selbstbestimmten Leben geklammert hatten, sahen nun ein, dass er ausgeträumt war.

Diese erste einer nicht enden wollenden Serie von Vergewaltigungen, Schlägen und jeder sonst vorstellbaren Misshandlung beraubte alle jeglicher Illusionen und machte mehr als jede Erklärung deutlich, was mit ihnen geschehen würde.

Die Seeleute sahen diese Art des Vergnügens als Teil der Passage für ihre Fracht.

Je mehr sich die Frauen sträubten, desto größere Freude bereiteten sie dem Vergewaltiger.

Die stolzesten unter ihnen gerieten zur bevorzugten Beute.

Es dauerte nicht einmal 24 Stunden, bis die erste mit gebrochenem Arm und Schwellungen am Jochbein in die Finsternis zurückgestoßen wurde. Und nur wenige Stunden später kehrte eine von ihnen gar nicht mehr zurück.

Wasser und Nahrung waren spärlich. Den Widerstand der Opfer zehrte die körperliche Schwäche auf.

Eine starb mitten unter ihnen.

Sie bemerkten es erst, als ihr Körper steif wurde, fragten sich, ob sie inzwischen kaum noch Menschliches an sich hatten, da ihnen nicht einmal mehr der Tod einer Leidensgenossin zu Herzen ging.

Es dauerte nur wenige Tage, und sie erkannten schon am Schritt, welcher Peiniger zu ihnen kam. Bei denen, die besonders brutal waren, begann schon beim ersten Klang ihres sich nähernden Tritts ein wüstes Gerangel hinter der Gefängnistür um die hintersten Plätze. Die Frauen hatten bemerkt, dass sich die meisten Seeleute nicht weit in den Raum hineinwagten und mit Vorliebe in Armlänge nach ihnen griffen. Einige allerdings suchten auch nach einer bestimmten Frau.

Die musste dann aus der Tiefe des Verlieses zu ihnen kommen. Die anderen stießen und schubsten die Ausgesuchte nach vorne, damit sie nicht womöglich statt ihrer gepackt werden konnten. Ein entwürdigendes Verhalten, darüber war sich jede im Klaren.

Im Laufe der Zeit jedoch fanden die Seemänner offenbar immer weniger Spaß an ihrer lebendigen Heuer. Sie kamen seltener.

Dennoch: Alle Frauen hatten ihre Seele verloren – fünf die Flucht mit dem Leben bezahlt.

36

Papa Desmond hatte Wort gehalten.

Im Schutze der Dunkelheit ließ sie ihn ins Haus.

Sie seufzte, als sie daran dachte, welche Schwierigkeiten es bereitet hatte, ihren Mann davon zu überzeugen, dass er ruhig allein zur Geburtstagsfeier seines Freundes gehen konnte, auch wenn sie mit Migräne zu Hause bleiben musste. Aber endlich hatte er eingesehen, ihr ohnehin nicht helfen zu können, und war gefahren. Viel Zeit würde ihnen wohl dennoch nicht bleiben. Er war kein geselliger Mensch, und ohne seine Frau als Begleitung fühlte er sich auf Partys nicht wohl.

Unbemerkt von den Nachbarn schlüpfte der Priester ins Haus, und Madeleine Treschker schloss leise die Tür hinter ihm.

»Nun, die Reise von Erfurt nach Cottbus war recht beschwerlich. Dennoch will ich sofort beginnen.«

Lächelnd reichte Madeleine ihm eine Flasche Rum und ein Glas.

»Oh – wie nett von dir. Ich werde mal schauen, wo sie sich versteckt haben.« Damit drehte er knackend den Verschluss der Flasche auf und nahm einen großzügigen Schluck, stellte seinen Rucksack ab und kramte darin.

»Ich nehme an, du wirst nicht wollen, dass ich Fackeln einsetze?«

»Das ist zu gefährlich, Papa Desmond. Hier ist es nicht wie zu Hause. Was, wenn es brennt?«

»Jaja, das habe ich mir schon gedacht«, unterbrach er sie unfreundlich und zerrte eine leistungsstarke Taschenlampe hervor. »Dann muss es eben damit gehen.«

Gebückt huschte der Priester durch alle Räume.

Kurze Zeit später war er zurück im Flur.

Der Rumvorrat war zur Hälfte aufgebraucht, und Frau Treschker fragte sich besorgt, wo er ihn wohl versprengt haben könnte. Hoffentlich nicht über den beigefarbenen Teppich im Schlafzimmer, überlegte sie, da bekäme sie die Flecken wohl nie wieder raus. Ganz abgesehen davon, dass ihr Mann bei dem Gestank nach Rum im Schlafzimmer zu den wildesten Schlussfolgerungen gelangen würde.

»So, nun stellen wir die Falle hier in den Flur!«, kommandierte Papa Desmond, und sie beeilte sich, seinem Wunsch nachzukommen.

»Hier sind erst einmal die Lederbeutel. Ich hatte sie ja schon vorbereitet, und so können wir sie gleich an den entsprechenden Orten ablegen. Einer in den Süden ...«, murmelte der Priester und verschwand, um die schützenden Quaggas zu verteilen. Wenige Augenblicke später kehrte er zurück.

»So. Am besten, du gehst aus dem Weg!«, nuschelte er.

Aus dem Rucksack entnahm er eine Handtrommel.

Madeleine Treschker drückte sich an die Wand des Flures, in dessen Mitte nun der Käfig aus Latten stand.

Papa Desmond begann, sein Gesicht mit weißen Streifen und Spiralen zu bemalen, bis es so verändert war, dass nicht einmal seine Kinder ihn auf der Straße erkannt hätten. Als er mit seinem Aussehen zufrieden war, griff er nach dem Instrument und der Taschenlampe.

»Eigentlich müssten das mehrere Leute machen, aber ich werde es auch allein schaffen. Durch die Quaggas können sie ja nicht mehr fliehen. Ich treibe sie rein, und wenn ich rufe, dann schiebst du die Falle vorne zu!«

Madeleine Treschker nickte nervös.

Papa Desmond kippte den Rest des Rums auf das Polster der Falle und lief los.

Er rannte ins Schlafzimmer, schlug gegen die Membran, schrie wild und gestikulierte mit der Taschenlampe, dass der Lichtkegel nur so hüpfte. Sein Gesicht war verzerrt, und seine Augen flackerten irr.

So verfuhr er in jedem Raum.

Und jedes Mal trieb er, was er aufscheuchte, in den Flur.

Dann rief er: »Jetzt!« Und Madeleine schloss den Käfig.

Zufrieden umkreiste der Priester dann die Falle, leuchtete mit dem grellen Licht hinein und kicherte.

»Na, da haben wir euch! Klappt doch immer wieder.«

Rasch wusch Papa Desmond sein Gesicht und griff nach Rucksack und Käfig.

»Bis zum nächsten Treffen. Mein Taxi wartet um die Ecke. Wenn ich mich beeile, kriege ich den letzten Zug zurück. Wiedersehen.«

Überstürzt verließ er das Haus und eilte die Straße entlang.

Madeleine Treschker schloss schwer atmend die Tür und

hoffte, dass keiner ihrer Nachbarn den seltsamen Besucher und sein befremdliches Treiben bemerkt und womöglich die Polizei gerufen hatte.

37

Peter Nachtigall war mit Conny beim Sport verabredet.

Er traf sie im Trainingsraum, wo sie schon mit der Erwärmung begonnen hatte.

Bei seinem Eintreten sah er sie strahlen und fühlte, wie es ihm leichter ums Herz wurde.

»Na, mein Superbulle. Du kommst spät«, flüsterte sie ihm ins Ohr, als er sie zur Begrüßung küsste.

»Stimmt. Aber ich schwöre, ich bin unschuldig. Es liegt immer an den Tätern«, gab er ebenso leise zurück.

»Prima Ausrede«, sie lachte wohlig.

»Lass uns nicht alle Kraft hier verpowern! Wir sollten noch ein bisschen für zu Hause aufheben.« Er zwinkerte ihr zu und schob sich hinter die Handkurbel neben ihrem Fahrrad.

Während er die Angaben auf dem Display im Auge behielt, dachte er an die Familie Hagen. Er betrog seine Frau mit einer Studentin – und vielleicht nicht nur mit einer und nicht zum ersten Mal –, sie saß derweil bei seinem dementen Vater und ertrug dessen Anfeindungen. Was hielt diese Menschen zusammen?

Falls es der Gedanke an ihren Sohn Meinert war, so brach

das filigrane Gefüge nun in sich zusammen. Bestimmt könnte Professor Hagen die Pflege seines Vaters nicht selbst in die Hand nehmen, und eine seiner Studentinnen würde sich wohl kaum all das boshafte Gerede so geduldig gefallen lassen. Wahrscheinlich käme der Vater in ein Pflegeheim.

Er seufzte und ertappte sich bei dem Gedanken, dass es für Frau Hagen wünschenswert sein könnte, den Absprung zu schaffen.

»Woran denkst du?«, fragte Conny.

»An die Menschen, die in diesen Fall verwickelt sind«, blieb er allgemein. Er würde ihr später mehr darüber erzählen. »Hast du eigentlich auch von dieser Studie gehört, die belegt, dass Menschen mit großem Bauchumfang ein dreifach erhöhtes Risiko haben, im Alter dement zu werden?«

»Ja. Erschreckend, nicht? Wenn du bedenkst, dass es immer mehr dicke Kinder gibt, sieht die zukünftige Entwicklung dieser Gesellschaft nicht allzu rosig aus.«

»Wirst du dich um mich kümmern, wenn ich auch davon betroffen sein sollte?«

Conny betrachtete ihn kritisch. »Du wirst nicht betroffen sein.«

»Aber wenn?«

»Nein«, entschied sie. »Wenn du dement bist, ist es dir sowieso egal, wer dich pflegt.« Damit ging sie in Richtung Seilzüge davon.

Wie vom Donner gerührt, sah er ihr nach.

Doch dann erkannte er an ihren bebenden Schultern, dass sie schallend lachte.

Sie brauchte sich nicht umzudrehen, um zu wissen, was für ein schockiertes Gesicht er machte.

»Biest!«, zischte er ihr liebevoll nach und legte mit den Handkurbeln den Rückwärtsgang ein.

»Also hattest du doch nicht alle Kraft im Studio aufgebraucht«, murmelte Conny später, als sie sich fest an ihn kuschelte und die Bettdecke bis zum Kinn zog.

»Nein – Männer können ihre Kräfte einteilen. Sie haben den nötigen Überblick.«

»Oh!«

»Ja!«, bekräftigte er. »Das ist wie beim Geld. Während sie immer noch ein Paar Schuhe kauft, spart er lieber fürs Haus.«

»Uhhh! Ein Mann aus einem weit zurückliegenden Jahrhundert. Schön, Sie kennenzulernen. So etwas habe ich ja schon lange nicht mehr gehört«, lachte Conny.

»Siehst du – es gelingt mir doch immer wieder, dich zu überraschen. Warte nur, bis wir verheiratet sind«, drohte er amüsiert brummend.

»Apropos Heirat. Nein, nein – ich will keinen Rückzieher machen«, beruhigte sie ihn sofort, als sie merkte, wie sein Körper sich verkrampfte. »Es geht auch nicht um unsere, sondern um Jules. Birgit wird sicher kommen.«

»Nein. Wird sie nicht. Jule hat sie eingeladen, stimmt. Aber Birgit wird wissen, dass sie das nur aus Höflichkeit getan hat.«

»Peter, Jule wird ihr doch auch von ihrer Schwangerschaft erzählt haben. Schließlich wird Birgit Oma.«

»Aber erst in ein paar Monaten. Nicht jetzt.«

»Ich wollte nur, dass es dich nicht unvorbereitet trifft. Mach dich einfach mit der Vorstellung vertraut, sie könnte dir über den Weg laufen.«

»Nun, das würde mir die Freude an Jules Hochzeit gründlich vermiesen. Ich geb's zu.«

»Aber du würdest nicht so weit gehen und deine Teilnahme davon abhängig machen?«

Er streichelte ihren Rücken.

»Nein. Es sind schließlich noch mehr Leute da, die ich nicht unbedingt von Herzen liebe. Emile zum Beispiel«

Conny kicherte.

»Peter Nachtigall! Du bist so furchtbar albern! Akzeptiere doch endlich, dass deine Tochter ihn liebt! Wie kann man sich nur so anstellen?«

»Ich war gestern mit ihm ein Bier trinken. Eigentlich einen Wein. Und ich habe ihn ausgehorcht. Habe all die Fragen gestellt, die ich ihm schon immer stellen wollte.«

»Und?«

»Nun kenne ich die Antworten«, murmelte Nachtigall knapp.

Conny knuffte ihn schmerzhaft in die Seite.

»Ja, ja, schon gut! Körperliche Gewalt schon vor der Ehe«, protestierte er. »Gut – er ist nett. So! Zufrieden?«

»Nein!«

»Er studierte Psychologie mit dem Ziel, Profiler bei der Polizei zu werden, und hat alle Abschlüsse so beeindruckend gut gemacht, dass er dieses Ziel in unglaublich kurzer Zeit erreichen konnte. Seine Triebfeder war ein persönliches Erlebnis.«

»Nun, das wusste ich alles schon. Hat er nichts Neues erzählt? Was für ein persönliches Erlebnis zum Beispiel?«

»Ich weiß nicht, ob ich das weitererzählen darf.«

»Peter!«

»Seine Mutter wurde Opfer eines Sexualstraftäters – eines Serienvergewaltigers. Der Mann war schon seit Monaten in der Gegend aktiv, aber konnte immer wieder entwischen. Die Polizei hatte nicht die geringste Vorstellung von ihm. Später, als man ihn fasste, passten viele zuvor unerklärbare Details der Tathandlung zu seiner Persönlichkeitsstruktur – man hatte das nur nicht erkannt.«

»Wie furchtbar. Wie lang ist das her?«

»Sehr lange. Er war damals noch ein Kind.«

»Er ist ein netter junger Mann – und er liebt Jule wirklich sehr«, Connys Zunge war schon schwer, sie gähnte.

»Ja. Davon bin ich überzeugt. Du liebe Güte! Wenn er
wenigstens einmal nicht ganz perfekt wäre. Einmal ein Kaffeefleck auf dem Hemd oder ein Anflug von Bartstoppeln
zu sehen wäre. Nie!«

»Du bist nur neidisch«, murmelte sie schlaftrunken.

»Conny? Ich habe eine tolle Idee.«

»Hm?«

»Wir heiraten vor den Kindern.«

»Warum? Wir können uns doch Zeit lassen.«

»Nein! Es fühlt sich einfach besser an, verheiratet zu sein.«

38

Heide Fischer strich ihre schwarze Bluse auf dem Bügelbrett
glatt und schaltete den Fernseher ein.

Die schwarzen Jeans lagen schon über der Stuhllehne, die
Schuhe glänzten poliert, der Mantel hing frisch gebürstet am
Schlafzimmerschrank.

Claudine würde man wohl nicht in Deutschland beiset-
zen, überlegte sie, während sie mit dem fauchenden Bügeleisen über die Knopfleiste fuhr. Bestimmt hatte die Familie
die Absicht, sie zu Hause neben ihren Verwandten zu beerdigen, sonst konnten sie nur selten am Grab stehen und mit
Claudine Zwiesprache halten. Heide schniefte. Falls es ihr je
gelang, das Geld für eine so weite Reise zusammenzusparen,

konnte sie ja irgendwann einmal hinfahren und ihre Freundin dort besuchen.

Claudine hatte ihr von dem strengen Ahnenkult erzählt, der den Anhängern des Voodoo auferlegt war. So mussten die Familienangehörigen ihre Toten regelmäßig aufsuchen und beschenken. Wie sollte die Familie von Claudine das bewerkstelligen, wenn ihr Grab im Ausland läge?

Ordentlich zog sie den Blusenärmel glatt und bügelte darüber.

Claudine allerdings hätte eine Heimkehr sicher nicht gewünscht. Nun konnte sie sich nicht mehr wehren. Ein Testament gab es bestimmt auch nicht. Wer dachte denn in dem Alter schon an den Tod?

Heide versuchte sich zu erinnern, was Claudine über Beisetzungsrituale im Voodoo erzählt hatte. Existierten da überhaupt welche? Es fiel ihr nicht mehr ein.

Meist sprachen sie über Claudines Zukunft – manchmal auch über Heides vergebliche Bemühungen um Männerkontakte. Ein Lächeln hellte ihre traurige Miene auf. Ja, Claudine hätte jeden haben können, wäre sie nur etwas zugänglicher gewesen. Aber sie wollte eben nicht. Suchte sich ausgerechnet diesen Langweiler Meinert aus.

Heide presst die Lippen zu einem dünnen Strich zusammen, und ihr Blick wurde hart.

Meinert Hagen!

Immer wieder hatte sie versucht, ihrer Freundin die Augen zu öffnen. Ein Streber, blass, ohne Charisma. Der würde auch in 30 Jahren noch besessen arbeiten, sähe ungesund aus und hätte noch immer die Ausstrahlung eines im Winterteich erfrorenen Goldfischs. Und Claudine würde viel zu spät bemerken, wie Sonne und Farbe auch aus ihrer Welt verschwanden, wenn sie selbst genauso unauffällig geworden war.

Mit einem zornigen Ruck riss sie den Stecker aus der Dose und stellte das Bügeleisen zum Abkühlen aufs Fensterbrett.

Ihr eigenes Leben, wurde Heide schmerzlich bewusst, verlor durch den Verlust der Freundin ebenfalls an Farbe. Claudine konnte so amüsant sein, so spritzig, originell und lebhaft.

Einfach unvergleichlich.

Tränen liefen heiß über ihre Wangen.

Sie wischte sie mit dem Handrücken weg und nestelte an der Hosentasche, um ein schon feuchtes Taschentuch für die laufende Nase herauszuziehen.

Für morgen würde sie mehrere Päckchen einstecken.

Dann beschloss sie, die Hose zu probieren und zu überprüfen, wie ihr die Zusammenstellung stehen würde. Claudine sollte zufrieden mit ihrer Wahl sein.

Rasch schlüpfte sie in die Jeans, legte sich auf die Couch und stemmte das Becken hoch. Ächzend schloss sie den Reißverschluss.

Als sie sich vor dem Spiegel in Positur stellte, konnte sie es kaum fassen: Selbst diese Hose saß schon wieder so eng, dass sich oberhalb des Bundes ein ansehnliches Fettwürstchen aufgeschoben hatte. Unzufrieden grunzend, dachte sie an die Pommes, die sie gestern gegessen hatte. Mit Mayo! Auch kleine Sünden ruinierten auf Dauer die Figur. Sie seufzte tief.

Dann zog sie rasch die Bluse über.

Zufrieden drehte sie sich um die eigene Achse, kontrollierte Vorder- und Rückansicht. Von den hässlichen Röllchen war nichts mehr zu sehen.

Und vielleicht käme sie ja morgen mit diesem hübschen schwarzen Studenten ins Gespräch, mit dem Claudine sie immer verkuppeln wollte.

»Hilf mir halt ein bisschen!«, bat sie flüsternd. »Ich bin nicht wie du.«

Ein kurzer Blick auf die Uhr ließ sie zusammenfahren.

Schon so spät!

Wenn sie sich jetzt nicht sputete, kam sie noch zu spät zu ihrer Schicht.

Sie hängte Jeans und Bluse auf einen Bügel und schlüpfte in bequeme, fahrradtaugliche Kleidung. Im Vorbeigehen schaltete sie gleichgültig den Fernseher aus. Hätte sie auf den Bildschirm gesehen, wäre ihr womöglich aufgefallen, dass Meinert Hagens Foto hinter dem Nachrichtensprecher eingeblendet worden war.

39

»Gute' Morge'!« Michael Wiener saß schon gut gelaunt hinter seinem Computer.

»Guten Morgen. Habt ihr heute schon Zeitung gelesen?«, fragte Peter Nachtigall die Kollegen.

»Nein, heute nicht. Haben wir wieder eine schlechte Presse?«, wollte Skorubski wissen.

»Heute findet eine Trauerfeier für Claudine Caro statt. Natürlich werden wir hinfahren. Ich könnte wetten, wir treffen dort auch unseren Täter. Denn wenn er bisher nicht genau gewusst hat, wer zum Freundeskreis von Claudine gehörte, ist es ihm spätestens nach dieser Trauerfeier klar.«

»Michael, hast du diese Freundin Heide inzwischen ausfindig machen können?«

»Nein, ich weiß nur, dass sie bei ›Burger King‹ arbeitet. Aber immer, wenn ich g'komme' bin, war sie nicht da. Offensichtlich leidet das Personal unter der Grippewelle, und so springt sie zwischendurch mal hier, mal dort ein und ist unregelmäßig anz'treffe'.«

»Du hast dir doch sicher die Adresse geben lassen?«

»Ja. Auch die Telefonnummer. Aber bisher konnte ich sie nicht erreichen.«

»Und Namen sowie Adressen von seltsamen Kunden? Hast du auch danach gefragt?«

»Ja. Ich hab die Adresse' von drei Kunde', die auffällig g'wese sin'. Ich find's komisch, dass das Personal sogar von den Kunde' solche Daten hat. Woher wisse' die denn, wie ich heiß', wenn ich dort einen Burger kauf'?«

»Frag sie doch mal – mich würde das auch interessieren.« Nachtigall lachte leise. »Wir teilen uns auf. Albrecht und ich besuchen Heide – wie war der Nachname?«

»Fischer!«

»Also Heide Fischer und einen der seltsamen Kunden. Du die anderen beiden. Dann kommen wir hier zusammen und werten aus, bevor wir zu dieser Trauerfeier fahren.«

»Gut. Ich informiere Emile, damit er zur Besprechung hier ist oder uns zu der Trauerfeier begleitet«, erbot sich Michael Wiener, während er die Adressen auf einen Zettel schrieb, den er in der Mitte durchriss. Nachtigall reichte er die eine Hälfte, die andere schob er in seine Gesäßtasche.

»Na, dann.«

»Wohin fahren wir zuerst?« Albrecht Skorubski sah sich die Adressen an.

»Der junge Mann wohnt an einer Ecke zur Straße der Jugend. Wir fragen erst bei ›Burger King‹ nach Heide Fischer«, entschied Nachtigall. »Wenn sie nicht dort ist, fahren wir erst zu – wie heißt der Mann? – Leisebub? Siegfried-Uwe Leisebub?«

»Der hat sicher als Kind viel Spott einstecken müssen. Man kann sich seinen Namen eben nicht aussuchen«, antwortete Skorubski mitfühlend.

Zügig erreichten sie die Franz-Mehring-Straße und bogen in die Stadtmitte ab.

»Ich halte in der Burgstraße und lege einen Zettel hinter die Scheibe, für die Damen vom Ordnungsamt.«

»Und was schreibst du da drauf? Bitte keine Knöllchen für Kollegen?«

»Nein!«, Skorubski zwinkerte dem Freund zu. »›Polizeieinsatz‹.«

Heide Fischer, erklärte ihnen der Leiter der Filiale, dessen Namensschild ihn als Johannes Pauk identifizierte, sei nicht hier, käme heute auch nicht, da sie für diesen Tag freigenommen habe. »Wegen einer Trauerfeier«, empörte sich der gestresste Mann. »Wo doch hier jede Hand gebraucht wird.«

Aufgrund der Erkältungswelle seien so viele Kollegen ausgefallen, er wisse ohnehin nicht, wo ihm der Kopf stünde, lamentierte er weiter, und dann kämen die gesunden Mitarbeiter nicht, weil sie private Termine wahrnehmen wollten, und die anderen würden ermordet. Unhaltbare Zustände. Er habe gleich gesagt, man solle sich impfen lassen, aber darauf wollten die Kollegen nicht hören. Doch bei dem häufigen Kundenkontakt. Da musste man ja krank werden.

Schnell verließen sie das Fast-Food-Restaurant und überließen den Filialleiter seinen Organisationsaufgaben.

»Du liebe Zeit! So ein Gejammer!«, stöhnte Skorubski, als er die Autotür zuzog.

»Aber Zeit für sich und die Pflege seines Körpers bleibt noch – trotz des Stresses. Hast du bemerkt, dass er lackierte Fingernägel hatte?«, fragte Nachtigall amüsiert.

»Nein! Rot?«

»Quatsch – farblos. Aber eindeutig lackiert.«

Das orangefarbene Haus in der Joliot-Curie-Straße machte einen unfreundlichen und seelenlosen Eindruck.

Das Klingelschild war bis auf zwei Namen leer. Offensichtlich waren all die anderen Wohnungen nicht bezogen.

»Warum ist denn hier so ein Leerstand? Wurde der Komplex nicht gerade erst renoviert?«, wunderte sich Nachtigall, als er an dem Gebäude hochsah.

»Ja, vor zwei oder drei Jahren. Aber dieses Haus stand von Anfang an teilweise leer. Vielleicht wurde nicht auf einen wirkungsvollen Lärmschutz geachtet – immerhin fährt direkt die Straßenbahn dran vorbei.«

Siegfried-Uwe Leisebub stand in der geöffneten Tür seiner Wohnung und erwartete die Besucher mit argwöhnischem Blick.

»Kriminalpolizei Cottbus. Mein Name ist Nachtigall, dies ist mein Kollege Skorubski.« Sie zeigten ihre Ausweise vor, und der magere junge Mann kontrollierte sie sorgfältig.

»Das wird aber auch Zeit!«, antwortete er dann zur Verblüffung der beiden Beamten und zerrte sie am Ärmel in den Flur.

Nachtigall signalisierte seinem Freund abzuwarten.

»Wissen Sie, wie lange ich schon auf Sie warte?« Ächzend schob Leisebub eine Kommode vor die Tür. Raus kommen wir nun nicht mehr, dachte Nachtigall, und war gespannt darauf zu erfahren, warum der junge Mann auf die Polizei gewartet hatte.

»Schon vor Wochen habe ich angerufen. Aber die Streife war nicht bereit, mir richtig zuzuhören. Die haben nur einmal kurz in den Keller geguckt und sind wieder verschwunden. Aber sie wurden selbstverständlich beobachtet – und deshalb konnten sie auch nichts finden.«

Hastig schob er seine Besucher in die Küche und schloss die Tür hinter ihnen.

»Die sind nämlich schlau, wissen Sie?«

Nachtigall und Skorubski wurden genötigt, am Tisch Platz zu nehmen.

»Aber ich wohne im obersten Stock. Das ist günstig. Mit diesem Fernrohr entdecke ich sie schon lange bevor sie hier sind. Dann schalte ich den Mechanismus ein. Nur wenn ich nicht zu Hause bin, dann kann ich nichts unternehmen.«

»Wer kommt denn?«

»Es sind Verwandelte. Sie können beinahe jede Struktur annehmen – deshalb ist es so schwer, sich vor ihnen zu schützen. Wenn ich die Tür abschließe und die Kommode davorschiebe kann ich nicht verhindern, dass sie unter der Tür hindurchwehen oder hereinfließen.«

»Ja, das ist sicher ein Problem. Man erkennt sie dann ja kaum«, bestätigte Nachtigall verständnisvoll.

»Genau! Aber mich können sie nicht so leicht täuschen. Deshalb versuchen sie, mich zu vernichten. Damit ich die Menschheit nicht warnen kann«, berichtete der junge Mann mit brennenden Augen und lebhaft gestikulierend.

»Und woran erkennen Sie die?«

»Sie sind schwarz.« Triumphierend hob er den Kopf.

»Von außen? Ihre Haut ist schwarz?« Nachtigall beugte sich vor.

»Ja. Ich weiß natürlich, dass es auch Menschen gibt, deren Haut schwarz ist – aber bei denen ist es anders. Sie glitzern. Wie mit Goldstaub gepudert. Ich finde es immer heraus, wenn sie da waren. Sie hinterlassen eine Staubschicht in der Wohnung. Wenn man es wegwischt, ist es grauschwarz. Aber mich können die nicht täuschen. Oh nein! Möchten Sie vielleicht einen Kaffee? Oder einen Saft? Ich gehe nämlich in zwei Stunden zur Arbeit, da brauche ich noch ein bisschen Kaffee vorher.«

Nachtigall nickte. »Kaffee wäre prima, danke.«

Albrecht Skorubski führte seine Magenprobleme an und lehnte dankend ab.

»Wo arbeiten Sie denn?«

»Ich bin Gebäudereiniger. Heute ist Grundreinigung bestellt. In einem Café. Da putzen wir von den Fenstern über die Böden und Tische wirklich alles. Selbst die Wände! Aber die Kunden möchten natürlich nicht in einem verdreckten Café sitzen, ist ja klar.« Er bereitete die Kaffeemaschine vor und füllte Wasser ein.

»Und wenn Sie unterwegs sind – treffen Sie die dann auch manchmal?«

»Ja – die sind ja geschickt. Manchmal bedienen sie dich sogar an einer Theke, und du merkst es nicht.«

»Wo ist Ihnen denn das schon mal passiert?«

»Oft. Überall! Aber ich warte dann immer, bis das Licht so tangential in die Gesichter fällt. Dann kann ich den goldenen Schimmer entdecken und weiß, dass ich mich vorsehen muss. Bei ›Burger King‹ ist auch eine, bei der kann man sich nicht sicher sein.«

Peter Nachtigall behielt seine freundlich interessierte Miene bei. Der Zeuge sollte die plötzliche Anspannung nicht bemerken.

»Haben Sie auch schon mal einen zur Strecke gebracht?«

»Nein! Das ist zu gefährlich. Aber ich kann sie vertreiben. Die haben Angst vor glänzendem Metall. Eine scharfe Klinge gefällt ihnen auch nicht. Wenn ich ihnen mein Schwert zeige, hauen sie ab.«

»Sie haben ein Schwert? Eine gute Waffe.«

»Ja. Es hat mir schon manches Mal das Leben gerettet.

Wenn ich die Tür öffne, nehme ich es meist mit. Und wenn dann einer von denen im Flur steht, bin ich vorbereitet. Wenn ich nicht hier bin, können die auch nicht rein. Ich ziehe im Rausgehen einen Vorhang aus Alufolie vor – das hält sie meist ab. Am schlimmsten ist es, wenn ich am Abend vor dem Fernseher sitze. Da bemerke ich die Invasion nicht gleich. Aber seit ein paar Wochen stopfe ich Alufolie in den Türspalt – rundrum –, und nun ist es besser geworden. Manchmal allerdings schaffen sie es, die Folie an einer Stelle rauszudrücken. Ja, ja. Die sind schlau.«

»Wie funktioniert der Abwehrtrick genau?«

»Das ist einfach. Es liegt an diesem metallischen Schimmer. Wie die Klinge von meinem Schwert. Wenn etwas stärker glänzt als sie selbst, kriegen sie es mit der Angst zu tun.«

Er goss den Kaffee in zwei große Becher, reichte einen an Nachtigall weiter und stellte Milch und Zucker auf den Tisch.

»Kann ich das Schwert mal sehen?«

»Klar!« Siegfried-Uwe strahlte. Er griff unter die Spüle und zog ein Kurzschwert hervor. Mit Besitzerstolz strich er über die Klinge, bevor er es an Nachtigall weiterreichte.

»Aber nicht fallen lassen«, mahnte er.

Nachtigall zeigte sich beeindruckt und untersuchte die Waffe eingehend.

Auf ihn machte sie nicht den Eindruck, als sei sie je benutzt worden. Makellos sah sie aus und war so poliert, dass sie das durch das Fenster einfallende Licht blitzend reflektierte.

»Eine schöne Waffe«, lobte er. »Gut gepflegt.«

»Ja – ich weiß, dass sie nicht scharf ist. Aber darum geht es auch nicht.«

»Wie wollen die Sie dann vernichten? Sie sind gut vorbereitet.« Nachtigall probierte von dem Kaffee. Er war aromatisch und schmeckte hervorragend.

»Sie bohren sich in deinen Kopf. Und dann vergisst du viele Dinge. Termine zum Beispiel. Oder Namen. Manchmal stehe ich da und denke, den kennst du doch, das ist der ... und dann kann ich mich nicht mehr erinnern. Dann weiß ich, sie sind wieder da. Wenn so etwas passiert, wickle ich Alufolie um meine Stirn – wie beim Blindekuh-Spiel – und stelle mich vors Fenster. Die Augen hinter der Folie musst du natürlich geöffnet lassen, damit das Strahlen bis in den Kopf fallen kann. Dann ziehen sie sich zurück.«

»Und auf Gewalt reagieren sie nicht?«

»Oh, nein. Wenn man sie verletzt, teilen sie sich und werden immer mehr. Es geht nur mit Glanz und Strahlen.«

»Aha. Würden Sie mir das Schwert für heute ausleihen? Ich sollte doch wohl dafür sorgen, dass die Menschen sich schützen können. Da brauche ich es. Dann bringe ich es zurück.«

Leisebub sah Nachtigall skeptisch an.

»Ich weiß nicht. Es reicht doch, wenn Sie es erzählen. Nach der Arbeit gehe ich noch einkaufen – mein Kühlschrank ist ziemlich leer, und eine Rolle Alufolie brauche ich auch wieder. Und wenn ich dann heute Abend zu Hause bin und sie kommen?«

Aber dann war er doch einverstanden.

»Puh! Kann so jemand überhaupt noch allein leben? Der ist doch schon ganz schön neben der Spur.« Albrecht Skorubski war erleichtert, die Wohnung gesund verlassen zu haben.

»Ich glaube, er kommt sonst gut zurecht. Er hat nur diese fixe Idee. Er geht arbeiten, kauft ein. So schlimm kann es jedenfalls nicht sein, dass er seinen Alltag nicht organisiert bekommt.«

»Ich glaube, so jemand braucht einen Betreuer.«

»Möglich. Wir werden mal nachfragen – vielleicht ist er ja im Klinikum bekannt.«

»Willst du ihm das Schwert wirklich wieder zurückgeben? Solch eine gefährliche Waffe.«

»Es ist völlig stumpf – aber zustechen kann man schon damit. Jetzt kommt es erst mal ins Labor – dann sehen wir weiter«, beendete Nachtigall die Diskussion. »Fahren wir bei Frau Fischer vorbei. Wenn sie wirklich eine so gute Freundin von Claudine Caro war, kann sie uns vielleicht etwas Neues über sie erzählen. Schließlich kannte sie das Opfer in einem ganz anderen Kontext als die Studenten.«

Als es an der Tür klingelte, zuckte Heide Fischer heftig zusammen.

Sie erwartete niemanden.

Sie hatte auch in den letzten Wochen nichts bestellt.

Ihre Gedanken überschlugen sich.

Die Buchbestellung bei ›Amazon‹? Nein, die Bücher hatte sie schon bekommen. Sie saß hoch aufgerichtet auf der Couch und spürte, wie sich der Schweiß unter ihrem BH und am Hosenbund sammelte. Ihr Herz raste. Nun war sie also doch entdeckt. Jemand war darauf gekommen.

Sie hielt den Atem an und wartete.

Es klingelte erneut.

Heide stand vorsichtig auf und huschte ans Küchenfenster.

Als sie die beiden Männer sah, die, offensichtlich von ihrer Abwesenheit überzeugt, wieder auf dem Weg zum Parkplatz waren, wäre sie vor Erleichterung beinahe ohnmächtig geworden.

Sie konnte ja nicht ahnen, dass sie zwei Beamten der Kriminalpolizei hinterherstarrte.

Michael Wiener fuhr nach Schmellwitz, einem Stadtteil von Cottbus.

Der erste Name, Rosalind Bauer, führte ihn in die Rudnickistraße.

Es dauerte eine Weile, bis er den richtigen Block gefunden hatte, und als er läutete, hatte er schon eine ziemlich lebendige Vorstellung von der Frau, die er nun treffen würde. Den Kommentaren nach zu urteilen, welche die erfragte Wegbeschreibung jeweils begleiteten, musste es sich um eine echte Xanthippe handeln.

»Was? Polizei? Was soll ich denn nun schon wieder ausgefressen haben?«, polterte sie noch im Hausflur und ließ Wiener gar keine Chance zu erklären, warum er gekommen war.

»Kriminalpolizei Cottbus. Wiener mein Name.«

»Mir ist das völlig schnurz, wie Sie heißen«, stellte die Frau in einer Lautstärke fest, die jeden Bagger übertönt hätte.

»Ich komme wegen des Mordes an Claudine Caro«, nahm Wiener einen neuen Anlauf.

»Wem? Ich kenne niemanden, der so einen komischen Namen hat«

»Sie hat bei ›Burger King‹ bedient«, erklärte der Beamte.

»Ach, die Schwarze, die man umgebracht hat? Und da kommen Sie zu mir?« Diesmal hatte die Frage eindeutig einen drohenden Unterton. Frau Bauer stützte ihre Fäuste in die Taille und baute sich in voller Größe vor dem Polizisten auf. Dabei verrutschten ihre Ärmel und gaben den Blick auf Bizeps frei, die manchen Boxchampion hätten vor Neid erblassen lassen.

Gegenüber wurde eine Wohnungstür aufgerissen, und das zornrote Gesicht eines bärtigen Mannes schob sich in den Spalt.

»Hey Rosalind! Mir egal, wen du umgebracht hast. Wenn du nicht sofort in deine Wohnung verschwindest und mich weiter beim Schlafen störst, wirst du diesen Tag wohl kaum überleben! Pack dich!«

»Sei du doch still, Herbert Gärtel, sonst zeige ich dir, wie du schnell in Tiefschlaf fallen kannst!« Steifbeinig machte sie sich auf den Weg über den Gang, um dieses Angebot auch sofort in die Tat umzusetzen.

»Frau Bauer! Ich habe ein paar Fragen an Sie«, versuchte Michael Wiener sie von ihrem Vorhaben abzubringen, doch sie schob ihn einfach beiseite und setzte ihren Weg fort.

»Nehmen Sie diese Frau bloß gleich mit! Die ist gemeingefährlich!«, kreischte der schmächtige Nachbar aufgebracht.

»Ich werde dir gleich zeigen, wie gemeingefährlich ich bin!«, keifte die Nachbarin zurück. Doch darauf war Herr Gärtel wohl nicht erpicht. Er schlug ihr die Tür vor der Nase zu und öffnete sie auch nicht mehr, obwohl Frau Bauer ihn mehrfach kreischend mit den Worten »Mach sofort die Tür wieder auf, du feiger Zwerg!« dazu aufforderte.

Wiener wartete ab, bis sie sich etwas beruhigt hatte.

»Dieser feige Kerl! Da sehen Sie es selbst! Erst droht er mir – und dann tut er so, als hätte ich mit dem Streit angefangen.« Sie schüttelte die geballte Faust in Gärtels Richtung. »Warte nur!«

Mit Mühe gelang es dem Ermittler, das Gespräch wieder auf die Ermordung Claudine Caros zu bringen. Ohne ihn in die Wohnung zu bitten, erzählte Frau Bauer ihm, was zwischen ihr und ›der Schwarzen hinter der Kasse‹ vorgefallen war. Frau Bauer hatte für ihre Kinder etwas zu essen bestellt und bezahlt. ›Die Schwarze hinter der Kasse‹ packte Zug um Zug alles in eine braune Packpapiertüte. Frau Bauer nahm die Tüte und stellte fest, dass ein Menü fehlte. Daraufhin stellte sie ›die Schwarze hinter der Kasse‹ umgehend zur Rede – doch die behauptete nun, sie sei gerade dabei, das zweite Menü zu richten, und jedes Kind bekäme eine eigene Tüte. Doch Frau Bauer wollte sich nichts vormachen lassen. Konnte ja jeder behaupten. Sie schlug zu. Einmal kräftig mitten ins Gesicht der Frau. Selbst der Geschäftsführer stellte sich hinter die Angestellte, aber das war ja auch nicht anders zu erwarten gewesen. Der behauptete, es stimme – jedes Kind bekäme seine eigene Tüte.

»Tja, so ist das eben. Als Kunde zählt man ja heute nirgends mehr was. Die tun so, als bräuchten sie uns gar nicht. Ich habe ihm angeboten, er könne auch gleich eine ins Gesicht kriegen, und da hat das Weichei gleich mit der Polizei gedroht. Ich habe ihm gesagt: ›Okay, lass sie kommen, dann erzähle ich denen, dass ihr mich betrügen wolltet.‹ Als ich endlich meine zweite Tüte bekommen hatte, bin ich gegangen. Der Geschäftsführer hat keinen Ton mehr gesagt.«

Dafür hatte Michael Wiener großes Verständnis.

Froh, Rosalind Bauer gesund entkommen zu sein, steuerte er die nächste Adresse an.

Diesmal wollte er einen Herrn besuchen: Paul Harrer, Anne-Frank-Straße in Sachsendorf. Dazu musste er die Stadt von Nord nach Süd durchqueren. Zufrieden über die Auszeit, die es ihm ermöglichen würde, seine Gedanken zu ordnen, fuhr er los.

Paul Harrer wohnte in einem Einfamilienhaus mit großem Garten. Ein Bobbycar stand auf dem Rasen, der Sandkasten war bereits für den kommenden Winter abgedeckt, die Auflage mit großen Steinen beschwert, damit sie nicht weggeweht werden konnte. Es stellte sich heraus, dass Paul der älteste Sohn der Familie Harrer war. Eine schüchterne junge Mutter, an deren Bein ein etwa dreijähriges Mädchen hing, wies ihm den Weg.

»Paul ist mein Ältester. Er hat sein Zimmer im Souterrain. Hinter der Tür links ist die Treppe, Pauls Zimmer ist dann direkt geradeaus«, erklärte sie müde, und Wiener bemerkte die dunklen Schatten unter ihren Augen.

»Die Kleine ist krank. Sie hat die ganze Nacht geweint«, erklärte die Mutter, als könne sie Wieners Gedanken lesen.

»Hoffentlich nichts Ernstes«, meinte der junge Beamte.

»Ich weiß es nicht. Sie hat Fieber. Wenn es nicht besser wird, gehe ich mit ihr zum Arzt.«

Wiener nickte ihr zu und strich der Kleinen leicht über den heißen Schopf. Dann stieg er die Treppe hinunter zu Paul.

Der große Sohn der Familie, groß, schlaksig mit Führerhaarschnitt, saß unter der Reichskriegsflagge auf der Couch und guckte fern. Das Klopfen hatte er wohl überhört, und so sprang er wie elektrisiert auf, als sich die Tür öffnete.

»Wer sind Sie? Was fällt Ihnen ein?«, fauchte er atemlos vor Schreck.

»Kriminalpolizei Cottbus. Ich heiße Michael Wiener.«

»Wie interessant. Was wollen Sie von mir?«

»Wir untersuchen den Mord an der Studentin.«

»An der Schwarzen? Die an der Stadtmauer lag?«

»Ja. Genau. Wir wissen, dass Sie«, Wiener schätzte den Jungen auf ungefähr 16, »das Opfer flüchtig kannten. Sie bediente am Spremberger Turm bei …«

»Ich weiß, wo sie bediente«, unterbrach der Junge ihn unfreundlich. »Besuchen Sie jetzt jeden Kunden?«

»Nein, nur die, deren Verhalten aus dem Rahmen fiel und deren Adressen deshalb notiert wurden. Und zu denen gehören Sie.«

»Ach, was Sie nicht sagen. Da stelle ich mich extra in der Schlange bei der blonden deutschen Frau an, und was passiert? Mein Burger war nicht fertig, ich sollte warten, man käme mit dem Essen zu meinem Tisch. Und wer kommt? Etwa die blonde Frau? Nein! Meinen Burger bringt die Schwarze! Eine Unverschämtheit. Ich habe ihn nicht genommen.«

»Und, was ist dann passiert?« Wiener sah sich im Zimmer des Jungen um. Thor-Steinar-Kleidung über dem Stuhl. Landserplakate über dem Bett. Gekreuzte Säbel, ein Gewehr und die Flagge hingen an der Wand – auf dem Schreibtisch hatte ein Totenschädel neben dem Computerbildschirm einen Platz gefunden. An der Pinnwand entdeckte er Fotos des Massakers in Littleton.

»Na, ich habe verlangt, dass mir die blonde Frau einen neuen Burger bringt, denn den anderen würde ich nicht essen. Es entwickelte sich eine Diskussion, weil die Idioten an den Nebentischen der Meinung waren, sie müssten sich einmischen. Linke Zecken eben und deren verschrobenes Weltbild. Schlimm genug, dass so was am Nebentisch sitzt. Bei der einsetzenden Prügelei hat die Schwarze was abgekriegt – ich weiß nicht mehr, ob es ein Schlag oder bloß eine Cola war. Aber was musste die auch versuchen dazwischenzugehen! Selbst schuld!«

Michael Wiener wurde zum ersten Mal bewusst, wie aufreibend der Job in einem Fast-Food-Restaurant sein konnte. Direkt gefährlich.

»Und wenn die Blonde dazwischengegangen und ›was abgekriegt‹ hätte?«

»Dann sicher nicht von mir. Und wenn einer von den Linken ihr was getan hätte – für den hätt's dann kein Morgen mehr gegeben!« Dabei flackerte so viel entschlossener Hass in den Augen des Jugendlichen, dass Wiener eine Gänsehaut bekam.

Es kostete ihn Überwindung, die Säbel zu konfiszieren.

»Wenn da auch nur ein Kratzer dran ist – dann gibt es so richtig Ärger!«, giftete Paul hinter ihm her, und die Mutter schloss gleichgültig die Tür hinter dem Kriminalbeamten.

Im Büro traf er auf Nachtigall und Skorubski, die ebenfalls ihre Tour beendet hatten.

»Heide Fischer haben wir nirgendwo angetroffen. Sie hat heute frei, und auf unser Klingeln hat niemand geöffnet. Siegfried-Uwe Leisebub besitzt ein Schwert. Das Labor prüft es auf Blutspuren. Und er ist nicht ganz von dieser Welt – wir glauben, dass er einen Betreuer hat. Können wir das irgendwo erfragen ohne großen Aufwand?«, fragte Peter Nachtigall.

»Lasst mich nur machen. Ich habe beide Kunden angetroffen und kann nur hoffen, dass es sich dabei um die Spitze des Eisbergs handelt. Du liebe Zeit. Frau Rosalind Bauer ist so aggressiv, dass es sicher eine dicke Akte über sie bei uns gibt – und bei Paul Harrer handelt es sich um einen Jugendlichen der rechten Szene. Seine beiden Säbel habe ich konfisziert. Mann!«

»Immerhin hat man uns bloß drei richtig auffällige Kunden genannt. Wenn du nun überlegst, wie viele Leute dort ihre Burger kaufen, sind das ziemlich wenig«, meinte Skorubski.

»Ja, aber die haben es ganz schön in sich. Die Trauerfeier fängt in einer Stunde an.«

»Ich bleibe hier und suche mal nach dem Betreuer von Siegfried-Uwe Leisebub.«

»Eigentlich ist es auch nicht nötig, dass wir zu dritt dort auftauchen«, stellte Nachtigall fest. »Das verschreckt die Teilnehmer womöglich, und wir wollen ja auch nur gucken und nicht stören.«

»Emile habe ich informiert. Er will versuchen, euch an der Kirche zu treffen.«

»Danke, Michael. Wir gehen noch schnell was essen – sollen wir dir etwas mitbringen?«

Wiener schüttelte den Kopf und zog eine Frischhaltedose aus der Schreibtischschublade.

»Selbstversorger! Marnie hat sich vorgenommen, mich gesünder zu ernähren. Ich bekomme jetzt immer was Gutes mit Sprossen oder so.«

»Und das schmeckt?« Skorubski, der gerne deftig aß, staunte.

»Dir sicher nicht. Aber mir schon. Außerdem stimmt so die Energiebilanz. Ich habe gerade im Internet gelesen, dass Menschen, die in mittleren Jahren übergewichtig sind …«

»Wissen wir schon«, fiel ihm Nachtigall ungehalten ins Wort. »Das ist eine Hetzkampagne! Erst behauptet sogar die Regierung, es gäbe einen Zusammenhang zwischen Bildungsniveau und Übergewicht, und nun stellt man auch noch fest, dass Übergewicht in die Demenz führt. Wir etwas stärkeren Figuren sind wohl die neuen Sündenböcke der Nation!«, schimpfte er noch immer, als er schon auf den Gang hinaustrat.

40

Die kleine katholische Carolinen-Kirche konnte die vielen Teilnehmer des Trauergottesdienstes nicht aufnehmen. Die, denen es nicht gelungen war, sich noch in das Gotteshaus zu schieben, standen auf dem Weg vor und um das Kirchengebäude. Melancholische, schwere Musik wurde von Lautsprechern nach draußen übertragen, Nachtigall kannte sie nicht, wurde aber unmittelbar von der Traurigkeit erfasst, die sie vermittelte. Später würde auf diesem Wege auch die Stimme des Geistlichen die draußen um die Kirche Versammelten erreichen, damit alle die Predigt verfolgen konnten. Drinnen saßen die Trauernden dicht an dicht, und an den Seiten schubsten und drängten sich die, die keinen Sitzplatz mehr gefunden hatten. Es war kühl. Durch die Menschenmassen würde die Luft bald stickig. Besorgt lief eine ältere Dame umher und öffnete so viele Türen und Fenster wie möglich.

Traditionelles Schwarz wurde durch die bunten Gewänder der schwarzen Bekannten Claudines aufgelockert.

Nachtigall sah sich unauffällig um.

Überwiegend junge Gesichter, stellte er fest. Gesichter von Menschen, denen der Tod und die Trauer über den Verlust eines lieben Angehörigen oder Freundes nun vielleicht zum ersten Mal begegnet waren, manchen gleich zweimal hintereinander.

Vor dem Altar stand eine große Fotografie, die eine lachende Claudine zeigte. Ein Trauerflor war um eine Ecke des Rahmens geschlungen, und brennende Kerzen daneben unterstrichen die feierliche Atmosphäre.

Die jungen Besucher dieser Veranstaltung waren unruhig.

In den Bänken drückten sie sich aneinander wie verschreckte Schafe und warteten, konnten ihre Augen nicht von dem Bild ihrer Freundin oder Studienkollegin lösen. Nachtigalls Blick suchte nach Jule. Hatte sie nicht gesagt, sie kannte Claudine ebenfalls? Vielleicht stand sie vor der Kirche bei jenen, denen das Gebäude keinen Raum mehr bot.

In der ersten Reihe entdeckte er Frau Treschker.

Im Gegensatz zu den meisten anderen afrikanischstämmigen Gästen trug sie Schwarz. Neben ihr saß ein untersetzter, dicklicher Mann mit Bürstenschnitt, der ab und zu seinen Arm um ihre Schultern legte. Auch die Freunde Meinerts waren erschienen, gingen mit selbstbewusstem Schritt den Gang entlang, standen schweigend mit gesenktem Kopf vor Claudines Bild, traten dann zur Seite und nahmen Platz. Sie würden schon bald auch Meinerts Trauerfeier besuchen, dachte Nachtigall bedrückt. Und er hatte noch immer keine Spur zum Täter.

Unvermittelt verklang der letzte Akkord der Musik.

Der Seelsorger der Gemeinde trat hinter das Pult, hob beide Hände, und sofort herrschte gespannte Stille in der Kirche.

»Der Herr hat's gegeben – der Herr hat's genommen! Und so schwer es uns auch fallen mag und so unbegreiflich es uns erscheinen will, wir müssen seine Entscheidung akzeptieren. Natürlich sind wir besonders betroffen, wenn er einen jungen Menschen aus unserer Mitte reißt. Claudine Caro wurde Opfer eines Mordes! Brutal ausgeführt von einem Menschen, dessen Ziele und Motive noch immer im Dunkeln liegen. Möglicherweise wurde sie das Opfer eines radikalen Geistes, der sich gegen Menschen anderer Kultur und Hautfarbe richtet. Das Klima in unserer Gesellschaft ist unstrittig rauer geworden, und ewig gestriges Gedankengut wagt sich wieder ans Licht, fällt bei Unzufriedenen und Frustrierten auf fruchtbaren Boden. Claudine Caro war eine fröhliche junge Frau, die in ihrem Studium Erfüllung fand, ihrer Tante eine Stütze und Hilfe war, für jedermann ein offenes Ohr hatte. Geboren auf Haiti, wagte sie den großen Sprung nach Deutschland, um hier ihren Traum von einem Studium im Ausland zu verwirklichen und ...«

Nachtigalls Gedanken schweiften ab. Sein Blick wanderte über die Reihen. Viele machten betretene Gesichter, einige wischten sich verstohlen Tränen von den Wangen, manche weinten heftig. Eine davon war Beate, Claudines Freundin, die anderen kannte er nicht. Kristina starrte mit versteinertem Gesicht auf das Foto, Tränen erlaubte sie sich nicht. Nachtigall bohrte Skorubski seinen Zeigefinger in die Seite und machte ihn auf ein Pärchen aufmerksam, das besonders betroffen zu sein schien. Eine junge Schwarze hatte sich zu ihrem Begleiter umgedreht und lehnte mit heftig zuckenden Schultern an seiner Brust. Er flüsterte ihr Beruhigendes zu, das Gesicht in ihrem Haar verborgen.

Eine kleine blonde Frau schluchzte hemmungslos und wischte immer wieder mit einem Taschentuch neue Tränenströme von den Wangen. War das Heide Fischer, die Frau, die Claudine eines Abends zufällig getroffen hatte?

Plötzlich kam Bewegung in die Trauerversammlung, Musik setzte ein, und die erste Reihe strebte mit gemessenem Schritt dem Portal zu. Mit Mühe gelang es Nachtigall, sich in die Nähe der blonden Frau zu schieben. Offensichtlich gehörte sie nicht zu den Studenten der BTU, niemand begrüßte sie, keiner sprach sie an. Vor der Kirche hatte Nachtigall es geschafft, direkt neben ihr zu stehen.

»Entschuldigen Sie bitte, mein Name ist Peter Nachtigall. Mordkommission Cottbus. Können wir uns kurz unterhalten?«

Die junge Frau sah den riesigen Mann aus verquollenen Augen skeptisch an. Ihr Make-up lief mit den Tränen über beide Wangen und hinterließ geheimnisvolle schwarze und farbige Spuren.

»Worüber sollten wir uns wohl unterhalten?«, schniefte sie und versuchte, die Tränen wegzuwischen.

»Claudines Tod geht Ihnen sehr nahe. Sie kannten Sie?«

»Ja.«

»Heide Fischer, vermute ich.«

»Ja. Woher wissen Sie meinen Namen?« Ihr Misstrauen war geweckt, und Nachtigall, der erkannte, wie ungeschickt er vorgegangen war, zückte seinen Ausweis.

»Wir arbeiteten zusammen. Manchmal gingen wir gemeinsam ins Kino oder was trinken. Claudine war ein besonderer Mensch. Sie gab einem immer das Gefühl, für sie und ihr Leben von Bedeutung zu sein. Es ist noch immer unfassbar für mich, dass jemand gedankenlos einen so wertvollen Menschen getötet hat!«

»Er hätte jemand anderen wählen sollen?« Nachtigalls linke Augenbraue schnellte hoch.

»Ach, na ja. So habe ich es vielleicht auch wieder nicht gemeint. Oder doch? Es gibt Typen, auf die könnte man gut verzichten. Menschenhändler. Kinderschänder ...« Sie senkte den Blick, als schäme sie sich etwas. »Sie wissen schon. Aber eigentlich sollte niemand auf diese Weise sterben müssen.«

»Ist Ihnen je aufgefallen, dass Ihre Freundin sich fürchtete?«, fragte Nachtigall weiter, ohne das angeschnittene Thema zu vertiefen. Heide Fischer überlegte sich diesmal ihre Antwort gründlich.

»Wenn die Medien von Überfällen auf Ausländer berichteten, war es manchmal für sie eine Frage der Überwindung, ihr Zimmer auf dem Campus überhaupt zu verlassen. Aber Claudine war mutig. Es entsprach nicht ihrem Naturell, sich zu verkriechen. Sie sagte immer, man dürfe sich von der eigenen Angst nicht terrorisieren lassen.«

»In ihrem Zimmer haben wir Schutzzauber entdeckt. Ich bin der Meinung, dass Ihre Freundin sich sogar sehr fürchtete. Vielleicht hat sie es nur nicht gezeigt«, widersprach Nachtigall.

»Ach – das!«, Heide lachte tapfer. »Das war Voodoo-Aberglaube. Sie hat nicht wirklich etwas darauf gegeben«, schwindelte sie dann.

»Aha. Trug sie nicht auch ein Amulett?«

»Ja. Sie meinte, es sei nicht verkehrt, sich nach allen Seiten abzusichern. Man sei vor Überraschungen schließlich nie sicher.«

»Wenn Sie jemanden verdächtigen würden ...«

»Dann läge ich damit bestimmt völlig falsch«, unterbrach Heide Fischer den Hauptkommissar. »Vielleicht hat sie ein besoffener Schläger umgebracht, wegen ihrer Hautfarbe zum Beispiel. Bei unserem letzten Gespräch schnitt sie das Thema noch an. Sie sagte, ihre Hautfarbe gefalle nicht jedem so gut wie mir, sie sei schon oft genug Grund für allerlei Schwierigkeiten gewesen.« Nun flossen die Tränen wieder.

»Wir haben natürlich auch in diese Richtung ermittelt – aber nachdem nun auch Meinert Hagen umgebracht wurde …«

»Was! Meinert ist auch tot?«, keuchte Heide Fischer mit vor Entsetzen weit aufgerissenen Augen.

»Ja. Es tut mir leid. Sie haben es wohl nicht in den Nachrichten gehört. Kannten Sie ihn denn?«

»Meinert? Meinert ist tot!«, flüsterte sie schockiert, antwortete dann aber doch: »Nein, ich kannte ihn nicht richtig. Die beiden sind mir wenige Male über den Weg gelaufen, und natürlich hat Claudine manchmal etwas von ihm erzählt. Sie war sehr verliebt.«

»Sie mochten Meinert Hagen nicht?«, hakte Nachtigall nach, dem die leise Verachtung im Ton der jungen Frau nicht entgangen war.

»So kann man das nicht sagen. Er war eben nicht mein Typ – und schon gar nicht die Art Mann, die ich mir für Claudine gewünscht hätte, zu langweilig, zu sehr Streber, immer korrekt.« Sie zog ein ein frisches Taschentuch aus der Manteltasche und putzte sich die Nase. »Woher wissen Sie denn, dass es sich um denselben Täter handelt? Oder dürfen Sie mir das nicht erzählen?«

»Bei beiden Morden wurde offensichtlich die gleiche oder zumindest eine ähnliche Waffe verwendet – und beide Opfer wurden auf ähnliche Art verstümmelt. Deshalb glauben wir auch, dass es zwischen den beiden Taten einen Zusammenhang geben muss.«

Heide Fischer wurde blass.

»Kann ich Sie nach Hause bringen?«, fragte Nachtigall besorgt.

»Nein, danke. Es geht schon wieder. Ich muss zur Arbeit.« Sie drehte sich um und machte Anstalten, den Hauptkommissar stehen zu lassen.

»Halt! Halt! Ich bin noch nicht fertig.«

Heide Fischer blieb wie angewurzelt stehen, wandte sich aber nicht zu ihm um.

»Frau Fischer – wir befürchten, dass alle Freunde Claudines in Gefahr sein könnten. Meinert Hagens Wohnung wurde durchsucht. Wir wissen nicht wonach, aber offensichtlich hoffte der Mörder, etwas Bestimmtes zu finden. Um Geld handelte es sich jedenfalls nicht. Auch das Motiv ist unklar.«

»Wenn Sie keine weiteren Fragen mehr haben. Ich muss los!«, drängte die blonde Frau und sah sich beunruhigt um.

»Frau Fischer, hat Ihre Freundin Claudine Ihnen irgendetwas zur Aufbewahrung hinterlassen? Oder Ihnen anvertraut, wo sie etwas versteckt hat, das für sie von Bedeutung war?«

Heide Fischer drehte sich um und sah Nachtigall direkt an.

»Nein. Warum sollte sie?«

»Sie hatte nichts in ihrem Besitz, von dem sie glaubte, es sei gefährlich? Manchmal erzählt man sich doch solche Geheimnisse – von Freundin zu Freundin?«

»Vielleicht schätzen Sie die Tiefe unserer Beziehung einfach falsch ein«, schnappte sie zurück.

Peter Nachtigall wusste, dass sie log.

Hoffentlich verschweigt sie mir nicht etwas, das sie in Gefahr bringt, überlegte er unglücklich und war sich darüber im Klaren, dass sie ihm nichts mehr erzählen würde.

»Hier ist meine Karte«, sagte er. »Wenn Ihnen noch etwas einfällt, rufen Sie mich an. Auch nachts. Wenn jemand hinter Ihnen herschleicht, Sie das Gefühl haben, beobachtet zu werden – bitte zögern Sie nicht!«

»Mir tut schon keiner was. Passen Sie lieber auf die Studenten auf. Die waren doch den ganzen Tag mit ihr zusammen. Es ist viel wahrscheinlicher, dass sie sich dort jemandem anvertraut hat. Ich bin eingeteilt. Es gibt Ärger, wenn ich zu spät komme.«

Damit nickte sie ihm zu und lief eilig davon.

Er sah ihr nach, wie sie in Richtung Innenstadt stürmte und sich dabei immer wieder nach allen Seiten umsah. Wenigstens hatte sie seine Worte ernst genommen und würde vorsichtig sein.

Angst, stellte der Hauptkommissar fest, sie hat richtig Angst.

Aber das allein bewies nicht, dass sie auch Grund hatte, sich zu fürchten. Vielleicht war es auch nur eine hysterische Reaktion auf den zweiten Mord in ihrem Bekanntenkreis.

Vage blieb bei Nachtigall das Gefühl zurück, jemanden einem Raubtier als Beute überlassen zu haben.

Auf der anderen Seite waren so viele Gäste zu dieser Trauerfeier gekommen, dass es für den Täter schwierig sein würde festzustellen, wer nun Freund Claudines war oder wer nur Anteilnahme und seine Haltung gegen Ausländerfeindlichkeit demonstrierte.

Achselzuckend kehrte er um und wollte am Wagen auf Albrecht Skorubski warten, der das Pärchen befragen sollte. Doch das Auto war verschwunden. Offensichtlich war er den beiden gefolgt.

Peter Nachtigall seufzte, strich mit beiden Händen über seinen Bauchansatz und fasste einen Entschluss: Er würde zu Fuß zurück ins Büro gehen!

41

Albrecht Skorubski beobachtete, wie das Pärchen in eine weiße Limousine stieg. Er drehte sich um und versuchte, so schnell wie möglich seinen Wagen zu erreichen, ohne zu viel Aufmerksamkeit der ihm entgegenkommenden Trauergäste auf sich zu ziehen. Erleichtert stellte er fest, dass sich das auffällige Auto gut im Auge behalten ließ, und so erlaubte er anderen Fahrern, zwischen ihnen einzuscheren.

Nach kurzer Fahrt durch die Stadt erreichten sie die Kreuzung an der Priormühle, und die Limousine verschwand in einer Einfahrt. Skorubski parkte vor der Apotheke gegenüber und kehrte zu Fuß zu dem großen Backsteingebäude zurück.

›L'Amour‹ leuchtete ihm rot entgegen.

Auf dem Hof stand die weiße Limousine, von dem Pärchen war keine Spur zu entdecken.

»Scheiße!«, fluchte Skorubski. Er stellte sich vor, was Nachtigall wohl dazu sagen würde, wenn er ihm mitteilen musste, er habe die beiden aus den Augen verloren.

»Irgendwo müssen sie ja abgeblieben sein«, murmelte er vor sich hin und suchte die Fassade nach Eingängen ab. Hinter den Müllcontainern fand er, wonach er suchte. Eine unscheinbare Tür, gestrichen in der Fassadenfarbe. Langsam drückte er die Klinke hinunter.

Verschlossen!

Er zischte einen wütenden Fluch.

Während er sich noch ärgerte, riss jemand die Tür mit einem harten Ruck auf, und der Ermittler sah in die wütend funkelnden Augen des Mannes, dem er hierher gefolgt war.

»Wir haben Geschäftszeiten! An die sollten sich unsere

Kunden inzwischen gewöhnt haben!«, fauchte ihn der attraktive junge Mann an.

»Albrecht Skorubski, Kriminalpolizei Cottbus«, erklärte der Ermittler unbeeindruckt.

»Ach – und da glaubst du, für dich gelten hier andere Zeiten! Ist aber nicht so – komm heute Abend wieder!«, schrie der aufgebrachte Schwarze, die Situation missdeutend.

»Beamte der Mordkommission waren bei der Trauerfeier für Claudine Caro. Sie sind uns aufgefallen – ich hätte ein paar Fragen an Sie.«

Abrupt wurde die Tür zugeknallt. Stimmengemurmel deutete darauf hin, dass eine Diskussion über dieses Anliegen in Gang kam.

Unverhofft ging die Tür wieder auf.

»Sie können reinkommen«, verkündete der Mann ungnädig.

Skorubski nickte kurz und schob sich an ihm vorbei in den engen, dunklen Flur.

»Hier lang!«, forderte sein unfreiwilliger Begleiter kalt, nachdem er wieder sorgfältig abgeschlossen hatte.

Über den Gang erreichten sie einen diffus beleuchteten Barraum. Von der Begleiterin war auch hier nichts zu sehen.

»Und?«

»Sie waren mit Claudine Caro befreundet?«

»Nein. Ich kannte sie überhaupt nicht.«

»Sie haben mir noch gar nicht verraten, wie Sie heißen.«

»Bengabo.«

»Bengabo – und wie weiter?«

»Nichts weiter!«

Der Barkeeper verschwand hinter dem Tresen und fragte noch immer leicht aggressiv: »Kaffee? Cappuccino? Espresso?«

Skorubski dachte an seinen empfindlichen Magen und lehnte höflich ab.

»Na, dann eben nicht!« Bengabo zuckte mit den Schultern.

»Wenn Sie das Opfer gar nicht kannten, warum waren Sie dann auf der Trauerfeier?«

»Erstens: Ich gehe zu der Feier, die ich besuchen möchte! Steht etwa irgendwo geschrieben, dass man das Opfer kennen muss? Besonders in einem Fall von Ausländerfeindlichkeit brauche ich wohl keine Erlaubnis der Polizei, um mein ›Gesicht zu zeigen‹, oder? Und zweitens: In diesem Fall war ich die männliche Begleitung.«

»Aha. Für die junge Dame, die so weinte.«

»Ja.«

»Wo ist sie eigentlich?«

»Hat sich hingelegt.« Der Barkeeper wechselte offensichtlich die Strategie.

Von aggressiv zu einsilbig.

»Hat sie auch einen Namen?«

»Serafine.«

»Was für ein schöner Name.« Skorubski setzte sich auf einen der mit schwarzem Leder bezogenen Barhocker. »Aber sie hat doch sicher einen Nachnamen?«

»Den kenne ich nicht.«

»Und Serafine kannte Claudine?«

»Ja. Flüchtig.«

»Serafine arbeitet hier?«

»Nein!«, schneidend durchtrennte das Wort die Luft wie eine Klinge.

Bengabo schien sich hinter den Tresen zu ducken.

Skorubski wandte sich um und entdeckte eine große Frau mit ausgeprägten weiblichen Formen. Er konnte nicht sagen, wie lange sie dort schon gestanden hatte, vermutete aber, dass sie ihnen schon eine ganze Weile unbemerkt zugehört hatte.

»Serafine ist die Tochter meiner Freundin. Sie verbringt

ein paar Wochen bei mir – als Gast«, erläuterte die beeindruckende Gestalt in freundlicherem Ton.

Bengabo machte sich Sorgen.

War es nicht ein Teil der Abmachung gewesen, dass Serafine nicht auffallen durfte? Was mochte nun geschehen? Der Schweiß brach ihm aus, rann an seinem Rücken entlang. Sie würde doch nicht …? Nein, befahl er sich, das wollte er gar nicht erst denken! Vielleicht konnte noch alles gut werden, wenn sie verstand, wie es passiert war.

»Mein Name ist Albrecht Skorubski.«

»Er ist von der Kripo«, steuerte Bengabo in vorwurfsvollem Ton bei, als befürchte er, Skorubski könne diese wichtige Information unterschlagen.

»Ramona Alvarez.« Sie reichte Skorubski die Hand. Ihr Druck war angenehm fest, aber nicht provozierend. »Mir gehört dieses Etablissement. Wie kann ich der Kriminalpolizei behilflich sein?«, fragte sie dann und neigte kokett den Kopf leicht zur Seite.

»Ich war gerade bei der Trauerfeier für Claudine Caro. Dort wurde ich auf Serafine und ihren Begleiter aufmerksam. Ich würde mich gerne mit der jungen Dame unterhalten.«

»Ach, das tut mir wirklich leid. Ich fürchte, das kann ich nicht erlauben. Die Kleine ist nach dem Mord ganz verstört, und diese Feier hat sie sehr mitgenommen. Sie liegt auf ihrem Bett und weint.«

»Sie kannte das Opfer?«

»Oh ja. Sie stammen aus demselben Dorf. Kannten sich schon, seit Serafine denken kann. Der grausame Mord hat die arme Kleine schwer getroffen. So verstört habe ich sie noch nie zuvor erlebt«, gab Frau Alvarez bekümmert Auskunft.

»Wir versuchen, uns ein Bild des Opfers und seines Tagesablaufs zu machen. Bestimmt wäre eine Unterstützung durch

Serafine hilfreich«, brachte Skorubski, wie er hoffte diplomatisch, sein Anliegen ein weiteres Mal vor.

Doch wieder blockierte Frau Alvarez seine Bemühungen.

»Ich verstehe Sie vollkommen«, säuselte sie beinahe. »Aber das Mädchen wurde meiner Obhut anvertraut, und ich bin nicht willens, ihr diese Belastung zuzumuten«, lächelte sie plötzlich gefährlich.

Skorubski erkannte die Sinnlosigkeit weiterer Versuche in Freundlichkeit.

»Gut, wenn das so ist, sehe ich die junge Dame und ihren Begleiter morgen früh um 8:30 Uhr bei mir im Büro.«

Dafür hatte Ramona Alvarez nur ein eisiges, frostig klirrendes Lachen übrig, das Bengabo eine Gänsehaut bescherte.

»Wohl kaum, Herr Skorubski. Mein Barkeeper hat heute Dienst. Hier ist Betrieb, bis der letzte Gast gegangen ist. Ich werde nicht erlauben, dass er übermüdet bei Ihnen im Büro sitzen muss.«

»Dann kommt Serafine eben allein«, verlangte Skorubski trotzig.

»Und wer übersetzt, falls ihr die Vokabeln fehlen? Außerdem – nach dem Mord an Claudine ist die Lage für uns nicht einfacher geworden. Können Sie mir garantieren, dass sie unbeschadet zu Ihnen und wieder zurück kommt – nach dem, was geschehen ist?«

Skorubski seufzte.

42

Peter Nachtigall tigerte im Büro auf und ab.

Zwei Tote, erschlagen und verstümmelt – und er hatte nicht den geringsten Hinweis auf den Täter!

»Wir sind uns also so weit einig, dass es wahrscheinlich ein weiteres Opfer geben wird. Jeder aus dem Kreis ihrer Bekannten kommt in Betracht. Und wir wissen nicht einmal, wie viele wir damit meinen.«

»Die engsten Freunde sind wohl am stärksten gefährdet«, stellte Emile Couvier nüchtern fest.

»Die Tante scheint nicht in den Fokus geraten zu sein. Ich hätte doch erwartet, dass der Täter etwas Geheimes zunächst bei ihr vermutet. Doch so ist es nicht«, überlegte Michael Wiener laut. »Ihr Freund wurde erschlagen – wenn der Gegenstand vom Täter nicht gefunden wurde, wer wäre dann das nächste Opfer? Die beste Freundin?«

Couvier zuckte mit den Schultern. »Wir haben keine Vorstellung davon, wie er tickt.«

»Ich bin dem Pärchen gefolgt – und das Mädchen kannte Claudine aus ihrem Heimatdorf. Müssen wir davon ausgehen, dass sie auch in Gefahr schwebt?«, fragte Skorubski.

»Jeder«, erinnerte ihn Nachtigall.

»Wenigsten weiß er nach dieser Trauerfeier nicht mehr als vorher. Im Grunde konnte man nicht feststellen, wer näher mit ihr bekannt oder nur gekommen war, um seinen Protest zu zeigen«, setzte er nach einer Pause hinzu.

»Hat Angelika Wiesendorf das Passwort auf dem Computer inzwischen g'knackt? Vielleicht finde' wir eine verdächtige Datei«, meinte Wiener hoffnungsvoll.

»Gemeldet hat sie sich noch nicht. Wir fragen morgen nach.«

»Heide Fischer war die Blonde, die du angesprochen hast?«, fragte Skorubski.

»Ja. Sie verschweigt uns etwas – und sie hatte Angst. Möglicherweise hätte ich noch mehr erfahren, aber sie konnte nicht bleiben. Sie musste zur Arbeit.«

»Arbeit? Ich denke, sie hatte den ganzen Tag frei bekommen.«

»Dann hat sich entweder die Planung des Restaurants geändert, oder sie hat gelogen.« Nachtigall zog die Augenbrauen zusammen, bis sich eine steile Falte bildete. »Aber warum? Was hat sie zu verbergen?«

»Vielleicht wollte sie nur nicht mit der Adresse ihres Freundes rausrücken«, Wiener grinste. »Kann doch sein, dass sie das Gefühl hatte, die Polizei wolle nun alles über sie erfahren.«

»Mag sein«, räumte Nachtigall ein. »Aber ich bin sicher, dass sie auch sonst Informationen zurückgehalten hat. Wichtige – von denen sie selbst auch wusste, dass sie von Bedeutung sind.«

Und Albrecht Skorubski, der ahnte, dass sein Freund recht behalten würde, stöhnte leise auf.

»Immerhin zeigt ihre Reaktion, dass sie die Warnung verstanden hat. Bei dieser Beate bin ich mir nicht so sicher. Ich fürchte, sie glaubt tatsächlich an ihre Fähigkeit, in die Zukunft zu blicken – und das macht sie unvorsichtig«, meinte er besorgt.

»Norbert Grundmann, Kirk Damboe? Kristina Morgental?«

»Nun, nach dem Mord an Meinert Hagen werden sie vorsichtiger sein«, mutmaßte Emile Couvier.

»Ich wüsste zu gerne, was Hagen bewogen haben könnte, mitten in der Nacht zur ›Lagune‹ zu fahren«, kam Skorubski auf das letzte Mordopfer zurück.

»Haben wir schon die Telefonverbindungen gecheckt? Vielleicht hat ihn ein Anruf dorthin gelockt«, meinte Wiener.

»Oder eine Mail«, ergänzte der Profiler.

»Nein, eine Mail war es nicht. Das haben die Kollegen schon überprüft«, erklärte Nachtigall. »Die Verbindungsnachweise bekommen wir frühestens morgen. Wenn es einen Anrufer gab, dann musste er schon etwas wirklich Interessantes zu bieten haben, um den jungen Mann dazu zu bewegen, ihn zu treffen.«

»Den Mörder von Claudine«, stellte Couvier fest.

»Du meinst, jemand zischt ihm ins Ohr, ›wenn du wissen willst, wer deine Freundin umgebracht hat, dann komme um …‹, und schon fährt er los? Nein, so dumm war er nicht! Und auch nicht so mutig«, widersprach Wiener. »Er hätt' uns ang'rufe'.«

»Und was ist mit dem geheimnisvollen ›Keine Polizei‹?«

»Das funktioniert nur, wenn der Anrufer ein Druckmittel hat«, auch Skorubski konnte sich nicht vorstellen, dass überhaupt jemand sich mit einem solchen Anrufer treffen wollte – schließlich konnte es sich dabei tatsächlich um den wahren Mörder handeln.

»Vielleicht war Hagen ein Menschenfreund. Er glaubte, er könne ihm weitere Morde ausreden. Er wollte ihm erklären, dass Claudine mit niemandem ihre Geheimnisse teilte. Praktisch ein gutes Werk für die Menschheit tun und einen Mörder wieder auf den rechten Pfad führen.«

Alle Blicke richteten sich plötzlich auf Peter Nachtigall, der die Diskussion schweigend verfolgt hatte.

»Peter?«, fragte Couvier.

»Haben wir schon einmal dran gedacht, dass der Täter Claudine sehr gut kennen musste, um auch über ihr Umfeld Bescheid zu wissen? Offensichtlich weiß er doch auch, dass, was immer er sucht, nicht bei Frau Treschker versteckt ist. Das würde so manches erklären. Zum Beispiel: Schrie sie nicht um Hilfe, weil sie die Situation falsch einschätzte? Weil ihr der Täter gut bekannt war? Fuhr Hagen deshalb ohne Angst zu dem Treffpunkt? Weil ein Freund ihn um ein Treffen bat?«

Betroffenheit spiegelte sich in allen Gesichtern.

»Du hältst es für möglich, dass einer der befreundeten Studenten die beiden Morde begangen hat? Aber aus welchem Grund? Und wieso verstümmelt er sie?«

»Nüchtern betrachtet, bleibt nur ein simpler Mord, wenn wir die Verstümmelungen außer Acht lassen. Morde aus persönlichen Gründen – und durch die postmortalen Handlungen wird plötzlich ein ganz anderer Fall daraus.« Skorubski war schockiert.

»Denkbar. Aber wo sind dann die Augen usw.? Das Amulett? Wir könnten morgen die Zimmer durchsuchen«, sagte Michael Wiener voller Tatendrang.

»Wer auch immer diese Morde begangen hat – er wird wohl kaum Beweismaterial bei sich zu Hause lagern«, nahm Nachtigall dem jungen Mann den Wind aus den Segeln.

»Vielleicht kannte er sie nur nicht gut genug, um von der Tante zu wissen? Wäre das nicht ebenfalls denkbar?«, fragte Couvier, und die Runde seufzte kollektiv.

»Wo ist eigentlich Jens Schubert?«

Es klopfte, und Dr. März trat ein.

»Alle bei der Arbeit. Gut. Mit so viel Einsatz werden Sie den Fall sicher bald gelöst haben. Ach, allerdings werden Sie dabei auf die Mitarbeit von Herrn Schubert verzichten müssen. Er wurde abgezogen, der ausländerfeindliche Hintergrund scheint sich ja eher nicht zu bestätigen. Das BKA hätte Schubert ohnehin entbunden – gegen ihn wurde aus einem mir nicht bekannten Grund ein Disziplinarverfahren eingeleitet. Nun, ja«, er räusperte sich. »Leider bedeutet das auch, dass Herr Couvier nur noch in seiner Freizeit mitarbeiten kann. Auch er wurde gestrichen, wenn ich das mal so salopp ausdrücken darf. Herr Couvier, Sie sollen sich wieder ganz dem Fall Sybille zuwenden.«

Er nicke kurz in die Runde und verschwand.

Wie sie es auch wendeten, sie drehten sich im Kreis.

Als Peter Nachtigall auf dem Heimweg war, spürte er eine tiefe Unzufriedenheit. Er hatte die Streifen in den Wohngebieten der Studenten verstärken lassen. Mehr konnte er nicht für sie tun. Ihre Überlegungen waren noch viel zu spekulativ, um konkretere Maßnahmen genehmigt zu bekommen. Beate Michaelis hatte er dennoch eine Beamtin zum Schutz angeboten. Aber die jungen Frauen von heute waren so unendlich selbstbewusst. Er zuckte mit den Achseln.

Sollten sie wirklich zur Untätigkeit verdammt sein, bis dem Täter bei seinem dritten, vierten, fünften Opfer ein gravierender Fehler unterlief und sie endlich auf seine Spur kämen?

43

Conny und Jule hatten einen knackigen Salat zubereitet und brieten gut gelaunt Putenstreifen an. Im Backofen wartete ein Baguette darauf, knusprig zu werden.

Nachtigall schnupperte.

Casanova und Domino drängten sich an seine Beine, jeder bestrebt, den anderen in seinen Schmeicheleien zu übertreffen.

»Na, so begrüßt man den Herrn des Hauses richtig«, lobte er die beiden und strich gerecht verteilt über beide Rücken, kraulte hinter vier Ohren und fragte dann liebevoll: »Na? Wollen euch denn die beiden Damen nichts abgeben? Pute? Hähnchen?«

Domino schnurrte zart, während Casanova deutlich maunzte. Er dachte gar nicht daran zu betteln, das war eindeutig seiner Position in dieser Familie nicht angemessen. Er forderte.

Zu dritt betraten sie die Küche.

»Hallo meine Schönen!«, begrüßte Nachtigall seine Damen und wurde liebevoll umarmt.

»Was gibt es denn hier, das ihr nicht mit den Katzen teilen wollt?«

»Oh – haben sie das behauptet?«, fragte Conny und prustete entrüstet in Casanovas Richtung. »Du bist ein Strolch! Wenn ich das geahnt hätte! Habt ihr beide nicht längst probiert?«

Die Katzen sahen Conny aus großen Augen voller Unverständnis an.

Nachtigall schob sich unauffällig zwischen die beiden Kochenden und den Herd. Ohne zu zögern angelte er hinter seinem Rücken zwei Putenstückchen aus der Pfanne, verbarg die überraschend heißen Fleischstreifen in der hohlen Hand und verzog dabei tapfer keine Miene.

»Conny und ich werden eurem Beispiel folgen und ebenfalls heiraten«, verkündete er glücklich.

»Na wunderbar!«, freute sich Jule. »Dann werden wir das zusammen tun.«

»Nein!«, entschied Conny unnötig scharf. »Werden wir nicht! Jedes Paar sucht sich einen eigenen Termin. Peter und ich können uns bei den Vorbereitungen noch ein bisschen länger Zeit lassen. Wir wollen nichts überstürzen.«

War das der letzte Versuch, das gegebene Versprechen zu unterlaufen? Argwöhnisch schielte er zu ihr hinüber.

»Vater und Tochter heiraten mit dem zu erwartenden Enkelchen am selben Tag«, wand sich Conny. »Da kommt sich doch der jeweilige Partner wie das fünfte Rad am Wagen vor.« Fast wütend peitschte sie die Vinaigrette, die für den Salat vorgesehen war. Die Soße warf schon trübe Blasen.

»Warten wir doch mal ab, ob Emile das genauso sieht«, versuchte Jule einzulenken, die spürte, wie enttäuscht ihr Vater war.

Aha, dachte Nachtigall missmutig, Emile würde also an diesem Essen auch teilnehmen. Na großartig! Die innere Stimme, die ihm einflüstern wollte, es würde nun bald öfter so ein, Emile gehöre nämlich in wenigen Wochen fest zur Familie, überhörte er absichtlich.

Laut sagte er: »Ich gehe mich waschen und ziehe was Bequemeres an. Bin gleich wieder zurück.« Verschwörerisch blinzelte er den Katzen zu, die ihm ohne weiteres Maunzen folgten.

»Versteh einer die Frauen!«, raunte er Casanova ins Ohr, als die beiden Pelzträger sich über das Diebesgut hermachten.

Casanova hätte sicher einige Tipps geben können, aber er wusste, manchmal war es geschickter, die Menschen ihre Probleme selbst lösen zu lassen.

44

»Gute' Morge'!«, Michael Wiener wirkte angespannt. »Wir habe' die nächste Tote!«

»Nein!«, Peter Nachtigall schüttelte fassungslos den Kopf.

»Comeniusstraße. Ich hab mir das gleich gedacht. Sie wollt' ja nicht begreife', dass sie in Gefahr war!«

Die Tür zum Büro öffnete sich.

»Guten Morgen, Albrecht! Lass die Jacke gleich an, wir fahren los.«

»Nein! Das kann doch nicht sein! Alle waren gewarnt!«

»Wir fahren in die Comeniusstraße.«

»Zu Beate Michaelis?«

»Ja. Gestern Abend habe ich ihr noch polizeilichen Schutz angeboten. Mir war einfach nicht wohl dabei, sie sich selbst zu überlassen. Sie schien mir am ehesten in Gefahr zu sein. Aber sie lehnte ab«, berichtete Nachtigall und fragte dann: »Wann kam die Meldung?«

»Vor etwa zehn Minute'. Grad bevor du zur Tür rein bist, hat der Kollege ang'rufe'.«

»Da hilft jetzt kein Zetern. Michael, du informierst die anderen Freunde. Am besten sollten sie zu Hause bleiben. Wer will, bekommt einen Beamten zur Sicherheit.«

Der Hauptkommissar lief los, und Skorubski beeilte sich, mit ihm Schritt zu halten.

Die Comeniusstraße hätte, ohne die Streifenwagen, das Absperrband und die hektischen Aktivitäten der Polizei, einen friedlichen Eindruck machen können. So jedoch war schon von Weitem zu sehen, dass hier ein Verbrechen geschehen sein musste.

An den Fenstern der umliegenden Häuser standen die Menschen neugierig hinter den Scheiben und sahen hinunter auf die Einfahrt des villenähnlichen Gebäudes. Diese Art Tod war öffentlich – und jeder wollte seinen Anteil am Spektakel bekommen.

»Voyeure!«, knirschte Nachtigall und schüttelte sich angewidert.

Peddersen erkannte die beiden Kripobeamten sofort und lief ihnen entgegen.

»Der Name der Toten ist ...«

»Beate Michaelis«, setzte Nachtigall den Satz fort.

»Na, wenn schon alles bekannt ist, dann brauche ich ja nichts mehr zu sagen«, grunzte Peddersen verärgert.

»Sie war die Freundin eines anderen Mordopfers. Wir hielten sie für ebenfalls gefährdet – sie schätzte die Situation aber anders ein«, erläuterte Nachtigall, und Peddersen nickte versöhnt.

»Sie liegt auf den Stufen vor dem Hauseingang. Sieht schrecklich aus. Dr. Manz ist bei ihr. Er meint, sie sei von hinten erschlagen worden – vor ungefähr sechs bis neun Stunden.«

»Danke. Hat schon jemand einen Blick in die Wohnung geworfen?«

»Ja. Alles durchwühlt.«

»Hm.«

Peter Nachtigall glaubte zu wissen, was ihn am Tatort erwartete.

Beate Michaelis würde genauso entstellt sein wie Claudine Caro und Meinert Hagen. Und das konnte bedeuten, dass auch sie nicht den Schlusspunkt dieser Serie markierte.

Entschlossen trat er durch das Tor und ging auf das Eingangsportal zu.

Als er nahe genug herangekommen war, um Genaueres zu sehen, wurden seine Knie weich. Er spürte, wie alles Blut aus seinem Kopf in die Beine sackte, und griff Halt suchend nach einem Metallgeländer.

Beate Michaelis' Verstümmelungen glichen nicht denen der anderen Opfer.

»Tja – was soll ich sagen«, Dr. Manz räusperte sich unbehaglich. »Von hinten erschlagen, schmale, scharfe Klinge, der erste Schlag ging in die Kniekehle. Augen, Nase, Zunge, Ohren – wie gehabt. Kein Loch in der Stirn. So weit alles wie beim letzten Opfer – doch dann muss den Täter eine unbändige Wut ergriffen haben – anders kann ich mir nicht erklären, warum er das mit ihrem Gesicht gemacht hat.«

Beate Michaelis' Gesicht war nicht mehr vorhanden.

Der gesamte knöcherne Bereich des Gesichtsschädels war zertrümmert.

»Kann es sein, dass er ihr erst nach der Durchsuchung der Wohnung das Gesicht zerstört hat?«, ächzte Nachtigall und wünschte sich weit weg von hier.

»Wenn Sie sich übergeben müssen, dann bitte nicht hier!«, mahnte Dr. Manz, und Nachtigall atmete tief durch.

»Hören Sie! Ich weiß, was Sie jetzt gleich sagen werden! Ihr Empathievermögen hilft Ihnen, Ihre Fälle zu lösen. Ist mir recht. Aber wenn Sie wertvolle Spuren vernichten, ist niemandem geholfen.«

»Ist es denkbar, dass ihr Gesicht erst nach der Durchsuchung der Wohnung …«

»Ja! Aber ob es so war, findet der Gerichtsmediziner raus.«

Dr. Pankratz fuhr vor, ebenso Emile Couvier.

Peter Nachtigall war erleichtert, den Tatort verlassen zu können, um ihnen Platz zu machen.

Der Gerichtsmediziner reichte ihm zur Begrüßung eine kalte, knochige Hand und streifte dann Handschuhe über, um sich dem Opfer widmen zu können. Emile klopfte Nachtigall auf die Schulter und blieb dann unbewegt in der Einfahrt stehen. Er schien die Szenerie förmlich in sich einzusaugen. Andere konnten leicht den Eindruck gewinnen, er sei nicht bei der Sache, doch Nachtigall wusste, der Fachmann für operative Fallanalysen war in diesen Momenten hoch konzentriert. Sein phänomenales Gedächtnis prägte sich jede Kleinigkeit ein, während in ihm Bild für Bild der Film entstand, der den möglichen Tathergang zeigte.

Auch wenn er es nur ungern zugegeben hätte, war der Hauptkommissar in diesem Moment dankbar dafür, dass Emile am Tatort erschien, obwohl er von diesem Fall abgezogen worden war.

Die beiden Ärzte fachsimpelten über den erkaltenden Körper. Ihre Stimmen klangen wie aus weiter Ferne. Nachtigall wurde schwindelig – er drehte sich langsam um und stieg mit unsicheren Schritten die Treppe zu Beate Michaelis' Wohnung hinauf.

Er hätte diesen Mord verhindern müssen!

Schon beim Eintreten empfing ihn heilloses Chaos.

Diesmal schien der Täter noch gründlicher gesucht zu haben als bei Meinert Hagen. Selbst die Teppiche waren aufgerollt und alle Schränke ausgeräumt worden, Tische, Stühle und einige Schubladen lagen umgestürzt auf dem Boden. Die Kugel, mit deren Hilfe Beate Michaelis in die Zukunft sehen zu können glaubte, war ins Bad gerollt.

»Kann ich mich hier schon umschauen?«, rief Nachtigall von der Tür aus.

»Ja. Aber nicht im Schlafzimmer. Da sind wir noch nicht fertig. Und Handschuhe nicht vergessen!«

»Gut.«

Nachtigall schob seine Finger in die Latexhandschuhe und hob die Kugel auf. An einer Stelle war sie beschädigt.

»Habt ihr gesehen, dass diese Glaskugel einen Schaden hat?«, fragte Nachtigall einen der Kollegen vom Erkennungsdienst.

»Ja. Wir haben auch Fotos davon gemacht.«

»Wie kann man ein Stück aus einer Kugel schlagen? Ich dachte immer, die runde Form sei die stabilste in der Natur.«

»Stimmt schon.« Der Kollege nahm die Glaskugel in die Hand und inspizierte den Schaden intensiv.

»Mit einem Schürhaken könnte man vielleicht so ein Loch hineinschlagen. Wenn wir einen finden, überprüfe ich das«, versprach der Beamte und eilte weiter.

Während Nachtigall von Raum zu Raum ging, ließ er das Chaos auf sich wirken. Würde er eine Methode dahinter entdecken, könnte er vielleicht herausfinden, wonach der Mörder suchte.

»Wie lange braucht man, um aus einer sauber aufgeräumten Wohnung solch ein Durcheinander entstehen zu lassen?«, fragte er in den Raum hinein.

»Wenigstens ein bis zwei Stunden, denke ich«, antwortete einer der Beamten und pinselte eine Schubladenfront ein, um Fingerabdrücke zu nehmen.

»Quatsch!«, widersprach ein anderer. »Mein Sohn braucht dazu bestenfalls zehn Minuten.« Die Kollegen lachten.

»Im Alter deines Sohnes haben sie das noch richtig gut drauf – diese Fähigkeit verliert sich mit dem Alter«, kommentierte ein anderer, der gerade seinen Kopf zur Tür hereinstreckte.

»Herr Nachtigall?«

»Ja!«

»Wir haben in einem Garten ein paar Häuser weiter einen blutverschmierten Schürhaken gefunden. Die beiden Ärzte da unten sind der Ansicht, dass der Mörder seinem Opfer wahrscheinlich damit das Gesicht zertrümmert hat.«

»Danke.«

Der Kopf verschwand wieder.

»Habt ihr irgendwo ein Kaminbesteck gefunden, bei dem ein Schürhaken fehlt?«, wollte Nachtigall wissen.

»Ja – der Kamin ist im Arbeitszimmer oder der Bibliothek – wie auch immer Sie den Raum nennen wollen. Und der Haken ist bisher tatsächlich noch nicht aufgetaucht. Wenn meine Tochter erfährt, wie feudal Studenten heute wohnen, will sie glatt mehr Unterhalt. Das arme Kind wohnt in einem kleinen Zimmer in einer WG.«

»Die Wohnung gehört der Tante der Studentin.« Nachtigall konnte dieses Gescherze und Gerede an Tatorten nur schwer ertragen. Er empfand es als Beleidigung, ja Entwürdigung des Opfers, wusste aber, dass die anderen seine Ansicht nicht teilten.

Schweigend sah er sich weiter um.

Die Teppiche hatte der Täter aufgerollt und an die Wände gezogen.

Das Parkett darunter war makellos – keine losen Teile, unter denen ein Versteck vermutet werden konnte.

Alle Kleidungsstücke lagen verstreut umher, die Schubladeninhalte ebenfalls. Etwas Großes konnte es demnach nicht sein, was versteckt werden sollte. Im Gegenteil – der Gegenstand war bestimmt eher schmal und klein. So klein, dass man ihn hätte unter den Teppich schieben können, ohne beim Laufen darüber zu stolpern?

45

Beate Michaelis' Eltern wohnten in einer Wohnung in Schmellwitz.

»An der Zuschka um die Ecke – wir fahren am besten gleich hin«, beschloss Nachtigall. »Hier können wir ohnehin nichts mehr tun. Falls die Kollegen etwas finden, werden sie uns verständigen.«

»Stimmt was nicht?«, fragte Skorubski, dem der trostlose Unterton aufgefallen war.

»Wir hätten diesen Mord verhindern müssen! Nein! Ich hätte diesen Mord verhindern müssen! Wir haben gewusst, dass Beate Michaelis unsere Warnungen nicht ernst genommen hat. Sie war zu selbstbewusst und hat nun mit ihrem Leben bezahlt. Eine Beamtin in ihrer Wohnung! Aber sie wollte nicht, und ich habe nicht nachhaltig genug insistiert.«

»Nun mach aber mal 'nen Punkt! Die junge Frau wusste von unseren Ermittlungen, war informiert und hat sich selbst gegen einen Schutz entschieden. Sie war intelligent und brauchte kein Kindermädchen. Dich trifft keine Schuld!«

»Sie hat das Risiko nicht erkannt – konnte es nicht erkennen. Ich hätte ihr die Augen öffnen müssen!«

»Nicht einmal Emile war der Auffassung, man müsse jemanden mit Nachdruck dazu bringen, Polizeischutz anzunehmen – er respektierte die Entscheidung auch.«

»Ich weiß, wie oberflächlich junge Mädchen in diesem Alter sind«, beharrte Nachtigall und Skorubski beschloss, das Thema erst einmal ruhen zu lassen.

»Hier wohnen die Eltern?«, fragte Nachtigall verblüfft, als Skorubski den Wagen auf dem Parkplatz vor einer Plattenbausiedlung abstellte.

»Wenn die Adresse stimmt, die Michael uns durchgege-
ben hat.«

»Die Eltern wohnen in einer P2-Wohnung, und der Tochter steht eine Luxuswohnung zur Verfügung. Das ist ziemlich ungewöhnlich, denkst du nicht?«

»Hat sie uns nicht erzählt, sie dürfe die Räume nur nutzen? Vielleicht war es besser auszuziehen – Streit zwischen
ihr und den Eltern«, spekulierte Skorubski.

Nachtigall nickte. »Denkbar. Welche Hausnummer?«

»17 – das muss dort drüben sein!« Skorubski zeigte auf
einen Hauseingang, der all den benachbarten glich.

»Wenn du hier betrunken nach Hause kommst, hast du
ein Problem«, murmelte er dann.

Herr Michaelis, ein ergrauter Endfünfziger mit kantigen
Gesichtszügen und intensiv meerblauen Augen, erwartete
sie in der Tür stehend mit abweisender Miene.

»Sie sind der Vater von Beate Michaelis?«

»Wie man's nimmt«, antwortete der asketische Mann, und
Nachtigall erkannte, dass dieser sprachliche Spielzug zur
Eröffnung nicht so gut taugte, wie er gehofft hatte.

»Wir würden gerne mit den Eltern von Beate Michaelis
sprechen. Kriminalpolizei Cottbus. Albrecht Skorubski, und
mein Name ist Peter Nachtigall«, versuchte er es eher klas-
sisch.

»Aha!«

Der Mann blieb ungerührt stehen.

»Können wir bitte einen Moment reinkommen?«

Sie steckten die Ausweise wieder ein und warteten, während der Angesprochene sich zu einer Entscheidung durchrang.

»Na gut. Hat sie was ausgefressen? Oder kommt jetzt schon
die Kriminalpolizei, wenn Studenten eine Vorlesung schwän-
zen?«, er lachte keckernd und ging voran.

»Bianca! Die Polizei ist hier und will von dir wissen, ob ich der Erzeuger von Beate bin«, grölte er den Flur entlang.

Eine Tür öffnete sich einen Spalt breit, ein rundes, fröhliches Gesicht unter einem Handtuchturban erschien.

»Wegen so was kommt gleich die Polizei vorbei?«, staunte die Frau und meinte gelassen. »Klar du! Wer denn sonst?« Und schloss die Tür wieder.

Sekunden später war das hohe Pfeifen eines Föhns zu hören.

»Da hören Sie es selbst!« Herr Michaelis wandte sich mit triumphierendem Lächeln zu den Ermittlern um. »Sie muss es ja wissen. Uns Männern bleibt – bei allen angebrachten Zweifeln – nur übrig, ihnen zu glauben.«

»Herr Michaelis – wir sind weder hier, um Ihre Vaterschaft zu klären, noch um eine schwänzende Studentin zu finden. Es tut mir leid, dass ich Ihnen diese Nachricht überbringen muss. Wir haben heute Morgen Ihre Tochter ermordet aufgefunden.«

Zunächst änderte sich nichts am Gesichtsausdruck des Vaters, das triumphierende Lächeln blieb, und Nachtigall fürchtete schon, er habe zu leise gesprochen. Doch dann verflüchtigte es sich, und Herr Michaelis begann zu zittern.

Zuerst nur an den Händen.

Dann schlugen die Zähne aufeinander.

Zuletzt gaben die Beine nach.

Nachtigall sprang hinzu, umfasste den mageren Körper des Mannes und führte ihn langsam, Schritt für Schritt zu einer Couch im Wohnzimmer.

Aus dem Bad kam noch immer das sausende Pfeifen.

Ein Geräusch wie aus einer anderen Welt.

»Tot? Beate?«, hauchte der Vater und rang um Fassung.

»Ja. Sie muss ihren Mörder direkt vor der Haustür getroffen haben.«

»So einen perversen Vergewaltiger?« Seine Augen schwammen in Tränen.

»Das können wir zum jetzigen Zeitpunkt nicht ausschließen. Aber wir gehen davon aus, dass es sich um den Täter handelt, der auch schon zwei ihrer Freunde getötet hat.«

»Wäre sie bei uns geblieben – nie hätte der Mörder sie hier erwischen können. Ich hätte sie beschützt.«

»Aber Beate wohnte lieber näher an der Uni?«, fragte Nachtigall diplomatisch.

»Ha!«, bellte Herr Michaelis. »So ist es nicht gewesen! Nein! Es gab Probleme – wie sie eben auftreten, wenn drei Erwachsene in einer kleinen Wohnung mit nur einem Bad, einer Küche, einem Kühlschrank zusammenleben. Beate wollte frei sein – ›Regeln? Nein, danke!‹ wurde zu ihrem Lieblingsspruch. Aber diese Konflikte gibt es in anderen Familien auch. Wir hätten's auch in den Griff bekommen, ganz sicher! Aber die Schwester meiner Frau – nur wenig älter als Beate selbst – musste sich ständig einmischen. Hat dem Kind Flausen in den Kopf gesetzt und vom Anspruch auf ein selbstbestimmtes Leben gefaselt.«

Er barg sein Gesicht in den Händen.

Als er wieder aufsah, war sein Gesicht tränennass.

»Beate hat immer schon für ihre Tante geschwärmt. Meinte, sie sei ein unabhängiger Geist, der lebe, was er sage. Aber Gudrun konnte sich diese Unabhängigkeit auch leisten. Sie war schon immer das verwöhnte Nesthäkchen der Familie. Geldsorgen kannte sie nicht. Vor vier Jahren hat sie den Jackpot im Lotto geknackt, seither machte sie nur noch, woran sie Spaß hatte. 24 Millionen Euro! Da kann man leicht eine große Klappe haben!«

»24 Millionen Euro«, echote Skorubski beeindruckt.

»Ja. Davon hat sie unserer Kleinen die Wohnung in der Comeniusstraße gekauft, nennt sich seither Amaryllis Garden und veröffentlicht zusammen mit jemandem, der sich auskennt, Gartenratgeber. Sie steuert bloß die tollen Fotos bei – mit Pflanzen hat sie noch nie Glück gehabt.«

»Dann gehörte die Wohnung Ihrer Tochter? Sie erzählte nämlich, sie dürfe nur darin wohnen.«

»Na ja. Was sollte sie denn ihren Freunden die Wahrheit erzählen? Das hätte doch nur Neid verursacht, sie wäre zum Außenseiter geworden. Also hat sie die Wirklichkeit studententauglich aufgearbeitet.«

»Und Ihre Frau wurde von dem Geldsegen nicht bedacht?«, fragte Albrecht Skorubski und erntete einen so hasserfüllten Blick, dass er zusammenzuckte.

»Nein! Wo denken Sie hin! Das habe ich verboten. Sie hat uns unser Kind entfremdet – von dieser Person nehmen wir kein Almosen!«

Niemand hatte registriert, dass der Föhn verstummt war.

So fuhren sie zusammen, als Frau Michaelis gut gelaunt in den Raum flötete: »Was macht ihr denn für Gesichter? Es ist schließlich keine Schande, der Vater einer Ökologiestudentin mit Hellseherqualitäten zu sein!«

»Deine Schwester hat unsere Beate umgebracht!«, herrschte ihr Mann sie an.

Das, dachte Nachtigall, als er die bewusstlose Frau auffing, war eine sehr eigenwillige Zusammenfassung der Ereignisse. Er warf dem Vater einen zornigen Blick zu.

»Meine Schwester? Amaryllis? Das kann ich gar nicht glauben. Beate? Beate ist doch nicht tot, oder?«, flüsterte Frau Michaelis, die langsam das Bewusstsein wiedererlangte.

»Es tut mir leid – Beate ist tot. Aber Ihre Schwester war nicht die Täterin.«

»Wer dann?« Sie setzte sich auf.

»Wir glauben, es war derselbe Mörder, der auch Beates Freunde getötet hat.«

»Oh, nein! Sie ist gestorben wie Claudine und Meinert?«, stöhnte die Mutter gequält.

»Siehst du, ich war gleich dagegen, dass Beate auszieht! Und vor der Schwarzen habe ich sie auch gewarnt! Bringt nur Ärger, habe ich ihr gesagt. Aber sie wollte ja nicht hören! Dabei ist es doch klar – denen können sie nicht einmal richtig in die Augen schauen. Ganz dunkel, fast undurchdringlich.«

»Beate und Claudine waren eng befreundet?«, fragte Nachtigall, der nur mühsam seinen Ärger über die ausländerfeindlichen Kommentare des Vaters verbergen konnte.

»Beate hatte nicht viel Freizeit – aber wenn sie frei hatte, unternahmen die beiden gerne etwas gemeinsam«, schniefte Frau Michaelis.

»Hat Beate Ihnen gegenüber erwähnt, Claudine habe ihr etwas zur Aufbewahrung überlassen?«

Die Mutter überlegte.

Doch dann schüttelte sie energisch den Kopf.

»Nein, wir haben über ihre esoterische Veranlagung gesprochen. Darüber, wann Klausuren anstehen, und über Amaryllis, die dafür sorgen wollte, dass Beate als Seherin berühmt wurde. Das Übliche.«

»Deine Schwester hat unserer Beate nur Dummheiten in den Kopf gesetzt. Esoterische Begabung? Ha! Auch so ein Quatsch!«

»Amaryllis hat eben Beates Träume unterstützt. Im Gegensatz zu uns hat sie immer an Beate geglaubt«, heulte Frau Michaelis auf.

»Ich möchte meine Tochter sehen!«, forderte der Vater vehement.

»Damit du ihr selbst im Tod noch Vorwürfe machen kannst? Kommt gar nicht infrage!«, widersprach seine Frau heftig.

»Gibt es an ihrem Körper unveränderliche Merkmale? Eine

besonders geformte Narbe zum Beispiel oder ein spezielles Muttermal?«, fragte Nachtigall in die Auseinandersetzung zwischen den Eheleuten hinein.

Die Eltern warfen sich ratlos-entsetzte Blicke zu.

»Ihre Ohren wurden angelegt. Da war sie noch ein Kind«, begann die Mutter zögernd und brach in Tränen aus, als sie Nachtigalls beredtes Gesicht sah.

»Am Knöchel links«, gab der Vater heiser an. »Ein Bänderriss. Beim Skifahren«, presste er noch mühsam hervor.

Nachtigall wandte sich zum Gehen.

Das musste reichen.

46

Michael Wiener sah sofort bei der Rückkehr der Kollegen, dass sie Schreckliches am Tatort vorgefunden haben mussten. Nachtigall und Skorubski nahmen wortlos hinter ihren Schreibtischen Platz und stierten auf die Akten und Notizen, die dort lagen.

»So schlimm?«

»Schlimmer!«, antwortete Skorubski.

»Diesmal hat er seinem Opfer das Gesicht zertrümmert«, erklärte Nachtigall, »Dr. Pankratz und Emile sind noch dort. Hat eigentlich die Befragung der Anwohner irgendeinen Hinweis ergeben?«

»Die meisten haben geschlafen – und die Schlafzimmer liegen in Richtung Garten. Also an der straßenabgewandten Seite. Die Kollegen sind ja noch vor Ort – mal schauen, ob nicht doch jemand etwas gehört oder gesehen hat.«

»Wer hat denn die Frau entdeckt?«

»Der Zeitungsbote. Ich habe ihn für heute Mittag zu uns einbestellt. Weil er seine Tour fortsetzen musste, konnte er nicht bleiben«, erklärte Skorubski.

»Hast du dir den Namen notiert?«, fragte Wiener und grinste breit, als der Kollege empört antwortete:

»Ja, natürlich! Schließlich mache ich den Job hier lang genug! Er heißt Benjamin Schramm. Arbeitet für die ›Lausitzer Rundschau‹.«

Es klopfte.

Als sich die Tür öffnete, erschien ein Wesen wie aus einer anderen Welt im Raum. In ein Kleid aus glänzender, orangefarbener Seide gehüllt, mit einem Turban aus dem gleichen Material, trat eine schlanke, große Frau ein. Ihre schwarze Haut schimmerte, sie hatte sinnliche, volle Lippen und geheimnisvoll dunkle Augen. Ein betörender, blumiger Duft umgab die Gestalt.

»Nehmen Sie doch bitte Platz.« Michael Wiener sprang eilfertig auf und stellte einen Besucherstuhl zurecht. Graziös ließ sich die Schönheit darauf nieder.

Mit etwas Verspätung erschien nun auch Bengabo, der Barkeeper, und baute sich mit verschränkten Armen und kaltem Blick hinter der Frau auf.

»Das ist Serafine«, stellte Skorubski vor. »Dies ist Hauptkommissar Nachtigall und das unser Kollege Wiener.«

»Serafine Marquez«, polterte der Barkeeper.

»Frau Marquez ist zu Gast im Hause von Frau Alvarez. Soweit ich weiß, war sie nicht mit Claudine Caro verwandt, aber befreundet.« Skorubski warf Bengabo einen fragenden Blick zu, doch der schwieg abweisend.

»Ja«, antwortete Serafine schlicht.

»Sie verstehen unsere Sprache?«, erkundigte sich Nachtigall, und die Schöne nickte.

»Wo haben Sie Deutsch gelernt?«

»In unserem Dorf wohnt ein alter Mann. Er kommt aus Deutschland. Wenn jemand die Sprache gerne lernen möchte, bringt er sie ihm bei. Er meint, so kann er sich wenigstens mal wieder mit einem anderen in seiner Sprache unterhalten.«

Nachtigall war zufrieden. Sie verstand und konnte auch wohlgesetzt antworten.

»Seit wann kannten Sie Claudine Caro?«, startete er dann mit der eigentlichen Befragung.

»Schon seit unserer Kindheit. Sie war ein wenig älter als ich. Aber wir stammten aus demselben Dorf, und unsere Familien wohnen dicht beieinander.«

»Wusste Claudine, dass sie zurzeit auch hier in Cottbus sind?«

Serafine zögerte einen Moment mit der Antwort.

»Nein«, sagte sie dann und schüttelte wie zur Bekräftigung den Kopf. »Sie war ja schon eine Weile weg, als Frau Alvarez mich einlud. Und ich hatte keine Gelegenheit mehr, mit ihr Kontakt aufzunehmen.«

Nun, dachte Nachtigall, Telekommunikation und Postwesen mochten auf Haiti noch immer ein großes Problem sein. Aber hatte die Tante nicht mit ihrer Schwester telefoniert, um ihr vom Tod Claudines zu berichten? Gab es überhaupt eine Möglichkeit, mit dem Handy dort jemanden zu erreichen?, fragte er sich dann, und seine Gedanken kehrten zum Fall zurück.

»Wie lange haben Sie Ihre Freundin denn nicht mehr gesehen?«

»Seit sie zum Studium nach Cottbus ging. Aber wir hatten uns versprochen, immer am Abend aneinander zu denken, bevor wir zu Bett gehen. Auf diese Weise reißt das Band nicht ab.«

»Und Claudine hat nie geschrieben – hat nie einen Gruß ausrichten lassen?« Nachtigall war erstaunt. »Sie hat doch bestimmt zu ihren Eltern Kontakt gehalten.«

»Ja. Schon. Manchmal haben sie mir erzählt, Claudine lasse mich grüßen.«

Täuschte er sich oder wich Serafine seinem Blick plötzlich aus? Nachtigall bemerkte auch eine Veränderung in ihrer Körperhaltung. Sie wirkte von einem Moment auf den anderen abweisend.

Die aufmerksame Serafine registrierte seinen forschenden Blick und setzte hinzu: »Ich bin sehr traurig über ihren Tod. Wir wussten doch nicht, wie wenig Zeit uns noch für persönliche Kontakte bleiben würde. In unserem Alter denkt man noch, man hat alle Zeit der Welt – wer glaubt schon, dass der andere so jung sterben könnte?«

»Wir wissen, dass Ihre Freundin sich fürchtete. Hat sie in ihren Briefen nach Hause je etwas davon erwähnt?«

»Das weiß ich nicht. Mit mir haben ihre Eltern jedenfalls nicht darüber gesprochen.«

»In ihrem Zimmer auf dem Campus haben wir Schutzzauber entdeckt.«

»Das ist normal. In meinem Zimmer hängen sie auch. Ihre Mutter hat sie ihr mitgegeben und sie ermahnt, sie an die richtigen Stellen zu hängen. Wissen Sie, im Voodoo gibt es gegen fast alles einen wirksamen Zauber.« Sie schenkte Michael Wiener einen atemberaubenden Augenaufschlag.

»Und Sie sind zu Gast bei Frau Alvarez?«

»Hier ist ihr Ausweis mit Visum«, mischte sich Bengabo patzig ein.

Skorubski nahm das Dokument entgegen und prüfte es umständlich. Bengabo beobachtete jede seiner Bewegungen mit der Aufmerksamkeit eines Raubvogels auf Beutejagd.

»Ja. Frau Alvarez ist die Freundin meiner Mutter. Es ist sehr freundlich von ihr, mich in ihrem Haus aufzunehmen.«

»Und – sind Sie nun endlich fertig?«, zischte Bengabo ungeduldig. »Mehr Fragen an Serafine können Sie ja wohl kaum haben!«

»Diese speziellen Schutzvorrichtungen sollten Puppenzauber abwehren. Wir haben uns erkundigt. Das bedeutet, jemand, der sich mit Voodoo auskennt, hat ein Ritual bestellt und bezahlt, das Claudine töten sollte. Wer konnte ein Interesse daran haben, Ihre Freundin aus dem Weg zu räumen?«

»Das weiß ich nicht! Jeder, der genug Geld hat, kann solch ein Ritual kaufen! Vielleicht hat sie jemanden furchtbar geärgert.« Serafines Stimme überschlug sich, und Nachtigall registrierte, dass ihre Hände begonnen hatten zu zittern. Bengabo legte ihr beruhigend seine Pranken auf die Schultern.

»Nun, einer ihrer Kommilitonen aus Deutschland wird es eher nicht gewesen sein«, fauchte Nachtigall und fragte sich im selben Moment, ob er das wirklich mit dieser Sicherheit behaupten konnte. Beate Michaelis glaubte an die Wahrheit ihrer Kugel – vielleicht glaubte sie auch an die Macht der Voodoo-Gottheiten. »Und inzwischen sterben auch ihre Freunde! Zwei sind schon tot – falls Sie etwas wissen, sollten Sie es mir lieber gleich erzählen!«, setzte Nachtigall gereizt hinzu, und Wiener warf ihm einen irritierten Blick zu.

»Solch ein Zauber ist immens teuer. Wer auch immer ihn in Auftrag gab, muss sehr reich sein«, lächelte Serafine zurück. Sie hatte ihre Kontrolle wiedererlangt. Ruhig hielt sie ihre Hände im Schoß, ein Beben war nicht mehr zu bemerken.

Das wusste Nachtigall bereits. Einem wohlhabenden Verdächtigen waren sie allerdings in diesem Fall noch nicht begegnet. Oder sollte er sich vorstellen, Professor Hagen sei der Drahtzieher hinter all den Morden? Nein, entschied er, dieser Gedanke war zu weit hergeholt!

»Ich glaube, Ihre Freundin ist in Ihrer Heimat jemandem in die Quere geraten. Wer könnte das gewesen sein?«

»Claudine war eine schöne Frau. Immer gut gelaunt, fröhlich, unbeschwert. Solche Frauen sind bei den Männern beliebt und werden von den Frauen gehasst. Aber auch abgewiesene Männer können rachsüchtig sein.«

»Aber mit der Abreise Claudines wären Eifersucht und Rache nicht mehr notwendig gewesen«, widersprach Nachtigall.

»Woher wollen Sie wissen, wie alt der Zauber schon ist? Vielleicht wurde er schon vor einem Jahr in Auftrag gegeben – manchmal dauert es mit der Erfüllung ein bisschen länger.« Sie lächelte wieder.

»Können wir jetzt gehen? Madame wartet sicher schon auf Bengabo und mich«, fragte sie dann mit sanfter Stimme.

»Gut – aber ich möchte, dass Sie die Stadt nicht verlassen. Und falls Ihnen noch etwas einfallen sollte, rufen Sie mich an.« Er reichte ihr den Pass und seine Visitenkarte.

Die junge Frau nickte und verließ an Bengabos Arm das Büro, um von einem Beamten zum Ausgang geführt zu werden.

Alle drei sahen dem Paar nach.

»Miss Marple würde sagen: Sie war's«, grinste Nachtigall, der den verzückten Gesichtsausdruck seiner Kollegen amüsiert registriert hatte.

»Wie kommst du nur auf so etwas?«, empörte sich erwartungsgemäß Michael Wiener, und auch Albrecht Skorubski hatte nur ein »Also wirklich, Peter!« für diesen Kommentar übrig.

»Habt ihr nicht gesehen, dass sie deutlich aufgeatmet hat, als sie zur Tür ging? Miss Marple wusste, dass die Schuldigen das immer zu früh tun. Das reichte ihr als Beweis. Außerdem ist sie schön. Es ist für die Presse viel interessanter, eine schöne Mörderin zu haben als einen unordentlichen, verlebten Mann ohne Zähne!«

»Dann werden wohl unsere Ermittlunge’ bald durch ein Casting im Umfeld des Opfers abg’löst. Na, prima!«, lachte Michael Wiener, und Albrecht Skorubski feixte: »CSDSM! Cottbus sucht den schönsten Mörder!«

»Lasst uns die Liste noch einmal durchgehen!«, brachte Nachtigall die beiden wieder zu den Ermittlungen zurück. »Haben wir wirklich mit allen Freunden und Kollegen gesprochen? Alle gewarnt, bei denen wir eine Gefährdung nicht ausschließen können?«

Es klopfte, und der Hauptkommissar brummte ein ungnädiges »Herein!«.

Ein Kollege reichte ihm einen großen braunen Umschlag. »Das sind die Tatortfotos von heute Morgen.«

»Danke.«

Nachtigall schüttelte die Bilder auf den Tisch, und Michael Wiener sog scharf die Luft ein.

»Das kann man wohl getrost eine Eskalation nenne’!«

»Ja, das sehe ich auch so. Dr. Manz meint, der Täter sei frustriert und habe wegen der Vergeblichkeit seiner Suche nach was auch immer dem Opfer den Gesichtsschädel zertrümmert. Wahrscheinliche Tatwaffe ist ein Schürhaken. Er wurde einige Gärten weiter sichergestellt. Die DNA-Anhaftungen werden zurzeit untersucht.«

»Sind das Aufnahmen aus der Wohnung?« Albrecht Skorubski hielt das Foto mit ausgestrecktem Arm weit von sich, um besser sehen zu können.

»Ja. Alles durchwühlt. Selbst die ›Kugel der Kugeln‹ hat einen heftigen Schlag abbekommen.«

»Alle Teppiche aufgerollt«, Skorubski grübelte. »In der Wohnung von Meinert Hagen war das nicht nötig gewesen – er hatte keine. Nur im Schlafzimmer, aber das war eine befestigte Auslegeware.«

»Das ist mir auch schon aufgefallen«, bestätigte Nachtigall. »Der Gegenstand, den wir suchen, muss sehr dünn oder sehr klein sein. Denn sonst könnte man ihn nicht unter einem Teppich verstecken.«

»Das Amulett?«, spekulierte Wiener. »Solch ein Schmuckstück könnt' man leicht unter den Teppich schiebe'.«

»Möglich. Aber irgendwie dachte ich immer, es sei dicker. Allerdings haben wir das die Zeugen nie gefragt, es schien bisher nicht so wichtig zu sein.«

»Bei unseren Überlegungen sind wir davon ausgegangen, der Mörder habe Claudine Caro das Amulett vom Hals gerissen – das deckt sich ja auch mit dem Obduktionsbericht. Wenn wir nun aber annehmen, der Mörder von Meinert Hagen und Beate Michaelis suche nach diesem Schmuckstück, bedeutet das, wir haben es nicht nur mit einem, sondern mit zwei Mördern zu tun«, kombinierte Nachtigall.

»Zwei?« Albrecht Skorubski war ehrlich entsetzt.

»Na ja. So muss es nicht sein. Wir sind noch immer nicht mit der Rekonstruktion von Hagens Nachmittag fertig – Michael, versuche bitte herauszufinden, wann er nach Hause kam und so weiter. Albrecht und ich besuchen noch einmal die Freunde. Albrecht, du fährst bitte zu Norbert Grundmann und Kristina Morgental. Ich besuche Kirk Damboe und Heide Fischer. Besprechung wie immer. Bis dahin wird vielleicht auch Emile hier sein. Obduktion? Na ja. Sehen wir dann!«

»Ach – Angelika Wiesendorf hat den Computer von Claudine Caro geknackt. 's Passwort war Pommes! Na, egal. Auf dem Computer sind nur abgetippte Mitschriften der Vorlesungen, das eine oder andere Referat. Alle Mails hat sie gelöscht. Der Computer birgt keine Sensationen. Schade.« Wiener legte den Bericht der Kollegin zur Seite. »Ist schon krass. Wir finden eine Tote mit sechs Freunden – und nun gibt es nur noch vier.«

»Alle sind gewarnt«, warf Albrecht Skorubski ein.

»Das ist so eine Sache. Wir wissen ja nicht, wovor und vor wem wir sie warnen sollen. Da ist es schwierig, wirkungsvoll auf sich aufzupassen.«

»Aber das gleiche Problem hatte Claudine ja auch. Deshalb war sie immer erst einmal misstrauisch.«

Michael Wiener stellte sich vor die Pinnwand, an der kaum noch Platz für neue Fotos war. »Auf den Fotos von Beate sieht Claudine entspannt und glücklich aus. Keine Spur von Misstrauen oder Angst.«

»Ja, das ist auffällig. Und ich glaube, ich kann erklären, warum das so ist«, meinte Nachtigall.

»Aha. Auch Miss Marple?«, grinste Wiener.

»Nein – eher Sherlock Holmes. Sie sitzen hier auf einer Wiese. Drumherum gibt es weder Bäume noch Büsche, Häuser oder Schuppen. Du hast freie Sicht, es kann sich niemand ungesehen ranpirschen. Sie hatte tatsächlich in dieser Situation keine Angst.«

»Und warum sagst du das so bedeutungsschwer?«

»Weil es nur ein weiterer Beweis dafür ist, dass sie sich zwar gegen einen Puppenzauber zu wehren versuchte – aber vor einem Menschen aus Fleisch und Blut Angst hatte.«

»Ich denke, wir sollten auch die Tante noch einmal befragen. Ich kann nicht glauben, dass Claudine sich nicht an die einzige Verwandte in diesem fremden Deutschland gewandt haben soll«, überlegte Michael Wiener laut.

»Wenn sie aber einen Zauber aus der Heimat befürchtete, hat sie womöglich jedem misstraut, der mit Haiti in Verbindung stand. Vielleicht ist das der Grund dafür, warum sie auch keinen Kontakt zu ihrer Freundin Serafine aufgenommen hat. Du weißt ja bei solchen Sachen nie, wer sich gegen dich richtet.« Dann fiel ihm etwas ein. »Oh, Michael – kannst du vielleicht auch herausfinden, wo die nächste Voodoo-Société zu finden ist und wie ihr Priester heißt?«

»Ich denke, das weiß ich schon«, er suchte auf seinem Schreibtisch und hielt dann triumphierend einen gelben Klebezettel hoch. »Robin Lang hat mir das aufgeschrieben. Er vermutete wohl, dass dich das interessieren würde. Die nächste ›Gemeinde‹ ist in Erfurt, und der Priester heißt Papa Desmond.«

47

Das Team machte sich an die Arbeit.

Peter Nachtigall suchte Heide Fischer im Fast-Food-Restaurant auf.

Sie zog sich mit dem Hauptkommissar in den Umkleidebereich zurück.

»Claudine war durchaus fröhlich, aber eben auch verschlossen. Besonders, wenn es um private Themen ging. So, als habe sie Sorge, zu viel von sich zu verraten. Aber das mag ja kulturell bedingt sein. Bei uns ist es ja direkt Mode geworden, ständig jedermann über seine Probleme auf dem Laufenden zu halten.«

»Aber Sie wussten von Meinert Hagen?«

»Ja, weil sie es nicht verbergen konnte. Er stand eines Abends plötzlich hier und wollte sie abholen. Na ja, von da an sah ich sie öfter mal zusammen.«

»Und darüber haben Sie nicht mit ihr gesprochen?« Nachtigall dachte an die endlosen Telefonate, die Jule mit ihrer Freundin geführt hatte. Täglich. Stundenlang. Über jede Kleinigkeit. Er unterdrückte ein Seufzen.

»Doch, schon. Ich fand, Meinert passte nicht zu ihr. Aber davon wollte sie nichts hören. Wenn man leben will, sucht man sich nicht einen leblosen Freund!« Erschrocken schlug sie sich die Hand vor den Mund, als ihr bewusst wurde, wie geschmacklos diese Bemerkung war.

»Hatten Sie den Eindruck, die beiden waren miteinander glücklich?«

»Hm. Von außen ist so etwas immer nur schwer zu beurteilen.« Sie zögerte, und der Hauptkommissar nickte ihr aufmunternd zu. »Aber … ja. Ich glaube schon. Wenn sie wirklich einmal über ihn sprach, dann mit leuchtenden Augen. Bei ihm fühlte sie sich offensichtlich gut aufgehoben.«

»Bei unserem letzten Gespräch sagten Sie, Claudine sei Ihre Freundin gewesen. Wer wusste davon?«

»Sie wollen wissen, wer davon wusste, dass wir mehr als nur Arbeitskolleginnen waren? Was ist das denn für eine seltsame Frage?«, wollte sie wissen und sah ihn verstört an.

»Frau Fischer – heute Morgen haben wir eine weitere Freundin Claudines tot aufgefunden. Wir gehen auch in ihrem Fall vom selben Täter aus.«

Sie quiekte leise.

»Und nun wollen Sie mein Gefährdungspotenzial abschätzen?«, hauchte sie und setzte sich auf eine Bank.

Nachtigall nahm vorsichtig neben ihr Platz.

»Wer wusste, dass Sie befreundet waren?«, fragte er ein weiteres Mal.

Heide Fischer überlegte.

»Der eine oder andere Kollege hier bestimmt. Wir haben ja nicht versucht, es geheim zu halten.«

»Könnten auch die Kunden bemerkt haben, dass Sie sich besonders gut verstanden?«

»Wenn Menschen zusammen arbeiten, die sich auf diese Weise gut verstehen, dann ist die Atmosphäre an der Theke eine andere als sonst. Ich kann nicht ausschließen, dass die Leute bemerkt haben, dass wir gerne miteinander arbeiten«, sagte sie dann gedehnt.

»Glauben Sie, Claudine hat ihre Freundschaft mit Ihnen bei den Studenten erwähnt?«

»Mann, Sie stellen aber Fragen! Wenn wir uns begegnet sind, hat sie mich immer herzlich begrüßt – egal, wer dabei war. Da mag auch mal ein Student mitbekommen haben, dass wir uns kennen.«

»Ihre Freundin hatte Angst«, wechselte Nachtigall das Thema.

»Ja. Sie mochte keine Fremden«, antwortete Heide schlicht.

»Warum sucht sich jemand, der Angst vor Fremden hat, ausgerechnet einen solchen Job? Wenn man hier etwas im Überfluss hat, dann doch Kontakte zu Fremden«, fragte Nachtigall verständnislos.

»Wie man's nimmt«, antwortete Heide Fischer zu seiner Überraschung. »Es ist eine Frage der Interpretation. Es handelt sich ja nicht wirklich um Kontakte, was bei uns abläuft. Der Kunde bestellt, wir packen ein und rechnen ab. Kaum hat der Kunde seine Tüte in der Hand und wendet sich zum Gehen, hat er Gesicht und Figur der Bedienung schon vergessen, und auch ich könnte den Kunden nicht mehr beschreiben, ich bediene schon den nächsten. Es muss schon jemand sehr häufig kommen, ehe sich ein Kontakt daraus ergibt – oder er muss eben völlig verschroben sein. Dann bleibt er natürlich auch im Gedächtnis.«

Nachtigall dachte an seinen Besuch bei dem Säbelfreund. »Ein paar der auffälligen Kunden haben wir im Rahmen der Ermittlungen schon besucht.«

»Na, dann wissen Sie ja, wovon ich spreche.«

»Demnach versuchte Claudine nicht, sich vor jemandem zu verstecken.«

»Nein. Sie hatte eine eher fatalistische Einstellung zu diesem Problem. Sie ging davon aus, gefunden zu werden. Es ließe sich nicht verhindern, meinte sie. Aber in ihrem Denken kam es darauf an, vorbereitet zu sein. Es galt, die Gefahr zu registrieren und sich so retten zu können.«

»Manche beschreiben Claudine als entschlossen – war sie das?«

»Ja. Das ist richtig. Selbstbewusst und entschlossen.«

Peter Nachtigall sah Heide Fischer lange forschend an.

»Sie verschweigen mir etwas. Sehen Sie, ich bin lange genug bei der Polizei, um das zu bemerken. Und ich muss Sie warnen: Da draußen läuft ein eiskalter Killer herum, der es auf Menschen aus Claudines Umfeld abgesehen hat. Er tötet sie nicht nur, er verstümmelt ihre Leichen. Die junge Frau, die wir heute Morgen gefunden haben, war kaum mehr wiederzuerkennen. Offensichtlich glaubt er, Claudine habe jemanden in ein Geheimnis eingeweiht und etwas bei ihm versteckt. Bisher haben alle bestritten, von einem Geheimnis oder einem wertvollen Gegenstand gewusst zu haben. Doch der Mörder fragt vielleicht gar nicht erst nach einem versteckten Foto oder geheimen Unterlagen – er tötet sofort! Sie gehen ein hohes Risiko ein, wenn Sie uns etwas verschweigen«, mahnte er noch einmal.

»Wer garantiert mir, dass ich nicht ein viel höheres eingehe, wenn ich rede? Abgesehen davon glaube ich nicht, dass Claudine mir etwas anvertraut haben könnte, das für die Polizei von Interesse ist.«

Besorgt erkannte Nachtigall, dass Heide Fischer ihm nichts mehr zu erzählen hatte.

Sein Handy klingelte, und er drehte sich mit einer entschuldigenden Geste zur Seite.

48

Wilfried Schmitz machte sich lustlos ohne sein Auto auf den Heimweg.

Nach der letzten Runde hatte der Kellner vom ›U-Boot‹ seinen Wagenschlüssel einkassiert.

Nicht ganz unberechtigt, musste Wilfried einräumen, als er einen Poller anpeilte, um zwischen diesem Hindernis und der Hauswand elegant hindurchzuschwanken.

»Vielleicht hätte ich doch lieber den ›Alfa‹ nehmen sollen – dann wäre ich ja auch viel schneller nach Hause gekommen! Was glaubt der Idiot eigentlich? Ich kann gut selbst entscheiden, ob ich noch fahrtüchtig bin«, nuschelte er nun doch wieder uneinsichtig vor sich hin und visierte die nächste Engstelle an.

»Warum müssen die auch immer auf dem Bürgersteig parken? Wer soll denn da noch um die Ecke biegen können, ohne sich zu stoßen?«

Die Alarmanlage des Luxus-BMW enttarnte seine Ungeschicklichkeit.

In einem Tempo, das Wilfried für schnell hielt, verschwand er um die Ecke und wartete versteckt in einem Hauseingang, bis die Lichter im Wohnblock gegenüber gelöscht wurden.

»Durch den Park isses kürzer«, entschied er dann und torkelte weiter.

Die neueste Mordserie in der Stadt beunruhigte ihn nicht wirklich – da jagte jemand Studenten. Aus dem Alter war Wilfried schon lange raus, und so wähnte er sich sicher. Seiner Auffassung nach passte er nicht in das ›Beuteschema‹ des Täters. Kein Grund, etwas zu befürchten.

Als er die Straße verlassen hatte und in die Dunkelheit des Parks eintauchte, fühlte er sich dennoch etwas beklommen. Es war aber auch verdammt dunkel hier! Wilfried beschloss, während er sich an einem Baum erleichterte, den Rest des Heimwegs deutlich zügiger zurückzulegen.

Mit einem leisen Ratschen zog er den Reißverschluss wieder hoch und drehte sich um.

Da hörte er ein Geräusch.

Ein durchaus nicht unbekanntes Geräusch.

Ein metallisches Rasseln.

Sein benebelter Verstand versuchte, eine Verbindung zu einem Gegenstand herzustellen – und als es ihm gelang, wurde ihm heiß und kalt zugleich. Wilfried schwankte, suchte schockiert an einem Baum Halt.

Eine Kette!

Ohne Zweifel!

Sofort wusste er, womit er es hier zu tun hatte. Eine Bande Jugendlicher. Beschaffungskriminalität, das hörte man ja ständig im Radio. Solch eine Metallkette konnte dem Opfer furchtbare Verletzungen zufügen. Die einzelnen Glieder rissen einem Haut und Fleisch buchstäblich in Fetzen von den Knochen.

»Okay, ich werde euch nichts tun, ihr Greenhorns! Da könnt ihr von Glück reden, dass ich noch mal ein Auge zudrücke«, verkündete er laut, hoffte auf eine abschreckende Wirkung und rannte doch vorsichtshalber los.

Volltrunken wie er war, zeigte sich schon nach wenigen Schritten, dass das keine gute Idee war.

Wilfried spürte einen rüden Stoß in der Lendenwirbelsäule, strauchelte und stürzte kopfüber zu Boden. Das Letzte, was sein trübes Wahrnehmungsvermögen registrierte, war ein lautes Keuchen.

Mit einem Seufzer schwand sein Bewusstsein, und Schwärze hüllte ihn ein. Erinnerungen an einen erbitterten Kampf gegen eine Überzahl jugendlicher Straftäter, die Wilfried unerschrocken in die Flucht schlug, die schreiend zwischen den Bäumen davonstoben und um Gnade winselten, brannten sich in sein Gedächtnis.

Wilfried der tapfere Recke!

Schuldbewusst leckte Anni, die Mischlingshündin, über das Gesicht des Bewegungslosen und winselte leise.

Ihr Halsband rasselte, als sie heftig den mächtigen Kopf schüttelte.

Sie hatte ihm doch nur zeigen wollen, wie froh sie war, ihn wiedergefunden zu haben, nachdem er sie bei seinem Aufbruch unter dem Kneipentisch vergessen hatte.

49

Burkhard Grün starrte wütend das Telefon an.

Eigentlich sollte es klingeln!

Bestimmt war wieder irgendwas schiefgegangen, dachte er zornig. Das kam eben davon, wenn man mit Laien arbeitete. Mit jeder weiteren Leiche stieg das Risiko der Entdeckung! Wenigstens hatte man keinen blutigen Anfänger geschickt, sondern einen, der extra geschult war, der die Morde lautlos beging und danach alles genau so arrangierte, wie es nötig war – und, beruhigte er sich, bisher hatte die Polizei keine verwertbaren Hinweise gefunden. Das war immerhin ein Trost.

Ihm fiel die Plastiktüte im Gefrierschrank wieder ein, deren blutigen Inhalt er noch entsorgen musste. Am besten wäre natürlich, er könnte das Zeug irgendwo fressen lassen. Je länger er darüber nachdachte, desto genialer schien ihm diese Lösung.

Fressen lassen!

Auf dem ›Mundenhof‹?

Die Wölfe hätten vielleicht Interesse daran, überlegte er, doch dann entschied er sich dagegen. Wenn die Wölfe das Fleisch nicht vertrugen und wieder erbrachen, würde es den Pflegern auffallen, wenn sie ein Ohr darin fänden. Aber Schweine! Schweine kämen auch als Verwerter infrage. Sie waren robuster. Das einzige Problem bestand darin, die Reste unbemerkt in ihr Gehege zu kippen.

Burkhard Grün zog sich um. Statt Designeranzug und polierten Lederschuhen trug er nun schwarze Jeans, einen ausgeleierten Pullover und eine sportliche Jacke in undefinierbarer Tarnfarbe. Ein Blick aus dem Fenster zeigte ihm, dass es inzwischen begonnen hatte, kräftig zu regnen. Ideale Voraussetzungen!

Bei solch einem Wetter gingen nur die Abgehärtetsten in den Zoo.

Das Handy schob er in die Außentasche, auch die Latexhandschuhe steckte er ein.

Keinesfalls hatte er die Absicht, die Fleischstücke mit bloßen Händen zu berühren.

Fast guter Dinge verließ er sein Loft und fuhr zum ›Mundenhof‹ hinaus.

Das Gelände nahe der Autobahn war in den letzten Jahren kontinuierlich erweitert worden. Inzwischen war der Tierpark eine Attraktion am Rieselfeld. Selbst einen befestigten Parkplatz hatte er bekommen. Gebührenpflichtig.

Geier, fiel ihm ein, Geier fraßen solche Dinge auch. Gab es Geier auf dem ›Mundenhof‹? Er konnte sich nicht erinnern, aber wenn dort welche gehalten wurden, würde er sie schon finden.

Die Wollschweine waren hocherfreut an diesem, für sie eher langweiligen Tag überraschend Besuch zu bekommen. Alle sammelten sich vor dem hölzernen Gatter, drängten sich heran, schnupperten, grunzten, schmatzten und quiekten aufgeregt. Burkhard Grün sah mit Befremden die Ohren, die Augen und die Zungen in ihren Schnauzen verschwinden. Sie hatten nicht einen Moment gezögert. Ekelerregend gierig fingen sie sogar an, sich um die besten Stücke zu streiten.

Immer wieder blickte der attraktive Mann sich um, doch niemand war zu entdecken.

Nach wenigen Minuten war alles vertilgt.

Er wartete noch eine Weile im Regen, um sicherzugehen, dass nichts davon wieder hervorgewürgt wurde, dann schlenderte er durch den Tierpark wie ein ganz normaler Besucher. Besonders lange stand er vor den Volieren der Raubvögel.

Gut zu wissen, dachte er.

Auf dem Rückweg machte sich eine beschwingte Zuversicht in ihm breit.

Es gab keinen Grund zur Sorge – sie würden es schon finden – und den Auftraggeber rundum zufriedenstellen.

Gerade als er den Wagen startete, klingelte endlich das Handy.

50

»So, was haben wir?«

»Es ist wie verhext! Niemand hat etwas g'sehen, g'hört oder bemerkt. Beate Michaelis wurde direkt vor ihrer Haustüre erschlage' – aber von den Nachbarn hat angeblich so früh am Morgen noch niemand einen Blick auf die Straße g'worfe'. Und der Zeitungsausträger hat nur die Tote g'funde', sonst nichts Verdächtiges bemerkt – aber er kam ja auch erst Stunden nach dem Mord«, wetterte Michael Wiener. »Frau Mannstein, die unter Beate Michaelis wohnt, hörte die Studentin nach unten gehe' und die Haustür aufschließe'. Was danach geschah, könne sie nicht sagen, sie sei eingenickt. Ihr Mann bestätigte, seine Frau habe eine Schlaftablette genommen, und es sei schließlich der Sinn dieses Medikaments, dass man schlafe!«

»Wir wissen mehr, als ihr denkt. Der Täter lockt seine Opfer offensichtlich direkt vor seine Waffe. Meinert Hagen bestellte er zum Schwimmbad, Beate Michaelis klingelte er aus der Wohnung. Vielleicht meldete er sich mit dem Namen eines Bekannten, und sie kam herunter und schloss auf. Wir wissen nun, dass es nicht um ein Geheimnis geht, sondern um einen konkreten Gegenstand. Die Wohnung wurde auch nicht zum Schein verwüstet, sondern systematisch durchsucht. Und es muss sich um etwas sehr Kleines handeln. Der Täter vermutete es sogar unter dem Teppich!«

»Das Amulett scheidet aus! Ich habe Frau Treschker ang'rufe'. Sie hat g'sagt, es sei sogar ziemlich massig g'wesen, weil es aus einem Stück Holz g'schnitzt sei. Sie schätzt es war circa drei Zentimeter dick, vielleicht sogar mehr«, erklärte Wiener.

»Der Täter sucht diesen Gegenstand verzweifelt. Er begeht dafür Morde, durchsucht die Wohnungen, wird nicht fündig. Er verliert die Nerven und zertrümmert das Gesicht der jungen Frau, statt es bei den schon bekannten Verstümmelungen zu belassen. Er gerät unter Druck – so, als liefe ihm die Zeit davon. Sieht so aus, als bräuchte er den Gegenstand zu einem bestimmten Termin. Die Angelegenheit entgleitet ihm«, meinte Couvier, der sich ebenfalls eingefunden hatte, weil der Fall ihn nicht losließ.

»Woraus schließt du das?« Skorubski runzelte skeptisch die Stirn.

Die Tür öffnete sich.

Dr. Pankratz trat ein und setzte sich mit einem knappen Begrüßungsnicken mit an den Tisch.

»Die Angelegenheit eskaliert. Das zeigt die zunehmende Anspannung.«

»Ich habe die junge Frau schon obduziert«, erklärte der Rechtsmediziner. »Ich dachte, es ist besser, Sie arbeiten an der Auflösung des Falles, und ich bringe den Bericht persönlich vorbei.«

»Was Neues?«

»Vorgehensweise wie bei den beiden vorangegangenen Morden. Ein Hieb in die Kniekehle, ein Schlag auf den Kopf. Die Tatwaffe entspricht der, die bei den anderen Morden verwendet wurde. Danach entfernte er, was für ihn irgendeine Bedeutung hat. Und dann passiert etwas Neues. Er geht weg, kommt wieder und zerschlägt ihr das Gesicht. Eindeutig wurden ihr die Knochenbrüche später beigebracht.«

»Ha! Das bestätigt unsere Theorie vollkommen. Er sucht nach dem Gegenstand, findet ihn nicht und lässt seinen Frust am Opfer aus«, stellte Wiener erregt fest.

»Bleiben für mich mehrere Fragen: eine ist uns bereits bekannt. Warum klärt er nicht bei einem Gespräch vorab, ob das Ding im Besitz des Opfers ist, statt gleich zu töten? Und: Warum geht Beate Michaelis nachts an die Tür und tritt sogar noch raus in den Hof? Außerdem: Ging die Außenbeleuchtung nicht an? Warum? Oder gibt es gar keine?«, zählte Nachtigall auf.

Emile Couvier trat an die Stellwand und betrachtete die Bilder.

»Sie muss einen guten Grund gehabt haben, genau wie Meinert Hagen. Eigentlich glaube ich nicht an den geheimnisvollen Fremden, der verkündet, er wisse nun, wer der Mörder sei. Das glaubt doch niemand ernsthaft! Und so dumm wäre sie nicht gewesen, einem Fremden nachts die Tür zu öffnen.«

Er nahm schwungvoll wieder Platz und gestikulierte aufgeregt, während er weitersprach. »Ich könnte mir was anderes vorstellen. Nämlich einen Freund, der anruft, einen Freund, der klingelt. Wenn zum Beispiel Kirk Damboe geläutet hätte – ganz aufgelöst verkündete, er wisse nun, wie die Morde zusammenhängen, er habe den Schlüssel gefunden. Wäre sie dann nicht arglos an die Tür gekommen? Sie schließt auf, sieht hinaus, es ist dunkel. Niemand zu sehen. Beate Michaelis tritt auf die Treppe, ruft leise, geht noch zwei Schritte weiter, doch Damboe antwortet nicht. Achselzuckend macht sie kehrt. Auf diesen Moment hat der Mörder nur gewartet. Er tritt aus dem Hinterhalt, lautlos, schlägt zweimal zu, verstümmelt den Leichnam, nimmt den Schlüssel und geht in ihre Wohnung. Sucht, ärgert sich immer mehr. Schon drei Morde und noch immer kein Ergebnis! Er nimmt den Schürhaken und drischt auf die Kugel ein, erreicht aber nur einen winzigen Schaden. Unbefriedigend. Dann macht er kehrt, läuft die Treppe hinunter und schlägt auf die tote Frau ein. Das ist schon besser, schließlich ist sie schuld, dass er wieder nichts gefunden hat. Warum war es auch nicht in ihrer Wohnung? Danach geht es ihm etwas besser, er verlässt den Tatort und wirft den Haken achtlos in einen der Nachbargärten.«

Nachdenklich sahen sich die Versammelten an.

Die lebhafte Schilderung schien ohne Denkfehler zu sein.

Sie waren betroffen.

Betroffen darüber, wie leicht der Täter es gehabt haben könnte, sein Opfer zu überlisten.

»Ja – klingt plausibel – möglicherweise war es genau so«, bestätigte Nachtigall.

»Haben wir eigentlich inzwischen den Einzelgesprächsnachweis von Hagens Handy?«, fragte er dann.

Michael Wiener fischte ein DIN-A4-Blatt aus der Ablage.

»Hier. Die letzte Nummer, die er angewählt hat, ist Claudines Handynummer. Das hat die Telefongesellschaft bestätigt. Das Handy ist aber ausgeschaltet, es lässt sich nicht orten. Die letzte Nummer, die ihn auf seinem Handy angerufen hat, gehört zu einem ausländischen Prepaid-Gerät. Der Eigentümer ist nicht feststellbar.«

»Wir müssten also herausfinden, ob einer der Freunde ein Zweithandy hat?«

»Ja – aber das wird er dir wohl kaum verraten, besonders

dann nicht, wenn er der Täter ist.« Skorubski hieb mit der Faust in die Fläche der anderen Hand. »Wenn wir den Zipfel einer Spur finden, führt sie uns ins Nichts!«, fluchte er laut.

»Was haben die Kollegen von der Sitte unternommen?« Nachtigall wusste sehr gut, dass in dieser Situation nur Beharrlichkeit half. Irgendwann würden sie das entscheidende Ende des Fadens in die Hände bekommen und den Kerl fassen, davon war er überzeugt.

»Die Kollegen beobachten den Laden von Frau Alvarez schon länger. Auf unsere Bitte hin haben sie in einer Routineaktion alle Ausweise und Aufenthaltsgenehmigungen der dort arbeitenden Damen überprüft. Alle sauber. Auch Serafine. Auch Bengabo. Der Barkeeper heißt mit Clear-Name Johannes Nagel, ist Deutscher und wohnt seit seiner Geburt in Cottbus. Es ist selte', dass man einen waschechte' Cottbuser trifft – und dann ist er schwarz.« Wiener lachte leise.

»Und sie haben wirklich alle gecheckt?«

»Nun, alle, die im Haupthaus arbeiten. Jupp Marl, der Leiter der Gruppe, die hier ermittelt, ist sich allerdings ziemlich sicher, dass es irgendwo ein geheimes ›Depot‹ gibt. Das funktioniert dann mit telefonischer Anmeldung unter Eingeweihte'. Sie habe' schon seit Monaten Frau Alvarez im Visier, konnte' das Versteck aber bisher nicht finde'«, informierte Wiener weiter.

»Also doch eine Sackgasse!«, grunzte Skorubski.

»Was ist mit der Überprüfung der Alibis der Kunden. Dieser neorechte junge Mann zum Beispiel. Hatte der ein Alibi?«, wollte Nachtigall wissen.

»Nein«, antwortete Wiener, »hatte er nicht. Er käme infrage.«

»Und das Motiv?« Nachtigall war einen Augenblick sprachlos. Ein Kind sollte diese drei Morde begangen haben?

»Wie wäre es mit Vertuschung?«

»Nein«, mischte sich Couvier an dieser Stelle wieder ein. »Dafür würde er vielleicht einen Mord begehen, aber doch nicht zwei.«

»Er wurde von der Welle an Aufmerksamkeit überrascht, die der erste Mord auslöste, und sah sich gezwungen, zu handeln. Als ›PRO‹ ins Visier unserer Ermittlungen geriet, tötete er, um den ausländerfeindlichen Hintergrund zu vertuschen.«

»Nein«, entschied auch Nachtigall. »Das ist nicht nur unwahrscheinlich, das ist ausgemachter Blödsinn!«

»Was, wenn es in Wahrheit gar keine Serie ist?«, fragte Albrecht Skorubski leise in die entstandene Stille. »Der erste Mord hat Schlagzeilen gemacht, es wurde ausführlich darüber berichtet. Jemand, der eine private Fehde hat, beschließt die beschriebene Methode zu übernehmen, um seine Morde einem anderen unterzuschieben. Er verließ sich einfach darauf, dass wir sie wegen der Waffe und der Verstümmelungen demselben Täter zuordnen würden. Hat ja auch geklappt!«

»Theoretisch ist das sicher möglich. Aber mal Hand aufs Herz: Wer bringt hier Ökologiestudenten um?« Nachtigall schüttelte den Kopf.

»Ein Profikiller der Autoindustrie?«, warf Michael Wiener ein.

»Es gibt viele Ökologiestudenten – warum sterben ausgerechnet die, die Claudine Caro gekannt haben?«, fragte Couvier.

»Das kann doch Zufall sein. Er tötet Ökologiestudenten eines bestimmten Kurses.« Michael Wiener hatte Feuer gefangen. »Möglicherweise liegt es ja am Professor. Habe' wir einen an der BTU, der besonders radikale Haltunge' vertritt? Zum Beispiel Autos verbiete' lasse' will? Autofreie Zonen einführen? Tempolimits?«

»Und wonach sucht der Täter dann?«, kehrte Nachtigall zu den Fakten zurück. »Und warum fragt er nicht?«

»Vielleicht«, meinte Dr. Pankratz, »vielleicht liegt das daran, dass er nicht genug Deutsch spricht?«

Das vorsichtige Klopfen an der Tür fiel in ihr Schweigen wie Donner.

»Herein!«

Ein runder, kahler Schädel sah hinein, und der Kollege verkündete: »Ich habe hier jemanden für euch, der meint, er könne zur Aufklärung der Mordfälle beitragen.«

Damit trat der Beamte zur Seite und machte den Weg für Heide Fischer frei.

51

Norbert Grundmann grinste sein Gegenüber maliziös an.

»Wir fürchten uns nicht«, stellte er fest und zog den Kragen seines Hemdes in Form. Sein Spiegelbild lächelte ermutigend zurück.

»Heute ist Kino angesagt. Und warum sollte ich nicht hingehen? Es macht die anderen auch nicht mehr lebendig, wenn ich zu Hause sitze und Trübsal blase. Meinert, das arme Schwein. Der hatte die schlechtesten Karten, weil niemand ahnen konnte, dass die Morde weitergehen. Aber Beate, die hätte sich schon ein bisschen mehr vorsehen können. Geht nachts vor die Tür und lässt sich erschlagen! Blöd! Dabei waren wir alle gewarnt.«

Er überprüfte den Sitz seiner Hose, nahm das Jackett von der Stuhllehne und schlüpfte hinein. Das Ergebnis war zufriedenstellend.

Zum Kino würde er natürlich nicht laufen, sondern fahren. Mit dem Rad, das verstand sich wohl von selbst.

Beschwingt zog er die Wohnungstür hinter sich zu und war entschlossen, den Abend so weit zu genießen, wie es ihm möglich sein würde.

Als er nach mehr als zwei Stunden Action zu seinem Fahrrad zurückkehrte, fühlte er sich unbesiegbar. Bruce Willis wurde überschätzt, fand er selbstherrlich, nichts, was er nicht auch draufhätte, wenn es die Situation erforderte.

Er bückte sich und nestelte eine Weile am Schloss, bevor es ihm gelang, es aufzuschließen.

Schwang sich in den Sattel und wollte losfahren, stieß aber auf einen unerwartet hohen Rollwiderstand.

Verärgert stieg er ab.

Beide Reifen waren platt!

»Scheiße!«, fluchte Norbert Grundmann aus tiefstem Herzen.

Heide Fischer war sehr blass.

»Nehmen Sie Platz«, bot Nachtigall ihr den Stuhl von Dr. Pankratz an, der die Runde mit den Worten »Ich habe noch einen Patienten im Kühlfach liegen« verlassen hatte.

Die junge Frau schüttelte den Kopf.

»Nein, das ist nicht nötig. Es ist nur – ich habe nie gesagt, ich könne Ihnen bei der Aufklärung der Mordfälle behilflich sein. Ich habe nur Claudines Sachen aus meinem Spind geräumt. Wir teilten uns einen. Als eine neue Mitarbeiterin anfing, gab es einen zu wenig, und so bot ich Claudine an, ihre Sachen bei mir mit einzuschließen. Weil Claudine und ich befreundet waren, dachte der Filialleiter, das sei kein Problem und könne so bleiben.«

Sie stellte sacht eine schreiend orangefarbene Tüte auf dem Stuhl ab.

»Da ist alles drin. Alles, was ihr gehört hat.« Heide Fischer schluckte hart. Nachtigall warf einen Blick in die Tragetasche: ein Pulli, ein T-Shirt, eine dünne Jacke, ein Halstuch.

»Ein Brief?«

Er zog einen Umschlag heraus.

»Das ist ein Umschlag mit Fotos. Von ihrer Familie, nehme ich an. Bestimmt wären ihre Verwandten froh, all diese Dinge zu bekommen.«

»Wir leiten die Tüte an sie weiter«, versicherte Nachtigall.

»Dann gibt es auch keinen Grund für mich, Sie weiter von der Arbeit abzuhalten«, verkündete Heide Fischer und nickte vage in die Runde, um sich zu verabschieden.

»Sie kommen spät mit diesen Dingen. Besser, Sie hätten uns diese Tüte gleich nach dem Mord übergeben.«

»Ja. Das ist wahr. Aber ich war so durcheinander – und ich dachte, bestimmt wird niemand diese Sachen vermissen. Dann könnte ich sie als Erinnerung an Claudine behalten. Inzwischen ist mir klar geworden, dass das ein Fehler war.« Sie lächelte schuldbewusst.

Nachtigall erhob sich.

»Ich begleite Sie zum Ausgang. Man kann sich hier leicht verlaufen.«

Schweigend gingen sie nebeneinander her. Nachtigall spürte, wie seine Begleiterin um den nötigen Mut rang.

Am Ende brachte sie ihn dann doch nicht auf.

Traurig sah der Hauptkommissar ihr beim Einsteigen in ein Taxi zu.

»Du hast solche Angst! Warum vertraust du dich mir nicht an? Was nutzt es dir, wenn dein Schweigen dir den Tod bringt?«, murrte er.

»Und?«, fragte Emile, als er ins Büro zurückkehrte.
»Nichts«, antwortete Nachtigall besorgt.

Norbert Grundmann war wütend.

Er untersuchte die Reifen und fand in jedem einen großen Schlitz.

So ein Scherzkeks aber auch, dachte er bebend, vielleicht sollte man darüber nachdenken, für Fahrradreifenschlitzer die Todesstrafe einzuführen, dachte er hasserfüllt, während er das Rad in Richtung Einkaufszentrum schob.

Das war nun eindeutig die Situation, die er dringend hatte vermeiden wollen.

Von jeher war es ihm verhasst, im Dunkeln allein unterwegs zu sein. Normalerweise war das leicht zu umgehen, es fand sich in der Regel eine Begleitung. Aber ausgerechnet heute schien er der Einzige aus der gewaltsam verkleinerten Gruppe zu sein, der Bock auf Abwechslung hatte, und er war davon ausgegangen, dass er mit dem Rad schnell wieder zu Hause wäre. Schließlich war der Weg nicht weit.

Zehn Minuten.

Mit dem Rad.

Zu Fuß würde er nun erheblich länger brauchen.

Der junge Mann sah sich nervös über die Schulter, als er den kleinen Hügel überwunden hatte. Brachland dehnte sich neben der Straße, in einiger Entfernung lag das Gebäude einer Druckerei. Dort war um diese Zeit natürlich auch niemand mehr, Grundmann fühlte Angst in sich aufsteigen. In seinen feuchten Händen drehten sich die Griffpolster des Lenkers.

Nur noch wenige Meter, und er tauche in völlige Dunkelheit ein, erkannte er, dort war die Straßenbeleuchtung ausgefallen.

Vielleicht wäre es besser, einen Umweg zu nehmen?

Ein Stück zurück zur anderen Querstraße zu gehen?

Er schalt sich einen hysterischen Narren.

Als ihn unerwartet der Schlag traf, knickte er ein.

Ein heftiger Schmerz breitete sich in seinen Beinen aus.

Das ist das Ende, dachte er noch.

52

Sabine schenkte ihrem Bruder ein weiteres Mal Mineralwasser nach.

»Ich verstehe deine miese Laune gar nicht, Peter. Klingt doch alles wunderbar. Jule heiratet ihren Traumprinzen und bekommt ein Baby. Du kriegst endlich deine Herzdame.«

Nicht zum ersten Mal fiel Nachtigall auf, wie viel besser als er seine Schwester aussah. Wenn sie glücklich war, leuchtete sie förmlich von innen heraus. Ihre grünen Augen bekamen dann einen geheimnisvollen Schimmer, der ihr die Aura einer Heilerin verleihen konnte, aber ihr manchmal, je nach Stimmung, auch zu etwas Hexenhaftem verhalf.

»Jule wollte, dass wir alle gemeinsam heiraten, doch Conny hält nichts davon. Sie meint, es sei keine gute Idee, wenn zwei

Paare und drei Generationen gleichzeitig vor den Standesbeamten treten. Vielleicht will sie sich aber auch nur drücken«, schloss er trotzig.

»Quatsch. Drücken will sie sich bestimmt nicht. Aber kannst du ihr Zögern denn nicht verstehen, Bruderherz?«

»Nein«, antwortete Nachtigall ehrlich, »kann ich nicht.«

»Nun stell dir mal vor, Jule und Emile mögen sich eines Tages nicht mehr. Dann wäre euer Hochzeitstag doch mitbelastet. Umgekehrt natürlich auch. Außerdem heiraten Vater und Tochter plus Enkel. Zwischen dreien besteht ein besonderes Verhältnis – und die beiden, die an jenem Tag auch heiraten, werden plötzlich zu Randfiguren. Ich verstehe Connys Entscheidung sehr gut.«

Der große Bruder murrte unzufrieden.

»Wo ist sie denn eigentlich heute?«, fragte Sabine.

»Notdienst.«

»Ach so. Hm. Habt ihr denn schon einen Termin festgelegt?«

»Jule heiratet in sechs Wochen. Die Einladungen gehen noch diese Woche raus. Conny ist der Meinung, wir sollten dem jungen Paar einige Wochen Vorlauf lassen und dann sehen. Sehen! Pah! Ich glaube doch, dass sie ihr Jawort schon bereut«, setzte er heftig hinzu.

»Nein, nein. Bestimmt nicht. Vielleicht hat sie nur Angst vor einer Bindung mit Urkunde und allem Drumherum«, Sabine rückte näher an ihren Bruder heran und kuschelte sich an seine breite Schulter. »Pass mal auf – ich habe da eine Idee für unentschlossene Heiratswillige mit Ungeduldsfaktor«, flüsterte sie ihm ins Ohr und erläuterte dann ihren Plan.

Mehr und mehr hellte sich Nachtigalls Miene auf.

Sein Handy drängte sich in den geschwisterlichen Gedankenaustausch und beendete die wohlige Atmosphäre abrupt, die sich in Sabines Wohnzimmer ausgebreitet hatte.

»Nachtigall!«, bellte er in das kleine Gerät.
»Norbert Grundmann ist überfallen worden!«

53

Der junge Mann sah in dem großen Krankenhausbett verloren aus.

»Oh, Sie? Aber ich bin doch gar nicht tot, oder?«, begrüßte
Norbert Grundmann launig seine beiden Besucher.

»Ja, zum Glück. Sie müssen wohl einen sehr aufmerksamen Schutzengel haben«, antwortete Nachtigall ernst.

»Äh – nein. Es war wohl kein Engel, der mich gerettet hat,
es war mein Fahrrad«, feixte das Opfer und grinste schief.

»Sie haben unsere Warnungen in den Wind geschlagen«,
entrüstete sich Skorubski und sah Grundmann vorwurfsvoll
an. »Um ein Haar wären Sie ermordet worden.«

»Konnten Sie den Täter erkennen? Haben Sie irgendetwas bemerkt? Ein besonderes Geräusch, einen seltsamen
Geruch?«

Grundmann schloss die Augen und überlegte angestrengt.

Dann schüttelte er den Kopf und sah Nachtigall bedauernd an.

»Nein. Er kam unerwartet von hinten. Ich spürte einen heftigen Schlag gegen meine Beine und knickte ein. Aber bevor
ich ganz zu Boden ging, konnte ich den Sturz am Rad abfan-

gen. Er hat bei dem Hieb nur ein Knie erwischt – das andere hatte wohl günstig hinter dem Pedal Deckung gefunden. Vielleicht hat sich sein Schwert oder was immer er benutzt hat, auch in den Speichen verfangen. Ich war ein bisschen benommen – aber nicht bewusstlos. Und ich schrie natürlich wie am Spieß. Das tat tierisch weh. Er ist dann offenbar sofort abgehauen.«

»Sie wurden gerettet, weil ein vorbeifahrendes Taxi Ihre Notsituation erkannte und einen Krankenwagen verständigte.« Skorubski war noch immer verärgert über so viel Leichtsinn.

»Aber das war erst unten an der Kreuzung zur Gelsenkirchener Allee! Bis dahin musste ich auf einem Bein hüpfen. Es blutete wie verrückt, und mir wurde immer schwummriger.«

»Hätte der Taxifahrer nicht sofort gehalten – obwohl sein Kunde das nicht wollte –, wären Sie womöglich dort gestorben.«

»Ja, ja. Ich verstehe Sie völlig. Ich habe auch den Beamten abgelehnt, der mich auf Schritt und Tritt begleiten sollte – ich bin eben lieber frei. Und nun wurde ich überfallen, tja, das ist nicht mehr zu ändern. Mein Plan sah eigentlich vor, dass ich ihm davonradle. Aber als ich aus dem Kino kam, waren beide Reifen platt, und ich musste schieben.« Trotz der allgemeinen Schwäche seiner Stimme war die Empörung bei den letzten Worten deutlich zu spüren.

»Sie glauben, jemand hat dafür gesorgt, dass Sie laufen mussten?«, fragte Nachtigall gepresst.

»Ist ja wohl keine Frage, oder? Die Reifen waren zerstochen.«

»Ist Ihnen klar, was das bedeutet?«

Vorsichtig schüttelte Grundmann den Kopf.

»Entweder kannte der Täter Ihr Rad, das ist eher unwahrscheinlich, oder er folgte Ihnen von Ihrer Wohnung aus und beobachtete, wie Sie das Rad anketteten. Dann bereitete er alles so vor, dass Sie zu Fuß gehen mussten. Möglicherweise lief er ein Stück voraus und erwartete Sie auf dem Streckenabschnitt, der wegen des Ausfalls der Straßenbeleuchtung im tiefen Dunkel lag.«

»Dabei habe ich noch darüber nachgedacht, ob ich nicht umkehren soll, als ich gesehen habe, dass die Lampen nicht brennen«, gab Grundmann kleinlaut zu.

»Aber das war nicht das einzige Risiko, das der Täter einging.« Nachtigalls Miene verdüsterte sich mehr und mehr. »Sie hätten einen anderen Weg nehmen können und, abgesehen davon, wäre es möglich gewesen, dass Sie zufällig jemanden treffen und nicht allein nach Hause gehen. Oder ein Freund brächte Sie im Auto zurück. Sie hätten das Rad einfach stehen lassen können. Und selbst der Bus fährt um diese Zeit noch, oder?«

Norbert Grundmann schwieg betroffen.

So genau hatte er sich das offensichtlich noch nicht überlegt.

Nach einer längeren Pause murmelte der junge Mann mit belegter Stimme: »Er weiß also, wo ich wohne, wo ich mein Rad abstelle, welchen Weg nach Hause ich wählen werde – hätte er mich nicht dort erwischt, dann wäre ich ihm wohl vor meiner Wohnung direkt in die Arme gelaufen. Ich hatte doch gar keine richtige Angst, wissen Sie? Ich war mit Claudine gar nicht wirklich eng befreundet.«

»Sie hatten unglaubliches Glück! Wurde Ihnen etwas entwendet?«

»Meine Kleidung. Die Polizei hat alles mitgenommen, in großen Papiertüten. Ich werde das Krankenhaus splitterfasernackt verlassen müssen.«

Peter Nachtigall lachte leise.

»Bestimmt wird Ihnen jemand etwas zum Anziehen aus der Wohnung holen. Und die Kleidung bekommen Sie wieder.«

»Sie hatten keine Tasche dabei?«, hakte Skorubski nach.

»Nein. Alles in der Hosentasche oder in der Jacke. Aber Ihre Kollegen haben meine ›persönlichen Gegenstände‹, wie sie das nannten, in eine Spuckschale gelegt. Dort müssten Sie alles finden.«

»Wo?«

»Im Schrank. Er hatte nicht viel Zeit mich zu berauben – er hat schnell gemerkt, dass die Sache irgendwie schiefgegangen war.«

Nachtigall öffnete den Schrank und hob die Nierenschale vom obersten Brett.

»Geldbörse, Taschentücher, Kleingeld, Handy, ein Lippenpflegestift, ein Nagelknipser, ein paar Hundekuchen – ist das Ihre eiserne Ration für Hungerattacken?«, Nachtigall schmunzelte und kramte weiter. »Hatten Sie Ihre Schlüssel nicht in die Tasche gesteckt, als Sie losgingen?«, fragte er dann alarmiert.

Grundmann dachte nach.

»Ich kam aus dem Kino. Auf halbem Weg zum Rad habe ich den Schlüssel aus der Tasche gepfriemelt – ist ein großer Schlüsselbund, und er verhakt sich immer.« Er machte eine Pause. »Ich habe ihn bestimmt wieder zurückgesteckt«, erklärte er dann entschieden. »Mit dem dicken Bund in der Hand wäre das Schieben ein echtes Problem geworden.«

Unvermittelt riss Nachtigall sein Mobiltelefon aus der Tasche und stürmte los.

Irritiert sah Grundmann den breiten Rücken verschwinden.

»Wir kommen später wieder«, keuchte Skorubski zum Abschied und lief eilig hinter dem Freund her.

Der Streifenwagen wartete vor dem Hauseingang.

Nachtigall erfuhr, dass man den Einbrecher nur knapp verpasst haben konnte. Die Kollegen hatten das gesamte Treppenhaus und den Keller durchsucht, aber außer einer schwarzen Studentin, die eine Freundin besuchen wollte, sei ihnen niemand begegnet.

Der Hauptkommissar brummte böse.

»Zu spät! Shit! Wieder zu spät!«, fluchte er und rief ein Team der Spurensicherung.

Die Wohnung war verwüstet wie die beiden anderen zuvor.

Auch hier waren die wenigen Teppiche aufgerollt und an die Wände geschoben, Wäsche, Unterlagen, Lebensmittel auf dem Boden verstreut. Selbst die Blumentöpfe hatte der Täter ausgekippt oder umgestürzt.

»Gründlich gesucht«, fauchte Nachtigall verbittert.

»Wenn Grundmann auch nicht hatte, was der Täter sucht, dann ist er doch jetzt außer Gefahr«, stellte Skorubski vorsichtig erleichtert fest.

Peter Nachtigall brummte indifferent.

»Wenn es nur um die Durchsuchung der Wohnungen ging, wären all diese Morde nicht notwendig gewesen – sofern man bei Mord überhaupt von Notwendigkeit sprechen kann. Die Opfer sollten mundtot gemacht werden. Bei Grundmann ist das gründlich fehlgeschlagen.«

»Du meinst, er könnte immer noch ›auf der Liste‹ stehen?« Skorubski schlug fröstelnd den Jackenkragen hoch.

»Ja – und möglicherweise ist es für den Täter wichtiger denn je, ihn aus dem Weg zu räumen. Er weiß nicht, dass er nicht gesehen wurde.«

Skorubski sah seinen Freund entgeistert an: »Und da gehst du einfach weg und überlässt den jungen Mann seinem Schicksal? Mensch, Peter! Stell dir vor, der Täter war womöglich schon da. Grundmann ist doch ganz allein!«

Nachtigall grinste. »Allein mit seiner Familie und einem

Beamten vor der Tür. Ich riskiere doch nicht, dass unser einziger Zeuge ermordet wird. Außerdem wird morgen in der ›Lausitzer Rundschau‹ stehen, er sei nach dem Überfall schwer auf den Kopf gestürzt und die Ärzte hätten ihn wegen der Hirnverletzung in ein künstliches Koma gelegt.«

Im Büro trafen sie auf Michael Wiener.

»Der Artikel, den du wolltest, erscheint morgen auf Seite eins, genau so wie du geplant hast«, verkündete er sofort.

»Gut. Wenn der Täter glaubt, Grundmann könne ohnehin nichts erzählen, hat er es vielleicht nicht so eilig, ihn umzubringen. Natürlich bleibt ein Beamter zu seinem Schutz dort. 24-Stunden-Überwachung! Wo ist Emile?«

»Hier!«, rief die sympathische Stimme des Profilers, der gerade die Tür aufstieß und in den Raum stürmte.

»Hallo. Grundmann hat den Überfall überlebt. Er hat eine Bänderverletzung im linken Knie und einen Schock – mehr nicht. Geht ihm gut. Aber das wissen nur wir – die Öffentlichkeit erfährt etwas anderes. Wie meinst du, reagiert der Kerl nun?«, sprudelten die Informationen förmlich aus Nachtigall hervor.

»Schwer zu sagen«, sie versammelten sich um Nachtigalls Schreibtisch, rückten eng zusammen. »Es ist das erste Mal, dass etwas schiefging – zumindest soweit wir das beurteilen können. Es besteht das Risiko, gesehen worden zu sein.« Couvier überlegte lange, dann meinte er: »Möglicherweise gerät er in Panik. Er ist ein guter Killer, macht keine Fehler. Es gilt, ›die Scharte auszuwetzen‹. Trotz aller Risiken, die er eingeht, haben wir es mit einem Mörder zu tun, der geordnet handelt, plant und durchzieht. Er leidet unter dem Makel. Denkbar ist allerdings auch, dass er sich nun erst einmal zurückzieht und in Ruhe nachdenkt, was er tun kann – und abwartet, was die Polizei unternehmen wird.«

»Welche Variante ist die wahrscheinlichere?«, blieb Nachtigall hartnäckig.

Emile Couvier seufzte. »Was du willst, ist seine Adresse«, beschwerte er sich. »Aber, gut. Wir gehen davon aus, dass wir einen risikobereiten Täter jagen. Einen, der seine Taten nach einem korrekt einzuhaltenden Schema begeht – daran ändert auch die Eskalation bei Beate Michaelis nichts, das war eher Frustration. Ich denke, er wird versuchen, wieder Ordnung in die Angelegenheit zu bringen und den Mord zum Abschluss zu bringen.«

»In Cottbus gibt es nur das Thiem-Klinikum. Er muss nicht nach seinem Opfer suchen. Wenn er es darauf anlegt, ist es keine Schwierigkeit, Norbert Grundmann ausfindig zu machen«, sagte Nachtigall mehr zu sich selbst als zu seinem Team.

»Wie ich dich kenne, hast du längst eine Wache postiert.« Couvier zwinkerte ihm zu.

»Ja – selbstverständlich. Aber jeder hier im Raum weiß ja wohl, wie leicht man die ausschalten kann.«

54

Burkhard Grün war auf dem Weg ins Theater.

Sein Mobiltelefon störte empfindlich angenehme Gedanken an eine Oper mit tragischem Ende. Noch beschwingt von einem hervorragenden Abendessen mit exquisiter Weinauswahl im ›Roten Bären‹, dem ältesten Gasthof Deutschlands, war er nicht auf negative Überraschungen eingestellt, und reagierte entsprechend übellaunig auf die Mitteilung, die ihn nun erreichte.

»Was soll das heißen, ›es hat nicht so richtig geklappt‹?«

Seine federnden Schritte wurden langsamer, als er den Bertholdsbrunnen erreichte.

»Er hat also überlebt. Wie dilettantisch! Das kommt davon, wenn man mit Laien arbeiten soll.«

Seine edlen Lederslipper klapperten rhythmisch auf dem Kopfsteinpflaster.

»Oh, ja! Natürlich wirst du die Sache in Ordnung bringen! Und zwar schnell! Schließlich weißt du ja, was auf dem Spiel steht, nicht wahr?« Seine Stimme wurde betont süßlich. »Wir müssen sonst handeln – und das willst du doch nicht! Nur wird es nicht so schnell gehen, wie du glaubst. Die Polizei ist doch nicht blöd!«

Die Lust auf einen Opernbesuch war ihm gründlich vergangen.

Selbst wenn seine Auftraggeber diese Komplikationen durch die Wahl des Täters zumindest mitverschuldet hatten, würden sie doch ein Scheitern der Angelegenheit nicht hinnehmen. Zu viel stand auf dem Spiel. Und so ganz nebenbei, Burkhard Grün spuckte auf das Pflaster, so ganz nebenbei hatte er dabei einen Ruf zu verlieren.

Ich hätte es doch selbst übernehmen sollen, dachte er zornig, auch wenn er durch diese Variante bei einer Entdeckung nicht in Gefahr geraten würde, verhaftet zu werden. Nichts würde die Polizei erfahren, gar nichts. Die Auftraggeber hatten für einen Fall des Scheiterns entsprechende sichernde Vorkehrungen getroffen. Im Lichte der neuen Entwicklung bekam gerade dieser Punkt eine große Bedeutung. Ein zaghaftes Lächeln umspielte seine Lippen, und seine Schritte gewannen etwas von ihrer früheren Leichtigkeit zurück. Niemand würde ihn mit den Morden im fernen Cottbus in Verbindung bringen – niemand!

»Gefunden hast du es auch diesmal nicht?«, erkundigte er sich ruhiger, während er über weitere Unternehmungen in dieser Sache nachdachte.

»Schlecht. Nicht zu ändern. Lass deine Finger von dem Typen im Krankenhaus – die warten doch nur darauf, dass du dort vorbeikommst. Du nimmst dir den Nächsten vor. Vorgehen wie besprochen. Und, nur damit das wirklich klar ist: Einen weiteren Patzer kannst du dir nicht mehr leisten! Es ist ein Kinderspiel für mich, all deine Albträume auf einmal wahr werden zu lassen – in weniger als einer Stunde! Ich hoffe, wir haben uns verstanden!«

Grün kehrte zu seinem Wagen in der Schlossberggarage zurück.

Heute war er nicht mehr in Stimmung für Kulturgenuss.

Keine halbe Stunde später joggte er auf dem Dreisamdamm entlang, um den Kopf freizubekommen. Was er jetzt dringend brauchte, war ein guter Plan für den Fall, der nächste Überfall scheiterte ebenfalls.

Doch das würde nicht passieren, dachte er am Ende seiner Fitnessrunde zuversichtlich.

Es lag an ihm, das zu verhindern.

55

»So geht das nicht, Papa«, maulte Jule. »Ich werde Emile heiraten, und du tust immer noch so, als hättet ihr nur beruflich
miteinander zu tun. Noch nie hast du auch nur ein einziges
privates Wort mit ihm gewechselt. Wenn er zum Abendessen kommt, redet ihr über den aktuellen Fall – oder über ver-
gangene. Nie über die Dinge, über die sich normale Menschen unterhalten.«

»Aber Jule«, protestierte Nachtigall. »Du willst ihn heiraten, nicht ich. Ich werde nämlich von Conny geehelicht – bin
also schon in festen Händen.«

»Ach, nun sei doch mal ernst! Du könntest doch wenigs-
tens mit ihm was trinken gehen. So unter Schwiegervater und
Schwiegersohn. Ihn nach seinen Hobbys fragen, von deinen
Hobbys erzählen …«

»Habe ich ein Hobby?«

»Papa!«

»Hör mal Jule, es ist dein Leben und du kannst heiraten, wen du möchtest. Aber komm nicht auf die Idee, mir
irgendwelche Kontakte aufzuzwingen!«, ermahnte er seine
Tochter ernst. »Außerdem waren wir gerade erst zusammen
einen Wein trinken.«

Casanova sah alarmiert auf.

Eigentlich hatte er mit einem geruhsamen Abend auf der
Couch gerechnet, doch daraus schien nichts zu werden. Er
spürte genau, wenn seine Menschen anfingen, sich zu streiten.

»Du kennst nicht einmal seine Eltern.«

»Ja, und? Spätestens bei der Hochzeit werde ich sie treffen.
Früh genug, um sich kennenzulernen. Apropos Eltern – du hast
doch deine Mutter zu den Feierlichkeiten eingeladen? Und?«

Jule warf ihm einen bitterbösen Blick zu und schob trotzig die Unterlippe vor wie eine Zwölfjährige.

»Hast du doch?«

»Ja. Aber sie hat noch nicht geantwortet«, schnappte sie patzig zurück.

Wütend schob sie sich aus dem Sessel und stapfte in Richtung Küche zurück.

»Na, Casanova«, neckte Nachtigall den Kater und fuhr ihm mit den Fingern durch das seidige Fell. »Solche Probleme gibt es bei Katzeneltern nicht. Ihr habt's gut.«

Wie zur Bestätigung schnurrte der Kater behaglich mit geschlossenen Augen und streckte seinen Kopf weit vor, damit die Finger seines Menschen unter dem Kinn entlangstreicheln konnten.

Und weil er den Eindruck hatte, Nachtigall habe selbst ein wenig Zuwendung nötig, stieg er mit trägen Bewegungen auf den Schoß des Menschen und rollte sich dort zu einer kompakten Kugel zusammen. Lächelnd kraulte der Hauptkommissar den mächtigen Kopf.

»Männer unter sich, was? Wo ist denn deine Herzensdame abgeblieben?«

Domino war in der Küche und beaufsichtigte die Zubereitung des Abendessens.

»Ich verstehe gar nicht, was er gegen Emile hat. Bei der Arbeit kommen sie auch prima miteinander aus.«

»Das kannst du nicht vergleichen, Jule. Sie lösen gemeinsam einen Fall – da trägt jeder aus seinem Spezialgebiet etwas bei.«

»Ach, sie müssen ja nicht gleich dicke Freunde werden. Er soll doch nur ein bisschen familiärer mit Emile umgehen«, nörgelte Jule.

»Es ist schwierig für ihn. Gerade bei der Arbeit. Er möchte nicht, dass es zu einer Grüppchenbildung kommt, denke ich. Michael und Albrecht könnten das Gefühl bekommen, außen vor zu sein, wenn Schwiegervater und Schwiegersohn gemeinsam ermitteln. Und er braucht das gesamte Team, wenn er gut arbeiten will. Leidet Emile denn darunter, dass Peter nicht so herzlich ist?«

»Ich weiß nicht«, blieb Jule vage.

»Vielleicht ist es ihm ganz recht, nicht vereinnahmt zu werden?«, fragte Conny sacht.

»Wie sieht es eigentlich mit euren Plänen aus?«, riss Jule unvermittelt ein anderes Thema an.

»Wir überlegen noch«, lautete die ausweichende Antwort.«Hast du eigentlich auch deine Mutter eingeladen?«

Jule nickte verstimmt. Das schien ja heute Themenschwerpunkt zu sein.

»Und, hast du dir auch schon überlegt, was du tun wirst, wenn sie wirklich kommt? Peter wird nicht allzu begeistert sein, ihr unvorbereitet in die Arme zu laufen.«

»Na – da fällt mir bestimmt noch was ein.«

»Ich bin dann mal weg!«, rief Nachtigall aus dem Flur.

»Männer auf dem Jakobsweg«, kicherte Conny, und Jule lachte leise mit.

56

Dr. Pankratz wartete bereits im ›Mosquito‹.

Als er Nachtigall hereinkommen sah, schob er sich vom Barhocker, griff nach seinem Glas und zog mit dem Kriminalbeamten in eine ruhigere Ecke in der Nähe der Küche um. »Guten Abend.«

»Hat ja prima geklappt«, freute sich Nachtigall und bestellte bei der jungen Dame ein großes Tonic. »Sehen Sie, ich bin da in einer etwas schwierigen Situation und hoffe, Sie können mir helfen«, begann der Hauptkommissar umständlich, weil ihm plötzlich die richtigen Worte zu fehlen schienen, um seine Bitte gut zu formulieren.

»Sie haben eine Leiche im Garten Ihres Reihenhauses vergraben und möchten, dass ich sie zusammen mit meinen anderen Patienten unauffällig entsorge? Sie werden den Garten neu anlegen, und dabei könnten die menschlichen Überreste gefunden werden?« Dr. Pankratz schnippte mit den Fingern in die Luft. »Kein Problem. Bringen Sie die Teile in einem neutralen Beutel zu Ihrem nächsten Besuch bei einer Obduktion mit!«

Sie lachten.

Die angenehme, entspannte Atmosphäre des Restaurants begann auf sie überzugreifen.

»Nein, ganz so ist es nicht. Ich werde heiraten. Und ich habe Vorbereitungen getroffen, die Braut, die grundsätzlich zugestimmt hat, zu überrumpeln. Ein paar Regeln sind natürlich einzuhalten, aber das habe ich im Griff. Sehen Sie, ich weiß, dass man es heute nicht mehr braucht, und vielleicht bin ich wirklich hoffnungslos altmodisch in manchen Dingen: Würden Sie mein Trauzeuge sein?«, schoss er seine Frage wie ein schweres Geschütz ab und keuchte erleichtert, als er sah, wie der Gerichtsmediziner nachdenklich nickte.

»Wann?«

»Nun, da genau liegt das Problem«, und Nachtigall erläuterte ihm seinen geheimen Plan.

Bei einem zweiten Tonic und einem weiteren Cocktail für den Rechtsmediziner kamen sie zum Fall zurück.

»Jede Nacht gehe ich voller Sorge schlafen, weil ich fast sicher bin, dass wieder jemand getötet wird. Ich kann diese Studenten nicht verstehen. So ein schrecklicher Leichtsinn!«

»Sie haben wahrscheinlich in der Vergangenheit schon Kontakte mit der Polizei gehabt, die nicht so positiv waren. Daher rührt ihr Misstrauen. Außerdem glauben sie in dem Alter, dass sie alle Schwierigkeiten selbst bewältigen können. Hilfe von außen, gar von einer staatlichen Behörde, ist ihnen ein Gräuel.«

»Stattdessen laufen sie im Dunkeln draußen rum und entkommen nur knapp dem Mörder. Unglaublich! Und da sie nicht mit uns zusammenarbeiten, erfahren wir nicht, was sie wissen. Mich quält die fixe Idee, diese Studenten kennen den Täter und decken ihn, weil sie der Meinung sind, solch ein Fehlverhalten könne man durch Gesprächskreise kurieren«, schnaubte Nachtigall.

»Ihr Blutdruck ist nicht in Ordnung«, stellte Dr. Pankratz mit medizinischem Blick fest. »Wenn Sie noch lange Freude an Ihrer neuen Ehe haben wollen, müssen Sie den Blutdruck besser einstellen lassen, und ein bisschen abnehmen wäre auch keine schlechte Idee.«

»Ich arbeite daran«, versicherte der Hauptkommissar und fragte unvermittelt: »Was für einen Ärger gab es denn zwischen Ihnen und Jens Schubert? War nicht zu übersehen, dass Sie beide sich nicht ausstehen konnten.«

Selbst in dem diffusen Licht des Restaurants erkannte Nachtigall, dass Dr. Pankratz schon bei der Erwähnung des Namens dunkel anlief.

»Dieser Mensch! Hat man das so deutlich bemerkt?«

»Ja. Ich wusste bis dahin gar nicht, dass Sie so verärgert reagieren können.«

»Tja. Nun wissen Sie's.«

Nach einer langen Pause entschloss sich der Rechtsmediziner dann doch zu einer Erklärung.

»Also gut. Aber das muss unter uns bleiben. Nicht auszudenken, welche Schwierigkeiten ich bekäme, wenn sich solch eine Peinlichkeit herumspräche.«

Nachtigall sah sein Gegenüber gespannt an.

»Es ist jetzt ein knappes Jahr her, da wurde die Freundin seiner Lebenspartnerin überfallen, vergewaltigt und getötet. Eine Frau Edith Chang. Schubert lebt mit einer Asiatin zusammen. Wir nahmen Abstriche und begutachteten die entstandenen Verletzungen, Hämatome und so weiter. Die ganze Zeit über lief Schubert rum und verkündete seine Auffassung, Frau Chang sei von Rechten überfallen worden, die eben der Meinung seien, Asiatinnen müssten dem Mann bedingungslos zu Willen sein, und deshalb gerade diese Frauen bevorzugt als Opfer auswählten. Ich wurde hinzugezogen und sollte zu den Befunden Stellung nehmen. Ich vermaß gründlich alle Abstände zwischen den Fingerspuren und kam zu dem Ergebnis, dass ein sehr zierlicher Täter zugefasst haben musste. Die Abstriche enthielten zwar Spermien, aber nur wenige. Eindeutige Hinweise auf eine Vergewaltigung konnten wir nicht entdecken. Schubert behauptete, Lia, seine Lebenspartnerin, spräche nicht gut Deutsch und könne deshalb keine Aussage machen – doch das stimmte nicht. Allerdings fanden wir das erst später raus. Schubert erklärte uns, Lia stünde unter Schock. Es sei nicht der erste Fall von

Fremdenfeindlichkeit, behauptete er. Es seien Vergewaltigungen vorgekommen, und man sei sich sicher, der Neonazi aus der Nachbarschaft wäre der Täter. Wir sollten uns bei der Analyse ordentlich Mühe geben, dann könnte der Kerl nun auch endlich dingfest gemacht werden. Nun gut. Am Ende stellte sich Folgendes heraus: Im Haushalt der Changs lebte zu jener Zeit noch der pubertäre Sohn der Freundin Lias aus erster Ehe. Der Vater starb kurz nach der Geburt des Sohnes an den Folgen eines Zeckenbisses. Lia selbst war einige Wochen zuvor von diesem Sohn beim Aufhängen der Wäsche überwältigt und oral vergewaltigt worden. Sie zeigte ihn aus Rücksicht auf ihre Freundin nicht an. Doch ganz offensichtlich nahm der Konflikt zwischen Mutter und Sohn eine dramatische Wendung, der Sohn ermordete seine Mutter. Kein ausländerfeindlicher Hintergrund – sondern ein Mord unter Ausländern. Ich fand diese Katastrophe heraus. Lia versuchte zunächst, den Sohn der Freundin zu decken. Als ich mit ihr sprach und ihr meine Version der Vorgänge schilderte, brach sie in Tränen aus, und so kam die gesamte Wahrheit ans Licht. Der Sohn ist zurzeit in einer psychiatrischen Klinik untergebracht. Schubert wird mir das nie verzeihen   und ich werde ihm nie verzeihen, dass er versucht hat, mich zu überreden, die Ergebnisse umzudeuten und den Überfall einem Rechten anzuhängen, weil die ›sowieso über kurz oder lang so was machen‹. Mit mir nicht!«

»So war das also. Ich behalte es für mich«, versicherte der Kriminalhauptkommissar und dachte an das Disziplinarverfahren gegen Schubert. Vielleicht hatte es ja mit diesem Fall zu tun. »Was wurde aus dem Ehemann der getöteten Freundin?«

»Er hat sich umgebracht.«

57

Unterwegs

Die Überfahrt wurde für die hilflosen, zusammengepferchten Frauen zur Hölle.

Die Männer, deren Obhut man sie anvertraut hatte, kannten weder Mitleid noch Gewissen. Frei von jedwedem Schuldgefühl, ohne lästig mahnende Stimme des Gewissens, taten sie mit der lebenden Fracht, was ihnen beliebte, so oft es ihnen einfiel.

Bei der Übergabe an den Fahrer, Fritz Jakobowski, der den Weitertransport über Land sichern sollte, wurde offenbar, was sie dabei angerichtet hatten.

Kaum eine der Frauen konnte mehr aufrecht stehen, viele hatten Schwellungen und Platzwunden im Gesicht, Prellungen an Armen und Beinen.

»Ihr solltet sie heil hier abliefern!«, brüllte der Kontaktmann die Seeleute an. »Und was bringt ihr mir an? Frauen, die vor Schmerzen kaum mehr gehen können, mit blutunterlaufenen Schwellungen im Gesicht, blutenden Wunden. Der dort drüben habt ihr wohl den Arm gebrochen! Fünf fehlen! Was habt ihr mit denen gemacht? Gefressen? Wimmern und Schluchzen ist fast normal nach einer Überfahrt mit euch – manche werden auch bei euch schon völlig abgestumpft. Aber dieses Elend hier ist ja wohl der Gipfel! Wie sollen die denn arbeiten?«

Selbstbewusst baute sich der Kapitän des Frachters vor ihm auf.

»Es war Teil des Kontrakts«, behauptete er und forderte emotionslos den Rest der Entlohnung für die Passage.

»Du wagst es auch noch, Geld zu fordern?«, empörte sich der Fahrer mit drohendem Unterton.

»Klar! Wenn du nicht zahlst, verpfeifen wir den Transporter«, grinste der vierschrötige Seemann, der Bauernschläue mit Intelligenz verwechselte und die Kaltblütigkeit seiner Geschäftspartner völlig falsch einschätzte.

Fritz Jakobowskis Lächeln war das Letzte, was Kapitän und Besatzung in diesem Leben noch zu Gesicht bekamen.

58

Michael Wiener lud seine Freundin Marnie in den ›Stadtwächter‹ ein.

Das angesagte Lokal an der Stadtmauer war klein, die Treppe schmal. Es gab nur wenige Tische, und so waren sie glücklich, einen im oberen Stockwerk ergattern zu können.

Bekannt war der ›Stadtwächter‹ für seine urige Atmosphäre und seine üppigen Schnitzelportionen in allen möglichen Varianten, doch die Karte hielt viel mehr als das zur Auswahl bereit.

Die Entscheidung war schnell getroffen.

Während sie auf ihre Bestellung warteten, erzählte Wiener vom Vortrag Robin Langs zum Thema Voodoo. Noch immer war ihm seine Begeisterung für diese fremde Religion deutlich anzumerken.

Fasziniert hörte Marnie zu.

»Und da glauben wir immer, Individualität wäre unglaublich wichtig! Andere Kulturen finden gar nichts dabei, dass ihr Körper nur ein Gefäß für einen Geist ist – einen austauschbaren!« Sie hob mahnend den Finger und Wiener seufzte. Heute kein Badisch. Er hatte es versprochen. Marnie wollte nicht auffallen.

»Ich versuche schon die ganze Zeit mir vorzustellen, wie sich das anfühlt. Deine Seele rückt zur Seite und macht einem Geist Platz, der jemandem gehört, der vielleicht völlig anders ist als du selbst. Stell dir vor, du bist schüchtern und verwandelst dich plötzlich in eine sexgierige Nymphomanin.«

»Ja«, lachte Marnie. »Wenn das bei uns passiert, kann man sich vor dem Getuschel der Leute kaum mehr retten. Dort ist es ganz normal.«

Michael Wiener prostete ihr zu und zwinkerte. »Wäre mal eine ganz interessante Erfahrung. Marnie als sexgierige Nymphomanin – für einen Abend – nur für mich …«

»Das könnte dir so passen!«, schüttelte sie in gespielter Empörung den Kopf.

»Aber auf der anderen Seite – ein Leben lang Angst davor haben zu müssen, von irgendjemandem in einen Zombie verwandelt zu werden. Wenn ich mir das genau überlege, kannst du dich in dieser Religion nie sicher fühlen. Ist schon etwas anderes als unser Glaube an einen letztlich doch fürsorglichen Vatergott«, setzte sie dann ernst hinzu.

»Na ja – so fürsorglich ist er nun auch wieder nicht. Wir führen Kriege, Menschen sterben an der Front, an unheilbaren Krankheiten, finden selbst keinen Weg aus der Krise … Fürsorglich stelle ich mir irgendwie völlig anders vor.«

»Ein bisschen so wie bei Mutti?«, neckte sie ihn. »Mit drei regelmäßigen Mahlzeiten, Ratschlägen für alle Wechselfälle des Lebens und Pflastern in der Tasche für den Fall, dass doch mal was schiefgeht?«

»Vielleicht so – ja«, gab er schmunzelnd zu.

Marnie griff über den Tisch und kuschelte ihre kalte Hand unter seine warme.

Vom Nachbartisch drang das Gespräch zweier älterer Damen zu ihnen herüber, die sich offensichtlich einen gemütlichen Weiberabend gönnten. Sie hatten sich Sekt bestellt und stießen mit klirrenden Gläsern an.

»Ach wie schön, dass wir uns heute Abend mal freimachen konnten!«

»Ja«, bestätigte die andere mit schwankender Stimme. »Immer nur Haushalt und Wäsche, das kann es ja auch nicht sein. Und Herbert sitzt die ganze Zeit in seinem Sessel und hebt bestenfalls mal knurrend die Füße an, damit ich drunter durchsaugen kann!«

»Tja, wenn man sie ständig um sich hat, sind sie anstrengend. Mein Sohn hat ja auch noch immer keine Arbeit. Er sitzt den ganzen Tag hinter dem Computer – und seit Neuestem steht er erst am Nachmittag auf. Weil er natürlich nicht müde ist, läuft er die ganze Nacht durch die Wohnung und stört meinen Schlaf. Aber Rücksicht nehmen die jungen Leute keine.«

»Die Arbeitssituation ist wirklich ein ernstes Problem. Das liegt an den vielen Ausländern hier. Die blockieren die freien Stellen. Mein Schwiegersohn ist nun auch schon seit einem halben Jahr ohne Stelle.«

»Aber manche von denen können hübsch sein. Ist dir das auch schon aufgefallen? Bei uns in der Straße hat jetzt einer so eine Schwarze geheiratet. Ich sehe sie manchmal, wenn sie am Fenster steht und auf ihn wartet. Direkt stolz und aristokratisch. Und diese vielen Zöpfe! Was für eine Arbeit das sein mag, die zu flechten.«

»Die kommen doch alle illegal. Arbeiten hier im Bordell und schleppen uns lauter Krankheiten ein. AIDS zum Beispiel. Dann kommen unsere Männer nach Hause und infizieren uns.«

Wiener warf einen Blick über die Schulter, um die Damen besser in Augenschein nehmen zu können. Die eine war sehr mager, trug eine weiße Bluse mit Rüschenkragen, der die Falten am Hals verbergen sollte. Dicke Goldringe zierten ihre knochigen Finger.

Die andere, die Angst vor Ansteckung hatte, trug ihre dauergewellten Haare in Violett. Ihr Outfit war sportlich, sie trug Jeans und eine gemusterte Bluse darüber. Mit ihren sehnigen Fingern schob sie ihre Brille immer wieder hoch.

»Misch dich bloß nicht ein!«, zischte Marnie warnend über den Tisch, und Wiener drehte sich wieder zu ihr.

»Die Schwarze sieht aber nicht aus wie jemand, der im Puff arbeitet«, erwiderte die Freundin und blieb die Erklärung dafür schuldig, woran man das ihrer Meinung nach erkennen konnte. »Eher wie eine Studentin oder so.«

»Also ich sage dir, mir sind diese Schwarzen irgendwie unheimlich. Man weiß doch nie, was hinter deren dunkler Stirn für finstere Gedanken wohnen mögen. Und die sehen auch alle gleich aus – nicht so wie bei uns, wo du Lisa von Beate sofort unterscheiden kannst. Einer wie der andere. Wir haben vor Jahren mal in Kenia Urlaub gemacht – und was soll ich dir sagen: Besonders in der Nacht ist es schlimm. Diese weißen Augen. Die Leute verschwinden ja komplett, wenn sie die Lider schließen, werden sie eins mit der Dunkelheit. Hu!«

Michael Wieners Miene blieb angespannt.

»Nun blende das doch einfach aus!«, riet Marnie. »Latente Ausländerfeindlichkeit wirst du nicht ausrotten können.«

»Warum fahren diese Leute dann nach Afrika in Urlaub? So ein Blödsinn! Sollen sie doch ihre Ferien im Bayerischen Wald verbringen.«

»Zum Gruseln, Michael. Um das Fremde schauerlich hautnah zu erleben«, lachte seine Freundin. »Und dort wird ja auch Voodoo praktiziert. Was für eine angenehm unheimliche Vorstellung.«

»Ich verstehe das trotzdem nicht«, trotzte Wiener, und Marnie schob sich über den Tisch, um ihm einen Kuss zu geben.

»Habt ihr nicht zufällig auch einen Schwarzen auf der Liste der Verdächtigen? Den könntet ihr ja nun noch einmal genauer unter die Lupe nehmen, jetzt, wo du gelernt hast, wie leicht die sich im Dunkeln unsichtbar machen können«, kicherte sie leise. »Einfach die Augen zugemacht, und schon ist er nicht mehr zu sehen.« Als seine Miene noch immer ernst blieb, wechselte sie das Thema. »Lass uns das Essen und den Abend genießen. Du hast gesagt, Nachtigall wird heiraten?«

»Ja. Er will seine Freundin schon bald an sich ketten.« Wieners gute Laune kehrte langsam zurück. »Emile hat mir erzählt, dass er Jule in ein paar Wochen heiratet – und: Peter Nachtigall wird Großvater! Aber das ist noch geheim, jedenfalls hat er es weder Albrecht noch mir bisher erzählt.«

»Na, dann wird die Freundin nicht nur Ehefrau, sondern auch gleich noch Schwiegermutter. Alles an einem Tag. Dann bleibt ihr kaum Zeit, sich daran zu gewöhnen, und schon wird sie Oma. Geht Schlag auf Schlag bei den Nachtigalls.«

Der Kellner brachte das duftende Essen, und schon bald drehte sich ihr Gespräch um ihre eigene Zukunft und ihre weiteren Pläne.

Gegen Morgen schreckte Wiener aus einem bedrückenden Traum auf und schlug sich mit der flachen Hand gegen die Stirn!

»Voodoo! Mist!«

Wie hatte er das nur vergessen können?

Nachtigall kuschelte sich an Conny.

»Fernsehabendidylle? Heute wieder kein Sport. Kampf dem Fett und der Demenz!«, neckte sie ihn, und er lachte rau.

»Nein, heute nicht.« Sanft zog er sie an sich.

Casanova, der ahnte, was nun folgen würde, stand empört auf und verließ seinen Lieblingsplatz demonstrativ langsam, um sich dann neben Domino auf dem Teppich zusammenzurollen.

»Bald wird hier ein Baby rumkrabbeln«, drohte Conny den Katzen an. »Dann ist es vorbei mit der Ruhe!«

Casanova öffnete ein Auge und schielte zu den Menschen auf der Couch hoch. Dann schloss er es träge wieder, atmete tief und döste weiter.

»Interessiert ihn nicht. Wahrscheinlich geht er davon aus, ohnehin Herr der Lage bleiben zu können. Klappt ja sonst auch immer«, stellte Nachtigall klar. »Hast du schon weiter über unsere Zukunft nachgedacht?«, flüsterte er ihr ins Ohr.

»Ja – ein bisschen. Zum Beispiel über mein Haus.«

»Und?« Nachtigall spürte, wie sich ein flaues Gefühl in seinem Magen ausbreitete.

»Es ist eigentlich zu groß. Der Garten macht viel Arbeit, Zeit dafür haben wir beide nicht. Außerdem bin ich ohnehin die meiste Zeit bei dir. Gut, dieses Haus ist nicht riesig, aber für zwei Erwachsene mit pelzigem Anhang ist es allemal ausreichend. Die Terrasse ist groß genug für zwei Liegestühle, die Rasenfläche gut zu bewältigen. Wenn wir das Mähen nicht mehr schaffen, können wir uns zwei Schafe zulegen, die diese Arbeit für uns erledigen. Wir werden mein Haus verkaufen!«

Nachtigall, der spürte, wie traurig sie über diese Entscheidung im Grunde war, fühlte sich ein bisschen schuldig.

»Aber es muss mehr Farbe ins Spiel kommen! Wir lassen renovieren. Warme Töne für die Wände, Sand, Orange und

Sonnengelb, neue, helle Möbel fürs Schlafzimmer und natürlich neue Gardinen!«

Nachtigall beschloss, alle Forderungen hinzunehmen. Hauptsache, Conny blieb.

»Ist doch schön, alle sind weg, und wir sitzen hier mal allein. Auch wenn es schon nach Mitternacht ist. Und – mit einem glücklichen Hauptkommissar macht es noch viel mehr Spaß als mit einem unzufriedenen.«

Er stupste mit der Nase gegen ihre Stirn. »Ich weiß eben nie, was dahinter so vor sich geht«, beschwerte er sich flüsternd, »dann habe ich manchmal Angst, du könntest es dir noch einmal anders überlegen. Aber jetzt ist alles wunderbar.«

»Ein bisschen Undurchschaubarkeit ist ganz in Ordnung«, kicherte Conny. »So bleibe ich ein Hort der Spannung und Ungewissheit für dich. Das hält die Beziehung frisch.«

Nachtigall stöhnte: »Nein – wenigstens in seinem Privatleben braucht ein Hauptkommissar Zuverlässigkeit. Der Job ist aufreibend genug.«

Sie lachte warm.

»An meiner Seite werden Sie weder Bequemlichkeit noch Langeweile finden, Herr Kriminalhauptkommissar Peter Nachtigall.«

»Gar nicht?«, jammerte Nachtigall. »Nicht einmal ab und zu?«

59

Norbert Grundmann hatte Angst. Er lauschte in sich hinein und spürte es deutlich.

Seine Angst wuchs.

Solange er in der Klinik lag, saß ein Polizist vor der Tür. Was aber, wenn er entlassen wurde? Er musste doch wieder zur Uni gehen! Wie sollte er das bewerkstelligen mit einem Beamten in Uniform an seiner Seite, der sich ständig sichernd nach allen Seiten drehte wie ein Bodyguard? Er würde sich doch nur lächerlich machen.

Im Grunde, grübelte der junge Mann und starrte ins Dunkel, im Grunde kamen so viele für die Morde doch gar nicht infrage. Es musste der Polizei doch möglich sein herauszufinden, wer dahintersteckte. So schwierig konnte das doch gar nicht sein!

Auch Nachtigall lag in dieser Nacht wach.

Wenn nun keine weiteren Morde mehr begangen wurden, hatte er sich getäuscht und der Täter gefunden, was er suchte. Die Auswertung der Fingerspuren ergab bisher keine Hinweise auf die Identität des Mörders. Es fanden sich so viele Abdrücke, dass es monatelang dauern konnte, sie auszuwerten. Schließlich arbeitete Beate Michaelis neben ihrem Studium als Wahrsagerin.

Er schloss die Augen und riss sie gleich wieder auf.

Beates Gesicht!

Wenn er das geheimnisvolle Ding gefunden hatte, warum war er dann so wütend über sein bereits totes Opfer hergefallen? Aus Wut, weil er so lange vergeblich an den falschen Stellen gesucht hatte? Aus Zorn darüber, dass er noch einmal hatte töten müssen?

Still lauschte er auf Connys ruhige Atemzüge.

Drei Tote, ein Verletzter – ein Täter – und keine Lösung des Falles in Sicht!

»Fangen wir noch einmal von vorne an!«, verlangte er am nächsten Morgen, als er mit Skorubski auf dem Gang zusammentraf. »Wir haben etwas übersehen. Bestimmt.«

»Die Außenbeleuchtung war nicht kaputt – jemand hatte die Glühlampe in der Fassung gelockert. Deshalb war der Hof vor dem Haus in der Comeniusstraße stockdunkel«, erklärte Skorubski.

»Claudine Caro. Sie ist der Ausgangspunkt«, meinte er dann. »Alle nachfolgenden Opfer hängen mit ihrem Tod zusammen.«

»Wissen wir das, oder glauben wir das nur?«

»Ihre Wohnung wurde nicht durchsucht.«

»Genau. Stellt sich die Frage, warum nicht?«

»Bisher gingen wir davon aus, der Täter wusste, dass sie das Gesuchte immer bei sich trug.« Skorubski sah Nachtigall überrascht an. »Stimmt das nicht?«

»Der Täter hatte nach dem Mord genug Zeit, die Tasche zu durchwühlen. Das Ding war nicht darin. Und was macht er dann? Es wäre doch so einfach gewesen, den Schlüssel zu nehmen und in ihrem Zimmer zu stöbern. Warum tat er das nicht?«, insistierte Nachtigall. »Es blieb ihm doch die ganze Nacht Zeit dazu.«

»Aber das ahnte er ja nicht. Wir hätten jederzeit aufkreuzen können. Ihm war das Risiko, entdeckt zu werden, zu hoch«, spekulierte er nach einer kurzen Denkpause weiter. »Abgesehen davon, dass jeder dort weiß, wer in welchem Zimmer wohnt. Wäre ein Fremder vor ihrer Tür erwischt worden, hätte man ihn später sicher identifizieren können.«

»Zu auffällig«, bestätigte auch Skorubski.

Nachtigall stierte auf einen angetrockneten Kaffeefleck auf dem Linoleumbelag des Ganges.

»Nein, das genügt mir nicht als Grund. Schließlich hat ihn Angst vor Entdeckung auch bei den anderen Wohnungen nicht abgeschreckt.«

60

»Gut, dass ihr kommt – mir ist da was ei'g'falle!«, Michael Wiener sprang von seinem Stuhl auf und lief auf die Kollegen zu. »Gestern, als ich mit Marnie im ›Stadtwächter‹ saß. In Baden-Württemberg gab es vor einige' Jahre' einen Fall von Menschenhandel, in den Westafrikaner verwickelt ware'. Ich denk, das war in Freiburg. Sie habe' Frauen ins Land geschleust, diese zur Prostitution gezwunge' und das Geld abg'schöpft. Die Frauen, die von der Polizei aus dieser Lage befreit wurde', habe' nur sehr wenig ausg'sagt. Aber klar war, dass ein Ritual eine Rolle spielte. Die Frauen ware' so eingeschüchtert, dass bei den Ermittlungen nie ganz geklärt werde' konnte, wie das Geschäft genau ablief.«

»Nimm Kontakt mit den zuständigen Freiburger Ermittlern auf. Versuche, so viel an Informationen zu bekommen wie nur möglich! Das ist doch ein Ansatz. Die Kollegen glauben ohnehin, dass Frau Alvarez illegal Frauen beschäftigt.«

»Vielleicht sollten wir Serafine noch einmal befragen – sie kann uns bestimmt mehr dazu erzählen«, meinte Skorubski.

»Nein«, widersprach Wiener. »Sie wird dir gar nichts sage'. Wenn sie sich da einmischt, muss sie Deutschland womöglich schneller verlasse', als ihr lieb ist. Das wird sie sicher nicht riskiere'. Frau Alvarez ist ihre Anlaufadresse hier, vergiss das nicht!«

Nachtigalls Telefon klingelte.

»Robin Lang. Mir ist noch etwas eingefallen, Herr Nachtigall. Vor ein paar Wochen hat der Überfall auf einen Tempel für große Aufregung auf Haiti gesorgt. Es wurde ein Priester getötet, und die Täter entwendeten heilige Gefäße.«

»Heilige Gefäße? Wie könnte das mit unserem Fall zu tun haben?«

»Der Tempel gehört zu einer der Gemeinden um Port-au-Prince. Die heiligen Gefäße enthielten die Seelen Initiierter. Diese Menschen sind auf besondere Weise mit dem Glauben verhaftet. Sie waren nach langer Lehre und einer Zeremonie, die sich über mehrere Tage erstreckte, bereit, ihre Seele auf Dauer abzugeben und einen der Loas zu heiraten. Die Gottheit zieht quasi in den Körper des Erwählten ein. Im Voodoo spricht man von Heirat.«

»Und seine eigene Seele verbleibt in einem Tongefäß – das habe ich verstanden. Aber was kann ein Dieb damit wollen? Er macht den Krug auf, und die Seele flieht!«

»Nein – so einfach ist es leider nicht. Falls der Dieb weiß, wem diese Seele gehört, kann er sie zum Beispiel an einen Bokor verkaufen. Das bedeutet, er kann dem Zauberer den wahren Namen mitverkaufen, und damit ist die Seele dem Bokor untertan. Der kann mit ihr tun und lassen, was er will. Er kann sie zwingen, Böses zu tun, Krankheiten zu verursachen oder gar zu töten. Für den ursprünglichen Besitzer der Seele ist das entsetzlich, weil er nun missbraucht wird und auch nach seinem Tod keine Ruhe finden wird – und für die Familie ist es ebenfalls eine schreckliche Angelegenheit, weil der Sohn oder die Tochter zu einer Art Zombie geworden ist. Sie erinnern sich sicher – ich erwähnte diese Astralzombies bei unserem Gespräch. Vor solch einem körperlosen Wesen, einem Baka, könnte sich Ihr Opfer gefürchtet haben.«

Nachtigall bedankte sich und wollte gerade den Inhalt für die Kollegen zusammenfassen, als Wieners Handy klingelte.

Der junge Mann zog es hervor, machte eine entschuldigende Handbewegung und verschwand auf den Gang.

»Warum geht er denn raus?«

»Vielleicht privat«, feixte Skorubski.

Da wurde die Tür mit einem Ruck aufgerissen, und Wiener sprudelte aufgeregt: »Die Tante ist nicht echt!«

»Die Tante ist nicht echt«, echote Skorubski und warf dem Kollegen einen besorgten Blick zu.

»Ja! Frau Treschker ist gar nicht die Tante von Claudine Caro!«

Nachtigall sprang auf und griff nach dem Autoschlüssel.

»Verdammt noch mal! Wurden ihre Angaben denn nicht überprüft, als sie ihre angebliche Nichte vermisst meldete?«

»Wohl nicht. Aber ich habe bei der Ausländerbehörde nachgefragt. Von dort hat man mir gerade bestätigt, dass Madeleine Gomez, wie sie damals noch hieß, keine Geschwister hat. Ohne Geschwister gibt es weder Nichten noch Neffen!«

»Wir holen sie her!«, beschloss Nachtigall und hatte schon einen Fuß auf dem Gang, als Wiener ihn warnte: »Wenn diese vorgebliche Tante der Schlüssel zu Haiti und den Morden ist – könnte sie auch selbst der Täter sein.«

61

Heide Fischer fühlte sich schuldig.

Der Gedanke, die Morde wären zu verhindern gewesen, wenn sie ihr Wissen an die Polizei weitergegeben hätte, verfolgte sie bis in ihre Träume. Da half es auch nicht, sich immer wieder ins Gedächtnis zu rufen, dass die Studenten auch ein Stück weit selbst schuld daran waren, die Morde durch ihre Leichtfertigkeit erst möglich machten. Die hatten eben nicht alle Informationen, wussten nicht, mit wem sie es zu tun bekommen hatten.

Mit zitternden Fingern fischte sie die Visitenkarte des großen Polizeibeamten aus ihrer Brieftasche, drehte sie unschlüssig in der Hand. Was sollte sie ihm denn sagen?

»Hallo, ich glaube, ich weiß, in welchen Kreisen Sie den Täter suchen müssen?«, flüsterte sie vor sich hin, um die Wirkung ihrer Worte zu überprüfen. Das war albern. Was wusste sie denn schon? Außerdem, was sollte sie tun, wenn Claudine sich ihre ›Erkenntnisse‹ nur eingebildet hatte?

Nein, entschied sie, so war es nicht!

Zwei von Claudines Freunden waren inzwischen gestorben.

Gestorben!, dachte sie hämisch, nenn das Kind doch beim Namen! Sie wurden ermordet!

Aber selbst wenn die Dinge, von denen Claudine berichtet hatte, keine Hirngespinste waren, konnte die Polizei nichts unternehmen. Es gab keine Namen, keine Beweise.

Schlimmer noch! Womöglich käme bei diesem Kommissar der Verdacht auf, sie habe sich selbst all das ausgedacht, nur um sich interessant zu machen. Entmutigt ließ sie die Karte sinken.

Warum war nur immer alles so kompliziert?

Wenn sie einfach nachsehen würde?, überlegte sie und verwarf diese Idee sofort. Damit geriete sie nur in den Fokus des Täters. Nein, nein – das war vollkommen ausgeschlossen!

Sie beschloss, den Einzigen aus dem Umfeld Claudines anzurufen, den sie zufällig kennengelernt hatte. Kirk Damboe! Er sprach sie an, als er auf seinen Salat warten musste, fragte, was sie machte, wenn sie nicht gerade Burger verkaufte. Sein sympathisches Lächeln veranlasste sie, ihm mehr von sich zu erzählen, als sie es üblicherweise tat. Zum Abschied bot er ihr fröhlich seine Hilfe bei den Englischhausaufgaben für ihren Volkshochschulkurs an, wenn er im Gegenzug einen Burger-Rabatt bekäme, und schob ihr seine Visitenkarte zu.

Sie musste ihre gesamte Brieftasche ausräumen und entdeckte die Karte mit seiner Telefonnummer zwischen der Krankenversicherungskarte und dem Führerschein.

Wahrscheinlich wusste er nicht mehr, wer sie war. Nun, dachte sie entschlossen, dann musste die Erklärung eben ein wenig ausführlicher ausfallen!

62

»Warum haben Sie behauptet, Sie seien mit Claudine Caro verwandt?«, herrschte Peter Nachtigall Frau Treschker an.

Die angebliche Tante zeigte sich wenig beeindruckt.

»Weil es für Claudine so besser war«, gab sie mit stolz erhobenem Kopf zurück.

»Inwiefern?«

»Es hat das ganze Einreisetheater vereinfacht.«

»Und wer ist Claudine nun wirklich?« Nachtigall konnte seinen Zorn nicht verbergen, und er wollte es auch nicht. Er ließ sich nicht gerne an der Nase herumführen und nahm es Zeugen grundsätzlich übel, wenn sie ihn belogen.

»Claudine war die Tochter einer Freundin.« Frau Treschker beugte sich weit vor, und ihr intensiver Blick erlaubte kein Zurückweichen. »Die politischen Verhältnisse in meiner Heimat sind extrem instabil. Chaotisch! Es herrscht seit vielen Jahren eine Art Bürgerkrieg. Für junge Menschen ist es besonders schlimm. Sie haben keine Option auf die Zukunft. Viele sehen ihre einzige Chance darin, das Land zu verlassen – legal oder illegal. Legal ist schwierig und teuer – illegal ist es obendrein auch noch lebensgefährlich. Ich wollte Claudine eine Zukunft schenken – doch ich brachte ihr den Tod.«

Nachtigall zog den Briefumschlag mit den Fotos hervor, den er von Heide Fischer bekommen hatte. Ruhig legte er Bild für Bild auf den Tisch im Vernehmungsraum.

»Wer sind diese Leute?«

Frau Treschker sah die Fotos nicht an.

Störrisch hielt sie die Augen gesenkt.

»Es sind zwei weitere Menschen gestorben. Studenten wie Claudine, die ihr Leben noch vor sich hatten. Ein dritter liegt schwer verletzt im Krankenhaus. Und Sie haben uns nichts zu sagen?«

Peter Nachtigall stand auf und verließ wortlos den Raum.

Frau Treschker blieb mit den Gesichtern allein.

Später, als er seinen Bericht tippte, kreisten seine Gedanken um die Worte der angeblichen Tante. Natürlich konnte er verstehen, dass Menschen ein Land wie Haiti verlassen wollten, wo Regierungen in Unruhen versanken, Polizei und Rechtsprechung nicht unabhängig agierten – aber ihn hätte sie dennoch nicht hinters Licht führen dürfen, hätte mehr Vertrauen haben müssen.

Das Handy unterbrach seine Überlegungen.

»Unser Voodoo-Experte. Haben Sie neue Informationen für uns?«

»Ja – und ich habe den Medien entnommen, dass es wieder einen Überfall gegeben hat. Demnach konnten Sie den Mörder noch nicht fassen«

»Stimmt. Wir konnten auch keine weiteren Verbindungen zum Voodoo finden. Es ist ein verflixter Fall.«

»Ich wollte mich ja wegen des Lochs in der Stirn des ersten Opfers umhören. Und das habe ich auch getan. Allerdings kann ich keine absolute Aussage treffen. Auch die Rituale des Voodoo unterliegen einer gewissen Wandlung, es gibt viele Gruppierungen, die sich neue Regeln und Riten geben. Meine Informanten gehen davon aus, dass dieses Loch in der Stirn dazu dient, die letzten Erinnerungen des Sterbenden zu verscheuchen – oder in die Freiheit zu entlassen. So wird es jedenfalls in einigen kleinen Gemeinden um Port-au-Prince gehandhabt. Hilft Ihnen das weiter?«

»So akut nicht – aber ich werde darüber nachdenken.«

»Wenn Sie erlauben, hätte ich eine Idee, wie das mit dem Mord zusammenhängt«, äußerte Robin Lang höflich, und Nachtigall ermutigte ihn, seine Überlegungen mitzuteilen.

»Angenommen, der Täter und das Opfer kannten sich gut. Dann wollte der Mörder vielleicht auf diese Weise verhindern, dass das Opfer sich im Jenseits an ihn erinnern kann. Sie wissen ja selbst, wie sehr die Voodoo-Anhänger von der Macht der Verstorbenen überzeugt sind. Der Täter hatte Angst, selbst zum Gejagten zu werden.«

»Herr Lang – das würde aber bedeuten, dass der Mörder selbst auch Voodoo-Anhänger ist.«

»Ja, das würde es wohl. Zumindest muss er sich mit den Ritualen dieses Glaubens gut auskennen.«

Nach dem Gespräch brütete Nachtigall unzufrieden über seinen Notizen.

Nun hatte der Fall noch mehr lose Enden bekommen, die er nicht verknüpfen konnte.

Wenn er davon ausging, der Mörder glaube an Voodoo – wer blieb denn dann noch vom Kreis der Menschen übrig, die mit Claudine bekannt waren?

Frau Treschker. Da gab es gar keinen Zweifel. Die Dämonenfalle hinter dem Vorhang war Beweis genug.

Kirk Damboe? Nachtigall schüttelte den Kopf und knurrte unwillig. Religionszugehörigkeit manifestierte sich schließlich nicht in der Hautfarbe. Sie würden ihn nach seinen Kenntnissen über Voodoo befragen müssen.

Kristina Morgental? Über diese junge Dame wussten sie nur wenig. Dort mussten sie nachhaken.

Norbert Grundmann? Konnte man sich eine so schwere Verletzung selbst beibringen – oder schloss der Winkel, in dem der Schlag geführt worden war, so etwas von vornherein aus? Wäre dann nicht die Waffe in der Nähe des Tatorts zu finden gewesen? Die Wohnung hätte er natürlich schon vor dem Kinobesuch in diesen Zustand bringen können, um seine Täterschaft zu verschleiern. Und der verschwundene Hausschlüssel konnte auch in der Nähe des Kinos versteckt worden sein.

»Albrecht!«, rief er dem Kollegen zu, der gerade über den Gang lief. »Wir haben doch bei Norbert Grundmann gar keine Eintrittskarte fürs Kino gefunden, oder?«

»Nein«, bestätigte Skorubski. »In der Kleidung auch nicht –

ich habe den Bericht vorhin gelesen, als du bei Frau Treschker warst. Keine verwertbaren Spuren, die uns auf die Fährte des Täters brächten, keine Kinokarte. Aber die kann er ja auch direkt nach dem Film weggeworfen haben.«

»Fragen wir ihn!«

63

Norbert Grundmanns Bett war verwaist, das Zimmer leer und der Beamte, der vor der Tür Wache halten sollte, verschwunden.

Albrecht Skorubski konnte feststellen, dass die in der Literatur oft verwendete sprachliche Wendung stimmte. Man konnte von einer Sekunde auf die andere aschfahl werden. Nachtigall sah jedenfalls völlig blutleer aus.

»Wer hat angeordnet, dass der Beamte abgezogen wird? Habe ich da was verpasst?«, flüsterte der Hauptkommissar. Dann lief er rot an und polterte: »Ich habe es ja gewusst! Das funktioniert nie!«

Fluchend rannte er über den Gang auf der Suche nach einer Schwester.

Skorubski untersuchte in der Zwischenzeit das Krankenzimmer.

Nichts erweckte den Eindruck, der Patient sei überwältigt oder verschleppt worden. Eine Zeitung lag sorgfältig

gefaltet auf dem ordentlich gemachten Bett, auf dem Nachttisch stapelten sich Studienunterlagen, daneben kuschelten
sich mehrere Bleistifte an einen gelben Marker. Norbert
Grundmann, der leichtsinnige Draufgänger, bekam plötzlich Züge eines Pedanten. Selbst in der Schublade herrschte
Ordnung. Persönliche Dokumente, der Größe nach geordnet aufeinandergelegt, Medikamentenblister, ebenfalls nach
Größe sortiert.

»Und so einer geht in einen Action-Film?« Skorubski
schüttelte den Kopf und trat auf den Gang hinaus.

Und dort sah er ihn.

Der Kollege Wilhelm Mauke schob den Patienten Norbert Grundmann in einem Rollstuhl durch die Flure des Kli-
nikums.

»Ja, was sollte ich denn machen?«, fragte der Polizist überrascht darüber, welchen Wirbel die Abwesenheit des Patienten ausgelöst hatte. »Er musste zu einigen Untersuchungen,
Narkosesprechstunde und so weiter. Da ich ja eh nicht von
seiner Seite weichen darf, dachte ich, ich bring ihn gleich
selbst dort vorbei. Meine Frau arbeitet im Klinikum, ich
kenne mich hier aus.«

Nachtigalls Gesicht nahm langsam wieder normale Fär-
bung an.

»Mann! Wir dachten schon das Schlimmste.«

»Ach, da seien Sie mal unbesorgt. Austricksen funktioniert nur im Roman. Im wahren Leben gehen wir nicht los
und holen uns einen Kaffee«, grinste Mauke.

»Herr Grundmann, wir haben in der Nierenschale mit
Ihren persönlichen Dingen und Ihrer Kleidung keine Kinokarte gefunden«, wandte sich Nachtigall an den Zeugen, der
während der vorangegangenen fachlichen Diskussion amüsiert von einem zum anderen gesehen hatte. »Wissen Sie noch,
was Sie damit gemacht haben?«

»Wann waren Sie denn zum letzten Mal im Kino?«, fragte Grundmann zurück, erhielt darauf aber keine Antwort. »Nun gut. Die Kinokarte ist ein Gutschein. Man kann dafür bei ›McDonald's‹ bestimmte Gerichte günstiger bekommen. Als ich rauskam, stand eine Gruppe Jugendlicher im Foyer. Einem der Typen habe ich meine Karte überlassen.«

»Gut. Gehen Sie regelmäßig ins Kino? Gibt es dort jemanden, der Sie kennt? Zum Beispiel beim Popcorn oder an der Bar?«

Grundmann überlegte.

»Hm. Kennen ist sicher zu viel gesagt. Aber mit dem einen ›Abreißer‹ hatte ich ein Gespräch über Action-Filme und die, die für die nächsten Monate angekündigt sind. Auf seinem Namensschild stand Gustav. So ein untersetzter, drahtiger Typ. Haare sind millimeterkurz und blondiert. Aber ob der sich noch an mich erinnern kann?« Er machte ein skeptisches Gesicht.

»Wieder eine Sackgasse!«, schimpfte Nachtigall, als Skorubski in die Leipziger Straße einbog.

»Wir fahren hin. Vielleicht kann sich dieser Gustav ja tatsächlich erinnern – oder er hatte womöglich gar keinen Dienst. Beide Varianten brächten uns ein Stück weiter.«

Als sie die Kreuzung mit der Thiemstraße erreicht hatten, wechselte Nachtigall – ohne jede Überleitung – das Thema.

»Conny und ich heiraten, Jule heiratet ihren Emile, und Opa werde ich auch! Uns stehen bewegte Monate ins Haus.«

»Na, da gratuliere ich aber. Opa auch gleich? Wann kommt das Baby denn?«

»Im Sommer. Jule ist schon ganz high. Vorher wollen die beiden noch heiraten. Für meinen Geschmack ist das alles viel zu früh. Jule ist doch noch so jung! Sie hätte das Leben erst einmal genießen sollen.«

»Hast du schon einmal daran gedacht, dass sie es vielleicht genau so genießt, wie es jetzt kommt? Kinder fallen nicht vom Himmel – die jungen Leute heutzutage sind aufgeklärt und wissen, wie man Schwangerschaften vermeidet. Dieses Kind ist doch sicher ein Wunschkind«, lachte Skorubski.

»Ja. Du hast recht. Sie wollten es beide.«

»Schön. Mädchen oder Junge?«

»Ist ihnen egal. Jule meint, umtauschen ginge ja ohnehin nicht. Sie will es gar nicht wissen. Hoffentlich wird es nicht so ein perfektionistischer Typ wie Emile. Mir wäre ein Lausemädchen oder ein Lausbub mit Löchern in den Jeans und zerrissenen T-Shirts lieber«, erwiderte Nachtigall heftig.

Skorubski grinste. »Nun sei mal nicht so pessimistisch! Da ist doch auch eine Menge Nachtigallblut dabei. Und das wirkt sicher dominant.«

64

Heide Fischer musste zur Arbeit.

Sie sah auf die Uhr und beschloss, trotz des Regens mit dem Rad zu fahren. Eilig schlüpfte sie in ihren Anorak und setzte eine Mütze auf. Schließlich kam es bei ihrem Job nicht darauf an, die Kunden mit gutem Aussehen zu betören – das Einzige, das zählte, waren Geschwindigkeit und die Qualität der Burger.

Sie stöhnte innerlich auf.

Das mit dem Mann fürs Leben musste wohl noch aufgeschoben werden. Ganz mit ihren fatalistischen Gedankengängen beschäftigt, bemerkte sie weder die Schritte, die vor ihr hereilten, noch die Gestalt, die vor ihr die Treppe nach unten hastete. Im Keller angekommen, drückte sich der Schatten in eine dunkle Nische und verschmolz mit dem Hintergrund.

Heide Fischers Überlegungen kehrten wieder zu ihrem Ausgangsproblem zurück. Sie ärgerte sich. Kirk Damboe hatte sie auch nicht erreicht. Nichts lief rund im Moment. War es nun ihre Aufgabe, die Polizei auf die richtige Fährte zu stoßen, oder konnte sie sich darauf verlassen, dass die wackeren Ermittler schon allein auf die Lösung kämen? Wie groß war die Gefahr, in der sie schwebte, tatsächlich – und wenn sie jetzt schon in Lebensgefahr war, konnte es dann noch schlimmer werden?

Sie erreichte den letzten Treppenabsatz und öffnete die Tür.

Der Unbekannte drückte sich noch tiefer in die Finsternis und hielt den Atem an.

Langsam hob sich die Machete.

»Scheiße!«, fluchte Heide Fischer, als der Lichtschalter nur knackte, es aber nicht hell wurde. »Da schreibt man dauernd solche Dinge ins Auftragsbuch des Hauswarts, und dann werden sie doch nicht erledigt!«

Zornig versuchte sie, sich daran zu erinnern, in welcher Ecke sie das Rad abgestellt hatte.

Die lauernde Gestalt löste sich ein wenig von der Wand, um besser ausholen zu können.

Heide Fischer betrat unsicher den Raum. Tastend schob sie sich hinein, versuchte, mit dem Fuß Hindernisse zu erkennen.

»So ein Mist! Abgeschlossen ist es ja auch noch. Wie soll ich in der Dunkelheit den Schlüssel ins Schloss stecken können?«

Sie stieß mit dem Fuß gegen den Leiterwagen der Familie Schuster und schrie leise auf.

Die Gestalt sah ihre Chance, stieß sich ab und eilte durch den Raum, die Waffe zum Schlag erhoben.

»Ist da wer? Hallo? Ich hör da doch was!« Herr Grams leuchtete einen zittrigen Lichtkegel in den Fahrradkeller.

»Ich bin es nur.«

»Ah – Frau Fischer? Sind Sie das?«, fragte der betagte Herr nach.

»Ja, genau. Das Licht ist defekt.«

»Sie wollen wohl Ihr Fahrrad holen, wie? Bei dem Wetter?« Er lachte rau. »Nur gut, dass ich immer meine Lampe einstecken habe. Kriegstrauma. Bunker. Aber nun ist sie wirklich nützlich.«

Er reichte der jungen Frau die Lampe, und Heide Fischer fand damit problemlos ihr Rad, funzelte sich auch genug Licht auf das Schloss und gab im Rausgehen die Lichtquelle an Herrn Grams zurück.

»Danke. Ich muss los. Sie waren meine Rettung.« Dabei ahnte sie nicht, wie sehr das stimmte.

65

Burkhard Grün war es leid.

Endgültig.

Die Regelungen seiner Auftraggeber hatten ihn zwar zum

besten Freund der Wollschweine werden lassen, aber das war nicht das Schlimmste. Ihm war bewusst geworden, wie sehr er sich selbst inzwischen in Gefahr gebracht hatte. Die Fahrten nach Cottbus konnten durchaus jemandem aufgefallen sein – und wer wollte dafür garantieren, dass die von ›Toll Collect‹ gesammelten Daten über Privat-Pkws auch tatsächlich gelöscht wurden? Beim nächsten Mal, wenn es denn eins gäbe, würde er nicht mit seinem eigenen Wagen fahren.

Dieser Auftrag schadete nicht nur seinem Ruf, nein, auch seine Psyche litt unter dem ihm aufgezwungenen Arrangement.

Beim letzten Fotoshooting war schon einem der Fotografen etwas aufgefallen.

»Dein Lächeln war auch schon mal strahlender«, hatte der Knipser zu ihm gesagt. Unverschämtheit! Seither beunruhigte Burkhard Grün jedoch die Frage, ob dieser Idiot nicht vielleicht sogar recht hatte.

Die Sache war aus dem Ruder gelaufen.

Und so ganz nebenbei hatte er immer deutlicher den Eindruck, man benutze ihn vorwiegend zur Entsorgung.

Sein vorwurfsvoller Blick fiel auf die Tüte mit zweifelhaftem Inhalt, die im Fußraum des Beifahrersitzes stand. Burkhard Grün streifte die Handschuhe über. Wenigstens spielte das Wetter mit. Außer ihm kamen bei diesem Dauerregen keine anderen Besucher auf den ›Mundenhof‹. Er warf einen Blick in die Runde. Nur zwei weitere Autos parkten hier. Wahrscheinlich hartgesottene Tierfreunde wie er. Er grinste bei diesem Gedanken und hoffte, die Wollschweine hätten nicht schon eine Fütterung aus anderer Hand erhalten.

Die Begrüßung durch die kleine Rotte fiel bei jedem Mal herzlicher aus.

»Heute bin ich zum letzten Mal hier, ihr Schweine«, flüsterte er ihnen zu. »Ich spreche noch heute mit den Auftraggebern. Dann ist Schluss – und für euch gibt es dann auch keine Extraleckereien mehr. Jedenfalls nicht von mir.«

Nach einem raschen Blick übers Gelände begann er, seine Köstlichkeiten an die begeistert quiekenden Abnehmer zu verteilen.

Immer wieder sah er sich sichernd um, doch es bot sich ihm nur das inzwischen vertraute Bild. Er war mit den Schweinen und dem Regen allein.

Zügig war alles weitergegeben.

Kauende Schweine bewegten sich zufrieden über ihre ziemlich matschige Anlage.

Burkhard Grün wartete wie üblich einige Minuten, ehe er sich zum Gehen wandte. Er war schon mehrere Schritte vom Gehege entfernt, als ihn die Erinnerung an einen flüchtigen Sinneseindruck wieder zurück ans Gatter trieb.

Und richtig.

Ziemlich weit vom Zaun entfernt lag einsam im Dreck ein menschliches Auge.

66

»Michael, was hast du inzwischen über diese Voodoo-Angelegenheit herausgefunden?«

»So einiges. Es ging dabei tatsächlich um Menschenhandel. So etwas hatten wir schon vermutet. Frauen kamen über Schlepper illegal ins Land. Man behauptete, die Kosten für die Einreise seien immens und sie müsste' diese Kosten abarbeite' – durch Prostitution. Die Frauen wagten nicht, sich zu widersetze', weil man ein besonderes Druckmittel hatte. Vor der Ausreise wurde' ihnen Haare und Nägel g'schnitten, Fotos gemacht. Sie wussten alle, dass ein Bokor sie damit verhexen konnt'. Es gibt Voodoo-Rituale, bei denen Haare und Nägel verwendet werden, um jemanden zu töten, in den Wahnsinn zu treibe', in einen willenlosen Dämon zu verwandeln. Die Polizei kam dahinter und befreite die Frauen«, erzählte Michael Wiener.

»Und – wurden die Hintermänner bestraft?«

»Ich glaube nicht, dass alle erwischt wurden. Die Gruppe agierte übrigens tatsächlich in Freiburg. Möglicherweise tut sie es noch.«

»Wir treffen uns mit den Kollegen. Besprechung in einer Stunde!«, verfügte Nachtigall und stürmte aus dem Büro.

Eine Stunde später versammelten sie sich in großer Runde zur Lagebesprechung.

»Diese Mordserien in Cottbus sind noch immer nicht aufgeklärt – von Anfang an vermuteten wir einen Zusammenhang mit Voodoo. Das war nicht richtig, aber auch nicht völlig falsch. In Baden-Württemberg wurde vor einiger Zeit ein Menschenhändlerring zerschlagen, und es ist nicht auszuschließen, dass diese Gruppe nun auch bei uns aktiv geworden ist. Gibt es Hinweise darauf, dass im Milieu illegal eingereiste Haitianerinnen arbeiten?«, eröffnete Nachtigall.

»Nun ja«, antwortete ein bulliger Kollege. »Überall, wo Bordelle betrieben werden, ist besondere Aufmerksamkeit angebracht.«

»Wie sieht es mit dem ›L'Amour‹ aus?«

»Da haben wir gerade eine Überprüfung der Einreisepapiere vorgenommen. Alles in Ordnung.«

»Das ist aber nur ein Teil der Wahrheit«, mischte sich ein anderer ein. »Wir gehen davon aus, dass Frau Alvarez ihre Frauen irgendwo versteckt. Wir versuchen schon seit geraumer Zeit, dieses Haus zu finden, bisher erfolglos. Von einem Informanten aus der Szene wissen wir, dass Anzeigen geschaltet und nur ›überprüfte‹ Freier dorthin gebracht werden. Natürlich ist dieser Kick extrateuer und mit allen Freiheiten.«

»Ohne Gummi, und auch sonst alles erlaubt?«, fragte Wiener.

»Ja, genau so!«

»Die Frauen sind in einer schrecklichen Situation. Wenn sie sich wehren, passieren Dinge, die sie nicht beeinflussen können. Womöglich droht man ihnen auch damit, der Familie auf Haiti Probleme zu machen. Und hier müssen sie tun, was von ihnen verlangt wird. Zur Polizei können sie nicht, erstens sind sie illegal hier, und zweitens greift auch dann der Voodoo-Zauber.« Nachtigall war entsetzt. »Wenn ihr eine Razzia durchführt, wie überprüft ihr dann, ob die Frauen legal hier sind?«

»Wir checken ihre Ausweise.«

»Ist aber manchmal schwierig. Die sehen doch alle gleich aus!«, rief eine jugendliche Stimme und erntete für diesen Beitrag lautes Gelächter.

Nachtigall spürte den Ärger aufschäumen.

» Lass diese dummen Sprüche! Im Klartext bedeutet das, ihr überprüft den Ausweis und wisst aber nicht sicher, ob die Frau zu dem Bild passt?«, fragte er mit unterdrückter Wut.

»Na ja. Meist erkennen wir das dann schon«, räumte der Kollege zerknirscht ein.

»Es könnte aber sein, dass ihr bei den Razzien die immer gleichen Papiere vorgelegt bekommt, die Frauen aber jeweils andere sind?«

»Theoretisch.«

»Ich sehe meinem Führerscheinfoto auch nicht ähnlich – dennoch hat es bei Kontrollen noch nie Nachfragen gegeben«, warf der Blonde ein.

»Bei Frau Ramona Alvarez wohnt zurzeit eine Serafine Marquez. Vielleicht führt die junge Frau uns weiter. Das Problem besteht darin, dass sie immer, wenn sie unterwegs ist, den Barkeeper als Aufpasser dabeihat. Wenn wir mit ihr allein sprechen könnten, wäre es uns eher möglich, ihr Informationen zu entlocken.«

»Wir wissen doch bisher gar nicht, ob es dieses Versteck tatsächlich gibt«, mahnte ein Kollege. »Wenn das nur das Hirngespinst eines Freiers ist, dann erfahren wir von dieser Serafine gar nichts. Wie auch immer – Frau Alvarez wäre gewarnt. Damit bin ich nicht einverstanden!«

67

Bengabo war besorgt.

Serafine wollte ihn am Nachmittag treffen. Geplant war ein Spaziergang an der Spree, wo ein schmusendes Pärchen nicht aufgefallen wäre. Danach – doch daran zu denken war müßig.

Serafine hatte ihn versetzt.

Bengabo war sich sicher, dass sie diese Entscheidung nicht freiwillig getroffen hatte.

Ihr war etwas zugestoßen!

Leise und, wie er hoffte, völlig unbemerkt, schlich der Barkeeper in die obere Etage des ›L'Amour‹, die den Damen und ihren Gästen vorbehalten war. Doch um diese Zeit war hier gewöhnlich niemand anzutreffen.

Ohne jemandem zu begegnen, erreichte er Serafines Zimmer am Ende des Ganges.

Zaghaft klopfte er.

Keine Reaktion.

Er versuchte es noch einmal, diesmal kräftiger.

Wieder keine Antwort.

Sollte er wirklich versuchen, die Tür zu öffnen? Unentschlossen schwebte seine Hand über der Klinke. Endlich probierte er es doch.

Bereitwillig schwang die Tür auf.

Bengabo sah hinein.

Das Zimmer war leer.

Nun war er so weit gegangen – da konnte er auch eintreten. Geräuschlos schloss er die Tür hinter sich. Wenn ihn jetzt jemand hier aufstöberte, hätte er trotz seiner sonst zuverlässig funktionierenden Fantasie ziemliche Probleme, seine Anwesenheit zu erklären.

Er sah sich um. Nichts Persönliches stand oder lag auf dem Nachttisch.

Öffnete Schubladen. Jemand hatte sie ausgeräumt.

Suchte im Bad nach Hinweisen.

Doch selbst der Korb mit der schmutzigen Wäsche war entfernt worden.

Sie hatten Serafine umgebracht.

Er hatte genug gesehen.

Hasserfüllt stapfte er in die Bar zurück.

Aus Ramona Alvarez' Büro drang leise Musik in den Barraum.

Das bedeutete, sie wollte ungestört sein – hatte sich hingelegt und versuchte zu entspannen, um für einen langen Abend gerüstet zu sein.

Oder gab es etwa noch einen anderen Grund?

War sie dabei, die Erinnerung an seine wundervolle Serafine zu löschen, die sie in den Tod geschickt hatte?

Bengabo stand zornbebend vor der Tür zum Allerheiligsten, drauf und dran, einfach einzutreten und Rechenschaft zu fordern. Gerade noch rechtzeitig fiel ihm ein, wie dumm eine solche Aktion wäre. Man würde ihn einfach ebenso verschwinden lassen. Frau Alvarez könnte ungehindert ihre Geschäfte fortführen, und schon bald käme eine andere junge Frau in eine ähnliche Situation wie Serafine. Nein!, beschloss er, zuerst mussten Beweise gefunden werden!

Im Keller, überlegte er, dort würde er seine Suche beginnen.

Zügig durchquerte er den Raum, öffnete im Eingangsbereich eine Tür mit der Aufschrift ›Privat‹ und glitt über eine Wendeltreppe in den Keller hinunter.

Im Waschraum lief eine der drei großen Maschinen. Bengabo versuchte durch das Bullauge zu erkennen, was sich hier drehte. »Bettwäsche«, flüsterte er und suchte in den umstehenden Körben, deren bunter Inhalt noch auf Reinigung wartete. Nichts. Diese Kleidungsstücke hatte er an Serafine noch nie gesehen.

Hinter einer quietschenden Holztür, die in einen abgelegenen und nicht benutzten Bereich des Untergeschosses führte, fand er, was er suchte.

Einen Weidenkorb.

Mit Serafines Wäsche!

Er stöberte.

Fand ein blutbespritztes T-Shirt und Jeans.

Panik schoss einer Stichflamme gleich in ihm empor, und um ein Haar hätte er doch noch auf dem Absatz kehrtgemacht, um in Ramona Alvarez' Büro zu stürmen. Es kostete ihn alle Kraft, sich unter Kontrolle zu halten.

Serafine!

Ermordet!

Diesmal gab es keinen Raum mehr für Zweifel.

Sein Atem ging rasselnd, und er hörte, wie sein Herz in der Brust arbeitete. Langsam setzte das logische Denken wieder ein. Ein Plan nahm Formen an.

Rasch schob er sich die blutigen Beweisstücke unter die Jacke.

Sie hatten den Bogen überspannt!

Diesmal konnten sie ihre Köpfe nicht mehr aus der Schlinge winden.

Oh, nein! Er, Bengabo, würde den Tod Serafines nicht ungesühnt lassen.

68

Nachtigall traf sich mit dem Barkeeper des ›L'Amour‹ im ›Mosquito‹.

Die Bedienung lächelte ihn freundlich bis verschwörerisch an, als sei er hier Stammgast. Und in gewisser Weise stimmte das sogar. Conny kam gerne hierher, ihr gefielen die lockere Atmosphäre, das Ambiente, die Musik, und sie hatte längst ihr Lieblingsgericht gefunden.

Nachtigall wusste, dass sich von den Nebentischen niemand für ihr Gespräch interessieren würde. Junge Leute saßen um diese Zeit hinter bunten Cocktails und waren mit sich und ihren eigenen Diskussionen beschäftigt.

»Madame Alvarez hat Geschäftspartner, die vor gar nichts zurückschrecken«, Bengabo rang verzweifelt die Hände. »Verstehen Sie – vor gar nichts. Die gehen über Leichen. Und eines ihrer Opfer ist jetzt Serafine!«

»Welcher Art sind denn diese Geschäfte, wenn die so gefährlich sind?«

Die Kellnerin stellte einen Latte macchiato und einen Milchkaffee vor ihnen auf den Tisch und ging mit ihrem beladenen Tablett rasch weiter.

»Geschäfte mit Frauen«, flüsterte Bengabo.

»Erzählen Sie mir mehr!«

Der Barkeeper des ›L'Amour‹ sah reflexartig über seine Schulter, als erwarte er, seine Chefin könnte ihn belauschen.

»Es kommen illegale Frauen zu uns. Sie arbeiten umschichtig im Club. Meist werden die Freier, die vorher auf ihre Verschwiegenheit getestet werden, zu ihnen gebracht.«

»Und nun ist Serafine verschwunden?«

»Ja. Und ich habe Beweise dafür, dass man sie umgebracht hat. Sie müssen mir nur vertrauen.«

Nach einem weiteren, nervösen Blick über die Schulter zog er das blutbesudelte T-Shirt Serafines unter seiner Jacke hervor.

69

Norbert Grundmann freute sich über den Besuch.

Es war auf die Dauer schrecklich langweilig, im Krankenhaus liegen zu müssen.

Kirk Damboe war unterhaltsam und Kristina Morgental schlecht gelaunt. »Angefressen« nannte sie diese Stimmungslage, und nach der festen Überzeugung Grundmanns musste sie hungrige Parasiten beherbergen, denn dieser angefressene Zustand hatte bei ihr chronische Züge. Vor dem Krankenzimmer unterhielten sich die drei Beamten, die zum Schutz der Studenten abgestellt worden waren, über das Wetter, das bevorstehende Wochenende, die geplanten Weihnachtsferien und die langen Schatten, die dieses Fest schon Wochen vor dem Heiligen Abend warf.

»Eigentlich kann es doch nur jemand sein, der uns kennt.«

»Kristina, das haben wir doch ein paar Mal festgestellt. Es gibt jemanden, der genau weiß, mit wem Claudine befreundet war. Außer uns dreien gibt es noch diese Blonde. Vier engere Kontaktpersonen sind demnach noch übrig«, murrte Kirk. »Was rauchst du eigentlich für ein Kraut? Geht ganz schön aufs Gedächtnis.«

»Solange wir bewacht werden, kann uns wohl niemand auflauern. Ich bin sicher, diese andere Frau hat auch einen persönlichen Schutzengel bekommen. Wie soll der Mörder jetzt noch zuschlagen?«

Norbert Grundmann unterdrückte ein Stöhnen.

Kristina konnte manchmal wirklich bemerkenswert naiv sein.

»Wenn es aber niemand ist, der uns kennt – sondern einer

von uns?« Kirks Augen leuchteten intensiv, als er diese Frage stellte.

»Nun, wenn ich der Täter bin, seid ihr jetzt alle auf der sicheren Seite«, scherzte Grundmann lahm. Wie weit war Kirk eigentlich tatsächlich vom Voodoo-Kult seiner Vorfahren entfernt, schoss ihm durch den Kopf, während er nachdenklich den hochgewachsenen, sportlichen Schwarzen betrachtete.

»Also echt!«, Kristina war entrüstet. »Solch kranke Ideen können auch nur in deinem Hirn entstehen. Ich geh mir jetzt erst mal einen Kaffee holen – wenn bei meiner Rückkehr nur noch einer von euch am Leben ist, bin ich wenigsten aus dem Spiel.«

Nachtigall griff zum Telefon und legte es dann wieder zur Seite.

»Nein, so werde ich wohl gar nichts erfahren«, murmelte er und beschloss, zum ›L'Amour‹ zu fahren.

Wie erwartet, stand Bengabo hinter dem Tresen.

»Sie?«

»Ich kann doch sicher bei Ihnen auch einen Kaffee bekommen?«

Während die Maschine röchelte und fauchte, neigte sich der Barkeeper zu Nachtigall hinüber.

»Kommen Sie als Kunde?«, fragte er verschwörerisch.

»Nun, nicht nur. Ich habe noch ein paar Fragen an Frau Alvarez.«

»Das ist gut. Dann nutzen Sie doch diese Chance und fragen Sie nach Serafine, bitte! Ich will wenigstens wissen, wo man sie verscharrt hat – und dieses Geschäft ist hart, eiskalte und geldgierige Menschen betreiben es – passen Sie auf, dass wir beide nicht auch in Gefahr geraten.« Bengabo drehte sich um und hantierte mit dem Geschirr.

»Vielleicht kann man sie ja auch noch retten«, sagte er plötzlich, und seine Augen flehten offen um Hilfe.

»Das Geschäft ist sicher hart, keine Frage. Ich denke, Serafine ist nur Gast in diesem Haus?«

Bengabo wischte diese Entgegnung mit einem genervten Schütteln der Hand beiseite.

»Das haben Sie doch nie geglaubt«, schnaubte er dann.

»Wenn ich Ihnen helfen soll, müssen Sie auch etwas für mich tun.«

Bengabo seufzte. Er hatte es nicht anders erwartet, so lief das eben mit der Polizei. Hier gab es nichts umsonst, dachte er, und stellte fest: »Sie wollen wissen, wo die Frauen sind, die illegalen.« Er zögerte mit dem nächsten Zug. »Wenn ich Ihnen das verrate, bin ich meinen Job los.«

Peter Nachtigall drängte den Barkeeper nicht.

Kirk Damboe wartete, bis sich die Tür hinter Kristina geschlossen hatte.

Dann beugte er sich hinunter und kramte in seinem Rucksack.

»Na, Norbert, da waren's nur noch zwei. Ich sehe schon die ganze Zeit, wie es hinter deiner Stirn arbeitet.« Er wühlte noch immer. »Kristina, denkst du, Kristina hat auch einen ordentlichen Schlag weg, aber sie glaubt eher an irgendwelche Naturgeister. Mit Voodoo kann sie nichts anfangen, zu abgehoben, zu weit weg. Bleibt doch nur noch Kirk, der Schwarze. Bei dem weiß man doch nie, ob er nicht doch … Oh ja. Ich sehe deine Zweifel.«

»Quatsch! Sag mal, was suchst du da unter meinem Bett eigentlich? Ich kann kaum verstehen, was du brabbelst«, beschwerte sich Grundmann und hörte selbst die anschwellende Panik in seiner Stimme. Damboe würde sie nicht entgehen, da war er sich sicher.

»Mein Messer. Es muss irgendwie unter die Hefter gerutscht sein.«

Grundmann fand, Damboe klinge diabolisch, wie ein Mensch, der sich mit niederträchtigen Plänen und Absichten trägt.

Er überlegte ernsthaft, ob es nicht eine gute Idee wäre, um Hilfe zu schreien.

»Hier ist Ihr Kaffee«, Bengabo schob dem Hauptkommissar die Tasse zu.

»Danke. Mit Frau Alvarez spreche ich besser bei meinem nächsten Besuch.« Nachtigall trank seelenruhig das starke Gebräu aus, zahlte und verschwand.

Bengabo sah dem breiten Rücken nach, der sich durch die Tür zwängte.

»Probleme?« Die schneidende Stimme von Ramona Alvarez ließ den Barmann herumfahren.

»Nein«, antwortete er mit gespielter Gelassenheit. »Alles im grünen Bereich.«

»Und die Polizei?«

Bengabo nahm Nachtigalls Tasse, knüllte den Papieruntersetzer zusammen und meinte gleichgültig: »Wollte nur einen wirklich guten Kaffee. Hat sich wohl rumgesprochen in der Stadt, dass ich einen starken braue.« Er warf das Knäuel in den Mülleimer und begann, die Tasse zu spülen.

Frau Alvarez' Aufmerksamkeit war schon von ihrem Angestellten auf einen Stammkunden gewechselt, der gerade die Bar betrat. Mit wiegenden Hüften ging sie ihm entgegen, um ihn persönlich zu begrüßen.

Der Puls des Barkeepers raste, und seine Hände zitterten, als er den Papierfetzen wieder aus dem Müll fischte und in seiner Hosentasche verschwinden ließ. Offensichtlich hatte seine Chefin die handschriftliche Notiz nicht bemerkt. Der

Zettel brannte an seinem Bein. Aufessen oder runterspülen? Bengabo entschied sich für einen Besuch der Toilette. Den misstrauischen Blick von Ramona Alvarez spürte er nicht.

Nachtigall informierte die Kollegen.

Für ihn stand fest, dass sie mit der Zerschlagung der Aktivitäten der Menschenhändler auch der Lösung der Mordfälle einen entscheidenden Schritt näher kamen.

Das SEK riegelte den frei stehenden Hof von allen Seiten weiträumig ab.

Mit Ferngläsern kontrollierten sie, ob ihre Vorbereitungen unbemerkt geblieben waren. Dabei stellten sie fest, dass das Gelände nicht nur von zwei außerordentlich eifrigen, pflichtbewussten Rottweilern kontrolliert wurde, sondern auch von einem Sicherheitsdienst, der in Zweiergruppen das Grundstück vor unerwünschten Gästen schützte.

»Diese Typen da sind bis an die Zähne bewaffnet. Wenn wir das Haus einnehmen, gibt es für diese Art Wachmänner nur zwei Reaktionsvarianten«, informierte der Leiter des SEK den Hauptkommissar. »Entweder die ballern los – oder sie tun so, als hätten sie nicht gewusst, dass sie einem Verbrecher zu Diensten waren, und halten sich raus.«

»Mir wäre am liebsten, wenn wir unbemerkt von den Security-Leuten ins Haus kämen. Ohne großen Aufwand, ohne Gebrüll, ohne Schießerei. Die Frauen sind sicher schon verängstigt genug – wir sollten versuchen, ihnen wie Retter zu erscheinen, nicht wie eine neue Art des Schreckens«, forderte Nachtigall.

»Dann werden Sie sich was einfallen lassen müssen. Meine Männer stehen jedenfalls bereit. Was soll passieren, wenn ein Freier versucht, zum Haus zu gelangen?«

»Dann setzen Sie ihn fest. Er darf sein Handy nicht benutzen. Ich habe schon eine Idee«, rasch erläuterte er seinen Plan.

»Genial!«

Nachtigall, der einen Anflug von Hohn zu registrieren glaubte, fuhr herum »Wenn Ihnen etwas Besseres einfällt dürfen Sie gerne ›Hier!‹ schreien.«

»Na, ist ja schon gut. Ich kann mir nur nicht vorstellen, dass so ein simpler Trick funktionieren soll.«

Nachtigall drehte sich um und ließ den Beamten stehen.

»Albrecht? Wo seid ihr?«, fragte Wiener ins Handy.

»Wir sind bei dieser Adresse, die Peter von Bengabo bekommen hat. Sieht nicht nach einem Spaziergang aus. Wachmänner und scharfe Hunde. Peter will, dass alles möglichst ohne Belastung für die Frauen abgeht, aber das wird nicht leicht.«

»Ich sehe nicht, wie uns das in unseren Mordfällen weiterbringen soll. Nur weil er glaubt, dort seien Haitianerinnen untergebracht?«

»Nein, Michael. Peter sucht nicht ins Blaue hinein. Ich denke, er kennt den Täter, hat nur noch keine Beweise. Du weißt doch, wie er ist. Er verbreitet nicht gerne unausgegorene Theorien – lieber hat er alles zusammen, bevor er etwas erzählt. Er sucht eine konkrete Person.«

Kirk Damboe tauchte endlich wieder auf und sah Norbert Grundmann wütend an.

»Jetzt bist du kalkweiß, Norbert. Und warum? Weil ich recht habe! Du traust mir nicht! Und ich dachte, wir wären Freunde.«

Kristina kehrte mit ihrem Kaffee zurück.

»Ui«, prallte sie zurück. »Geladene Atmosphäre! Norbert, wie siehst du denn aus?«

Durch die letzten Worte alarmiert, steckte einer der Beamten seinen Kopf durch die Tür.

»Schwester! Schwester!«, rief er dann und spurtete über den Gang.

70

Nachtigall setzte sich endlich mit seiner Forderung nach möglichst schnörkellosem Vorgehen durch. Er zwängte seinen Körper in eine Schutzweste und fluchte herzhaft, weil er sich darin eingeengt und unbeweglich vorkam. Weit genug vom verdächtigen Grundstück entfernt stieg er aus dem Wagen und legte den restlichen Weg bis zum Zaun zu Fuß zurück.

Früh schlugen die Hunde an und meldeten diensteifrig den einsamen Spaziergänger.

Eine Zweiergruppe Wachleute setzte sich in Bewegung.

Die eindrucksvollen Rottweiler hinter dem Zaun signalisierten bedingungslose Angriffsbereitschaft, rissen die Lefzen zurück und drohten mit ihren gefährlichen Zähnen. Ihr grollendes Knurren war weithin zu hören.

»Nun bleibt mal ruhig Jungs«, sagte Nachtigall beschwichtigend und versuchte eine beruhigende Geste mit beiden Händen, doch die Tiere gingen nicht darauf ein.

»Was willst du hier? Das ist Privatbesitz!«, fuhr ihn einer der Security-Männer an.

»Muss ja jemand verdammt Wichtiges hier wohnen, wenn der so einen Schutz braucht.«

»Das geht dich gar nichts an. Pack dich!«

»Nun seid doch nicht so unfreundlich! Ich gehe ja sofort wieder. Mein Hund ist hinter einem Kaninchen hergejagt, und nun ist er verschwunden. Ich suche schon seit Stunden nach ihm. Habt ihr einen schwarzen Labrador ohne Anhang gesehen?«

Die beiden Objektschützer, deren Namenschilder sie als Gert und John identifizierten, sahen sich kurz an und schüttelten synchron die Köpfe.

»Bastian? Frank? Habt ihr einen schwarzen Labrador ohne Begleitung gesehen?«, rief Gert der anderen Zweierpatrouille zu. »Nun hört schon mit dem albernen Geknurre auf, blöde Köter! Aus!«, schrie er und zog beiden Hunden mit einem Lederriemen über den Rücken. Aufjaulend warfen die beiden sich zu Boden und verstummten sofort. Nachtigalls Adrenalinpegel stieg.

Endlich kamen auch Bastian und Frank an den Zaun.

»Nee, du. Schade. Vielleicht ist er schon längst zu Hause und wartet vor deiner Tür«, tröstete der, dessen Name mit Bastian angegeben war.

Nachtigall lief in seiner Rolle zur Hochform auf, wusste er doch, was sich jetzt an der anderen Seite des Hauses abspielte.

Die beiden Rottweiler wandten ihre schweren Köpfe zur Seite, wagten aber nicht, noch einmal anzuschlagen.

»Da ist er nicht. Ich habe meine Frau angerufen.«

»Wie heißt er denn? Wenn wir ihn sehen, fangen wir ihn ein und melden uns bei dir«, bot Frank hilfsbereit an.

»Was zum Teufel habt ihr schon wieder mit den Hunden gemacht?«, fragte Bastian böse. »Die liegen doch sonst auch nicht platt auf dem Boden.«

»Du lässt uns deine Handynummer da, und wir rufen dich an!«

»Gerne.« Nachtigall zerrte umständlich einen Kugelschreiber und einen kleinen Notizblock aus der Jacke.

»Du hast die beiden wieder geschlagen!«, drohend baute sich Bastian vor Gert auf.

»Nun lass schon gut sein!«, versuchte Frank zu schlichten.

»Er versteht es nicht besser.«

In dem Augenblick brach der Tumult los.

Das Geräusch von berstendem Holz war zu hören, Geschrei von Frauen in einer fremden Sprache, raue, laute und befehlsgewohnte Männerstimmen, Türen wurden zugeschlagen, Fenster geöffnet und rasch wieder mit einem Knall geschlossen.

Geistesgegenwärtig bückte sich Bastian und packte beide Hunde an ihren Halsbändern.

»Ihr bleibt hier! Das sind die Bullen. Die knallen euch sonst nur ab.«

Die anderen drei Wachschützer rannten aufs Haus zu, rissen ihre Waffen aus den Holstern, bereit, sich einen erbitterten Kampf mit den Eindringlingen zu liefern. Doch als sie um die Ecke bogen, blieben sie wie angewurzelt stehen.

Sie senkten die Arme.

Auf sie wartete die Polizei in entmutigender Mannschaftsstärke.

»Bringen Sie die Hunde in den Zwinger! Wir unterhalten uns dann bei mir im Büro!«

Bastian nickte.

»Ich weiß, wer Sie sind. Mein Neffe geht mit Ihrem Neffen in eine Klasse. Wir alle kennen Peter Nachtigall«, erklärte er dann überraschend. »Als ich Sie gesehen habe, wusste ich, dass es aus ist.«

Damit trottete er davon, einen sich sträubenden Rottweiler an jeder Seite.

Nur vier Frauen erkannte Peter Nachtigall nach Claudines Fotos zweifelsfrei wieder.

Verschreckt und wenig kooperativ saßen die Damen mit trotzigen Mienen nebeneinander und starrten die Beamten abweisend an. Eine Reaktion auf die Befreiung aus der Zwangsprostitution hatte der Kriminalhauptkommissar sich eigentlich anders vorgestellt.

Michael Wiener versuchte erfolglos, mit ihnen ins Gespräch zu kommen.

»Sie haben Angst«, erklärte er dann. »Angst vor uns, Angst davor, ausgewiesen zu werden, Angst vor denen, die sie in der Gewalt haben. Sie wollen uns nicht verstehen – und sie wollen uns nichts erzählen.«

»Ich glaube, ich habe einiges von dem Rätsel lösen können, aber eben noch nicht alles. Ich weiß aber, wer uns dabei helfen wird. Wir brauchen Heide Fischer hier. Ich habe ihren persönlichen Schützer gebeten, sie herzubringen.«

»Heide Fischer?«, fragte Albrecht Skorubski. »Du glaubst immer noch, dass sie uns etwas Wichtiges verschweigt?«

»Ja – aber nun wird sie es uns verraten.« Nachtigall war überzeugt. »Wir brauchen einen Dolmetscher, vielleicht verstehen sie uns wirklich nicht. Und wo habt ihr Serafine hingesetzt?«

»Serafine war nicht unter den Geretteten.«

»Scheiße!«

»Warum ist sie so wichtig? Die sitzt bestimmt neben ihrem Freund auf der Couch und sieht fern«, feixte Wiener.

»Nein, Bengabo ist davon überzeugt, dass sie umgebracht wurde. Wäre sie bei ihm aufgetaucht, wüssten wir das. Frau Alvarez wurde bei der Razzia im ›L'Amour‹ festgenommen?«

»Oh, ja. Die Kollegen hatten größere Probleme dabei. Sie wussten nicht, um was für eine starke Frau es sich handelt, und waren von ihrer heftigen Gegenwehr überrascht. Vier

Mann waren nötig, um sie in den Streifenwagen zu bugsieren.«

»Du glaubst, Serafine schwebt in Lebensgefahr«, stellte Skorubski fest.

»Nun, Bengabo glaubt, sie sei schon tot. Aber ich habe da eine andere Theorie«, Nachtigall drehte sich zu Wiener um. »Michael, kläre doch mal, was unsere drei Studenten gerade treiben.«

»Nun, wo wir das Versteck ausgehoben haben, könnten wir eigentlich auch Entwarnung geben, oder? Ohne Geheimversteck kein Geheimnis mehr, keine weiteren Morde mehr«, freute sich Wiener, der fest an ein entspanntes Wochenende zu glauben begann.

»Auf gar keinen Fall! Noch haben wir den Mörder nicht überführt.«

»Aber wenn Frau Alvarez unsere Täterin ist, haben wir ihn dort hinter der Tür sitzen.« Er zeigte mit dem Finger über den Gang.

»Die Spurensicherung vor Ort soll alles nach Serafine absuchen. Überall, auch da, wo man eine Leiche verstecken würde. Ich spreche mit Frau Alvarez. Wenn Frau Fischer kommt, setzt sie in ein Büro – aber lasst sie nicht aus den Augen!«

Ramona Alvarez hatte deutliche Spuren der Verhaftung im Gesicht und an den Armen.

Ihre stolze Kopfhaltung und ihr eisiger Gesichtsausdruck wiesen jeden, der diesen Raum betrat, in seine Schranken. Auch durch Nachtigall schien ihr Blick hindurchzudringen.

»Frau Alvarez – Sie können kooperieren oder eben nicht. Wir finden auch ohne Ihre Hilfe heraus, wie Ihr Geschäft mit den illegal eingereisten Frauen funktionierte. Dazu brauchen wir dann etwas länger, aber Sie werden natürlich die ganze Zeit über unser Gast sein.«

Keine Antwort.

»Sie verbessern Ihre Situation nicht, wenn Sie schweigen. Im Gegenteil, Ihre Mitarbeit wird sich möglicherweise eher positiv auf das Urteil der Richter auswirken.«

»Ich will meinen Anwalt sprechen.«

»Gut, Sie können ihn anrufen. Wo ist Serafine?«

War das Erstaunen, was für einen Sekundenbruchteil über ihr Gesicht huschte?

Nachtigall war sich nicht sicher.

»Ich will meinen Anwalt sprechen.«

»Spezialisten durchsuchen gerade Ihr Büro nach Hinweisen auf den Handel mit Frauen. Andere werden sich des Computers annehmen und alle Dateien und Mails auswerten. Die Frauen werden gegen Sie aussagen. Wir finden die Hintermänner und beweisen die Verbindung nach Freiburg.«

Diesmal war er sich sicher, ein Zusammenzucken bemerkt zu haben.

»Ich will …«

»Ja, ich weiß. Aber ich will, dass Sie wissen, worin Ihre einzige Chance besteht. Wo ist Serafine?«

»Ich will …«

»Gut, dann nicht. Der Kollege bringt Ihnen ein Telefon.«

71

Nachtigall versammelte sein Team, während die völlig ver-
störten Haitianerinnen mit Tee und Decken versorgt wurden. Einige weinten, doch die meisten starrten nur regungs-
los vor sich hin.

»Menschenhandel. Abscheulich! Widerlich – und – ach, so
viele Vokabeln habe ich gar nicht«, polterte der sonst eher
unaufgeregte Skorubski. »Diese Frauen haben sicher unvor-
stellbare Dinge erlebt, sie wurden so infam betrogen, wie
man es sich gar nicht vorstellen mag. Nun verstehe ich auch
den Zusammenhang mit Haiti. Und eine solche Organisation kann es sich natürlich auch leisten, einen Profikiller zu
engagieren. Da spielt Geld schon keine Rolle mehr.«

»Ja – Geld verdient man in dem Geschäft sicher ohne
Ende«, bestätigte auch Michael Wiener.

»So – nun lasst uns mal die losen Enden der Fäden verkno-
ten!«, forderte Nachtigall ruhig. »Wir werden alles aufklären
und, wenn es eine gibt, die Verbindung nach Freiburg beweisen. Aber das geht nur, wenn wir den Fall nachvollziehbar
lösen. Sonst sind alle Beteiligten schneller wieder auf freiem
Fuß, als wir die Protokolle tippen können.«

Er stand auf und trat an die Pinnwand.

»Claudine Caro reiste legal ein. Im Gepäck hatte sie auch
Schutzzauber und Fotos von Frauen, die aus den Dörfern
der Umgebung geflohen sind. Sie kam zum Studieren, wollte
aber nebenbei das Schicksal der Frauen in Erfahrung bringen,
wollte sehen, ob es ihnen gut geht, ihre Träume wahr wurden. Doch kaum hier, stellt sie fest, dass viele dieser geflo-
henen Frauen zur Prostitution gezwungen werden. Immer
wieder hat man uns erzählt, sie habe ›das Herz einer Löwin‹,

sei ›mutig und entschlossen‹, wollte erst ›danach‹ eine feste Beziehung eingehen. Ich glaube, sie hatte beschlossen, diese Frauen zu befreien, versuchte, an Informationen über den Schlepperring zu kommen. Da, wo sie ›nur‹ mit Menschen zu tun hatte, war sie eine mutige Löwin, Angst hatte sie vor den Dämonen, die man hinter ihr her hetzte, um sie zu zwingen, die Suche zu beenden.«

»Aber sie machte weiter – weil eine ihrer Freundinnen auch in die Fänge dieser Organisation geraten war«, Wiener fuchtelte aufgeregt mit den Armen durch die Luft. »Serafine!«

»Genau. Serafine. In erster Linie ging es bestimmt um die Befreiung der Freundin – doch Claudine wollte mehr. Sie hatte sich vorgenommen, den ganzen Handel zu unterbinden.«

»Dann hat Serafine uns belogen? Die beiden hatten sehr wohl Kontakt miteinander«, stellte Wiener fest.

»Moment! Moment! Bis hierher kann ich noch folgen. Claudine Caro wird von einem gedungenen Killer ermordet, um sie für immer zum Schweigen zu bringen und die miesen, aber lukrativen Geschäfte ungestört fortsetzen zu können. Denkbar, dass die Hintermänner sogar hofften, der Mord an einer Schwarzen würde den deutschen Rechten zugerechnet«, Skorubski fuhr sich nachdenklich übers Kinn. »Aber dann muss irgendetwas gründlich schiefgegangen sein.«

»Oh, ja. Und ich habe lange darüber gegrübelt, was das gewesen sein konnte. Emile hatte bei einer der Besprechungen etwas erwähnt, das mir wichtig vorkam, doch es fiel mir nicht mehr ein. Aber nun weiß ich, was der Täter suchte. Einen Schlüssel. Der ist flach und klein genug, unter einem Teppich versteckt zu werden.«

»Was, die Studenten starben wegen eines Schlüssels?«

»Ja. Claudine muss irgendwann einmal erwähnt haben, sie habe alles aufgeschrieben und sicher verschlossen. Der

Mörder brauchte den Schlüssel, um in Besitz der brisanten Unterlagen zu kommen. Wahrscheinlich ging er davon aus, sie trüge ihn bei sich. Als er ihn nach dem Mord bei ihr nicht fand, folgerte er daraus, sie müsse ihn weitergegeben haben.«

»Und das führte ihn zu den Studenten.«

Es klopfte.

»Im Haus wurde weder eine lebendige noch eine tote Person aufgefunden. Die Kollegen haben alles abgesucht, sogar den Teich sondiert und die Hundehütten im Zwinger unter die Lupe genommen. Es ist niemand mehr auf dem Gelände«, informierte ihn ein Beamter in Uniform und zog sich sofort wieder zurück. Nachtigalls ›Danke‹ hörte er schon nicht mehr.

»Michael, hast du die ›persönlichen Schützer‹ erreicht?«

»Nein. Ich weiß nur, dass Kristina Morgental und Kirk Damboe ins Klinikum gefahren sind, um Norbert Grundmann zu besuchen. Das war die letzte Meldung, die wir bekommen haben. In der Klinik müssen die Beamten ihre Handys ja ausschalten, und das Stationstelefon war ständig besetzt!«

»Dann probier es jetzt noch mal!«

Wiener lief in den Nebenraum.

»Nun, wo die Strukturen nicht mehr existent sind, wird der Mörder wohl kaum noch einmal zuschlagen«, murrte Skorubski. »Und bis auf die Sache mit dem Schlüssel haben wir ja alles schon gewusst«

»Den Schlüssel hat Heide Fischer, da bin ich mir inzwischen sicher. Doch der Mörder weiß das nicht – und er weiß möglicherweise auch nicht, dass wir das Versteck der Frauen gefunden haben. Also könnte seine Suche weitergehen.«

Skorubski stöhnte. »Daran habe ich noch gar nicht gedacht.«

Die Tür öffnete sich, und Michael Wiener schob Heide Fischer ins Büro.

»Haben Sie den Mörder gefasst?«

»Nein, noch nicht. Aber Sie haben einen Schlüssel für mich«, entgegnete Nachtigall.

Entgeistert sah sie den Hauptkommissar an.

»Woher?«, meinte sie, doch dann öffnete sie einfach den Reißverschluss ihrer Jacke und zog einen silbern glänzenden Gegenstand hervor. Zögernd legte sie ihn in die fordernd ausgestreckte Hand Nachtigalls.

»Wo finden wir das Schließfach?«

»Bei der Sparkasse.«

»Sie wissen, was Claudine darin aufbewahrte?«

Heide Fischer nickte zögernd.

»Sie haben also die ganze Zeit Bescheid gewusst?«, Skorubski konnte es kaum fassen.

Heide Fischer schwieg.

»Sie hätten getötet werden können – andere sind gestorben. Wofür?«, brauste Nachtigall auf und begann, aufgeregt hin und her zu laufen.

»Wenn Sie das mit dem Schlüssel wissen, dann kennen Sie auch den Rest«, gab sie patzig zurück und presste die Lippen fest aufeinander, bis sie ganz weiß waren.

»Es geht um Menschenhandel und Zwangsprostitution.«

»Ja – Frau Alvarez vom ›L'Amour‹ ist auch darin verwickelt. Claudine hatte eine Liste mit Kontaktpersonen erstellt und in dem Schließfach sicher verwahrt. Eines Tages erwischte Frau Alvarez sie dabei, wie sie um das Versteck der Frauen herumschlich. Es ist …«

»Wir wissen, wo es ist.«

»Prima, dann haben Sie den Fall ja doch gelöst. Claudine erzählte mir davon – erst kurz vor ihrem Tod. Sie meinte, es müsse jemanden geben, der ihre Mission weiterführt, falls ihr etwas zustieße. Und nun«, sie begann zu weinen. »Ich bin von Natur aus feige. Nicht so wie Claudine. Vielleicht war es mir auch nicht so wichtig, weil ich mit diesen Frauen nie wirklich Kontakt hatte. Ich bin nicht die Richtige, um Claudines Projekt abzuschließen.«

»Sie haben lieber in Kauf genommen, dass andere sterben mussten!« Nachtigall bebte vor Zorn.

»Sie sollten sich wieder setzen«, sagte Heide Fischer kalt. »So ist es nämlich nicht gewesen.«

»Genau so war es. Beate Michaelis und Meinert Hagen starben, Norbert Grundmann wurde schwer verletzt. Sie waren völlig ahnungslos.«

»Nein – alle wussten von dem Schlüssel. Alle wussten von geheimen Unterlagen, die in einem Schließfach lagerten. Aber den anderen war das eben auch nicht wichtig. Claudine hat es sicher auch nur im Nebensatz erwähnt, um niemanden neugierig zu machen. Aber völlig ahnungslos war keiner.« Sie hob die Stimme: »Sie haben keine Vorstellung davon, was für eine Persönlichkeit Claudine war. Wenn man ihr schwor, man würde niemals etwas verraten, und gelte es das eigene Leben, so war man an diesen Eid gebunden. Niemand widersetzte sich ihr. Sie hatte eine solch unglaubliche Aura. Aber das können Sie natürlich nicht verstehen«, setzte sie trotzig hinzu.

»Mit Ihrer Unterstützung wäre der Fall viel schneller zu lösen gewesen. Zwei Menschen wurden getötet – wie wollen Sie mit dieser Verantwortung umgehen?«

»Jetzt wissen Sie ja Bescheid. Also fangen Sie den Mörder! Das ist Ihre Verantwortung – um meine machen Sie sich mal keine Gedanken!« Damit machte sie auf dem Absatz kehrt und verschwand. Alle drei lauschten wie betäubt dem Klacken ihrer Absätze, das sich über den Gang entfernte.

Nachtigall fand als Erster seine Sprache wieder. »Michael, konntest du mit den Kollegen sprechen?«

»Nein – da herrscht irgendein Chaos auf Station. Die Schwester hat nur gesagt ›keine Zeit, Notfall‹ und legte auf.«

»Notfall? Albrecht, nimm dir eine Streife und sieh nach, was da los ist!«

Skorubski brach eilig auf.

»Michael, suche doch mal nach allen möglichen Verbindungen nach Freiburg – es reicht nicht, sich den Kontakt zu wünschen, wir brauchen Beweise. Du weißt schon, Verkehrskontrollen der letzten Tage, Blitzer, Laserkontrollen, Beobachtungen, die von Passanten gemeldet wurden ... Vielleicht finden wir ja was.«

Nachtigall drehte den Schlüssel in der Hand.

Um diese Zeit würde es nicht leicht sein, jemanden zu finden, der ihm den Zugang zu einem Schließfach ermöglichen würde, stellte er nach einem Blick auf die Uhr fest.

»Schönen Feierabend!«, wünschte ihm ein Kollege, als er auf den Gang hinaustrat.

»Danke. Gleichfalls.«

Nur wenige Schritte später drehte sich der Hauptkommissar um.

Dann spurtete er dem Beamten hinterher.

»Abgelöst worden? Gerade rechtzeitig vor dem Feierabend?«

»Nee, ich denke, ihr habt den Fall abgeschlossen? Ihr habt doch die ganze Bande in Sack und Tüten«, lachte der andere gemütlich und ging weiter.

»Und wer zum Teufel, passt jetzt auf Heide Fischer auf?«

72

Albrecht Skorubski fand im Klinikum drei Beamte, zwei
Freunde, einen Arzt und ein Krankenzimmer, das er nicht
betreten durfte. Mit wenigen Sätzen war erklärt, was vorgefallen war.

Zerknirscht berichtete Kirk Damboe von seinem Gespräch
mit Norbert. Er habe doch nicht ahnen können, dass der
alles so ernst nehmen würde, beteuerte er immer wieder. Es
sei ihm doch nur darum gegangen, Norbert vor Augen zu
führen, dass er selbst auch nicht frei von Vorurteilen gegen
Schwarze war und sich inzwischen auch unter ihnen dreien
Misstrauen breitgemacht habe.

Der Arzt funkelte die Freunde wütend an. »Was haben
Sie sich nur dabei gedacht! Ihr Freund hatte heute Morgen
eine OP, er hat sich von der Narkose noch nicht vollstän-
dig erholt, ganz zu schweigen vom Schock, den er bei dem
Überfall zweifelsohne erlitten hat. Und da kommen Sie hierher und behaupten, Sie wollten ihn töten, Sie seien der Stu-
dentenkiller.«

»Aber sehen Sie, genau das habe ich ja gar nicht getan!
Norbert hat es nur geglaubt – weil ihm plötzlich Zweifel an
meiner Unschuld kamen. Nur weil ich schwarz bin! Er war
sich mit einem Mal völlig sicher, der Mörder säße an seinem
Bett. Ich habe nur nichts unternommen, um den Irrtum aufzuklären. Und als ich es tun wollte, war es schon zu spät.«

»Du bist aber auch ein hirnrissiger Idiot!«, beschied ihm
Kristina. »Um ein Haar hättest du ihn tatsächlich umgebracht.
Mann!«

»Du kannst ganz still sein! Du hast doch überhaupt erst
mit der Diskussion angefangen. Als du rausgingst, setzte bei

ihm das Denken ein. Er hat auch an dir gezweifelt. Er fühlte sich auf einmal von Mördern umgeben«, rechtfertigte sich Kirk Damboe.

»So! Damit ich jetzt auch verstehe, was hier passiert ist: Könnte wohl jemand erklären, was vorgefallen ist?«, mischte sich Skorubski ein, der ratlos zwischen den Diskutanten stand.

»Das übernehme ich!«, entschied der Stationsarzt. »Und Sie beide halten den Mund! Mit Ihnen bin ich noch nicht fertig!«, schnappte er in Richtung der beiden Freunde, die sich sichtlich unbehaglich fühlten.

»Herr Grundmann hatte Besuch von seinen Freunden. Sie unterhielten sich, und das Gespräch eskalierte. Herr Grundmann gewann offensichtlich die Überzeugung, er solle nun endgültig ermordet werden, und erlitt einen schweren Schock. Kreislaufversagen, Bewusstlosigkeit. Zum Glück hat einer Ihrer Beamten sofort erkannt, dass es dem jungen Mann schlecht ging, und alarmierte eine Schwester. Herr Grundmann ist nun auf dem Weg der Besserung.« Er sah die Freunde an. »Aber von Ihnen bekommt er in der nächsten Zeit keinen Besuch mehr! Dafür werde ich sorgen!«

»Es war demnach kein Mordanschlag. Gut. Der persönliche Schutz wird weiter aufrechterhalten – der Mörder ist noch nicht gefasst«, meinte Skorubski warnend, und zu den Freunden sagte er: »Solche ›Spielchen‹ sind gefährlich. Dafür ist die Situation viel zu ernst, und es bringt unsere Ermittlungen keinen Schritt voran. Sie müssen sich weiter vorsehen!«

Vor dem Klinikum schaltete er sein Handy ein und versuchte, Nachtigall zu informieren.

Er konnte den Freund nicht erreichen.

Auch Michael Wiener wusste nicht, wo er sein könnte.

Mit einem Schmunzeln schob Skorubski das kleine Telefon wieder in die Hosentasche zurück. Bestimmt war Peter mit den geheimen Vorbereitungen für die Hochzeit beschäftigt, freute er sich. Nun, wo der Fall so gut wie abgeschlossen war, würde auch nichts mehr den Terminplan gefährden.

Doch Albrecht Skorubski irrte sich.

73

Peter Nachtigall blieb in diesem Moment keine Zeit für private Überlegungen. Seine Gedanken konzentrierten sich auf Heide Fischer.

Wohin konnte sie gegangen sein?

»Ich hätte den Kollegen fragen sollen, ob sie mit dem Rad oder zu Fuß unterwegs ist«, murmelte er ärgerlich vor sich hin.

Hektisch sah er sich um.

Mit raumgreifenden Schritten überquerte er den Parkplatz und erreichte die Ecke am Bonnaskenplatz. Wohin war Heide Fischer gegangen? In Richtung Uni? Unwahrscheinlich. Was sollte sie dort wollen? Am ehesten doch nach Hause oder zur Arbeit. Vielleicht wollte sie aber auch ihre Probleme mit einer Freundin besprechen?

Als er schon aufgeben wollte, entdeckte er sie auf dem Weg zur Ebertstraße. Zu Fuß. Er beschloss, ihr zu folgen. Dabei konnte er auch gleich feststellen, ob ihr außer ihm noch jemand auf den Fersen war.

Sie nahm einen seltsam verschlungenen Weg, vorbei an den neuen, modernen Altstadtkneipen, dann einmal um den Altmarkt und wieder zurück in Richtung Uni. Nachtigall hielt genau so viel Abstand, dass er unbemerkt bleiben und doch im Falle eines Überfalls rechtzeitig würde eingreifen können.

Zu seiner Überraschung machte Heide Fischer einen entspannten Eindruck. Ganz anders als bei ihrer Begegnung nach der Trauerfeier, wo sie immer wieder nervös nach einem Verfolger Ausschau gehalten hatte – jetzt drehte sie sich nicht einmal um, schlenderte gelassen umher. Offenbar ging auch sie – ebenso wie der Kollege – davon aus, die Gefahr sei gebannt, der Täter gefasst.

Sie näherten sich der Adresse von Kirk Damboe.

Hatte Heide Fischer nicht immer behauptet, die Freunde Claudines nicht zu kennen? Seltsam, überlegte Nachtigall und beschleunigte seine Schritte ein wenig. Galt das auch für die Studenten? Hatten sie ihm den Kontakt zu Heide ebenso verschwiegen wie die Existenz des Schließfachs? Aber warum?

»Was willst du jetzt bei Damboe?«, flüsterte er leise vor sich hin und ließ sie nicht aus den Augen. Noch mehrfach bogen sie in Nebenstraßen ein und standen dann unvermittelt vor Damboes Hauseingang. Heide Fischer schien zu zögern. Unentschlossen wartete sie einige Minuten, dann klingelte sie doch. Nervös trat sie von einem Fuß auf den anderen und zog den Schal enger.

Damboe öffnete nicht.

»Der Junge ist nicht zu Hause. Der sitzt sicher noch bei Norbert Grundmann«, zischte der Hauptkommissar.

Heide Fischer hatte beschlossen zu warten.

Sie ging vor dem Hauseingang auf und ab, versuchte, mit dem Handy jemanden zu erreichen, hatte dabei aber auch keinen Erfolg.

Nachtigall fischte sein Mobiltelefon aus der Tasche und kontrollierte das Display, stellte fest, dass auf seiner Mailbox eine Nachricht auf ihn wartete.

Albrecht! Das Chaos im Klinikum hatte sich aufgeklärt, niemand war überfallen worden, alles ein Missverständnis, und nachdem sich der Zustand von Grundmann kurzzeitig verschlechtert hatte, ging es ihm nun wieder besser. Alles in Ordnung. Erleichtert schob er das Gerät wieder an seinen Platz zurück.

Als er aufsah, bog gerade Kirk Damboe auf seinem Bike in schnittigem Tempo um die Kurve und kam mit schleuderndem Hinterrad unmittelbar vor Heide Fischer zum Stehen.

Eine Diskussion zwischen den beiden entwickelte sich. Es wirkte, als mache sie ihm Vorhaltungen. Ihre ausfahrenden Bewegungen ließen ahnen, wie aufgeregt sie war. Gerne wäre er näher herangeschlichen, doch wegen des Mangels an Deckung schied das aus. Eigentlich, schoss ihm durch den Kopf, eigentlich müsste doch jetzt ein Streifenwagen mit Damboes Beamten erscheinen. Er sah sich um, konnte aber nichts entdecken. Sollten etwa alle vier ihre Schutzbefohlenen verlassen haben, im Glauben, ihr Auftrag sei beendet?

Nachtigall beobachtete, wie nun auch Kirk Damboe in Rage geriet.

Er schüttelte heftig den Kopf und machte energische, abwehrende Handbewegungen. Dann, plötzlich, riss er sein Rad herum und lief auf den Hauseingang zu. Heide Fischer wandte sich zornig in die entgegengesetzte Richtung und marschierte los.

Peter Nachtigall überlegte, was nun zu tun sei, da lenkte ihn eine rasche Bewegung, die er im Augenwinkel wahrnahm, ab.

Aus dem Schutz eines Transporters löste sich eine dunkle Gestalt und huschte mit geschmeidigen Bewegungen lautlos auf Kirk Damboe zu.

Nachtigall rannte los.

»Achtung!«, brüllte er, und der junge Mann warf sich geistesgegenwärtig hinter einen Busch. Scheppernd stürzte das Rad zu Boden. Nachtigall hechtete über den Weg, versuchte, die Gestalt zu packen, die entwand sich ihm geschickt, verlor ihre Waffe, sprang auf die Beine und spurtete los.

In diesem Augenblick erschien der Streifenwagen in der Kurve. Die Besatzung reagierte sofort, beide Beamte setzten der flüchtenden Person nach.

Heide Fischer stand wie erstarrt auf dem Bürgersteig, unfähig sich zu bewegen.

»Sind Sie in Ordnung?«, fragte Nachtigall den Studenten besorgt, der noch immer das Gesicht in den Boden drückte. Mühsam rappelte sich Kirk Damboe auf, klopfte sich den Schmutz von den Jeans und antwortete: »Geht so.« Dann gaben seine Beine nach und Nachtigall stützte ihn bis zum Eingangsbereich. Dort ließ er ihn auf die Wiese plumpsen.

»Danke Mann! Das war knapp!«

Heide Fischer kam mit steifen, ataktischen Schritten zu ihnen herüber. Ihr Gesicht war tränennass, Wimperntusche unter ihren Augen verschmiert.

»Und ich dachte, du bist der Mörder«, hauchte sie. »Tut mir leid.«

»Scheint heute mein Tag als Hauptverdächtiger zu sein«, Damboe grinste schief und ließ sich von ihr auf die Beine helfen.

Wenig später kehrten die beiden Beamten mit der sich sträubenden Gestalt zu ihrem Einsatzfahrzeug zurück und schoben sie mit gekonntem Griff auf die Rückbank.

»Wollen Sie mal sehen, welchen Fisch wir da im Netz haben? Sie werden's nicht glauben!«, rief einer der Kollegen Nachtigall zu.

Doch der schüttelte den Kopf, bückte sich und hob mit einer Tüte um die Hand die heruntergefallene Tatwaffe auf.

Eine Machete.

»Ich glaub's nicht nur – ich weiß es schon.«

74

Serafine Marquez hatte nichts von ihrer beeindruckenden Schönheit eingebüßt.

Selbst in Jeans und Fleecejacke, von der Verfolgungsjagd zerzaust und vom Kampf gezeichnet, war sie eine besondere Erscheinung.

Nachtigall und Wiener nahmen ihr gegenüber Platz, Serafine hatten sie so in ihrer Mitte.

»Sie wurden bereits über Ihre Rechte belehrt. Ich frage nun noch einmal. Möchten Sie nicht einen Anwalt zu unserem Gespräch zuziehen?«

»Nein!«, antwortete Serafine klar.

Mit einer raschen Handbewegung legte sie Claudines Amulett auf den Tisch.

Gleich einem Geständnis.

»Sie stehen unter dem dringenden Verdacht, drei Morde verübt und zwei weitere Mordversuche unternommen zu haben«, eröffnete Peter Nachtigall die Vernehmung.

Um Serafines volle Lippen spielte ein mildes Lächeln.

»Das sind nur die, von denen Sie Kenntnis haben. Aber für manche Überfälle benötigte ich mehrere Anläufe, und solche Morde begeht man nicht von Natur aus perfekt. So etwas muss geübt werden.«

Nachtigall zuckte zurück vor solch einer Kälte.

»Sie haben Claudine Caro getötet!«

»Ja«, gab sie bereitwillig zu »Es war unumgänglich!«

»Das müssen Sie mir erklären. Für Menschen wie mich sind Morde immer zu vermeiden.«

Sie lächelte nachsichtig.

»Sie wissen von den Frauen?«

»Ja.«

»Nun, dann muss ich doch gar nicht mehr viel dazu sagen. In dem Geschäft verdient man eine Menge Geld – wenn da jemand die Kreise stört, sind seine Tage gezählt.«

»Claudine war Ihre Freundin. Sie sind zusammen aufgewachsen. Sie kam hierher, um Sie und die anderen Frauen aus dieser verzweifelten Lage zu retten. Erklären Sie mir, warum sie sterben musste und warum durch Sie!«

Nachtigall sah die junge Frau an und fragte sich, ob sie tatsächlich so kaltblütig war, wie sie sich gab. Er spürte, wie sich die Härchen auf seinen Armen aufstellten.

»Wäre Claudine nicht so besessen von dieser Idee gewesen, könnte sie heute noch leben. Glauben Sie nicht, dass es besonders leicht ist, die eigene Freundin zu töten und zu verstümmeln. Nein, nein! Mehr als eine halbe Stunde habe ich noch neben ihr im Gebüsch gesessen, weil ich mich nicht überwinden konnte, ihr die Ohren und alles andere abzuschneiden. Sie war so schön – und ich musste das zerstören. Aber es war Teil der Abmachung – also habe ich es getan. Der Typ aus Freiburg kontrollierte das.«

Nachtigall bemühte sich, die junge Frau sein schieres Entsetzen nicht spüren zu lassen. Aber vielleicht war das auch gar nicht notwendig, überlegte er dann. Diese Frau fühlte schon lange nichts mehr – weder für sich noch für andere.

»Der Typ aus Freiburg?«, hakte Wiener nach. Also doch!

»Ja. In einem schwarzen großen Wagen mit ineinander verschlungenen Ringen. Dessen Laune wurde bei jedem Mal schlechter. Dabei war es doch nicht meine Schuld.«

Nachtigall gab Wiener zu verstehen, er solle überprüfen, ob er etwas zu einem schwarzen Audi finden konnte.

»Die Amputationen machten Sie also auf Anweisung, sie sollten beweisen, dass der Mord tatsächlich begangen wurde, und sie wirkten wie symbolische Handlungen – aber das Loch in Claudines Stirn? Das war nicht gefordert, nicht wahr?«, Nachtigall warf Serafine einen durchdringenden Blick zu.

Sie schwieg.

Nachtigall wartete.

Schließlich seufzte die junge Frau.

»Ja, das stimmt. Sie haben recht. Ich sollte die Augen ausstechen, Ohren und Nase amputieren, die Zunge herausschneiden, damit die Auftraggeber auf die Zeitungsberichte verweisen konnten und die Frauen in Haiti erfahren würden, was mit Verrätern passiert. Das Loch in Claudines Stirn diente dazu, ihr die Erinnerung an den Mörder zu nehmen.«

Gerade als etwas wie Mitgefühl in Nachtigall aufsteigen wollte, setzte sie hinzu: »Ein spezieller Service – auch für mich. Ich wollte nicht von ihr aus dem Reich der Toten belästigt werden.«

Der Hauptkommissar atmete tief durch.

»Nachdem Sie Claudine getötet hatten, durchsuchten Sie ihre Tasche?«, fragte er weiter.

»Ja. Aber dann der Schreck. Der Schlüssel war nicht drin.«

»Woher wussten diese Leute von dem Schlüssel?«

»Claudine hat das mal erwähnt. In einem Brief an mich. Den haben die Schnüffler des Syndikats in meinem Zimmer gefunden.«

»Und woher hatte Claudine die Informationen über den Handel mit Frauen?«

Der Hauptkommissar versuchte zu verstehen, was Serafine ihm erklärte. Er wusste, es wäre ein Fehler, sich emotional zu weit auf diese Täterin einzulassen. Ihm war klar, wie sehr ihn der Fall selbst in seinen Träumen weiter verfolgen würde.

»Claudine war von jeher neugierig. Schon als sie noch klein war. Immerzu steckte sie ihre Nase in Angelegenheiten, die sie nichts angingen – ob das nun Briefe waren oder sie Telefonate belauschte. Irgendwann beobachtete sie eine Gruppe Frauen, die in einem Tempel verschwand. Weil sie wissen wollte, was da vor sich ging, hat sie gelauscht und versucht herauszufinden, wozu das Ritual dienen sollte. Ich sagte ihr gleich, sie solle das lassen, so was bringt nur Probleme.« Serafines Miene blieb gleichgültig.

Nachtigall versuchte, die Puzzleteile des Falls zu sortieren, ohne sich von der Kaltblütigkeit dieser Frau aus dem Konzept bringen zu lassen. Er war in diesem Raum schon vielen Tätern begegnet, verzweifelten, zerknirschten, psychisch labilen und betroffenen. Aber selten traf man auf einen Mörder, der an seinen Taten emotional derart unbeteiligt zu sein schien.

»Warum wurden gerade Sie für die Morde ausgewählt? Wussten die Auftraggeber nicht, dass Sie und Claudine befreundet waren?«

»Aber natürlich wussten sie das. Ich hatte keine Wahl, wurde trainiert, konnte beweisen, dass ich gut war, und durfte den Auftrag übernehmen«, zählte sie auf, unbeteiligt, als zitiere sie eine Einkaufsliste.

»Keine Wahl?«

Vielleicht stimmte das sogar, dachte der Hauptkommissar.

Diesmal sollten wir unbedingt auch die vor Gericht stellen, die diese Morde von ihr verlangt und sie durch Erpressung gefügig gemacht hatten. Die Hintermänner. Und wenigstens einige von ihnen würden sie schnappen. Da war er zuversichtlich.

»Sie lassen nicht locker, oder? Nun, das ist schnell erzählt. Die Kontaktleute auf Haiti sind im Besitz des heiligen Gefäßes mit der Seele meines Bruders. Er ist ein Initiierter! Verstehen Sie – er wurde von einem Gott auserwählt. Die beiden werden bis zum Lebensende meines Bruders zusammenbleiben. Aber nun haben diese Leute seine Seele gestohlen, und da sie seinen Namen kennen, ist er in großer Gefahr. Sie können zum Beispiel Seele und Namen an einen Bokor verkaufen, der meinen Bruder zwingen kann, alles für ihn zu tun. Zum Beispiel sich als Dämon den finsteren Mächten zu unterwerfen und andere Menschen zu quälen, Krankheiten zu bringen, Tod und Verderben. Meine Ahnen, meine Familie, mein Bruder – alle hätten mich bei einer Weigerung mit ihrem Hass bis zu meinem Tod und darüber hinaus verfolgt. Also tat ich, was das Syndikat von mir wollte«, erklärte Serafine völlig gefühllos, als spräche sie über eine Geschichte, die sie vom Hörensagen kannte.

Nachtigall erinnerte sich an das Gespräch mit Robin Lang, bei dem ihm der Experte von einem Überfall auf einen Tempel erzählt hatte und der Unruhe, die seither in der betroffenen Société herrschte.

»Sie sind nicht in Claudines Wohnung gegangen, um dort zu suchen.«

»Nein, natürlich nicht. Sie hatte sich mit Schutzzaubern verbarrikadiert. Da kam ich ohnehin nicht hinein – auch nicht mit einem Schlüssel«, antwortete sie, als sei das eine Selbstverständlichkeit, die eigentlich keiner Erklärung bedürfe.

»Und die anderen?«

»Claudine schrieb mir, sie wolle den Schlüssel vielleicht einem ihrer Freunde zur Aufbewahrung geben. So wusste ich, was zu tun war. Die Suche musste fortgesetzt werden«, sie klang entrückt, als habe das Geschehen, hätten diese grausamen Morde eine eigene, zwingende Logik.

»Die ersten Morde waren einfacher – ich wurde durch die Zauberkraft eines unserer mächtigsten Magier unterstützt. Ich war sogar in die Wohnung von Meinert eingebrochen, um Haare für das Ritual zu stehlen. Aber ab dem dritten Mord war ich auf mich allein gestellt.«

Michael Wiener kehrte zurück.

Fasziniert beobachtete er, wie sich diese Frau bewegte. Groß, durchtrainiert und stark – dabei entschlossen und kalt. Bei ihrem ersten Zusammentreffen hatte er das gar nicht bemerkt. Er legte zwei Fotos auf den Tisch.

Nachtigall nickte.

»Ist das der tolle Audi Ihres Kontaktmannes?«

Sie bestätigte das. »Er war sauer. Die Sache dauerte ihm zu lange – er dachte, er kommt einmal her und gut. Doch so lief es ja nicht. Er fing an, sich Sorgen zu machen, weil der Wagen auffällig ist, andererseits wollte er auch auf den gewohnten Komfort während der langen Fahrt nicht verzichten. Beim nächsten Mal wollte er ein anderes Auto nehmen. Braucht er ja jetzt nicht mehr.«

»Beate Michaelis?«, fragte Wiener.

»War das die Hellseherin? Diese arrogante Person? Sie aus dem Haus zu locken, war noch einfacher, als Meinert zu einem Treffen an der ›Lagune‹ zu überreden. Beide waren so neugierig – wie Claudine. Tja – das bringt schon mal den Tod. Aber ich weiß, was Sie meinen. Ihr Gesicht. Sie hatte eine Strafe verdient für all die Arbeit, die ich mit ihr hatte.«

Sie holte tief Luft.

»Kann ich bitte einen Kaffee bekommen?«

Hauptkommissar Nachtigall hustete, verschluckte sich, hustete wieder.

Rasch verließ er den Raum. Eine Kollegin führte Serafine Marquez wenige Augenblicke später über den Gang.

Wiener blieb noch lange allein am Tisch sitzen und lauschte schaudernd den aufgezeichneten Worten der geständigen Mörderin.

Von seinem Büro aus rief Nachtigall Dr. März an und informierte ihn über die letzten Ermittlungsergebnisse.

Kaum legte er auf, klingelte das Telefon, und Albrecht Skorubski teilte ihm mit, dass er heute niemanden mehr auftreiben konnte, der das Schließfach öffnen könne – aber für morgen habe er einen Termin.

Nachtigall seufzte.

Die Kollegen in Freiburg würden den Halter des Fahrzeugs leicht ermitteln.

Die Bilder legte er auf seinen Schreibtisch.

Schwerfällig erhob er sich und griff nach seiner Jacke.

Für ihn war für heute Schluss.

Alles Weitere konnte warten.

75

Emile saß mit Jule und Conny in der Küche.

»Fall gelöst?«, fragte er, und Nachtigall nickte müde. »Und selbst?«, wollte er dann wissen.

»Danke, ebenfalls. Die Kleine war gar nicht entführt. Die Mutter hatte sie bei einem Freund der Familie versteckt und versuchte nur, vom Vater das Lösegeld zu erpressen. Ich fand mehrere verdächtige Formulierungen in den Briefen, und auf unsere provokativen Aktivitäten reagierte die Mutter unbeeindruckt, so als wisse sie, was der Entführer unternehmen könnte. Na, ja – Sybille wird jetzt erst mal von einer Kinderpsychologin betreut. Und wer war es nun bei euch?«

»Das glaubst du nicht! Komm einfach mal im Büro vorbei, dann erklären wir dir alles.« Nachtigall lachte leise, umarmte Conny und küsste sie schmatzend.

»Komm, wir fahren jetzt noch los! Ich lade dich ein. Ein Wochenende mit einem stattlichen Hauptkommissar, demenzgefährdet und leicht übergewichtig – in einem tollen Hotel. Gebucht habe ich schon. Pack nur das Nötigste ein – und dein Lieblingskleid. Ich habe Karten für eine Oper.«

»Wie – jetzt?«, fragte sie verblüfft.

»Ja. Die Kinder hüten Haus und Katzen – und wir verschwinden bis Montag.«

»Prima!« Schon war sie auf dem Weg ins Schlafzimmer, um all die Dinge zusammenzusuchen, die sie brauchen würde..

»Was haben die beiden vor?«

»Eine Überrumpelungshochzeit. Er hat alles vorbereitet – Dr. Pankratz und eine Freundin von Conny sind eingeweiht und werden Trauzeuge sein.«

»Und wenn sie ›nein‹ sagt?« Emile runzelte die Stirn. Bei Frauen wusste man schließlich nie.

»Niemals! Nicht bei diesem ganz besonderen Antragsteller.«

76

Burkhard Grün konnte mit dem Abschluss der Angelegenheit wahrlich nicht zufrieden sein.

Der Auftrag war stümperhaft ausgeführt worden – was er zum Glück nicht allein zu verantworten hatte. Ganz zu schweigen von dem noch nicht zu ermessenden Schaden, den sein Image genommen hatte.

Lustlos ließ er die Tomatensuppe von seinem Löffel wieder in den Teller plätschern. Dann legte er das Besteck beiseite, schob die Suppe an den Rand des Tisches und starrte in den bunten Salat, als könne er aus der Anordnung der Blätter und Sprossen Informationen für seine Zukunft lesen.

Modeln konnte er nicht ewig.

Er war gezwungen, sich ein sicheres Finanzpolster zu verdienen. Dabei stand eine Veränderung seines Lebensstils selbstverständlich nicht zur Debatte. Er würde den nächsten Auftrag mit der von ihm erwarteten Sorgfalt und Bravour meistern, und alles käme wieder ins Lot, versuchte er sich selbst Mut zu machen.

Er stocherte in seinem Salat, trennte fein säuberlich die grünen Streifen von den roten, orangefarbenen und gelben, legte für die Sprossen ein eigenes, fünftes Tellersegment frei.

Wenigstens führte aus diesem Desaster kein Weg zu ihm.

Ein noch zaghaftes Lächeln legte sich wie ein Weichzeichner über seine markanten Züge.

Um seine Stimmung zu heben, bestellte er ein Glas Gutedel bei der freundlichen Kellnerin im ›Schwarzen Rappen‹. Versonnen betrachtete er dann die gelbliche Flüssigkeit, die viel badische Sonne in sich gespeichert hatte und sie nun als warmen Schimmer abgab.

Mit dem Gefühl, zu Unrecht kritisiert worden zu sein und eigentlich Lob verdient zu haben, lehnte er sich zurück und betrachtete durch die Scheiben das Menschengewimmel auf dem Münsterplatz.

Eine Stunde später war er auf dem Weg zur Schlossberggarage, wo er gerne parkte, weil er sein Auto dort am wenigsten durch andere Fahrer gefährdet sah. Er schlenderte die Straße entlang, warf uninteressierte Blicke in die Auslagen der Geschäfte. Tief in Gedanken versunken, wäre er um ein Haar mit einem fremden Herrn zusammengestoßen.

Er sah kurz auf, murmelte eine halbherzige Entschuldigung und schickte sich an, seinen Weg fortzusetzen, als er den anderen fragen hörte: »Herr Grün? Burkhard Grün?«

Ein vorsichtiges, eher fragendes Nicken, fand er, sei die passende Reaktion.

»Ja, dann. Guten Tag, Herr Grün. Mein Name ist Paul Schächtele von der Kriminalpolizei Freiburg. Wären Sie bitte so freundlich, mich aufs Präsidium zu begleiten? Wir haben ein paar Fragen an Sie.« Plötzlich standen Streifenbeamte neben ihm, und Handschellen schnappten um seine Handgelenke.

»Es geht um einige noch ungeklärte Vorkommnisse in Cottbus.«

ENDE

DANKSAGUNG

Es gibt sicher einen Grund dafür, dass sich hartnäckig das Gerücht hält, Schriftsteller seien einsam.

Natürlich ist es nicht einfach, mit einem Menschen zusammenzuleben, der beim abendlichen Spaziergang nur Tatorte sieht, beim gemütlichen Essen über Giftmorde spricht, schon während er ins Frühstücksbrötchen beißt, Fragen zum Verlauf der Verwesung unter bestimmten Umwelteinflüssen beantwortet haben möchte, der beim Bügeln neue Plots ausheckt, beim Putzen der Fenster den perfekten Mord begeht und vor dem Einschlafen über die Beseitigung des letzten Opfers nachdenkt. All das erträgt meine Familie, erdulden meine Freunde mit Langmut. Dafür möchte ich mich herzlich bedanken.

Mein ganz besonderer Dank gilt meiner Lektorin, Claudia Senghaas, die mit viel Einfühlungsvermögen meinen Kommissar durch seine Fälle begleitet, holprige Formulierungen aus dem Weg räumt und Fehler jeder Art entdeckt und deren Beseitigung anmahnt. Ohne ihr entschlossenes Eingreifen hätten sich die Ermittlungen so manches Mal im Dickicht der neuen Rechtschreibung und der neuen Regeln der Zeichensetzung heillos verfangen.